DE FÉRIAS COM VOCÊ

EMILY HENRY
DE FÉRIAS COM VOCÊ

Tradução
Cecília Camargo Bartalotti

3ª edição

Rio de Janeiro-RJ / São Paulo-SP, 2023

VERUS
EDITORA

Copidesque	**Revisão**
Mel Ribeiro	Lígia Alves

Título original
People We Meet on Vacation

ISBN: 978-65-5924-118-7

Copyright © Emily Henry, 2021
Todos os direitos reservados.
Edição publicada mediante acordo com a autora, a/c Baror International, Inc., Armonk, NY, EUA.

Tradução © Verus Editora, 2022
Direitos reservados em língua portuguesa, no Brasil, por Verus Editora. Nenhuma parte desta obra pode ser reproduzida ou transmitida por qualquer forma e/ou quaisquer meios (eletrônico ou mecânico, incluindo fotocópia e gravação) ou arquivada em qualquer sistema ou banco de dados sem permissão escrita da editora.

Verus Editora Ltda.
Rua Argentina, 171, São Cristovão, Rio de Janeiro/RJ, 20921-380
www.veruseditora.com.br

CIP-BRASIL. CATALOGAÇÃO NA PUBLICAÇÃO
SINDICATO NACIONAL DOS EDITORES DE LIVROS, RJ

H451f

Henry, Emily
De férias com você / Emily Henry ; tradução Cecília Camargo Bartalotti. – 3. ed. – Rio de Janeiro[RJ] : Verus, 2023.

Tradução de: People We Meet on Vacation
ISBN 978-65-5924-118-7

1. Ficção americana. I. Bartalotti, Cecília Camargo. II. Título.

22-80136	CDD: 813
	CDU: 82-31(73)

Gabriela Faray Ferreira Lopes – Bibliotecária – CRB-7/6643

Revisado conforme o novo acordo ortográfico.

Seja um leitor preferencial Record.
Cadastre-se no site www.record.com.br e receba informações sobre nossos lançamentos e nossas promoções.

Atendimento e venda direta ao leitor:
sac@record.com.br

O anterior eu escrevi principalmente para mim.
Este é para você.

PRÓLOGO

Cinco verões atrás

NAS FÉRIAS, VOCÊ pode ser quem quiser.

Como um bom livro ou uma roupa incrível, estar de férias também nos transporta a outra versão de nós mesmos.

Na vida cotidiana, até mesmo balançar a cabeça ao som do rádio pode deixar você constrangida, mas, no pátio certo, com luzinhas piscando e a banda certa tocando música caribenha, você se pega requebrando e rodopiando como se não houvesse amanhã.

Nas férias, o seu cabelo muda. A água é diferente, talvez o xampu. Talvez você nem lave o cabelo ou escove, porque a água salgada do mar o deixa ondulado de uma maneira que você adora. Você pensa: *Talvez eu possa fazer isso em casa também. Talvez eu possa ser essa pessoa que não penteia o cabelo, que não se importa de estar suada ou de ter areia em todas as reentrâncias.*

Nas férias, você puxa conversa com estranhos e se esquece de possíveis consequências. Se acabar ficando muito embaraçoso, e daí? Você nunca mais vai ver aquelas pessoas!

Você é quem quiser ser. Você pode fazer o que tiver vontade.

Bom, talvez não tudo. Às vezes o tempo muda e força você a uma situação como a que vivo agora, e é preciso encontrar maneiras de se entreter que não seriam as suas preferidas enquanto foge da chuva.

Na saída do banheiro, eu paro. Em parte porque ainda estou trabalhando em meu plano de ação. Mas principalmente porque o chão está tão grudento que eu perco a sandália e tenho que saltitar de volta para ela. Na teoria eu adoro tudo neste lugar, mas na prática acho que deixar meu pé descalço tocar a sujeira anônima no piso laminado poderia ser um bom modo de contrair uma daquelas doenças raras mantidas nos frasquinhos refrigerados de um laboratório secreto do Centro de Controle de Doenças.

Dou pulinhos de volta para minha sandália, enfio os dedos pelas tiras finas cor de laranja e me viro para examinar o bar: o amontoado de corpos pegajosos; o giro preguiçoso dos ventiladores de palha no teto; a porta mantida aberta para que, ocasionalmente, uma rajada de chuva seja arrancada da noite escura para refrescar a multidão suada. No canto, uma jukebox contornada por luzes neon toca "I Only Have Eyes for You", de The Flamingos.

A cidade é turística, mas o bar é frequentado pela população local, livre de vestidos estampados e camisas multicoloridas, embora, infelizmente, também sem coquetéis com palitos de frutas tropicais.

Se não fosse a tempestade, eu teria escolhido outro lugar para minha última noite na cidade. Durante toda a semana a chuva foi tão intensa, os trovões tão constantes, que meu sonho de praias de areias brancas e lanchas brilhantes virou fumaça e eu, com os outros veranistas frustrados, passei meus dias virando piñas coladas em qualquer armadilha para turistas lotada que conseguia encontrar.

Esta noite, porém, eu estava farta de aglomerações, longos períodos de espera ou homens grisalhos de aliança piscando bêbados para mim sobre o ombro das esposas. Por isso vim parar aqui.

Em um bar de chão grudento chamado apenas BAR, inspecionando a pequena multidão à procura do meu alvo.

Ele está sentado no canto do balcão do BAR. Um homem mais ou menos da minha idade, vinte e cinco anos, com cabelo loiro-escuro, alto e de ombros largos, embora tão curvado que não seria fácil notar essas duas últimas características à primeira vista. A cabeça dele está inclinada sobre o celular, uma visível expressão de concentração calma em seu perfil. Os dentes apertam o lábio inferior carnudo enquanto seu dedo desliza lentamente pela tela.

Embora não lotado em um nível Disney World, este lugar é barulhento. A meio caminho entre a jukebox que choraminga músicas deprimentes do fim da década de 1950 e a televisão ligada na parede a sua frente, onde um homem do tempo grita sobre chuvas recordes, há um grupinho de sujeitos com risadas secas idênticas que explodem todas ao mesmo tempo. No fundo do bar, a atendente bate toda hora no balcão para dar ênfase enquanto conversa com uma mulher de cabelo amarelo.

A tempestade deixou toda a ilha inquieta, e a cerveja barata deixou todos agitados.

Mas o homem de cabelo loiro-escuro sentado no banquinho no canto do balcão tem uma quietude que o faz se destacar. Na verdade, tudo nele deixa transparecer que não pertence a este lugar. Apesar dos trinta graus e um milhão por cento de umidade, ele veste uma camisa amassada de mangas compridas e calça azul-marinho. Também é muito suspeita sua falta de bronzeado, bem como de qualquer sinal de riso, animação, leveza etc.

Bingo.

Afasto um punhado de ondas loiras do rosto e parto em direção a ele. Enquanto me aproximo, seus olhos continuam fixos no celular, o dedo arrastando lentamente o que quer que ele esteja lendo na tela. Avisto as palavras em negrito CAPÍTULO VINTE E NOVE.

Ele está lendo um livro no bar.

Encosto o quadril no balcão e deslizo o cotovelo sobre ele enquanto o encaro.

— Oi, tigrão.

Seus olhos castanhos se levantam lentamente para meu rosto e piscam.

— Oi?

— Você vem sempre aqui?

Ele me estuda por um minuto, claramente pesando possíveis respostas.

— Não — diz por fim. — Eu não moro aqui.

— Ah — respondo, mas, antes que eu possa falar qualquer outra coisa, ele continua.

— E, mesmo que eu morasse, tenho uma gata cheia de problemas de saúde que precisa de cuidados especiais. Fica difícil sair.

Franzo a testa para praticamente todas as partes daquela frase.

— Puxa, sinto muito. — Eu me recupero. — Deve ser terrível lidar com tudo isso e ainda enfrentar uma morte.

Ele levanta muito as sobrancelhas.

— Uma morte?

Faço um pequeno gesto circular com a mão indicando o traje dele.

— Você não está na cidade para um enterro?

Ele aperta os lábios.

— Não.

— Então o que o traz à cidade?

— Uma amiga. — Ele baixa os olhos para o celular.

— Que mora aqui? — chuto.

— Que me arrastou pra cá — ele corrige. — De férias. — Ele diz a última palavra com certo desdém.

Eu reviro os olhos.

— Que absurdo! Longe da sua gata? Sem nenhuma boa razão além de diversão e prazer? Tem certeza que essa pessoa pode realmente ser chamada de *amiga*?

— Tenho menos certeza a cada segundo — ele diz, sem levantar os olhos.

Ele não está me dando muito material para trabalhar, mas não vou desistir.

— Então — sigo em frente. — Como a sua amiga é? Sexy? Inteligente? Cheia da grana?

— Baixinha — diz ele, ainda lendo. — Barulhenta. Nunca fica de boca fechada. Derruba bebida em toda peça de roupa minha ou dela, tem péssimo gosto romântico, chora de soluçar vendo propagandas de cursos comunitários gratuitos, daquelas em que uma mãe solteira fica acordada até tarde na frente do computador e, quando cai no sono, seu filho põe um cobertor sobre seus ombros e sorri, porque tem muito orgulho dela, sabe? O que mais? Ah, ela é obcecada por botecos fuleiros com cheiro de salmonela. Tenho medo de beber até cerveja *de garrafa* aqui. Você viu as avaliações deste lugar na internet?

— Você está brincando agora, né? — pergunto, cruzando os braços.

— Bom — diz ele —, salmonela não tem cheiro, mas, sim, Poppy, você é baixinha.

— Alex! — Bato em seu bíceps, interrompendo a encenação. — Estou tentando te ajudar!

Ele esfrega o braço.

— Ajudar como?

— Eu sei que a Sarah partiu seu coração, mas você precisa voltar para a vida. E, quando uma garota sexy se aproxima de você em um bar, a coisa mais importante a não fazer é falar da sua relação codependente com sua gata idiota.

— Em primeiro lugar, a Flannery O'Connor não é idiota — ele responde. — Ela é tímida.

— Ela é má.

— Ela só não gosta de você — ele insiste. — Você tem uma energia canina muito forte.

— Tudo o que fiz foi tentar fazer carinho nela — digo. — Por que ter um bicho que não quer ser agradado?

— Ela quer ser agradada — diz Alex. — Mas você sempre chega perto dela com esse brilho de loba nos olhos.

— Eu não faço isso.

— Poppy. Você chega perto de *tudo* com um brilho de loba nos olhos.

Nesse momento, a atendente chega com o drinque que eu tinha pedido antes de me enfiar no banheiro.

— Moça? — ela me chama. — Sua margarita. — Ela desliza o copo embaçado de gelo na minha direção e uma sede animada surge no fundo de minha garganta quando o pego. Eu o levanto tão depressa que uma boa quantidade de tequila esparrama da borda e, com uma velocidade supernatural e bastante experiente, Alex puxa meu outro braço do balcão antes que ele seja respingado pela bebida.

— Viu? Brilho de loba — ele diz, com calma, sério, do jeito como diz praticamente todas as palavras dirigidas a mim, exceto nas raras e sagradas noites em que o Alex Doidão ataca e eu o vejo, tipo, deitado no chão fingindo soluçar em um microfone no karaokê, o cabelo loiro--escuro espetado em todas as direções e a camisa social amassada saindo de dentro da calça. Isso é só um exemplo hipotético. De algo que aconteceu exatamente assim.

Alex Nilsen é um estudo controlado. Naquele corpo alto, largo, de postura permanentemente desleixada e/ou enrolada como um pretzel, há um excesso de estoicismo (o resultado de ser o filho mais velho de um viúvo com a maior ansiedade vocal que eu já vi) e um estoque de repressão (o resultado de uma rígida criação religiosa em oposição direta à maioria de suas paixões, especificamente a universidade) combinados com o cara boboca mais estranho, secretamente ingênuo e de enorme coração mole que já tive o prazer de conhecer.

Tomo um gole da margarita e um som de prazer sai de dentro de mim.

— Um cachorro em um corpo humano — Alex diz para si mesmo, depois volta a rolar a tela de seu celular.

Rosno em desaprovação ao seu comentário e dou outro gole.

— A propósito, esta margarita é uns noventa por cento tequila. Espero que você esteja dizendo para aqueles avaliadores exigentes na internet irem se catar. *E* este lugar não tem cheiro de salmonela. — Tomo um pouco mais do meu drinque enquanto me sento no banquinho ao lado dele e giro até nossos joelhos se tocarem. Gosto de como ele sempre se senta assim quando estamos juntos: a parte superior do corpo voltada para o balcão, as pernas longas viradas para o meu lado, como se ele estivesse deixando alguma porta secreta aberta apenas para mim. E não uma porta apenas para o Alex Nilsen reservado e nunca muito sorridente que o resto do mundo conhece, mas um caminho direto para o Alex doidão. O Alex que faz essas viagens comigo, ano após ano, ainda que não goste de voar, nem de mudanças, nem de usar qualquer travesseiro que não seja o da sua casa.

Gosto como, quando saímos, ele sempre vai direto para o balcão, porque sabe que eu gosto de me sentar ali, embora uma vez tenha admitido que, toda vez que fazemos isso, ele se estressa por não saber se está olhando demais ou de menos para o barman.

Verdade seja dita: eu gosto e/ou amo quase tudo em meu melhor amigo, Alex Nilsen, e quero que ele seja feliz, então, mesmo que eu nunca tenha gostado particularmente de nenhuma de suas namoradas anteriores, e muito menos da sua ex, Sarah, sei que é meu papel garantir que ele não deixe seu mais recente coração partido o forçar a se tornar um completo eremita. Afinal, ele faria, e já fez, o mesmo por mim.

— Então — digo —, vamos começar de novo? Eu sou a estranha sexy no bar e você é o seu eu charmoso, tirando a parte do gato. Vamos levar você de volta à ativa em pouquíssimo tempo.

Ele levanta os olhos do celular, quase sorrindo. Vou considerar isso um sorriso, porque é o mais perto que Alex consegue chegar de um.

— Você quer dizer a estranha que puxa conversa com um bem colocado "Oi, tigrão"? Acho que temos ideias diferentes do que é "sexy".

Eu giro em meu banquinho, nossos joelhos se batendo conforme viro para o outro lado e depois viro de volta com o rosto reconfigurado em um sorriso insinuante.

— Doeu... — falo — ... quando você caiu do céu?

Ele balança a cabeça.

— Poppy, é importante para mim que você saiba — ele diz devagar — que, se um dia eu *resolver* sair com outra pessoa, não vai ter nada a ver com a sua suposta ajuda.

Fico de pé, dramaticamente viro o resto do drinque e bato o copo no balcão.

— Então, que tal a gente sair daqui?

— Como é possível você ter mais sucesso em namorar do que eu? — ele pergunta, perplexo com esse mistério.

— Fácil — respondo. — Eu tenho parâmetros mais baixos. E nenhuma Flannery O'Connor entra no meio da conversa. E, quando eu vou a bares, não passo o tempo todo fazendo cara feia enquanto leio avaliações na internet e projetando uma imagem de NÃO FALE COMIGO. Além disso, pode-se dizer que eu sou maravilhosa, de certos ângulos.

Ele se levanta, põe uma nota de vinte em cima do balcão e volta a guardar a carteira no bolso. Alex sempre anda com dinheiro. Não sei por quê. Já perguntei pelo menos três vezes. Ele respondeu. Eu ainda não sei o motivo, já que a resposta dele ou foi muito entediante ou muito intelectualmente complexa para o meu cérebro ao menos se interessar em guardar na memória.

— Isso não muda o fato de você ser totalmente estranha — diz ele.

— Você me ama — respondo, só um pouquinho na defensiva.

Ele passa um braço sobre meus ombros e olha para mim com outro sorrisinho contido nos lábios carnudos. Seu rosto é uma peneira que só deixa passar uma quantidade minúscula de expressão por vez.

— Eu sei.

Sorrio para ele.

— Eu também amo você.

Ele resiste à ampliação do seu sorriso e o mantém pequeno e sutil.

— Eu também sei.

A tequila me deixou sonolenta e mole, e eu me apoio nele conforme começamos a caminhar para a porta aberta.

— Foi uma boa viagem — digo.

— A melhor — ele concorda, a chuva fria em rajadas à nossa volta como confete. O braço dele se enrola um pouco mais, quente e pesado, em volta de mim, seu cheiro fresco de cedro envolvendo meus ombros como uma capa.

— Eu nem me importei muito com a chuva — falo, enquanto saímos para a noite espessa e molhada, repleta de zumbidos de mosquitos e palmeiras estremecendo com o trovão distante.

— Eu prefiro assim. — Alex levanta o braço do meu ombro para dobrá-lo sobre minha cabeça, transformando-se em um guarda-chuva humano improvisado enquanto atravessamos correndo a rua encharcada em direção ao nosso pequeno carro vermelho alugado. Quando chegamos, ele se afasta e abre minha porta primeiro (conseguimos um desconto escolhendo um carro sem travas ou vidros automáticos), depois dá a volta e se joga no banco do motorista.

Alex liga o carro, o ar-condicionado em força total soprando seu vento ártico contra as roupas molhadas enquanto ele sai da vaga e segue o caminho de nossa casa alugada.

— Acabei de perceber — diz ele — que não tiramos nenhuma foto no bar para o seu blog.

Começo a rir, então percebo que ele não está brincando.

— Alex, nenhum dos meus leitores vai querer ver fotos do BAR. Eles não querem nem ler sobre o BAR.

Ele encolhe os ombros.

— Eu não achei o BAR tão ruim assim.

— Você disse que tinha cheiro de salmonela.

— Tirando isso. — Ele aciona o pisca-pisca e vira o carro em nossa rua estreita ladeada de palmeiras.

— Na verdade eu não tirei *nenhuma* foto aproveitável esta semana.

Alex franze a testa e esfrega a sobrancelha enquanto reduz a velocidade para a entrada de cascalhos adiante.

— Além das que você tirou — acrescento depressa. As fotos que Alex se ofereceu para tirar para minhas redes sociais são péssimas. Mas eu o amo tanto por ter se disposto a tirá-las que já selecionei a menos terrível e postei. Nela, estou fazendo uma daquelas caras medonhas de quando se está no meio de uma palavra, rindo-gritando algo enquanto ele tenta, sem conseguir, me dar instruções, e as nuvens de tempestade estão visivelmente se formando sobre mim, como se eu mesma estivesse invocando o apocalipse para Sanibel Island. Mas pelo menos dá para ver que eu estou feliz.

Quando olho para essa foto, não me lembro do que Alex disse para produzir aquela cara em mim, ou do que eu gritei para ele. Mas sinto o mesmo quentinho no coração de quando penso em qualquer uma de nossas viagens de verão anteriores.

Aquele aperto de felicidade, aquela sensação de que *esse* é o sentido da vida: estar em um lugar bonito com alguém que você ama.

Tentei escrever alguma coisa sobre isso na legenda, mas era difícil de explicar.

Minhas postagens costumam ser sobre como viajar com pouco dinheiro, aproveitar o máximo com o mínimo, mas, quando se tem cem mil pessoas acompanhando suas férias na praia, o ideal é mostrar a elas... férias na praia.

Na semana passada, tivemos um total de aproximadamente quarenta minutos na praia de Sanibel Island. O restante do tempo passamos entocados em bares e restaurantes, livrarias e lojas de antiguidades, além de um monte de tempo no bangalô simplesinho que alugamos, comendo pipoca e contando relâmpagos. Não estamos bronzeados, não vimos nenhum peixe tropical, não mergulhamos nem tomamos sol em catamarãs, não fizemos praticamente nada além de dormir e acordar no sofá macio enquanto uma maratona de *Além da imaginação* se infiltrava em nossos sonhos.

Há lugares que dá para apreciar em toda a sua glória com ou sem sol, mas este não é um deles.

— Ei — diz Alex, estacionando.

— O quê?

— Vamos tirar uma foto — ele fala. — Juntos.

— Você odeia aparecer em fotos — eu o lembro. O que eu sempre achei estranho, porque, tecnicamente, Alex é extremamente bonito.

— Eu sei, mas está escuro e eu quero me lembrar disso.

— Está bem — respondo. — Vamos lá.

Busco o meu celular, mas Alex já pegou o dele. Só que, em vez segurá-lo com a tela virada para nós para podermos nos ver, ele virou o celular ao contrário, com a câmera traseira em nossa direção, em vez de mudar para a câmera frontal.

— O que você está fazendo? — digo, estendendo a mão para o celular dele. — É para isso que existe o modo selfie, vovô.

— Não! — Ele ri, tirando-o do meu alcance. — Esta não é para o seu blog, não precisamos sair bem. Só temos que parecer nós mesmos. Se pusermos no modo selfie, eu nem vou querer tirar a foto.

— Você precisa de tratamento para essa sua dismorfia facial.

— Quantos milhares de fotos eu tirei para você, Poppy? Vamos fazer esta do jeito que eu quero.

— Tá bom. — Eu me inclino entre os dois bancos e me encosto no peito molhado dele, e ele abaixa um pouco a cabeça para compensar nossa diferença de altura.

— Um... dois... — O flash dispara antes que ele chegue no três.

— Seu monstro! — eu exclamo.

Ele vira o celular para olhar a foto e geme.

— Nãããão. Eu *sou* um monstro.

Eu engasgo de rir enquanto examino o horrível borrão fantasmagórico dos nossos rostos: o cabelo molhado dele com pontas espetadas para todo lado, o meu grudado em fios encaracolados nas bochechas, tudo em nós brilhante e vermelho do calor, meus olhos totalmente fechados, os dele apertados e inchados.

— Como é possível nós dois estarmos tão difíceis de enxergar *e* tão horríveis ao mesmo tempo?

Ele joga a cabeça para trás contra o encosto do banco, rindo.

— Tudo bem, vou apagar.

— Não! — Eu puxo o celular da mão dele. Ele o segura também, mas eu não largo, então apenas o mantemos entre nós. — A ideia era essa, Alex. Lembrar da viagem como ela realmente foi. E parecermos nós mesmos.

O sorriso dele é pequeno e sutil como sempre.

— Poppy, você não se parece nem um pouco com essa foto.

Balanço a cabeça.

— Nem você.

Por um longo momento, ficamos em silêncio, como se não houvesse mais nada a dizer agora que chegamos a um acordo.

— No ano que vem vamos para um lugar frio — diz Alex. — E seco.

— Certo — concordo, sorrindo. — Vamos para um lugar frio.

1

Neste verão

—**P**OPPY — DIZ Swapna da cabeceira da sóbria mesa cinza de reunião. — O que você tem para nós?

Como a benevolente administradora do império *Repouso+Relaxamento*, Swapna Bakshi-Highsmith não poderia transmitir menos os dois valores fundamentais de nossa bela revista.

A última vez que Swapna descansou provavelmente foi três anos atrás, quando estava grávida de oito meses e meio e em repouso na cama por ordem médica. Mesmo assim, ela passava o tempo inteiro em chamadas de vídeo com o escritório, o computador equilibrado sobre a barriga, portanto eu não acho que houve muito repouso envolvido. Tudo nela é perspicaz, preciso e elegante, do superestiloso cabelo liso curto penteado para trás aos sapatos de salto Alexander Wang.

Seu delineado gatinho poderia cortar uma lata de alumínio, e seus olhos esmeralda seriam capazes de esmagá-la em seguida. Neste momento, ambos apontam diretamente para mim.

— Poppy? Alô?

Pisco para sair de meu devaneio e deslizo um pouco para a frente na cadeira, pigarreando. Isso vem acontecendo muito comigo ultimamente. Quando se tem um emprego em que se é obrigada a frequentar o escritório apenas uma vez por semana, não é ideal se desligar como uma criança na aula de álgebra cinquenta por cento do tempo, menos ainda fazer isso na frente de sua chefe, igualmente inspiradora e aterrorizante.

Examino o bloco de notas. Eu sempre vinha às reuniões de sexta-feira com dezenas de propostas rabiscadas com entusiasmo. Ideias para matérias sobre festivais desconhecidos em outros países, restaurantes famosos na região com sobremesas fritas típicas, fenômenos naturais em determinadas praias da América do Sul, vinhedos promissores na Nova Zelândia. Ou novas tendências entre os caçadores de emoções e modos de relaxamento profundo para os fãs de spas.

Eu escrevia essas anotações em uma espécie de frenesi, como se cada experiência que eu desejasse ter um dia fosse uma coisa viva crescendo em meu corpo, estendendo ramos para empurrar minhas entranhas, pressionando para irromper de dentro de mim. Antes das reuniões, eu passava três dias em algo como um transe desesperado no Google, olhando imagem após imagem de lugares onde nunca havia estado, uma sensação parecida com fome roncando em meu estômago.

Hoje, porém, perdi dez minutos anotando nomes de países.

Países, nem sequer cidades.

Swapna está olhando para mim, esperando que eu defenda meu grande destino de verão para o próximo ano, e eu estou com os olhos fixos na palavra *Brasil*.

O Brasil é o quinto maior país do mundo. O Brasil corresponde a 5,6 por cento da massa da Terra. Não se pode escrever um artigo curto e conciso sobre férias no Brasil. É preciso, pelo menos, escolher uma região.

DE FÉRIAS COM VOCÊ

Viro a página do meu bloco fingindo estudar a próxima anotação. Ela está em branco. Quando meu colega Garrett se inclina como se fosse ler sobre meu ombro, eu o fecho depressa.

— São Petersburgo — digo.

Swapna arqueia uma sobrancelha e anda de um lado para outro na cabeceira da mesa.

— Falamos sobre São Petersburgo em nossa edição de verão três anos atrás. O Festival das Noites Brancas, lembra?

— Amsterdã? — Garrett sugere ao meu lado.

— Amsterdã é uma cidade de primavera — diz Swapna, levemente irritada. — Não dá para apresentar Amsterdã como destaque sem incluir as tulipas.

Ouvi dizer que ela já esteve em mais de setenta e cinco países, em muitos deles duas vezes.

Ela faz uma pausa, segurando o celular em uma das mãos e o batendo na palma da outra enquanto pensa.

— Além do mais, Amsterdã é tão... na moda.

Swapna acredita que estar *na moda é já estar atrasado para essa moda*. Se ela sentir que há algo no ar indicando que Torun, na Polônia, vai virar tendência, Torun está fora de pauta pelos próximos dez anos. Há, de fato, uma lista pregada com tachinhas em uma parede ao lado dos cubículos (Torun não está nela) de Lugares que Não Estarão na *R+R*. Cada item está escrito com a letra dela e datado, e há um tipo de pool de apostas clandestino entre nós sobre quando uma cidade sairá da Lista. Nunca há tanta expectativa silenciosa no escritório quanto nas manhãs em que Swapna entra, com sua bolsa do laptop assinada por um designer, e caminha até a Lista com uma caneta a postos, pronta para riscar uma dessas cidades banidas.

Todos observam com a respiração contida, imaginando qual cidade ela vai resgatar da obscuridade na *R+R*, e, assim que ela está em segurança em seu escritório, com a porta fechada, quem estiver mais perto da Lista corre até lá, lê o item riscado e volta para sussurrar o nome da cidade para todos no editorial. Geralmente há uma comemoração silenciosa.

Quando Paris foi retirada da Lista no outono passado, alguém abriu um champanhe e Garrett tirou uma boina vermelha de uma gaveta de sua mesa, onde ele aparentemente a vinha escondendo para essa ocasião. Ele a usou o dia inteiro, arrancando-a da cabeça toda vez que ouvíamos o clique e o gemido da porta de Swapna. Ele achou que tinha escapado, até que ela parou ao lado da mesa dele no caminho para a saída, à noite, e disse: "*Au revoir*, Garrett".

Ele ficou tão vermelho quanto a boina e, embora eu não tenha achado que Swapna pretendesse alguma coisa com aquilo além de fazer graça, Garrett nunca recuperou sua autoconfiança por completo desde então.

Ver Amsterdã declarada "na moda" faz suas faces corarem além do vermelho-boina, direto para o roxo-beterraba.

Alguém sugere Cozumel. E também há um voto para Las Vegas, que Swapna considera brevemente.

— Vegas poderia ser divertido. — Ela olha diretamente para mim. — Poppy, você acha que Vegas pode ser divertido?

— Com certeza — concordo.

— Santorini — Garrett arrisca, com voz de camundongo de desenho animado.

— Santorini é linda, claro — diz Swapna, e Garrett solta um audível suspiro de alívio. — Mas queremos algo inspirador.

Ela olha para mim outra vez. Declaradamente. Eu sei por quê. Ela quer que *eu* escreva o artigo principal. Porque é para isso que estou aqui.

Meu estômago revira.

— Vou continuar pensando e trabalhar em alguma coisa para apresentar a você na segunda-feira — sugiro.

Ela concorda com a cabeça. Garrett se afunda na cadeira ao meu lado. Eu sei que ele e seu namorado estão desesperados por uma viagem grátis para Santorini. Como estaria qualquer redator de matérias sobre viagens. Como provavelmente estaria qualquer ser humano.

Como eu definitivamente deveria estar.

Não desista, tenho vontade de dizer a ele. *Se a Swapna quer algo inspirador, de mim ela não vai conseguir.*

Faz muito tempo que não tenho.

— ACHO QUE você deveria insistir em Santorini — diz Rachel, girando sua taça de vinho rosé sobre o tampo de mosaico da mesa do café. É um vinho perfeito para o verão, e, por causa da plataforma que ela administra, nós o recebemos gratuitamente.

Rachel Krohn: blogueira de estilo de vida, entusiasta de buldogues franceses, nascida e criada no Upper West Side de Nova York (mas, felizmente, não do tipo que age como se fosse tão *adorável* você ser de Ohio, ou mesmo o fato de Ohio existir — alguém já *ouviu* falar desse lugar?) e melhor amiga de nível profissional.

Apesar de ter equipamentos de última geração, Rachel lava a louça à mão porque acha calmante, e faz isso usando sapato com salto de dez centímetros porque acha que sapatos baixos são para andar a cavalo e fazer jardinagem, e só se você não encontrar nenhuma bota de salto adequada.

Rachel foi a primeira amiga que fiz quando me mudei para Nova York. Ela é "influenciadora" nas redes sociais (leia-se: é paga para usar determinadas marcas de maquiagem nas fotos tiradas em sua bela penteadeira de tampo de mármore), e embora eu nunca tenha feito amizade antes com uma colega de internet, acabou tendo suas vantagens (leia-se: nenhuma de nós precisa se sentir constrangida quando pedimos para a outra esperar enquanto tiramos fotos de nossos sanduíches). E, embora eu pudesse supor que não teria muito em comum com Rachel, durante nossa terceira saída (no mesmo bar de vinhos em Dumbo onde estamos sentadas no momento), ela admitiu que faz todas as suas fotos da semana às terças-feiras, trocando de roupa e cabelo entre paradas em diferentes parques e restaurantes, depois passa o resto da semana escrevendo artigos e administrando as redes sociais para algumas organizações de resgate de cães.

Ela acabou nesse trabalho por ser fotogênica, ter uma vida fotogênica e dois cachorros muito fotogênicos (que constantemente necessitam de cuidados médicos).

Ao passo que eu trabalho para construir uma base de seguidores nas redes sociais a longo prazo a fim de transformar viagens em uma profissão em tempo integral. Diferentes caminhos com o mesmo destino. Quer dizer, ela ainda está no Upper West Side e eu no Lower East Side, mas ambas somos propagandas ambulantes.

Tomo um grande gole do espumante e o agito na boca conforme absorvo as palavras de Rachel. Nunca estive em Santorini, e, em algum lugar na casa abarrotada dos meus pais, em um Tupperware cheio de coisas que não têm absolutamente nada em comum, há uma lista de destinos dos sonhos que eu fiz na faculdade, com Santorini perto do topo. Aqueles contornos bem brancos e as grandes faixas de mar azul cintilante estavam tão distantes de meu sobrado caótico em Ohio quanto eu poderia imaginar.

— Eu não posso — digo por fim. — O Garrett entraria em combustão espontânea se, depois de ele ter sugerido Santorini, eu apoiasse a mesma ideia e Swapna a aprovasse como minha.

— Eu não entendo — comenta Rachel. — Será que é tão difícil assim escolher um destino de férias, Pop? Não é como se você tivesse que contar os centavos. Escolha um lugar. Vá. Depois escolha outro. É assim que funciona.

— Não é tão simples.

— Sim, sim. — Rachel balança a mão. — Eu sei, sua chefe quer férias "inspiradoras". Mas, quando você chegar em algum lugar lindo, com o cartão de crédito da *R+R* na mão, a inspiração vai aparecer. Não existe nenhuma pessoa na Terra mais bem equipada para ter férias mágicas do que uma jornalista de viagens com um talão de cheques de um poderoso conglomerado de mídia. Se você não conseguir fazer uma viagem inspiradora, como espera que o resto do mundo faça?

Dou de ombros, partindo um pedaço de queijo da tábua de frios.

— Talvez esse seja o ponto.

Ela levanta uma sobrancelha escura.

— Que ponto?

— Exatamente! — exclamo, e ela me lança um olhar seco de desgosto.

— Não seja fofa e bizarra — ela diz, séria. Para Rachel Krohn, *fofa e bizarra* é quase tão ruim quanto *na moda* é para Swapna Bakshi-Highsmith. Apesar da estética suavemente vaga do cabelo, maquiagem, roupas, apartamento e redes sociais de Rachel, ela é uma pessoa bastante pragmática. Para ela, a vida aos olhos do público é um trabalho como qualquer outro, que ela mantém porque paga suas contas (ao menos no que se refere ao queijo, vinho, maquiagem, roupas e qualquer outra coisa que as empresas decidam enviar para ela), *não* porque ela adore a aura de subcelebridade fabricada que vem no pacote. No fim de cada mês, ela faz uma postagem com os piores momentos não editados de suas sessões de fotos e a legenda: ESTE É UM PERFIL DE IMAGENS SELECIONADAS COM O OBJETIVO DE FAZER VOCÊ SUSPIRAR POR UMA VIDA QUE NÃO EXISTE.

— EU SOU PAGA PARA ISSO.

Sim, ela fez escola de artes.

E, de alguma forma, esse tipo de pseudoarte performática não prejudicou em nada sua popularidade. Sempre que estou na cidade para o último dia do mês, tento marcar um encontro com ela em um bar de vinhos para vê-la conferir as notificações e fazer cara de tédio para as novas curtidas e seguidores, que não param de chegar. De tempos em tempos, ela abafa um gritinho e diz:

— Ouça isto! "Rachel Krohn é tão corajosa e real. Eu quero que ela seja minha mãe." Estou *falando* que eles não me conhecem e, mesmo assim, eles não entendem!

Ela não tem paciência para ver através de óculos cor-de-rosa e menos ainda para melancolia.

— Não estou sendo fofa — eu lhe asseguro. — Nem bizarra.

Sua sobrancelha se arqueia ainda mais.

— Tem certeza? Porque você é propensa a ambos, meu bem.

Reviro os olhos.

— Você quer dizer que eu sou baixinha e uso cores vibrantes.

— Não, você é *miúda* — ela me corrige — e usa padrões fortes. Digamos que seu estilo seja o da filha de um padeiro parisiense da década de 60 pedalando pela aldeia ao amanhecer, gritando *Bonjour, le monde*, enquanto vende suas baguetes.

— Enfim — digo, levando-nos de volta ao assunto —, o que eu quis dizer é: *qual o sentido* de fazer essa viagem ridiculamente cara e depois escrever sobre ela para as quarenta e duas pessoas no mundo que têm tempo e dinheiro para recriá-la?

As sobrancelhas dela formam uma linha reta enquanto ela pensa.

— Bem, em primeiro lugar, eu não acho que a maioria das pessoas use artigos da *R+R* como um itinerário, Pop. Você dá a elas uma centena de lugares para conferir e elas escolhem três. Segundo, as pessoas querem ver férias idílicas em revistas de viagens. Elas compram essas revistas para sonhar, não para planejar. — Mesmo quando ela é a Rachel Pragmática, a cética Rachel Escola de Artes se infiltra, pondo um certo tom de crítica nas palavras. A Rachel Escola de Artes é mais ou menos como um velho reclamão, um padrasto à mesa de jantar dizendo: "Hora de desconectar, garotos", enquanto passa uma vasilha para recolher os celulares de todos.

Eu adoro a Rachel Escola de Artes e seus Princípios, mas também fico um pouco incomodada com sua súbita aparição neste bar na calçada. Porque, bem agora, sinto palavras em ebulição que eu ainda não disse em voz alta. Pensamentos sensíveis e secretos que nunca se mostraram totalmente para mim nas muitas horas que passei deitada no sofá quase novo de meu apartamento pouco aconchegante e praticamente inabitado durante os intervalos entre viagens.

— Qual é o sentido? — digo de novo, frustrada. — Você nunca se sente assim? Eu me esforcei tanto, fiz tudo certinho...

— Nem *tudo* — diz ela. — Você largou a faculdade, garota.

— ... para conseguir meu emprego dos sonhos. E consegui. Trabalho em uma das principais revistas de turismo! Tenho um bom apartamento! E posso pegar táxis sem me preocupar muito com para onde aquele dinheiro *deveria* ir, mas, apesar de tudo isso... — Respiro trêmula, incerta quanto às palavras que estou prestes a forçar a sair, mesmo com o peso delas me atingindo como um saco de areia. — Não estou feliz.

O rosto de Rachel se enternece. Ela põe a mão sobre a minha, mas fica em silêncio, dando espaço para que eu continue. Demoro um tempo para conseguir. Eu me sinto uma ridícula mal-agradecida até mesmo por ter esses pensamentos, quanto mais admiti-los em voz alta.

— É tudo basicamente como imaginei — digo por fim. — As festas, as escalas em aeroportos internacionais, os coquetéis no avião e as praias, os barcos e vinhedos. E tudo é do jeito que deveria ser, mas a sensação é diferente da que imaginei. Sinceramente, eu sinto que já não é como no começo. Eu ficava dando pulos de ansiedade semanas antes de uma viagem, sabe? E, quando eu chegava ao aeroporto, era como se... se meu sangue fervesse. Como se o ar estivesse vibrando de possibilidades à minha volta. Não sei. Não sei dizer o que mudou. Talvez tenha sido eu.

Ela prende um cacho escuro atrás da orelha e encolhe os ombros.

— Você *queria* isso, Pop. Você não tinha e queria. Você estava louca por isso.

Na mesma hora, sei que ela está certa. Ela entendeu tudo o que está por trás das minhas palavras vomitadas.

— Isso não é ridículo? — resmungo, rindo. — Minha vida saiu como eu esperava, e agora eu sinto falta de *querer* alguma coisa.

De estremecer sob o peso disso. De me sentir elétrica pelo potencial. De olhar para o teto do meu pequeno apartamento de quinto andar pré-*R+R*, depois de um turno duplo servindo drinques no Garden, e sonhar acordada com o futuro. Os lugares para onde eu iria, as pessoas que eu conheceria. Quem eu *me tornaria*. O que resta para desejar quando se conseguiu o apartamento dos sonhos, a chefe dos sonhos e o emprego dos sonhos (que elimina qualquer ansiedade pelo aluguel obscenamente caro do apartamento dos sonhos porque você passa a maior parte do tempo comendo em restaurantes com estrelas Michelin por conta da empresa)?

Rachel esvazia sua taça e coloca um pouco de queijo brie em uma torrada, balançando a cabeça como se entendesse tudo.

— Tédio de millennial.

— Isso existe? — pergunto.

— Ainda não, mas, se você repetir três vezes, hoje à noite aparece uma análise sobre isso na *Slate*.

Jogo um punhado de sal sobre o ombro para afastar esse mal e Rachel dá uma bufadinha e nos serve mais uma taça de vinho.

— Eu achava que essa coisa de millennials tivesse a ver com não conseguir o que a gente quer. A casa, o emprego, a liberdade financeira. Nós estudamos para sempre e depois somos servimos drinques até morrer.

— É — ela responde —, mas você largou a faculdade e foi atrás do que queria. E aqui estamos.

— Não quero ter tédio de millennial — digo. — Eu me sinto uma imbecil por não estar satisfeita com a minha vida incrível.

Rachel bufa outra vez.

— Satisfação é uma mentira inventada pelo capitalismo — diz a Rachel Escola de Artes, e talvez ela esteja certa. Ela geralmente está. — Pense nisso. Sabe as fotos que eu posto? Elas estão vendendo alguma coisa. Um estilo de vida. As pessoas olham para essas fotos e pensam: "Ah, se eu tivesse esses sapatos Sonia Rykiel, esse apartamento maravilhoso com piso espinha de peixe francês, *aí* eu seria feliz. Eu ia perambular por aí regando minhas plantas e acendendo meu estoque infinito de velas Jo Malone, então sentiria minha vida em perfeita harmonia. Eu finalmente *amaria* a minha casa. Eu *adoraria* meus dias neste planeta".

— Você vende isso muito bem, Rach — eu digo. — Você parece bem feliz.

— E eu sou — ela responde. — Mas não estou satisfeita, sabe por quê? — Ela pega seu celular sobre a mesa, procura uma foto específica que tem em mente e a mostra para mim. É ela reclinada em seu sofá de veludo, cercada de buldogues com cicatrizes iguais de cirurgias salvadoras iguais no focinho. Ela está usando um pijama do Bob Esponja e sem um pingo de maquiagem. — Porque todos os dias há fábricas clandestinas de filhotes procriando mais desses carinhas! Emprenhando as mesmas pobres cadelas de novo e de novo, gerando ninhada após ninhada de cachorrinhos com mutações genéticas que tornam a vida deles difícil e dolorosa. Sem falar em todos os pitbulls espremidos em canis, apodrecendo em uma prisão de cachorrinhos!

— Você está dizendo que eu deveria ter um cachorro? — pergunto.

— Porque essa coisa de ser jornalista de turismo meio que impossibilita a gente de ter um animal de estimação. — Para falar a verdade, mesmo se fosse possível, não tenho certeza se conseguiria lidar com um animal em casa. Eu *amo* cachorros, mas cresci em uma casa lotada deles. Com os bichinhos vêm pelos e latidos e caos. Para uma pessoa já bastante caótica, isso é uma bola de neve. Se eu fosse a um abrigo adotar um cachorro, seria bem capaz de voltar para casa com seis, além de um coiote selvagem.

— Estou dizendo — responde Rachel — que ter um propósito é mais importante do que estar satisfeita. Você tinha um monte de metas na carreira, que te davam um propósito. Uma por uma, você as alcançou. *Et voilà*: acabou o propósito.

— Então eu preciso de novas metas.

Ela concorda enfaticamente com a cabeça.

— Eu li um artigo sobre isso. Parece que alcançar as metas de longo prazo muitas vezes leva à depressão. É a viagem, não o destino, amiga, e todas essas frases que escrevem em almofadas.

O rosto dela se enternece outra vez, ganha o ar etéreo de suas fotografias mais curtidas.

— Segundo minha terapeuta...

— A sua mãe — interrompo.

— Ela estava sendo terapeuta quando disse isso — Rachel afirma, e eu sei que significa que Sandra Krohn estava sendo decididamente a dra. Sandra Krohn, do mesmo jeito que Rachel às vezes é decididamente a Rachel Escola de Artes, e não que ela de fato estivesse em uma sessão de terapia. Por mais que ela peça, sua mãe se recusa a tratar Rachel como paciente. Rachel, no entanto, se recusa a se tratar com qualquer outra pessoa, e elas permanecem em um impasse. — Então — Rachel continua —, ela me disse que às vezes, quando a gente perde a felicidade, é melhor procurar por ela da mesma forma que procuraria por outras coisas.

— Resmungando e arrancando as almofadas do sofá? — sugiro.

— Refazendo seus passos — diz Rachel. — Então, Poppy, o que você tem que fazer é refletir e perguntar a si mesma quando foi a última vez que você foi realmente feliz.

O problema é que eu não tenho que refletir. Nem um pouco.

Eu sei exatamente quando foi a última vez que fui realmente feliz.

Dois anos atrás, na Croácia, com Alex Nilsen.

Mas não há como voltar para aquele momento, porque não nos falamos mais desde então.

— Pense nisso, está bem? — diz Rachel. — A dra. Krohn está sempre certa.

— Tudo bem — respondo. — Eu vou pensar no assunto.

2

Neste verão

EU PENSO. Durante toda a viagem de metrô de volta para casa. Na caminhada de quatro quarteirões que vem em seguida. Durante um banho quente, usando máscara para os cabelos e uma máscara facial, e por várias horas deitada em meu sofá novo e incômodo.

Eu não passo tempo suficiente aqui para transformar o lugar em um lar e, além disso, sou a cria de um pai pão-duro e uma mãe sentimental, o que significa que cresci em uma casa lotada de tralha até o teto. Minha mãe guardava xícaras quebradas que meus irmãos e eu tínhamos dado a ela quando crianças, e meu pai deixava nossos carros velhos estacionados no quintal para o caso de ele um dia aprender a consertá-los. Ainda não tenho ideia do que seria considerado uma quantidade *razoável* de bugigangas em uma casa, mas sei como as pessoas costumam reagir à minha casa de infância e suponho que seja mais seguro errar para o lado do minimalismo do que do acúmulo.

Tirando uma coleção desorganizada de roupas vintage (primeira regra da família Wright: nunca comprar nada novo se consegue usado por uma fração do preço), não há muito mais coisas no meu apartamento para fixar o olhar. Então estou apenas olhando para o teto e pensando.

E, quanto mais eu penso nas viagens que Alex e eu costumávamos fazer juntos, mais eu as desejo. Mas não da maneira divertida, sonhadora e cheia de energia como antes eu *desejava* ver Tóquio na temporada das cerejeiras em flor, ou os carnavais da Suíça, com seus desfiles de máscaras e arlequins brandindo chicotes e dançando em ruas coloridas.

O que estou sentindo agora é mais uma dor, uma tristeza.

É pior do que a sensação meio blah de não querer muito mais da vida. É querer algo que eu não consigo nem convencer a mim mesma de que é uma possibilidade.

Não depois de dois anos de silêncio.

Tá bom, não *silêncio*. Ele ainda me envia uma mensagem de texto no meu aniversário. Eu ainda envio no dele. Nós dois enviamos respostas que dizem "Obrigada" ou "Como você está?", mas essas palavras nunca levam a muito mais que isso.

Depois que tudo aconteceu entre nós, eu costumava dizer a mim mesma que seria só uma questão de tempo para ele superar, que as coisas inevitavelmente voltariam ao normal e nós seríamos melhores amigos outra vez. Talvez até ríssemos desse tempo separados.

Mas dias se passaram, telefones foram desligados e religados, no caso de mensagens estarem se perdendo, e, depois de um mês inteiro, eu até parei de me assustar cada vez que meu alerta de mensagem de texto soava.

Nossas vidas continuaram sem a presença um do outro nelas. O novo e estranho se tornou familiar, o aparentemente imutável, e agora aqui estou eu, em uma sexta-feira à noite, olhando para o nada.

DE FÉRIAS COM VOCÊ

Eu saio do sofá, pego meu computador na mesa de centro e vou para a minha minúscula varanda. Desabo na cadeira solitária que cabe aqui e apoio os pés na grade, ainda quente do sol apesar do pesado manto da noite. Lá embaixo, os sininhos repicam sobre a porta da bodega na esquina, pessoas caminham para casa depois de uma longa noite fora e dois táxis fazem hora na frente do meu bar favorito na vizinhança, o Good Boy Bar (um lugar que deve seu sucesso não aos drinques, mas ao fato de permitir a entrada de cachorros; é assim que eu sobrevivo à minha existência sem bichos de estimação).

Abro o computador e afasto uma mariposa do brilho fluorescente da tela enquanto entro em meu velho blog. O blog em si não tem interesse nenhum para a *R+R*. Quer dizer, eles avaliaram minha redação pelos textos nele antes de eu conseguir o emprego, mas não se importam se eu o mantenho ou não. É minha influência nas redes sociais que eles querem continuar capitalizando, não a modesta, mas a devotada base de leitores que eu construí com minhas postagens sobre viagens com orçamento apertado.

A revista *Repouso+Relaxamento* não é voltada para viagens com orçamento apertado. E, embora eu tivesse planejado manter *Pop Pelo Mundo* concomitante ao trabalho na revista, minhas postagens foram minguando até parar não muito depois da viagem para a Croácia.

Rolo a página até minha postagem sobre essa viagem e a abro. Eu já estava trabalhando na *R+R* nessa época, o que significa que cada luxuoso segundo da viagem foi pago por eles. Deveria ser a melhor que já fizemos, e pequenos pedaços dela *foram*.

Mas, relendo a postagem, mesmo que qualquer menção a Alex e ao que aconteceu tenha sido deixada de fora, é evidente que eu estava arrasada quando cheguei em casa. Volto mais ainda, procurando todas as postagens sobre a Viagem de Verão. Era assim que a chamávamos quando trocávamos mensagens sobre ela ao longo do ano, em geral muito antes de termos decidido para onde iríamos e como pagaríamos pelas despesas.

A Viagem de Verão.

Como em *Não aguento mais a escola, só quero que a Viagem de Verão chegue logo*, e *Ideia para nosso Uniforme da Viagem de Verão*, com uma fotografia de uma camiseta dizendo CHEGUEI no peito, ou um short tão curto que era praticamente uma tanga jeans.

Uma brisa quente traz da rua o cheiro de lixo e de pizza barata e agita meu cabelo. Eu o prendo em um nó na nuca, depois fecho o computador e pego o celular tão rápido que é como se eu realmente fosse usá-lo.

Você não pode. Vai ser esquisito demais, eu penso.

Mas já estou pressionando o nome de Alex, ainda no topo de minha lista de favoritos, onde o otimismo o manteve guardado até ter passado tanto tempo que a possibilidade de o apagar agora parece um trágico último passo que não tenho coragem de dar.

Meu polegar paira sobre o teclado.

Tenho pensado em você, digito. Olho as palavras por um minuto, depois apago e volto ao começo da linha.

Alguma chance de você estar a fim de sair da cidade?, escrevo. Parece bom. É evidente o que estou perguntando, mas, como quem não quer nada, com uma saída fácil. Porém, quanto mais estudo as palavras, mais esquisita eu me sinto de ser tão casual. De fingir que nada aconteceu e nós dois ainda somos amigos próximos que podem planejar uma viagem por um meio tão informal quanto uma mensagem de texto depois da meia-noite.

Apago a mensagem, respiro fundo e digito outra vez: Oi.

— Oi? — exclamo, irritada comigo mesma. Lá embaixo, na calçada, um homem se assusta com o som da minha voz, olha para a minha varanda, decide que eu não estou falando com ele e continua andando apressado.

De jeito nenhum eu vou mandar uma mensagem para Alex Nilsen que diz apenas *Oi*.

Mas, quando vou realçar e apagar a palavra, algo horrível acontece.

DE FÉRIAS COM VOCÊ

Eu acidentalmente aperto enviar.

A mensagem sobe para a tela de conversa.

— Merda, merda, merda! — sibilo, sacudindo o celular como se pudesse fazê-lo cuspir o texto de volta antes que aquela mísera palavra comece a ser digerida. — Não, não, n...

Notificação.

Eu congelo. Boca aberta. Coração disparado. Estômago revirando até meus intestinos parecerem fusilis.

Uma nova mensagem, o nome em negrito no alto: ALEXANDER O MAIOR.

Uma palavra.

Oi.

Fico tão atordoada que quase escrevo *Oi* de volta, como se a minha primeira mensagem não tivesse acontecido, como se ele tivesse me mandado *Oi* do nada. Mas é claro que ele não fez isso. Ele não é esse tipo de pessoa. Eu sou.

E, como eu sou essa pessoa que manda as piores mensagens do mundo, agora recebi uma resposta que não me dá nenhum caminho natural para uma conversa.

O que eu digo?

Como vai? parece muito sério? Dá a impressão de que eu estou esperando que ele diga: *Ah, Poppy, eu senti saudade de você. Eu MORRI de saudade de você.*

Talvez algo mais inofensivo, como *E aí?*

Mas, de novo, eu sinto que a coisa mais estranha que eu poderia fazer agora seria ignorar deliberadamente que *é* esquisito estar escrevendo para ele depois de todo esse tempo.

Desculpe eu ter mandado uma mensagem dizendo oi, escrevo. Apago, tento ser engraçada: Você deve estar pensando por que eu te chamei aqui.

Não tem graça nenhuma, mas estou de pé à beira da minha minúscula varanda, literalmente tremendo de nervoso e aterrorizada por demorar demais para responder. Envio a mensagem e começo a andar de um lado para outro. Só que, como a varanda é minúscula e a cadeira ocupa metade dela, estou basicamente apenas girando como um pião, com uma trilha de mariposas perseguindo a luz oscilante do celular.

Outra notificação, e eu me jogo na cadeira e abro a mensagem.

Tem a ver com os sanduíches que desapareceram da sala de descanso?

Um momento depois, uma segunda mensagem chega.

Porque não fui eu que peguei. A menos que tenha uma câmera de segurança lá. Nesse caso, desculpe.

Um sorriso se abre em meu rosto e uma onda de afeto derrete o nó ansioso no peito. Houve um breve período em que Alex tinha certeza de que seria demitido de seu emprego de professor. Depois de acordar atrasado e pular o café da manhã, ele teve uma consulta médica na hora do almoço. Não teve tempo de comprar nada para comer, então foi à sala dos professores, torcendo para ter sido aniversário de alguém e ter alguns biscoitos murchos ou salgadinhos frios para ele pegar.

Mas era a primeira segunda-feira do mês, e uma professora de história americana chamada sra. Delallo, uma mulher que Alex secretamente considerava sua rival no trabalho, insistia em limpar a geladeira e os balcões na última sexta-feira de cada mês, depois fazia uma grande propaganda disso, como se esperasse que lhe agradecessem, embora seus colegas muitas vezes perdessem alguns almoços congelados em perfeito estado no processo.

Enfim, só o que havia na geladeira era um sanduíche de salada de atum. "O cartão de visita da Delallo", Alex brincou quando me contou a história depois.

Ele comeu o sanduíche como uma provocação (e por conta da fome). Depois passou três semanas convencido de que alguém descobriria e ele perderia o emprego. Não que fosse o seu sonho lecionar literatura no ensino médio, mas o emprego tinha um salário decente, bons benefícios e era em nossa cidade natal em Ohio, o que — embora para mim fosse um ponto totalmente negativo — para ele significava que podia estar perto de dois de seus três irmãos mais novos e dos filhos que eles haviam começado a ter.

Além disso, o tipo de emprego universitário que Alex *realmente* queria não estava aparecendo com muita frequência. Ele não podia perder o emprego que tinha e, felizmente, não perdeu.

Sanduíches? PLURAL?, digito de volta agora. Ora, ora, ora, não me diga que virou um ladrão profissional de misto frio.

Delallo não é fã de misto frio, diz Alex. Nos últimos tempos, ela entrou na onda do sanduíche de pastrami.

E quantos desses sanduíches de pastrami você roubou?, pergunto.

Supondo que a Agência Nacional de Segurança possa estar lendo isto, nenhum, ele responde.

Você é um professor de literatura do ensino médio em Ohio; é claro que eles estão lendo.

Ele envia uma carinha triste.

Está dizendo que eu não sou importante o suficiente para o governo federal me monitorar?

Eu sei que ele está brincando, mas esse é o lance de Alex Nilsen. Apesar de ser alto, ter costas relativamente largas, ser viciado em exercícios diários, comida saudável e autocontrole em geral, ele também tem essa cara de cachorro perdido. Ou, pelo menos, a habilidade de fazê-la. Seus olhos estão sempre um pouco sonolentos, as dobrinhas embaixo deles são uma indicação constante de que ele não gosta de dormir tanto quanto eu. Seus lábios são cheios, com uma exagerada curvatura de coração ligeiramente irregular no lábio superior, e tudo isso, combinado com o cabelo liso e desarrumado — a única coisa em sua aparência na qual ele não presta atenção —, dá ao seu rosto um ar de menino que, quando usado corretamente, consegue desencadear em mim um impulso biológico de protegê-lo a todo custo.

Ver seus olhos sonolentos se arregalarem e umedecerem e a boca carnuda se abrir em um inocente "O" é como ouvir um cachorrinho choramingando.

Quando outras pessoas mandam o emoji de triste, eu entendo como um leve desapontamento.

Quando Alex o usa, eu sei que é o equivalente digital dele fazendo sua Cara de Cachorrinho Triste para me provocar. Às vezes, quando estávamos bêbados, sentados a uma mesa e tentando continuar um jogo de xadrez ou Scrabble que eu estava ganhando, ele usava a famosa cara até ficar entre rir e chorar, caindo da cadeira tentando fazê-lo parar, ou pelo menos cobrir o rosto dele.

Claro que você é importante, digito. Se a Agência de Segurança conhecesse o poder da Cara de Cachorrinho Triste, você estaria em um laboratório sendo clonado.

Alex digita por um minuto, para, digita de novo. Eu espero mais alguns segundos. Será que acabou? É essa a mensagem com a qual ele finalmente para de responder? É uma confrontação? Ou, como eu o conheço, provavelmente deve ser algo inofensivo como *Foi bom conversar com você, mas estou indo para a cama. Durma bem.*

Plim!

Uma risada sai de mim com a força de um ovo se quebrando em meu peito, derramando calor para revestir meus nervos.

É uma foto. Uma selfie ruim e embaçada de Alex, embaixo de um poste de luz, fazendo a infame cara. Como quase todas as fotos que ele já tirou na vida, foi tirada ligeiramente de baixo para cima, alongando sua cabeça e a deixando pontuda. Eu me inclino para trás em mais uma risada, meio zonza.

Seu peste!, digito. É uma da manhã e agora eu vou ter que ir ao abrigo de animais salvar algumas vidas.

Sei, diz ele. Você nunca iria adotar um cachorro.

Algo como mágoa belisca meu estômago. Apesar de ser o homem mais limpo, detalhista e organizado que eu conheço, Alex ama animais, e tenho certeza de que ele vê como um grande defeito minha incapacidade de me comprometer com um.

Olho para a solitária suculenta desidratada no canto da varanda. Balançando a cabeça, digito outra mensagem:

Como vai Flannery O'Connor?

Morreu, Alex escreve.

A gata, não a escritora!, digo.

Morreu também, ele responde.

Meu coração pula uma batida. Por mais que eu detestasse aquela gata (não mais nem menos do que ela me detestava), Alex a adorava. O fato de ele não ter me contado que ela morreu me corta por dentro da cabeça aos pés, como uma lâmina de guilhotina.

Alex, eu sinto muito, escrevo. Puxa, eu sinto mesmo. Eu sei o quanto você a amava. Aquela gata teve uma vida incrível.

Ele escreve apenas Obrigado.

Fico olhando para a palavra por um longo tempo, sem saber como prosseguir. Quatro minutos se passam, depois cinco, e então dez.

Eu preciso ir dormir agora, ele diz por fim. Durma bem, Poppy.

Você também, respondo.

Fico sentada na varanda até todo o calor ser tirado de mim.

3

Doze verões atrás

NA PRIMEIRA NOITE de orientação aos novos alunos na Universidade de Chicago, eu o vejo. Ele veste calça cáqui e uma camiseta da universidade, apesar de estar aqui há um total de dez horas. Não se parece em nada com o tipo de intelectualidade artística com a qual imaginei que faria amizade quando escolhi estudar nesta cidade. Mas estou aqui sozinha (minha nova colega de quarto tinha uma irmã mais velha e alguns amigos na universidade e fugiu dos eventos da semana de orientação assim que encontrou uma chance), e ele também está sozinho, então vou ao seu encontro, inclino meu copo na direção de sua camiseta e digo:

— Então você estuda na Universidade de Chicago?

Ele fica me olhando sem entender.

Balbucio que foi uma brincadeira.

Ele balbucia algo sobre ter sujado a camisa e tido que trocar de roupa em cima da hora. Seu rosto fica vermelho, e o meu também, por causa do constrangimento dele.

E então seus olhos descem por mim, me medindo, e seu rosto muda. Estou com um macacão de estampa floral laranja e rosa neon do início da década de 1970, e ele reage como se eu estivesse carregando um cartaz com as palavras ABAIXO AS CALÇAS CÁQUI.

Eu pergunto de onde ele é, porque não sei bem o que dizer a um estranho com quem não compartilho nada além de algumas horas de confusas excursões pelo campus, algumas apresentações entediantes sobre a vida na cidade e o fato de que detestamos a roupa um do outro.

— Ohio — ele responde. — Uma cidade chamada West Linfield.

— Mentira! — digo, perplexa. — Eu sou de East Linfield.

Ele se anima um pouco, como se essa fosse uma boa notícia, e eu nem sei por que, já que o fato de ter Linfield em comum é meio como estar com o mesmo resfriado: não é a pior coisa do mundo, mas nada a comemorar.

— Eu sou Poppy — digo.

— Alex — ele responde, e aperta minha mão.

Quando você imagina um novo melhor amigo, o nome dele nunca é Alex. Provavelmente, também não o imagina vestido como um bibliotecário adolescente, ou mal olhando você nos olhos, ou sempre falando um pouquinho sussurrado.

Decido que, se tivesse olhado para ele por mais cinco minutos antes de atravessar o gramado sob o globo de luz para conversar, teria adivinhado o nome dele e que ele era de West Linfield, porque esses dois fatos combinam com a calça cáqui e a camiseta da Universidade de Chicago.

Tenho certeza de que, quanto mais conversarmos, mais incrivelmente chato ele vai ficar, mas estamos aqui, estamos sozinhos, então por que não confirmar isso?

— Você está aqui para quê? — pergunto.

Ele franze a testa.

— Para quê?

— Sim, por exemplo, eu estou aqui para conhecer um barão do petróleo milionário que precisa de uma segunda esposa muito mais jovem — explico.

Aquele olhar sem entender nada outra vez.

— O que você vai *estudar*? — esclareço.

— Ah — diz ele. — Não tenho certeza. Talvez Direito. Ou Literatura. E você?

— Ainda não sei. — Levanto meu copo de plástico. — Vim principalmente pelo ponche. E para não morar no sul de Ohio.

Nos penosos quinze minutos seguintes, fico sabendo que ele está aqui com uma bolsa e ele fica sabendo que eu fiz empréstimos universitários. Eu lhe digo que sou a mais nova de três irmãos e a única menina. Ele me diz que é o mais velho de quatro meninos. E pergunta se eu já vi a academia, e minha reação espontânea é "*Para quê?*", e ambos voltamos a olhar para o chão desconfortavelmente em silêncio.

Ele é alto, quieto e está ansioso para ver a biblioteca.

Eu sou baixa, barulhenta e tenho a esperança de que alguém apareça e nos convide para uma festa de verdade.

Quando nos separamos, tenho certeza de que nunca mais vamos conversar.

Aparentemente ele sente o mesmo.

Em vez de *tchau* ou *a gente se vê por aí* ou *quer me dar seu telefone*, ele diz apenas:

— Boa sorte no primeiro ano, Poppy.

4

Neste verão

VOCÊ PENSOU SOBRE aquilo? — pergunta Rachel. Ela está pedalando na bicicleta ergométrica ao meu lado, espalhando gotículas de suor, mas sua respiração é tranquila, como se estivesse passeando na Sephora. Como sempre, escolhemos duas bicicletas no fundo para a aula de spin, onde podemos conversar sem ser repreendidas por estarmos distraindo os outros ciclistas.

— Aquilo o quê? — pergunto de volta, arfando.

— O que faz você feliz. — Ela levanta o corpo para pedalar mais depressa, seguindo a instrução da professora. Quanto a mim, estou basicamente debruçada sobre o guidão, forçando meus pés para baixo como se estivesse pedalando sobre melaço. Odeio me exercitar; adoro a sensação de ter me exercitado.

— Silêncio — ofego, o coração acelerado. — Me. Faz. Feliz.

— E o que mais? — ela insiste.

— Aquelas barras de framboesa e creme de baunilha da Trader Joe's.

— E?

— *Às vezes* você! — Estou tentando parecer sarcástica. A falta de ar estraga o efeito.

— Descansem! — a professora grita em seu microfone; uns trinta e poucos suspiros de alívio ecoam pela sala. Pessoas desmoronam sobre as bicicletas ou se desmancham no chão, mas Rachel desce da bicicleta como uma ginasta olímpica terminando sua rotina de solo. Ela me passa sua garrafa de água e eu a sigo para o vestiário, depois para a luz escaldante do meio-dia.

— Eu não vou tentar arrancar de você — diz ela. — Talvez o que a faz feliz seja particular.

— É o Alex — falo de uma vez.

Ela para de andar e segura meu braço, mantendo-me cativa enquanto o fluxo de pedestres desvia à nossa volta pela calçada.

— O quê?

— Não desse jeito — digo. — Nossas viagens de verão. Nada nunca foi melhor do que aquilo.

Nada.

Mesmo que um dia eu me case ou tenha um bebê, imagino que o Melhor Dia da Minha Vida ainda será uma mistura entre isso e o dia enevoado em que Alex e eu fomos fazer uma caminhada pelo parque das sequoias. Quando estacionávamos o carro, começou a chover e as trilhas se esvaziaram. Tínhamos a floresta só para nós. Pusemos uma garrafa de vinho na mochila e saímos.

Quando tivemos certeza de que estávamos sozinhos, tiramos a rolha e fomos passando a garrafa de um para o outro, bebendo enquanto caminhávamos entre a quietude das árvores.

Eu queria que a gente pudesse dormir aqui, lembro que ele disse. *Só deitar e tirar um cochilo.*

E, então, encontramos um daqueles enormes troncos ocos ao lado da trilha, do tipo que se abre e forma uma gruta de madeira, seus dois lados como gigantescas palmas de mãos.

Nós entramos e nos acomodamos na terra seca pontilhada de agulhas de sequoia. Não dormimos, mas descansamos. Como se, em vez de ganhar energia pelo sono, a sorvêssemos em nosso corpo dos séculos de sol e chuva que haviam cooperado para fazer crescer aquela árvore imensa que nos protegia.

— Bom, então é claro que você tem que ligar pra ele — diz Rachel, efetivamente me laçando e me arrancando da lembrança. — Eu nunca entendi por que você nunca tentou resolver isso direto com o Alex. Parece bobagem perder uma amizade tão importante por causa de uma briga.

Balanço a cabeça.

— Eu já escrevi para ele. Ele não está interessado em reacender a amizade, e *definitivamente* não quer uma viagem de férias comigo. — Recomeço a andar do lado dela, puxando a alça de minha sacola de ginástica sobre o ombro suado. — E se você viesse comigo? Seria divertido, não? Faz meses que não vamos a algum lugar juntas.

— Você sabe que fico ansiosa quando saio de Nova York — argumenta Rachel.

— E o que a sua terapeuta diria sobre isso? — provoco.

— Ela diria: "O que tem em Paris que não tem em Manhattan, querida?"

— Hum... a Torre Eiffel? — sugiro.

— Ela também fica ansiosa quando eu saio de Nova York — diz Rachel. — New Jersey é o máximo que nosso cordão umbilical alcança. Vamos tomar um suco. Aquela tábua de queijos formou uma rolha no meu umbigo, e está tudo se empilhando por trás dela.

Às DEZ E meia da noite de domingo, estou sentada na cama com meu edredom cor-de-rosa macio amontoado sobre os pés e o computador queimando as coxas. Tenho meia dúzia de janelas abertas no navegador e, em meu aplicativo de notas, comecei uma lista de possíveis destinos que só vai até três.

1. Terra Nova
2. Áustria
3. Costa Rica

Mal comecei a fazer anotações sobre as principais cidades e atrações naturais de cada um deles quando meu celular soa na mesa de cabeceira. Rachel tem enviado mensagens para mim o dia inteiro jurando nunca mais comer lactose, mas, quando olho para a tela, a notificação diz ALEXANDER O MAIOR.

Na mesma hora, a vertigem está de volta, tão forte dentro de mim que sinto que meu corpo poderia explodir.

É uma foto, e, quando a abro, encontro uma cópia de minha fotografia ridiculamente horrível do último ano do ensino médio com a mensagem que escolhi embaixo dela: *ADEUS*.

Ahhhhh, nããão, digito, rindo, enquanto empurro o computador para o lado e deito de costas na cama. Onde você achou isso?

Biblioteca de East Linfield, responde Alex. Eu estava preparando uma aula e me lembrei que eles têm anuários.

Isso é jogo baixo, brinco. Vou escrever agora para seus irmãos pedindo suas fotos de bebê.

Na mesma hora, ele envia de novo a mesma foto de Cachorrinho Triste de sexta-feira, seu rosto embaçado e desbotado, o brilho alaranjado de um poste de luz visível sobre seu ombro.

Malvada, ele escreve.

Essa é uma foto padrão que você deixa salva para ocasiões como esta?, pergunto.

Não, diz ele. Eu tirei na sexta-feira.

Era bem tarde para você estar na rua em Linfield, comento. O que fica aberto além da lanchonete àquela hora?

Na verdade, depois que você completa vinte e um anos, tem muita coisa para fazer à noite em Linfield, diz ele. Eu estava no Birdies.

Birdies, o bar "e restaurante" com tema de golfe na frente do meu colégio.

No Birdies?, digo. Credo, é onde todos os professores bebem!

Alex envia outra foto da Cara de Cachorrinho Triste, mas pelo menos é nova: ele com uma camiseta cinza-claro, o cabelo espetado para todos os lados, na frente de uma cabeceira simples de madeira.

Ele também está sentado na cama. Escrevendo para mim. E no fim de semana, enquanto trabalhava em suas aulas, ele não só pensou em mim como dedicou um tempo a encontrar minha velha foto no anuário da escola.

Estou sorrindo abertamente, agora, e me sentindo efervescente. É surreal quanto isso se parece com os primeiros dias de nossa amizade, quando cada nova mensagem era estimulante, divertida e perfeita, quando cada telefonema rápido de repente se transformava em uma hora e meia falando sem parar, mesmo quando tínhamos nos visto poucos dias antes. Eu me lembro como, durante um dos primeiros desses telefonemas, antes de eu ao menos considerá-lo meu *melhor amigo*, tive que perguntar se podia ligar de volta em um instante porque precisava fazer xixi. Quando voltamos ao telefone, conversamos por mais uma hora, e então ele me pediu a mesma coisa.

Àquela altura, pareceu bobo sair do telefone só para não ouvir o xixi caindo no vaso sanitário, então eu disse a ele que podia continuar ao telefone se quisesse. Ele *não* aceitou minha sugestão, nem naquele dia nem nunca, mas dali em diante eu fiz xixi muitas vezes no meio de telefonemas. Com a permissão dele, claro.

Agora estou fazendo essa coisa humilhante de tocar a foto do rosto dele como se assim eu pudesse, de alguma maneira, sentir sua essência, como se isso o trouxesse para mais perto de mim do que ele esteve nos dois últimos anos. Não tem ninguém aqui para ver, mesmo assim eu me sinto constrangida.

Estou brincando!, respondo. Na próxima vez que eu for para casa, a gente devia ficar bêbado com a sra. Lautzenheiser.

Na próxima vez que eu for para casa.

A gente.

Será que foi demais? Sugerir que saíssemos juntos?

Se foi, ele não demonstra. Ele só escreve: A Lautzenheiser está sóbria agora. E ela é budista.

Como não obtive uma resposta direta para a sugestão, nem positiva nem negativa, sinto um intenso desejo de insistir no assunto.

Então, acho que temos que mudar o programa e buscar iluminação com ela, escrevo.

Alex digita por tempo demais, e todo o tempo estou de dedos cruzados, tentando me livrar da tensão à força.

Ah, caramba.

Eu pensei que estivesse indo bem, que tivesse superado o rompimento da nossa amizade, mas, quanto mais conversamos, mais eu sinto falta dele.

O celular vibra em minha mão. Três palavras: Acho que sim.

É neutro, mas é alguma coisa.

E agora estou ligada no duzentos e vinte. Por causa da foto do anuário, das selfies, da ideia de Alex sentado na cama escrevendo para mim do nada. Talvez seja forçar demais ou pedir muito, mas não consigo me controlar.

Durante dois anos, eu quis pedir a Alex para dar mais uma chance à nossa amizade, e tive tanto medo da resposta que nunca tomei essa iniciativa. Mas não pedir também não ajudou a nos reaproximarmos, e eu sinto falta dele, e sinto falta de como éramos juntos, e sinto falta da Viagem de Verão e, por fim, eu sei que *existe* uma coisa na minha vida que eu ainda realmente quero, e só há uma maneira de descobrir se posso tê-la ou não.

Alguma chance de você estar livre até as aulas começarem?, digito, tremendo tanto que meus dentes começam a bater. Estou pensando em fazer uma viagem.

Olho para as palavras pela duração de três respiradas fundas e pressiono enviar.

5

Onze verões atrás

À s vezes eu vejo Alex Nilsen pelo campus, mas nós não nos falamos novamente até um dia depois do fim de meu primeiro ano na faculdade.

Foi minha colega de quarto, Bonnie, quem armou tudo. Quando ela me disse que tinha um amigo do sul de Ohio procurando alguém para dividir a viagem de carro de volta para casa, não me ocorreu que pudesse ser aquele mesmo garoto de Linfield que eu tinha conhecido na semana de orientação.

Principalmente porque eu não tinha conseguido saber praticamente nada sobre Bonnie nos últimos nove meses em que ela passava pelo dormitório para tomar banho e trocar de roupa antes de voltar para o apartamento da irmã. Sinceramente, eu nem tinha certeza de como ela sabia que eu era de Ohio.

Eu tinha feito amizade com as outras meninas do meu andar — comia com elas, via filmes com elas, ia a festas com elas —, mas Bonnie existia fora de nossa equipe de apoio de meninas de primeiro ano. A ideia de que seu amigo pudesse ser Alex-de-Linfield nem me passou cabeça quando ela me deu o nome e número de telefone dele para combinarmos nosso encontro. Mas, quando desço a escada e o vejo esperando ao lado de sua *station wagon* na hora combinada, é óbvio, por sua expressão tensa e desconfortável, que ele sabia que era eu.

Ele está com a mesma camiseta da noite em que o conheci, a não ser que tenha comprado outras iguais para poder revezar. Eu falo do outro lado da rua:

— É você.

Ele abaixa a cabeça e enrubesce.

— Sim. — Sem dizer nenhuma outra palavra, ele vem até mim, pega os sacos de lavanderia e uma das mochilas de meus braços e os coloca no banco traseiro.

Os primeiros vinte e cinco minutos de nosso trajeto são incômodos e silenciosos. Para piorar, quase não avançamos por causa do trânsito pesado.

— Você tem um cabo de áudio? — pergunto, procurando no console central.

Ele volta os olhos para mim com a boca em expressão de confusão.

— Por quê?

— Porque eu quero ver se consigo pular corda usando cinto de segurança — resmungo, enquanto coloco de volta os pacotes de lenços umedecidos e higienizadores de mãos que revirei em minha busca. — O que você acha? Para a gente ouvir música.

Alex levanta os ombros, como se fosse uma tartaruga se recolhendo em seu casco.

— Enquanto estamos presos no trânsito?

— Ah... sim? — digo.

Os ombros dele sobem mais ainda.

— Tem muita coisa acontecendo agora.

— Nós quase não estamos saindo do lugar — eu ressalto.

— Eu sei. — Ele faz uma careta. — Mas é difícil se concentrar. E tem as buzinas e...

— Tá, já entendi. Sem música. — Afundo de novo no banco e volto a olhar pela janela. Alex dá um pigarro discreto, como se quisesse dizer alguma coisa.

Eu me viro para ele em expectativa.

— Sim?

— Você se importaria de... não fazer isso? — Ele indica minha janela com o queixo e eu percebo que estou tamborilando no vidro. Trago as mãos para o colo, mas em seguida me pego batendo os pés.

— Eu não estou acostumada com silêncio! — digo, na defensiva, quando ele olha para mim.

E isso para dizer o mínimo. Cresci em uma casa com três cachorros grandes, um gato com pulmão de cantor de ópera, dois irmãos que tocavam trompete e pais que achavam que o som de fundo do canal de compras na televisão era "calmante".

Eu havia me ajustado rapidamente à quietude de meu quarto-sem--Bonnie, mas isto, ficar sentada em silêncio no trânsito com alguém que eu mal conheço, não é legal.

— Então que tal a gente se conhecer? — pergunto.

— Eu preciso me concentrar no trânsito — ele responde, com os cantos da boca tensos.

— Tá bom.

Alex suspira quando, mais à frente, o motivo do congestionamento aparece: uma batida. Os veículos envolvidos já foram retirados para o acostamento, mas o trânsito continua engarrafado aqui.

— Claro — diz ele —, as pessoas estão diminuindo a velocidade para olhar. — Ele abre o console e tateia até encontrar o cabo de som. — Pronto. Pode escolher o que quiser.

Levanto a sobrancelha.

— Tem certeza? Você pode se arrepender.

Ele franze a testa.

— Por que eu me arrependeria?

Dou uma olhada para o banco traseiro da station wagon com faixas laterais imitando madeira. As coisas dele estão ordeiramente arrumadas em caixas rotuladas, as minhas empilhadas em sacos de lavanderia ao redor. O carro é velho, mas impecável. De certa forma, tem o mesmo cheiro que ele, um perfume suave de cedro e almíscar.

— Você tem jeito de ser fã de... controle — observo. — E não sei se tenho o tipo de música de que você gosta. Não tem Chopin aqui.

Sua testa franze ainda mais. Seus lábios se apertam.

— Talvez eu não seja tão certinho quanto você pensa.

— Sério? Então você não se importa se eu puser "All I Want For Christmas Is You" com a Mariah Carey?

— Estamos em maio — diz ele.

— Considero minha pergunta respondida.

— Isso não é justo. Que tipo de ser incivilizado ouve música de Natal em maio?

— E se fosse dez de novembro — digo —, o que você acharia?

Alex aperta mais a boca. Ele passa a mão pelo cabelo muito liso no alto da cabeça e uma onda de estática o deixa flutuando mesmo depois que sua mão volta para o volante. Ele realmente segue aquela coisa de posicionamento das duas mãos e dez dedos no volante, eu notei, e, apesar de viver com os ombros curvados quando está de pé, ele manteve uma postura rigidamente correta desde que entramos no carro, mesmo com a tensão nos ombros.

— Certo — diz ele. — Eu não gosto de música de Natal. Não coloque e vai ficar tudo bem.

Eu conecto o cabo no meu celular, ligo a outra ponta no estéreo do carro e procuro "Young Americans", de David Bowie. Em questão de segundos, ele faz uma careta visível.

— O que foi? — pergunto.

— Nada — ele desconversa.

— Você se contraiu como se a marionete que o controla tivesse dormido.

Ele me olha de soslaio.

— O que isso quer dizer?

— Que você odeia esta música — acuso.

— Não odeio — ele diz, sem convencer.

— Você odeia o David Bowie.

— De jeito nenhum! — ele exclama. — O problema não é o David Bowie.

— O que é então? — pergunto.

Ele solta o ar.

— Saxofone.

— Saxofone — repito.

— É — diz ele. — Eu... detesto saxofone. Qualquer música com saxofone fica instantaneamente ruim.

— Alguém deveria avisar o Kenny G.

— Fale uma só música que ficou melhor com um saxofone — Alex desafia.

— Tenho que consultar o bloquinho onde mantenho um registro de todas as músicas que têm saxofone.

— Nenhuma música.

— Você deve ser divertido em festas — falo.

— Eu fico bem em festas.

— Menos nas apresentações de banda de escola.

Ele me encara de soslaio.

— Você é mesmo defensora de saxofones?

— Não, mas estou disposta a fingir que sou, se você não terminou de reclamar. O que mais você odeia?

— Nada. Só música de Natal e saxofone. E covers.

— Covers? — questiono.

— Versões cover de músicas — ele explica.

Eu começo a rir.

— Você odeia covers de músicas?

— Intensamente — ele responde.

— Alex, isso é como dizer que você odeia legumes. É muito vago. Não faz sentido.

— Faz total sentido — ele insiste. — Se for um bom cover, que mantém o arranjo básico do original, então *para quê*? E, se for totalmente diferente do original, então *a troco de quê*?

— Ai, meu Deus — digo. — Você parece um velho reclamão.

Ele franze a testa para mim.

— Ah, e você gosta de tudo?

— Praticamente — respondo. — Sim, eu tendo a gostar das coisas.

— Eu gosto das coisas, também — ele fala.

— Como o quê? Modelos de trens e biografias de Abraham Lincoln? — chuto.

— Com certeza eu não tenho aversão a nenhum dos dois — diz ele. — Por que, essas são coisas que você odeia?

— Eu já disse — repito. — Eu gosto das coisas. Sou muito fácil de agradar.

— O que isso quer dizer?

— Por exemplo... — Eu penso por um segundo. — Quando a gente era criança, eu, Parker e Prince, meus irmãos, íamos de bicicleta ao cinema sem nem ver antes qual filme estava passando.

— Você tem um irmão chamado *Prince*? — Alex pergunta, levantando a sobrancelha.

— Essa não é a questão.

— É um apelido?

— Não — respondo. — Foi por causa do Prince. Minha mãe era superfã de "Purple Rain".

— E o Parker tem esse nome por causa de quem?

— Ninguém. Eles só gostavam do nome. Mas, de novo, não é a questão.

— Os nomes de todos vocês começam com *P*? — diz ele. — Qual é o nome dos seus pais?

— Wanda e Jimmy.

— Então não são nomes com *P* — Alex atesta.

— Não, não são nomes com *P* — eu falo. — Eles só tiveram Prince, depois Parker, e acho que estavam no embalo. Mas, de novo, essa não é a questão.

— Desculpe, continue.

— Então, a gente ia ao cinema de bicicleta e cada um comprava um ingresso para alguma coisa que estivesse passando na próxima meia hora e víamos coisas diferentes.

Agora a testa dele está muito franzida.

— Por quê?

— Essa também não é a questão.

— Bom, eu não tenho como *não* perguntar por que você assistiria a um filme que nem queria e sozinha.

Eu bufo.

— Era um jogo.

— Um jogo?

— Errou a Mão — explico rapidamente. — Era basicamente um jogo de "duas verdades e uma mentira", mas nós nos revezávamos para descrever os filmes que tínhamos visto do começo ao fim e, se o filme desandasse em determinado ponto, tomasse um rumo totalmente ridículo, a gente tinha que contar exatamente como havia acontecido. Se não desandasse, a gente mentia e inventava alguma coisa. Depois os outros tinham que adivinhar se aquilo era mesmo parte do enredo ou tinha sido inventado, e quem acertasse que era mentira ganhava cinco dólares. — Era mais um jogo dos meus irmãos; eles só me deixavam acompanhar.

Alex me encara por um segundo. Minha face esquenta. Não sei por que eu contei a ele sobre Errou a Mão. É o tipo de tradição da família Wright que não costumo compartilhar com outras pessoas que não vão entender, mas acho que eu tinha tão pouca participação no jogo que a ideia de Alex Nilsen olhando para mim com cara de quem não entendeu nada ou zombando do jogo favorito de meus irmãos não me afeta.

— Mas essa não é a questão — continuo. — Contei isso para dizer que eu era muito ruim nesse jogo porque, basicamente, eu gosto das coisas. Eu vou para onde um filme queira me levar, mesmo que eu esteja vendo um espião em um terno justo equilibrado entre duas lanchas em alta velocidade enquanto atira nos vilões.

O olhar de Alex alterna entre mim e a estrada mais algumas vezes.

— No Linfield Cineplex? — ele pergunta, não sei se chocado ou horrorizado.

— Cara, você realmente não está acompanhando a conversa. É, no Linfield Cineplex.

— Aquele em que as salas estão sempre, tipo, misteriosamente inundadas? — ele diz, estarrecido. — Na última vez que eu fui lá, não tinha descido nem até metade da sala quando comecei a ouvir o barulho de água.

— É, mas é *barato* — respondo. — E eu tenho uma galocha.

— A gente nem sabe que líquido é aquele, Poppy — diz ele, com uma careta. — Você podia ter contraído alguma doença.

Eu estendo os braços para os lados.

— Estou viva, não estou?

Ele aperta os olhos.

— Do que mais?

— Do que mais...

— ... você gosta? — ele esclarece. — Além de ver *qualquer* filme, sozinha, no cinema inundado.

— Você não acredita em mim?

— Não é isso — ele explica. — Eu só estou fascinado. Cientificamente curioso.

— Está bem. Deixa eu pensar. — Olho pela janela bem quando passamos por uma saída para um restaurante P.F. Chang's. — Redes de restaurantes. Adoro a familiaridade. Adoro saber que são sempre iguais em toda parte e que muitos deles têm grissinis infinitos no couvert e... ah! — Eu me interrompo quando me vem à cabeça. A coisa que odeio. — Correr! Eu *odeio* correr. Tirei C em educação física no ensino médio porque eu sempre "esquecia" a roupa de ginástica em casa.

O canto da boca de Alex se curva discretamente e meu rosto esquenta.

— Tudo bem. Pode rir de mim por tirar C em educação física. É claro que você está louco pra rir.

— Não é isso — diz ele.

— É o que então?

Seu leve sorriso levanta um pouquinho mais.

— É engraçado. Eu amo correr.

— Sério? — grito. — Você odeia o próprio conceito de músicas cover, mas *ama* a sensação dos pés batendo no calçamento e sacudindo todo o seu esqueleto enquanto seu coração vira uma britadeira no peito e os pulmões lutam por ar?

— Se isso serve de consolo — ele diz sem se alterar, o sorriso ainda basicamente escondido no canto da boca —, eu odeio quando as pessoas chamam barcos de "ela".

Uma risada de surpresa explode de mim.

— Quer saber? — digo. — Acho que eu também.

— Então está decidido — ele fala.

Concordo com a cabeça.

— Está decidido. A feminização dos barcos está, por meio deste, revogada.

— Que bom que resolvemos isso — ele comemora.

— Sim, é um problema a menos. O que vamos erradicar em seguida?

— Eu tenho algumas ideias. Mas me conte mais coisas que você adora.

— Por quê? Você está me estudando? — brinco.

Suas orelhas ficam rosadas.

— Estou fascinado por ter conhecido alguém que chapinhava no esgoto para ver um filme de que nunca tinha ouvido falar. Dá para me culpar?

Pelas duas horas seguintes, compartilhamos nossos interesses e desinteresses como crianças trocando figurinhas de beisebol enquanto minha playlist de ouvir no carro toca no fundo no modo aleatório. Se há alguma outra música abusando do saxofone, nenhum de nós notou.

Eu conto a ele que adoro ver vídeos de amizades improváveis entre animais.

Ele me conta que odeia ver chinelos e exibições de afeto em público.

— Pés deveriam ser algo privativo — ele insiste.

— Você precisa de ajuda profissional — eu digo, mas não consigo parar de rir, e, mesmo enquanto ele desenterra seus estranhos gostos específicos para minha diversão, o vestígio de humor continua escondido no canto de sua boca.

Como se ele soubesse que é ridículo.

Como se não se importasse nem um pouco por eu estar me deliciando com a estranheza dele.

Eu admito que odeio Linfield e calças cáqui porque sim. Nós dois já sabemos onde estamos pisando: somos duas pessoas sem nenhum interesse de passar tempo juntas, muito menos longas horas fechados dentro de um carro. Somos duas pessoas fundamentalmente incompatíveis, com *zero* necessidade de impressionar um ao outro.

Então, não tenho nenhum problema em dizer:

— Calças cáqui fazem parecer que a pessoa está sem calça *e* que não tem personalidade.

— Elas duram bastante e combinam com tudo — Alex argumenta.

— Sabe, com roupas, às vezes a questão não é saber se algo *pode* ser usado, mas se *deve* ser usado.

Alex faz um sinal de desdém com a mão.

— E, quanto a Linfield — diz ele —, qual é o problema de lá? É um ótimo lugar para crescer.

Essa é uma pergunta mais complicada, com uma resposta que eu não tenho vontade de compartilhar, nem mesmo com alguém que vai me deixar em casa daqui a algumas horas e nunca mais vai pensar em mim.

— Linfield é a calça cáqui das cidades do Meio-Oeste — digo.

— Confortável — ele fala. — Durável.

— Nu da cintura para baixo.

Alex me conta que odeia festas temáticas. Braceletes de couro e sapatos pontudos com corte reto nos dedos. Quando você chega em um lugar e algum amigo ou tio faz a piadinha: "Estão deixando qualquer um entrar aqui?" Quando prestadores de serviço o chamam de *amigo, chefe* ou *patrão*. Homens que andam como se tivessem acabado de descer de um cavalo. Coletes, em qualquer pessoa, em qualquer cenário. O momento em que um grupo de pessoas está tirando fotos e alguém diz: "Vamos tirar uma engraçada?"

— Eu adoro festas temáticas — conto a ele.

— Claro que sim — ele responde. — Você é boa nisso.

Estreito os olhos para ele, ponho os pés no painel, mas os tiro em seguida quando vejo as rugas de ansiedade nos cantos de sua boca.

— Você anda me seguindo, Alex? — pergunto.

Ele me lança um olhar horrorizado.

— Por que você está dizendo isso?

A expressão dele me faz cair na gargalhada de novo.

— Relaxa, estou brincando. Mas como você sabe que eu sou "boa" em festas temáticas? Eu só vi você em *uma* festa, e *não* era temática.

— Não é isso. É que você sempre está... mais ou menos vestida a caráter. — Ele se apressa em acrescentar: — Não estou falando de um jeito ruim. É só que você sempre se veste de um jeito muito...

— Incrível? — sugiro.

— Autoconfiante — diz ele.

— Que elogio surpreendentemente enigmático.

Ele suspira.

— Você está me interpretando mal de propósito?

— Não — falo —, acho que com a gente isso vem naturalmente.

— Eu só quis dizer que, para você, parece que uma festa temática poderia ser uma terça-feira qualquer. Mas para mim significa ficar na frente do guarda-roupa por, sei lá, duas horas tentando imaginar como parecer uma celebridade morta com minhas dez camisas idênticas e cinco calças idênticas.

— Você poderia tentar... não comprar roupas no atacado — sugiro. — Ou pode simplesmente usar suas calças cáqui e dizer que está fantasiado de peladão.

Ele faz uma careta de repulsa, mas, fora isso, ignora meu comentário.

— Eu odeio tomar esse tipo de decisão — diz ele, descartando a sugestão. — E, se eu tentar *comprar* uma fantasia, é ainda pior. Detesto shoppings. Tem coisa demais. Não sei nem como escolher uma loja, quanto mais um cabideiro. Tenho que comprar todas as minhas roupas pela internet e, quando encontro algo de que gosto, já peço mais cinco de uma vez.

— Bom, se algum dia você for convidado para uma festa temática em que tenha certeza de que não vai ter chinelo, exibições públicas de afeto ou saxofone e, portanto, que você pode ir, vou ficar feliz em comprar a roupa com você.

— Sério? — O olhar dele desvia por um instante da estrada para mim. Começou a escurecer em algum momento sem que eu percebesse, e agora a voz melancólica de Joni Mitchell nos alto-falantes está cantando docemente sua canção "A Case of You".

— Claro que é sério — respondo. Podemos não ter nada em comum, mas estou começando a gostar da companhia. Durante o ano inteiro eu me senti como se tivesse que mostrar meu melhor comportamento, como se estivesse fazendo uma audição para novas amizades, novas identidades, uma nova vida.

E, estranhamente, não sinto nada disso aqui. Além do mais... adoro fazer compras.

— Seria ótimo — prossigo. — Você seria como o meu boneco Ken vivo. — Eu me inclino para a frente e aumento um pouco o volume. — Falando de coisas que eu adoro: esta música.

— Esta é uma das minhas músicas de karaokê — diz Alex.

Dou uma gargalhada, mas, ao ver sua expressão de desgosto, entendo rapidamente que ele não está brincando, tornando isso ainda melhor.

— Eu não estou rindo *de* você — garanto depressa. — Na verdade, eu acho fofo.

— Fofo? — Não sei se ele está confuso ou ofendido.

— Não, quer dizer... — Eu paro, abro um pouco a janela para deixar uma brisa entrar no carro. Puxo o cabelo para cima da minha nuca suada e o prendo entre a cabeça e o encosto. — Você é... — Procuro um jeito de explicar. — Não é quem eu imaginei, acho.

Ele franze a testa.

— Quem você achou que eu fosse?

— Não sei — respondo. — Um cara de Linfield.

— Eu sou um cara de Linfield.

— Um cara de Linfield que canta "A Case of You" no karaokê — eu o corrijo, e caio de novo em uma prazerosa risada diante da ideia.

Alex sorri ao volante, balançando a cabeça.

— E você é uma garota de Linfield que canta... — Ele pensa por um segundo. — "Dancing Queen" no karaokê?

— Só o tempo dirá — respondo. — Nunca fui a um karaokê.

— Sério? — Ele olha para mim sem disfarçar a surpresa no rosto.

— A maioria dos bares de karaokê não é para maiores de vinte e um anos? — pergunto.

— Nem todos os bares pedem documento — diz ele. — A gente devia ir. Algum dia neste verão.

— Certo — digo, tão surpresa com o convite como com o fato de eu ter aceitado. — Vai ser divertido.

— Combinado. Legal.

Então, agora já temos dois planos.

Acho que isso nos torna amigos. Ou algo assim.

Um carro chega em alta velocidade atrás de nós, pressionando. Alex, aparentemente imperturbado, liga a seta indicando que vai sair da frente dele. Toda vez que olhei para o velocímetro, ele estava mantendo a velocidade precisamente no limite, e isso não vai mudar por causa de um apressado qualquer.

Eu devia ter imaginado que ele seria um motorista cuidadoso. Mas às vezes, quando a tiramos conclusões sobre pessoas, podemos estar muito errados.

Enquanto os persistentes resquícios luminosos de Chicago encolhem atrás de nós e os campos sedentos de Indiana surgem de ambos os lados, minha playlist de ouvir no carro em modo aleatório move-se incoerentemente de Beyoncé para Neil Young, para Sheryl Crow e para LCD Soundsystem.

— Você gosta mesmo de tudo — Alex provoca.

— Menos de correr, de Linfield e de calças cáqui — digo.

Ele mantém sua janela fechada, eu mantenho a minha aberta, meu cabelo em um ciclone em volta da cabeça enquanto voamos pelas estradas planas entre os campos, o vento tão alto que mal escuto a performance desafinada de Alex para "Alone", do Heart, até que ele chega ao refrão e nós o berramos juntos em horrendos falsetes, braços no ar, rostos contorcidos e os velhos alto-falantes do carro zumbindo.

Nesse momento, ele é tão dramático, tão ardente, tão absurdo que é como se eu estivesse olhando para uma pessoa inteiramente separada do garoto de modos contidos que eu conheci sob o globo de luz na semana de orientação da faculdade.

Talvez, eu penso, o Alex Quieto seja como um casaco que ele veste antes de sair.

Talvez este seja o Alex Nu.

Certo, vou pensar em um nome melhor. A questão é: estou começando a gostar deste Alex.

— E viajar? — pergunto em um intervalo entre canções.

— O que tem? — ele pergunta.

— Ama ou odeia?

Ele aperta os lábios em uma linha reta enquanto pensa.

— Difícil dizer. Eu nunca estive em lugar algum. Leio sobre muitos lugares, mas ainda não vi nenhum deles.

— Nem eu — falo. — Ainda não.

Ele pensa por mais um momento.

— Amo — ele diz. — Acho que a resposta é amo.

— É — concordo. — Eu também.

6

Neste verão

NA MANHÃ SEGUINTE, caminho para o escritório de Swapna sentindo--me revigorada, apesar de ter ficado trocando mensagens com Alex até tarde da noite. Coloco o drinque dela, um americano com gelo, em cima da mesa, e, assustada, ela levanta os olhos dos layouts que está aprovando para a edição de outono.

— Palm Springs — digo.

Por um segundo a surpresa permanece fixa no rosto dela, então os cantos de seus lábios afiados se curvam em um sorriso. Ela se recosta na cadeira e cruza os braços perfeitamente definidos sobre o vestido preto de alta-costura, a luz do teto reluzindo sobre seu anel de noivado de forma que o enorme rubi incrustado no centro faísca fantasticamente.

— Palm Springs — ela repete. — É sempre verde. — Ela pensa por um segundo e balança a mão. — Quer dizer, é um deserto, claro, mas, em termos de *R+R*, é difícil pensar em um lugar mais repousante e relaxante nos Estados Unidos.

— Exato — digo, como se essa fosse minha ideia desde o começo. Na verdade, minha escolha não tem nada a ver com o que a *R+R* poderia querer e tudo a ver com David Nilsen, irmão mais novo de Alex, que vai se casar com o amor de sua vida na próxima semana.

Em Palm Springs, na Califórnia.

Foi uma reviravolta que eu não esperava: que Alex já *tivesse* uma viagem programada na próxima semana para o lugar onde seu irmão decidiu celebrar o casamento. Fiquei decepcionadíssima quando ele me contou, mas disse que entendia, pedi que ele desse meus parabéns a David e larguei o celular, imaginando que a conversa havia terminado.

Mas não tinha, e, depois de mais duas horas de trocas de mensagens, eu respirei fundo e lancei a ideia de que ele esticasse sua viagem de três dias para passar mais uns dias comigo em férias financiadas pela *R+R*. Ele não só concordou como me convidou para ficar para o casamento.

Tudo estava se encaixando.

— Palm Springs — Swapna repete, os olhos brilhando enquanto ela começa a imaginar e a testar a ideia. Ela sai de repente do devaneio e leva as mãos ao teclado. Digita por um minuto, depois coça o queixo enquanto lê alguma coisa na tela. — Claro que teríamos que esperar para usar na edição de inverno. Verão é baixa temporada lá.

— Mas é isso que é perfeito — digo, improvisando o argumento um pouco em pânico. — Tem muita coisa acontecendo lá no verão, e é menos lotado e mais barato. Poderia ser uma boa maneira de eu voltar, de certa forma, às minhas raízes: como fazer essa viagem sem gastar muito, sabe?

Swapna aperta os lábios, pensativa.

— Mas nossa marca é aspiracional.

— E Palm Springs é o auge da aspiração — declaro. — Nós vamos dar a visão aos nossos leitores... e depois vamos mostrar como eles podem alcançá-la.

Os olhos escuros de Swapna se iluminam enquanto ela reflete sobre o assunto, e meu estômago se contorce, esperançoso.

E aí, ela pisca e volta a olhar para a tela do computador.

— Não.

— O quê? — digo, mas não de propósito, só porque meu cérebro não consegue registrar que isso está acontecendo. De forma alguma isso, meu trabalho, vai ser o que faz o trem sair dos trilhos.

Swapna dá um suspiro de pesar e se inclina sobre a reluzente mesa de vidro.

— Olha, Poppy, eu agradeço o trabalho que teve para montar essa proposta, mas isso não é a *R+R*. Vai causar confusão sobre a marca.

— Confusão sobre a marca — digo, aparentemente atordoada demais para dizer minhas próprias palavras.

— Eu pensei nisso o fim de semana inteiro e vou mandar você para Santorini. — Ela olha de novo para os layouts sobre a mesa, e seu rosto muda da Swapna Gerente Empática mas Profissional para a Swapna Gênia das Revistas Concentrada. Ela já encerrou o assunto, e o sinal é tão forte que fico paralisada, apesar de, por dentro, meu cérebro ainda estar girando em um refrão de *mas, mas, mas!*

Mas esta é a nossa chance de consertar as coisas.

Mas você não pode desistir tão fácil.

Mas é isso *que você quer*. Não a encantadora e branca Santorini, com seu mar cintilante.

Alex no deserto em pleno verão. Indo a lugares antes de pesquisá-los no Tripadvisor, com dias desestruturados até tarde da noite e horas de sol perdidas no interior de uma livraria empoeirada pela qual ele não conseguiu passar sem entrar, ou em um brechó cujo acúmulo de itens e germes o faz permanecer de pé junto à porta, tenso mas paciente, enquanto experimento chapéus de pessoas mortas. É isso que eu quero.

Continuo na porta da sala com o coração acelerado até Swapna levantar os olhos das provas, a sobrancelha arqueada interrogativamente, como se dissesse: *Sim, Poppy?*

— Dê Santorini para o Garrett — digo.

Swapna pisca, evidentemente confusa.

— Acho que preciso de uma folga — solto sem pensar, depois esclareço: — Férias, de verdade.

Swapna aperta muito os lábios. Ela está confusa, mas não vai pressionar por mais informações, o que é bom, porque eu não saberia mesmo como explicar.

Ela concorda com a cabeça.

— Então me informe as datas.

Eu me viro e volto para minha mesa mais calma do que estive por muitos meses. Até que me sento e a realidade força a passagem.

Tenho algumas economias, mas fazer uma viagem pelos padrões da *R+R*, com o dinheiro deles, é *muito* diferente de fazer uma viagem que *eu* possa pagar com o meu dinheiro. E, como professor de inglês do ensino médio com um doutorado e a dívida que isso envolve, é impossível Alex conseguir rachar as despesas comigo. Aliás, duvido que ele concordasse em fazer a viagem se soubesse que eu financiaria tudo sozinha.

Mas talvez isso seja bom. Nós sempre nos divertimos tanto naquelas viagens em que contávamos os centavos. As coisas só começaram a ir ladeira abaixo depois que a *R+R* entrou no meio das nossas viagens de verão. Eu posso fazer isso: planejar a viagem perfeita, como costumava fazer; lembrar Alex de como as coisas podem ser boas. Quanto mais eu penso, mais faz sentido. Na verdade, estou entusiasmada com a ideia de fazermos uma de nossas viagens baratas como antigamente. As coisas eram tão mais simples, e sempre nos divertíamos.

Pego o celular e me demoro tentando elaborar a mensagem perfeita.

Nova ideia: vamos fazer essa viagem do jeito que a gente fazia. Superbarata, sem fotógrafos profissionais atrás de nós, sem restaurantes cinco estrelas, passear por Palm Springs como o acadêmico sem grana e a jornalista da era digital que somos.

Em poucos segundos, ele responde: A R+R concorda com isso? Sem fotógrafo?

Inconscientemente, começo a balançar a cabeça de um lado para o outro, como se o anjinho e o diabinho em meus ombros estivessem se revezando e a puxando para a esquerda e para a direita. Eu não quero mentir descaradamente.

Mas eles *concordam* com isso. Estou tirando uma semana de folga, então estou livre.

Sim, escrevo. Está tudo certo se você concordar.

Claro, ele responde. Parece ótimo.

Parece mesmo ótimo. Vai ser ótimo. Eu posso fazer ser ótimo.

7

Neste verão

ASSIM QUE O avião pousa, os quatro bebês que passaram o voo de seis horas gritando param na hora.

Tiro o celular da bolsa, desabilito o modo avião e espero a enxurrada de mensagens de Rachel, Garrett, minha mãe, David Nilsen e, por último, mas definitivamente não menos importante, Alex.

Rachel diz, de três maneiras diferentes, para, assim que pousar, eu por favor avisá-la de que meu avião não caiu nem foi sugado para o Triângulo das Bermudas, e que ela está rezando e mentalizando um pouso seguro para mim.

Sã e salva e já com saudade de você, eu escrevo a ela, depois abro a mensagem de Garrett.

MUITO obrigado por não aceitar Santorini, ele escreve, e em outra mensagem: Aliás... Uma decisão bem estranha, na minha humilde opinião. Espero que você esteja bem...

Estou bem, respondo a ele. Foi só um casamento que apareceu de última hora, e Santorini foi ideia sua. Mande um monte de fotos para eu me arrepender das minhas escolhas de vida, ok?

Em seguida, olho a mensagem de David: TÃO feliz de você estar vindo com o Al! Tham não vê a hora de conhecer você, e é claro que está convidada para TUDO.

De todos os irmãos de Alex, David sempre foi o meu favorito. Mas é difícil acreditar que ele já tem idade para se casar.

Quando comentei isso com Alex, ele escreveu: Vinte e quatro. Eu não consigo me imaginar tomando uma decisão dessas com essa idade, mas todos os meus irmãos se casaram cedo, e o Tham é incrível. Até meu pai concorda. Ele colou um adesivo no para-choque do carro que diz SOU CRISTÃO COM ORGULHO E AMO MEU FILHO GAY.

Eu quase derramei meu café rindo disso. Era tão típico do sr. Nilsen, e se encaixava perfeitamente na brincadeira que Alex e eu sempre fazíamos sobre David ser o queridinho da família. Alex não tinha permissão nem para ouvir música laica até o ensino médio, e, quando decidiu ir para uma universidade laica, houve choro.

Mas a verdade era que o sr. Nilsen *realmente* amava seus filhos, e quase sempre mudava de ideia e aceitava questões que envolviam a felicidade deles.

Se você tivesse casado com vinte e quatro anos, estaria casado com a Sarah, escrevi para Alex.

E você estaria casada com o Guillermo, ele respondeu.

Eu lhe enviei de volta uma de suas próprias selfies de Cachorrinho Triste.

Por favor, não vai me dizer que você ainda está a fim daquele babaca, disse Alex.

Os dois nunca se deram bem.

Claro que não, respondi. Mas eu e o Gui não tínhamos um eterno relacionamento de idas e vindas. Isso era você e a Sarah.

Alex digitou e parou de digitar tantas vezes que comecei a imaginar se ele estaria fazendo isso só para me irritar.

Mas foi o fim da conversa. Quando ele mandou uma mensagem, no dia seguinte, não tinha mais nada a ver com esse assunto. Ele me mandou a foto de impressionantes robes pretos com as palavras RATO DE PRAIA nas costas.

Uniforme da Viagem de Verão?, ele escreveu, e não falamos mais de Sarah desde então, o que, para mim, deixa muito claro que tem alguma coisa entre eles. De novo.

Agora, sentada no avião apertado e abafado, taxiando no aeroporto de Los Angeles no silêncio pós-choro-de-bebês, ainda me incomoda pensar nisso. Sarah e eu nunca fomos fãs uma da outra. Duvido que ela aprovaria uma viagem de Alex comigo se eles estivessem juntos de novo, e se eles não estivessem exatamente juntos, mas a *caminho* de estar, talvez esta venha a ser a última viagem de verão.

Eles se casariam, começariam a ter filhos, a levar a família para a Disney World, e ela e eu nunca seríamos próximas o suficiente para que eu voltasse de fato a ser parte da vida de Alex.

Afasto o pensamento e respondo à mensagem de David: ESTOU MUITO FELIZ E HONRADA DE PODER ESTAR AÍ!

Ele responde com o gif de um urso dançando, e a seguir eu abro a mensagem da minha mãe.

Dê um grande abraço e um beijo no Alex por mim :), ela escreve, com a carinha de sorriso digitada. Ela nunca se lembra como usar emojis e fica impaciente na mesma hora quando eu tento ensinar.

— Eu posso digitar sem problemas! — ela insiste.

Meus pais: não são os maiores fãs de mudanças.

Quer que eu aproveite e aperte a bunda dele?, escrevo de volta.

Se você acha que vai funcionar, ela diz. Estou ficando cansada de esperar pelos netos.

Reviro os olhos e fecho a mensagem. Minha mãe sempre adorou Alex, em parte porque ele voltou a morar em Linfield e ela tem esperança de que um dia vamos acordar e perceber que estamos apaixonados, e eu também volte para a cidade e fique imediatamente grávida. Meu pai, por outro lado, é um homem amoroso, mas intimidante, que sempre aterrorizou tanto Alex que ele nunca deixou uma gota de personalidade transparecer enquanto os dois estavam no mesmo ambiente.

Ele é um homem grande com voz ressonante, um pouco faz-tudo, como tantos homens de sua geração, e tem tendência a fazer muitas perguntas diretas que beiram o inapropriado. Não porque esteja esperando uma resposta específica, mas porque é curioso e sem muita noção.

E, como todos os membros da família Wright, ele também não é *muito bom* em modular a voz. Para um estranho, minha mãe gritando: "Você já experimentou essas uvas com gosto de algodão-doce? Ah, você vai *amar*! Espera, eu vou lavar umas para você! Ah, preciso lavar uma vasilha primeiro. Ah, não, todas as vasilhas estão na geladeira com restos de comida. Pronto, pegue umas com a mão mesmo!" pode parecer um pouco demais, mas, quando meu pai franze a testa e solta o vozeirão com uma pergunta como: "Você votou na última eleição para prefeito?", é fácil se sentir como se tivesse sido empurrado para uma sala de interrogatório com um policial secretamente pago pelo FBI.

Quando Alex foi me buscar na casa dos meus pais para uma noite no karaokê naquele primeiro verão de nossa amizade, tentei resguardá-lo de minha família e da minha casa, tanto por ele quanto por mim.

No fim daquela viagem de carro para casa, eu já sabia o suficiente sobre ele para entender que entrar em nosso pequeno lar entulhado até o teto com bugigangas, fotografias empoeiradas e pelos de cachorro seria como um vegetariano fazendo uma excursão por um matadouro.

Eu não queria que ele se sentisse mal, claro, mas também não queria que ele julgasse minha família. Mesmo desordeiros, estranhos, barulhentos e pouco diplomáticos, meus pais eram incríveis, e eu tinha aprendido da maneira mais difícil que *não era* isso que as pessoas viam quando cruzavam nossa porta.

Então, eu disse a Alex que o encontraria na calçada, mas não enfatizei esse ponto, e Alex, sendo Alex Nilsen, veio até a porta mesmo assim, como um bom quarterback da década de 1950, determinado a se apresentar aos meus pais para que eles "não se preocupassem" comigo por estar saindo à noite com um estranho.

Ouvi a campainha e fui correndo tentar evitar o caos, mas, em minhas pantufas de pluma cor-de-rosa, não fui suficientemente rápida. Quando consegui descer a escada, Alex estava de pé no hall de entrada entre duas torres de caixas plásticas empilhadas, sendo assediado por nossos dois muito velhos e malcomportados mestiços de husky com uma quantidade indecente de fotos de família olhando para ele de todos os lados.

No momento em que cheguei deslizando pela quina da escada, meu pai estava estrondeando:

— Por que nos *preocuparíamos* de ela sair com você? — E depois: — E, quando você diz "sair", quer dizer que vocês dois estão...

— Não! — interrompi, arrastando o mais assanhado de nossos cachorros, Rupert, pela coleira antes que ele pudesse montar na perna de Alex. — Nós *não* estamos saindo. Não nesse sentido. E você definitivamente não tem com que se preocupar. Alex dirige *muito* devagar.

— Era isso que eu estava tentando falar — ele gaguejou. — Quer dizer, não sobre a velocidade. Eu dirijo... dentro do limite. Eu só estou dizendo que o senhor não *precisa* se preocupar.

A testa do meu pai se enrugou. O rosto de Alex perdeu o sangue, e eu não sabia se ele estava mais nervoso com meu pai ou com a camada visível de pó ao longo dos rodapés, a qual, sinceramente, eu nunca havia notado até aquele momento.

— Você viu o carro do Alex, pai? — falei depressa para desviar o assunto. — Ele é *muito* antigo. O celular dele também. Alex não compra um celular novo há uns sete anos.

O rosto de Alex ficou vermelho mesmo com meu pai relaxando com interesse e aprovação.

— É mesmo?

Todos esses anos depois, ainda lembro com clareza o jeito como os olhos de Alex se voltaram para os meus, procurando em meu rosto a resposta certa. Eu acenei de leve com a cabeça.

— É? — ele respondeu, e meu pai bateu a mão em seu ombro com tanta força que Alex vacilou.

Meu pai deu um grande sorriso sem reservas.

— É sempre melhor consertar do que substituir!

— Substituir o quê? — gritou minha mãe da cozinha. — Quebrou alguma coisa? Com quem você está falando? Poppy? Alguém quer pretzels com chocolate? Caramba, deixa eu achar um prato limpo...

Quando finalmente terminamos os vinte minutos de despedidas necessários para sair de minha casa e chegamos ao carro de Alex, a única coisa que ele disse sobre a situação foi:

— Seus pais parecem gente boa.

Eu respondi com uma agressividade acidental:

— Eles *são* — como se eu o estivesse desafiando a mencionar o pó, o husky excitado ou os dois bilhões de desenhos de infância ainda presos com ímãs na geladeira ou qualquer outra coisa, mas é claro que ele não fez nada. Ele era Alex, ainda que, naquela ocasião, eu ainda não entendesse tudo o que isso significava.

Em todos esses anos que eu o conheço, ele nunca disse nenhuma palavra indelicada sobre isso. Até mandou flores para meu alojamento na faculdade quando Rupert, o husky, morreu. *Sempre senti que tínhamos uma conexão especial depois daquela nossa noite*, ele brincou no cartão. *Ele vai fazer falta. Se precisar de alguma coisa, P., estou aqui. Sempre.*

Não que eu tivesse decorado o bilhete ou algo assim.

Não que, na caixa de sapatos solitária com cartões, cartas e recortes que eu me permiti manter em meu apartamento, esse tenha sido um dos selecionados.

Não que tenha havido dias inteiros durante o intervalo de nossa amizade em que eu me torturei com a ideia de que talvez devesse jogar esse cartão fora, uma vez que parecia que o *sempre* tinha terminado.

No fundo do avião, um dos bebês começa a gritar outra vez, mas já estamos estacionando no portão. Daqui a pouco vou sair.

E então eu vou ver Alex.

Um arrepio sobe por minha espinha e uma agitação nervosa me dá um frio no estômago.

Abro a última mensagem ainda não lida, a dele: Aterrissei.

Eu também, digito de volta.

Depois disso, não sei o que dizer. Estamos trocando mensagens de texto há mais de uma semana sem nunca tocar no assunto da malfadada viagem para a Croácia, e tudo parecia normal até este instante. Então, eu me lembro: faz mais de dois anos que não vejo Alex ao vivo.

Que não toco nele, nem mesmo ouço sua voz. Isso poderia ser estranho de tantas maneiras. Quase certamente vamos experimentar algumas delas.

Estou empolgada para vê-lo, é claro. Mais do que isso, porém percebo que estou aterrorizada.

Precisamos escolher um ponto de encontro. Alguém tem que dar uma sugestão. Tento lembrar o desenho do aeroporto de Los Angeles, puxando do meio do caldo de lembranças vagas de todos os corredores acarpetados e esteiras rolantes que vi nos últimos quatro anos e meio trabalhando na *R+R*.

Se eu pedir para ele me encontrar nas esteiras de bagagem, vai significar uma grande caminhada em silêncio, um ao encontro do outro, até estarmos perto o suficiente para conseguir de fato falar? Será que eu devo abraçá-lo?

Os Nilsen não são de abraçar muito, ao contrário dos Wright, que são conhecidos por segurar, cutucar, bater, pegar, acotovelar e apertar para dar ênfase durante qualquer conversa, por mais trivial que seja. Tocar é tão natural para mim que uma vez, distraidamente, abracei o técnico que veio consertar minha lava-louça quando abri a porta para ele sair, no que ele me disse gentilmente que era casado, e eu lhe dei os parabéns.

Quando Alex e eu éramos próximos, nós nos abraçávamos todo o tempo; mas isso foi quando eu o conhecia. Quando ele se sentia à vontade comigo.

Puxo minha mala de rodinhas do bagageiro e a empurro à minha frente, com suor nas axilas sob o suéter leve e na nuca, embaixo do pequeno arremedo de rabo de cavalo.

O voo levou uma vida; cada vez que eu olhava para o relógio, parecia que horas inteiras tinham sido condensadas em um ou dois minutos. Eu estava me contorcendo em meu assento muito pequeno, ansiosa para chegar aqui, mas agora é como se o tempo estivesse tentando compensar sua esticada durante o voo, encolhendo-se tanto que eu percorri toda a extensão da ponte de desembarque em um instante.

Minha garganta está apertada. O cérebro parece líquido dentro do crânio. Chego ao portão, saio do caminho das pessoas que estão vindo da ponte atrás de mim e tiro o celular do bolso. Minhas mãos estão suadas quando começo a digitar: Me encontre nas es...

— Oi.

Eu me viro na direção da voz no momento que o dono dela contorna o carrinho de bagagem parado entre nós.

Sorrindo. Alex está sorrindo, seus olhos inchados daquele jeito sonolento, com a pasta do computador em um ombro e fones de ouvido pendurados no pescoço, seu cabelo uma bagunça total em contraste com a calça cinza-escuro, a camisa social e as imaculadas botas de couro. Conforme chega perto de mim, ele larga a bagagem de mão e me puxa para um abraço.

E é normal, tão natural ficar nas pontas dos pés e envolver a cintura dele com meus braços, afundar o rosto em seu peito e respirar o seu cheiro. Cedro, almíscar, limão. Não há criatura mais apegada ao hábito do que Alex Nilsen.

O mesmo corte de cabelo indecifrável, o mesmo perfume limpo e aconchegante, o mesmo guarda-roupa básico (embora aprimorado um pouco ao longo do tempo, com roupas e sapatos melhores), o mesmo jeito de me apertar pelos ombros e me puxar para cima e para junto dele quando nos abraçamos, quase me tirando do chão, mas nunca tão forte a ponto de me *esmagar.*

É mais como *esculpir.* Uma pressão suave de todos os lados que nos comprime brevemente em um único ser vivo e respirante com o dobro de corações que deveríamos ter.

— Oi — digo sorrindo no peito dele, e seus braços descem pelas minhas costas me apertando mais.

— Oi — ele diz, e espero que ele tenha ouvido o sorriso em minha voz do jeito que eu ouço na dele. Apesar de sua aversão a qualquer forma de exibição pública de afeto, nenhum de nós se solta logo, e tenho a sensação de que estamos pensando a mesma coisa: tudo bem nos abraçarmos por um tempo inapropriadamente longo quando faz dois anos que nos abraçamos pela última vez.

Fecho os olhos com força contra a emoção crescente, pressionando a testa no peito dele. Seus braços descem para minha cintura e se prendem ali por alguns segundos.

— Como foi o seu voo? — ele pergunta.

Afasto-me o suficiente para olhar em seu rosto.

— Acho que tínhamos futuros cantores de ópera de nível internacional a bordo. E o seu?

Seu controle sobre o pequeno sorriso oscila, e o sorriso se abre.

— Quase causei um ataque cardíaco na mulher ao meu lado durante uma turbulência — diz ele. — Eu agarrei a mão dela sem querer.

Uma risada aguda sai de mim e o sorriso dele fica mais amplo, seu abraço mais apertado.

Alex Nu, penso, e logo afasto o pensamento. Eu realmente devia ter encontrado um jeito melhor de descrever essa versão dele muito tempo atrás.

Como se tivesse lido meus pensamentos e ficado devidamente constrangido, ele controla de novo o sorriso, me solta e recua um pouco.

— Você tem bagagem para pegar na esteira? — ele pergunta, segurando a alça de minha mala de mão junto com a dele.

— Eu carrego — falo.

— Não me incomodo.

Conforme o sigo para longe do portão lotado, não consigo parar de olhar para ele. Maravilhada por ele estar aqui. Maravilhada por ele estar igualzinho. Maravilhada por tudo isso ser real.

Ele dá uma olhada para mim torcendo um pouco a boca. Uma das minhas coisas favoritas no rosto de Alex sempre foi o jeito como permite que duas emoções discordantes existam ao mesmo tempo, e como essas emoções se tornaram legíveis para mim.

Neste instante, esse torcer de boca está dizendo ao mesmo tempo *curioso* e *vagamente cauteloso*.

— O que foi? — ele diz, com uma voz que segue essa mesma linha.

— Você é tão... alto — respondo.

E sarado também, mas comentar isso costuma deixá-lo constrangido, como se ter um corpo de academia fosse, de alguma forma, um defeito de caráter. Para ele talvez seja. Vaidade é algo que ele foi criado para evitar, enquanto minha mãe costumava escrever pequenos recados no meu espelho do banheiro com caneta hidrográfica: *Bom dia para esse lindo sorriso. Olá, braços e pernas fortes. Tenha um ótimo dia, bela barriga que alimenta minha querida filha.* Às vezes, eu ainda ouço essas palavras quando saio do chuveiro e paro na frente do espelho para pentear o cabelo: *Bom dia, lindo sorriso. Olá, braços e pernas fortes. Tenha um ótimo dia, bela barriga que me alimenta.*

— Você está olhando para mim porque eu sou alto? — diz Alex.

— *Muito* alto — respondo, como se isso esclarecesse as coisas.

É mais fácil do que dizer: *Eu senti sua falta, lindo sorriso. Que bom ver vocês, braços e pernas fortes. Obrigada, barriga incrivelmente firme, por alimentar essa pessoa que eu amo tanto.*

O sorriso de Alex se alarga a ponto de seus lábios se abrirem enquanto ele olha direto em meus olhos.

— É bom ver você também, Poppy.

8

Dez verões atrás

UM ANO ATRÁS, quando me encontrei com Alex Nilsen do lado de fora de meu dormitório carregando meia dúzia de sacos de lavanderia, não teria acreditado que tiraríamos férias juntos.

Começou com algumas mensagens de texto depois de nossa viagem de carro para casa — fotografias embaçadas do cinema de Linfield tiradas enquanto passava na frente dele com a legenda *não esqueça de se vacinar*, ou a foto de um pacote de dez camisetas que eu tinha visto no supermercado, com *presente de aniversário* digitado embaixo —, mas, depois de três semanas, avançamos para telefonemas e saídas ocasionais. Eu até o convenci a ver um filme no Cineplex, embora ele tenha passado o filme todo meio levantado no banco, tentando não encostar em nada.

Quando o verão acabou, tínhamos nos matriculado em duas disciplinas obrigatórias juntos, matemática e ciências, e na maioria das noites

Alex vinha ao meu quarto ou eu ia para o dele fazer os deveres de casa. Minha antiga colega de quarto, Bonnie, havia se mudado oficialmente para o alojamento da irmã, e eu estava dividindo o quarto com Isabel, uma aluna de pré-medicina que às vezes olhava sobre meus ombros e os de Alex e corrigia nossas tarefas enquanto mastigava salsão, supostamente sua comida favorita.

Alex detestava matemática tanto quanto eu, mas ele adorava suas aulas de literatura e todas as noites dedicava horas às leituras obrigatórias, enquanto eu passeava por blogs de viagens e folheava revistas de fofoca no chão ao lado dele. Meus cursos eram entediantes, mas, nas noites em que Alex e eu caminhávamos pelo campus depois do jantar com copos de chocolate quente, ou nos fins de semana em que andávamos pela cidade em busca da melhor barraca de cachorro-quente, ou xícara de café, ou falafel, eu me sentia mais feliz do que nunca. Adorava tanto estar na cidade, cercada por arte, comida, barulho e novas pessoas que a parte das aulas era suportável.

Uma noite, já bem tarde, quando a neve se empilhava no peitoril de minha janela e Alex e eu estávamos estendidos no tapete estudando para uma prova, começamos a fazer uma lista de lugares onde preferiríamos estar.

— Paris — eu falei.

— Fazendo meu trabalho final de literatura americana — disse Alex.

— Seul — acrescentei.

— Fazendo meu trabalho final de introdução à não ficção — ele sugeriu.

— Sófia, Bulgária — falei.

— Canadá — complementou Alex.

Olhei para ele e caí em uma gargalhada divertida e exausta, desencadeando sua característica cara de contrariado.

— Os três primeiros destinos em sua lista de férias — eu disse, me deitando de costas no tapete — são dois trabalhos acadêmicos e o país mais perto de nós.

— É mais acessível do que Paris — ele respondeu, sério.

— Que é o mais importante quando se está sonhando acordado. Ele suspirou.

— E aquela fonte termal sobre a qual você leu? Aquela na floresta? Ela fica no Canadá.

— Ilha de Vancouver — completei, concordando com a cabeça. Ou uma ilha menor perto dela, na verdade.

— É para lá que eu iria — explicou ele —, se minha companhia de viagem não fosse tão desagradável.

— Alex — falei —, eu adoraria ir para a Ilha de Vancouver com você. Principalmente se as outras opções forem ver você fazer seus trabalhos de faculdade. Vamos no próximo verão.

Alex se deitou ao meu lado.

— E Paris?

— Paris pode esperar — falei. — Além do mais, não temos dinheiro para ir a Paris.

Ele sorriu levemente.

— Poppy — disse ele —, nós mal temos dinheiro para nossos cachorros-quentes semanais.

Mas agora, meses depois, após um semestre pegando todos os turnos possíveis em nossos empregos no campus, Alex na biblioteca e eu na sala de correio, economizamos o suficiente para essa viagem noturna bem barata (com duas conexões), e eu estou fervilhando de entusiasmo quando finalmente embarcamos.

Assim que a cabine escurece e levantamos voo, porém, a exaustão vence e não consigo me manter acordada, com a cabeça apoiada no ombro de Alex e uma pequena poça de saliva se acumulando na camisa dele, acordando apenas quando o avião passa por uma turbulência que o faz perder atitude e Alex reage me dando, sem querer, uma cotovelada no rosto.

— Merda! — ele resmunga, enquanto eu endireito o corpo e levo a mão ao rosto. — Merda! — Seus dedos estão apertados com força nos apoios de braço e seu peito sobe e desce em respirações superficiais.

— Você tem medo de avião? — pergunto.

— Não! — ele sussurra com educação, apesar do pânico, para não acordar os outros passageiros. — Eu tenho medo de morrer.

— Você não vai morrer — garanto. O avião se estabiliza, mas as luzes de afivelar os cintos se acendem e Alex continua agarrado aos apoios de braço como se alguém tivesse virado o avião de cabeça para baixo e começado a tentar nos arremessar dele.

— Isso não parece bom — ele diz. — O barulho era como se alguma coisa tivesse quebrado no avião.

— Foi o barulho do seu cotovelo golpeando o meu rosto.

— O quê? — Ele me olha. As duas expressões simultâneas em seu rosto são de surpresa e confusão.

— Você bateu o cotovelo no meu rosto!

— Ah, merda. Desculpe. Deixa eu ver.

Eu afasto a mão de minha face latejante e Alex se inclina, seus dedos pairando sobre a minha pele. Ele tira a mão antes de encostá-los.

— Parece que está tudo bem. Talvez a gente devesse pedir gelo para uma comissária de bordo.

— Boa ideia — concordo. — Podemos chamá-la e dizer que você bateu em mim, mas tenho *certeza* de que foi um acidente e que não é sua culpa, você só se assustou e...

— Caramba, Poppy — ele interrompe. — Desculpa mesmo.

— Tudo bem. Não está doendo tanto assim. — Cutuco o cotovelo dele com o meu. — Por que você não me contou que tinha medo de avião?

— Eu não sabia que tinha.

— Como assim?

Ele recosta a cabeça no banco.

— É a primeira vez que eu voo.

— Ah. — Minha barriga se aperta com culpa. — Você devia ter me falado.

— Eu não quis criar caso.

— Eu não teria criado caso.

Ele olha para mim, cético.

— E como você chama isto?

— Tá, admito, eu criei caso. Mas, olha. — Deslizo minha mão sob a dele e arrisco enlaçar meus dedos nos dele. — Estou aqui com você e, se quiser dormir um pouco, eu fico acordada para garantir que o avião não caia. O que não vai acontecer. Porque isto é mais seguro do que andar de carro.

— Eu também odeio andar de carro — diz ele.

— Eu sei. Eu quis dizer que isto é melhor. Tipo, muito melhor. E eu estou aqui com você e já voei antes, então, se houver alguma razão para pânico, eu vou saber. E garanto a você que, nesse caso, eu *vou* entrar em pânico e você vai saber que tem algo errado. Até lá, pode relaxar.

Ele me encara no escuro da cabine por alguns segundos. Aí, sua mão relaxa na minha, seus dedos quentes e ásperos se acomodam. A sensação de segurar a mão dele me surpreende. Noventa e cinco por cento do tempo, vejo Alex Nilsen de maneira totalmente platônica, e acho que, para ele, o número é ainda maior. Mas, nos outros cinco por cento do tempo, existe o *e se*.

Nunca dura muito nem é muito intenso. Só fica ali, aconchegado entre nossas mãos, um pensamento delicado sem muita importância: como seria beijá-lo? Como ele me tocaria? Será que o gosto dele é como o cheiro? Ninguém tem higiene bucal melhor do que Alex, o que não é exatamente um pensamento *sexy*, mas certamente é mais sexy do que o oposto.

E é só até aí que vai o pensamento, o que é perfeito, porque eu gosto *demais* de Alex para namorar com ele. Além disso, somos totalmente incompatíveis.

O avião balança em outro trecho curto de turbulência, e Alex aperta mais minha mão.

— Hora de entrar em pânico? — ele pergunta.

— Ainda não — respondo. — Tente dormir.

— Porque eu preciso estar bem descansado para conhecer a Morte.

— Porque você precisa estar bem descansado quando eu ficar cansada nos Butchart Gardens e fizer você me carregar pelo resto do caminho.

— Eu sabia que tinha uma razão para você ter me trazido junto.

— Eu não te trouxe para ser minha mula — protesto. — Eu trouxe você para ser meu cúmplice. Você vai criar uma distração enquanto eu corro pelo salão de jantar do Empress Hotel durante o chá roubando sanduichinhos e valiosos braceletes sem os hóspedes desconfiarem.

Ele aperta minha mão.

— É melhor eu dormir, então.

Eu a aperto de volta.

— Acho que sim.

— Me acorde quando for hora de entrar em pânico.

— Sempre.

Ele apoia a cabeça em meu ombro e finge dormir.

Quando pousarmos, ele vai estar com um mau jeito horrível no pescoço e meu ombro estará doendo de permanecer nessa posição por tanto tempo, mas, neste momento, eu não me importo. Tenho pela frente cinco gloriosos dias de viagem com meu melhor amigo e, no fundo, eu sei: nada pode dar errado, na verdade.

Não é hora de entrar em pânico.

9

Neste verão

— NÓS TEMOS UM carro alugado? — Alex pergunta enquanto saímos do aeroporto em direção ao vento quente.

— Mais ou menos. — Mordo o lábio procurando meu celular para chamar um táxi. — Eu arrumei um carro por um grupo no Facebook.

Alex aperta os olhos, as rajadas de vento vindas da área de chegadas do aeroporto fazem seu cabelo bater na testa.

— Não tenho ideia do que você está falando.

— Lembra? — digo. — Foi o que fizemos em nossa primeira viagem. Para Vancouver. Quando éramos novos demais para alugar um carro.

Ele fica olhando para mim.

— Sabe? — continuo. — Aquele grupo online de viagem para mulheres em que estou há uns quinze anos. Em que as pessoas postam seus apartamentos e carros para alugar. Lembra? Nós tivemos que pegar um ônibus para buscar o carro fora da cidade e andamos, sei lá, uns sete quilômetros com nossa bagagem?

— Lembro, sim — diz ele. — Mas até agora nunca tinha parado para pensar por que alguém alugaria seu carro para um estranho.

— Porque, assim como muitas pessoas de Nova York gostam de viajar no inverno, muitas pessoas de Los Angeles gostam de ir para outro lugar no verão. — Dou de ombros. — O carro dessa garota ia ficar sem uso por, sei lá, um mês, então eu o aluguei por uma semana por setenta dólares. Nós só temos que pegar um táxi para ir buscá-lo.

— Legal — diz Alex.

— É.

E este é o primeiro silêncio incômodo da viagem. Não importa que estivemos trocando mensagens de texto sem parar na última semana; ou talvez isso tenha tornado pior. Minha mente está imperdoavelmente em branco. Tudo que posso fazer é olhar para o aplicativo na tela do meu celular, vendo o ícone do carro chegar mais perto.

— É aquele. — Indico com o queixo a minivan que se aproxima.

— Legal — Alex fala outra vez.

O motorista pega nossa bagagem e nos amontoamos com duas outras pessoas que estão compartilhando a viagem, um casal de meia-idade com viseiras combinando. A rosa-choque diz MOZIN. MOZÃO, diz a verde-limão. Os dois estão usando uma camisa com estampa de flamingos e já estão tão bronzeados que se parecem um pouco com os sapatos de Alex. A cabeça de Mozão está raspada, e Mozim tem o cabelo tingido de um chamativo vermelho-escuro.

— Oi, pessoal! — Mozim cumprimenta conforme Alex e eu nos acomodamos nos assentos do meio.

— Oi. — Alex se vira no banco e oferece um sorriso que é quase convincente.

— Lua de mel — Mozim diz, apontando para ela e Mozão. — E vocês?

— Ah — diz Alex. — Hum.

— Também! — Pego a mão dele e me viro para os dois com um largo sorriso.

— Aah! — Mozim exclama. — O que você acha disso, Bob? Um carro cheio de pombinhos!

Mozão Bob concorda com a cabeça.

— Parabéns, garotos.

— Como vocês se conheceram? — Mozim quer saber.

Dou uma olhada para Alex. As duas expressões que o rosto dele está mostrando neste momento são (1) apavorado e (2) empolgado. Esse é um jogo conhecido para nós, e, embora seja mais esquisito do que de costume ter a minha mão enlaçada e envolta pela dele, também há algo reconfortante em sair de nós mesmos dessa maneira, representar juntos como sempre fizemos.

— Disneylândia — Alex se vira para o casal no banco de trás.

Mozim arregala os olhos.

— Que mágico!

— Foi mesmo, sabe? — Lanço um olhar amoroso para Alex e bato em seu nariz com o dedo. — Ele estava trabalhando como LV, que é a sigla que usamos para limpadores de vômito. O trabalho deles é ficar na saída daqueles novos simuladores 3D e limpar os resíduos dos avós enjoados.

— E a *Poppy* estava vestida de Mike Wazowski — Alex acrescenta com ar irônico, aumentando a aposta.

— Mike Wazowski? — pergunta Bob Mozão.

— De *Monstros S.A.*, amor — Mozim explica. — Ele é um dos monstros principais!

— Qual deles? — quer saber Mozão.

— O baixinho — Alex responde, e olha para mim, fingindo o mais bobo e exagerado olhar de adulação que eu já vi. — Foi amor à primeira vista.

— Own! — diz Mozim, levando a mão ao coração.

Mozão franze a testa:

— Com ela vestindo a fantasia?

O rosto de Alex fica rosado sob o olhar inquisitivo de Mozão, e eu intervenho:

— Eu tenho pernas *muito* bonitas.

Nosso motorista nos deixa em uma rua de casas de estuque cercadas de jasmins em Highland Park, e, quando saímos para o asfalto quente, Mozim e Mozão acenam em uma despedida afetuosa. No instante em que o táxi sai de vista, Alex solta minha mão e eu olho os números das casas, indicando uma cerca alta de madeira avermelhada.

— É esta aqui.

Alex abre o portão e entramos no pátio, onde encontramos um carrinho branco à espera com ferrugem e arranhões por todo lado.

— Então — diz Alex, observando-o. — Setenta dólares.

— Talvez eu tenha pagado demais. — Eu me inclino junto à roda dianteira do lado do motorista e tateio com a mão em busca da caixa magnética onde a proprietária, uma ceramista chamada Sasha, disse que estaria a chave. — Este é o primeiro lugar em que eu procuraria uma chave reserva se estivesse roubando um carro.

— Acho que se abaixar tanto talvez seja muito trabalho para roubar este carro — diz Alex enquanto eu pego a caixa e endireito o corpo. Ele vai até a traseira e lê: — Ford Aspire.

Eu rio e destravo as portas.

— Agora sim. "Aspiração" *é* a marca da *R+R.*

— Espera. — Alex pega seu celular e dá uns passos para trás. — Vou tirar uma foto de você com ele.

Eu abro a porta e levanto o pé, fazendo uma pose. Imediatamente, Alex começa a se agachar.

— Alex, não! Não de baixo para cima.

— Desculpe — diz ele. — Eu esqueci como você é esquisita com isso.

— *Eu* sou esquisita? — comento. — Você tira fotos como um pai com um iPad. Se você estivesse com óculos na ponta do nariz e uma camiseta de time de futebol americano, não daria para diferenciar.

Ele faz uma grande encenação segurando o celular o mais alto possível.

— Agora você mudou para um ângulo de emo do início dos anos 2000? — reclamo. — Encontre um bom meio-termo.

Alex revira os olhos e balança a cabeça, mas tira algumas fotos em uma altura quase normal, depois vem mostrá-las para mim. Eu suspiro quando vejo a última e seguro o braço dele do mesmo jeito que ele deve ter agarrado o braço da senhorinha que estava ao seu lado no avião.

— O que foi? — ele pergunta.

— Você tem modo retrato.

— Tenho — ele concorda.

— E você *usou* — destaco.

— Sim.

— Você *sabe* usar modo retrato — digo, ainda assombrada.

— Haha.

— *Como* você sabe usar o modo retrato? Seu neto ensinou quando foi para casa no Dia de Ação de Graças?

— Nossa — ele diz, com uma voz resignada —, senti tanta falta disso.

— Desculpe, desculpe — digo. — Estou impressionada. Você mudou. — Mas acrescento depressa: — Não de um jeito ruim! Eu só quis dizer que você não é uma pessoa que curte mudanças.

— Talvez agora eu seja — ele responde.

Eu cruzo os braços.

— Você ainda se levanta às cinco e meia todo dia para se exercitar? Ele dá de ombros.

— Isso é disciplina, não medo de mudança.

— Na mesma academia? — pergunto.

— Sim.

— Aquela que aumenta os preços a cada seis meses? E toca o mesmo CD de meditação New Age repetidamente o tempo todo? A academia de que você estava reclamando dois anos atrás?

— Eu não estava reclamando — ele protesta. — Eu só não entendo como isso pode servir de motivação quando a gente está em uma esteira. Eu estava *refletindo*. Ponderando.

— Você leva a sua playlist. Não importa o que eles tocam no som ambiente.

Ele dá de ombros, pega a chave do carro da minha mão e contorna o Aspire para abrir a porta traseira.

— É uma questão de princípio. — Ele joga nossa bagagem no banco traseiro e fecha a porta.

Eu achava que estivéssemos brincando, mas agora já não tenho tanta certeza.

— Ei. — Eu seguro o cotovelo dele na passagem. Ele para, levantando as sobrancelhas. Há um nó de orgulho entalado em minha garganta, prendendo as palavras que querem sair. Mas foi o orgulho que estragou nossa amizade da primeira vez, e eu não vou cometer o mesmo erro de novo. Não vou *não* dizer coisas que precisam ser ditas só porque quero que ele diga primeiro.

— O que foi? — Alex pergunta.

Eu engulo o nó.

— Ainda bem que você não mudou muito.

Ele fica me olhando por um instante e então... é minha imaginação ou ele engole também?

— Você também — ele diz, e toca a ponta de uma mecha de cabelo que escapou do meu rabo de cavalo e caiu sobre meu rosto; tão levemente que mal posso senti-la, e o movimento delicado me causa um arrepio na nuca. — Gostei do corte de cabelo.

Minhas bochechas esquentam. Minha barriga também. Até minhas pernas parecem ficar uns graus mais quentes.

— Você aprendeu a usar um recurso novo em seu celular e eu cortei o cabelo — digo. — Prepare-se para nós, mundo!

— Transformação radical — Alex concorda.

— Uma verdadeira metamorfose.

— A pergunta é: você está dirigindo um pouco melhor?

Levanto uma sobrancelha e cruzo os braços:

— E você?

— O Aspire aspira a ter um ar-condicionado — diz Alex.

— Ele aspira a *não* cheirar como um idiota fumando um baseado.

Estamos nesse jogo desde que entramos na estrada em direção ao deserto. Sasha, a Ceramista, havia mencionado em seu post sobre o carro que o ar-condicionado funcionava ou não aleatoriamente, mas deixara de fora o fato de que ela, evidentemente, o usava para fumar maconha há cinco anos.

— Ele aspira a viver tempo suficiente para ver o fim de todo sofrimento humano — acrescento.

— Este carro — diz Alex — não vai viver tempo suficiente para ver o fim da franquia *Star Wars*.

— Nenhum de nós vai — eu falo.

Quem acabou dirigindo foi Alex, porque meu jeito de dirigir o deixa enjoado. E aterrorizado. O fato é que eu não gosto de dirigir mesmo, então costumo deixar isso com ele.

O tráfego de Los Angeles acabou sendo um desafio para alguém tão cauteloso quanto ele: em uma rua movimentada, demoramos em uma placa de pare para virar à direita uns dez minutos, até que três carros atrás de nós enfiaram a mão na buzina.

Mas, agora que estamos fora da cidade, está tudo ótimo. Nem mesmo a falta de ar-condicionado parece ser grande coisa com os vidros abertos e o vento docemente floral soprando em nós. O maior problema é a falta de conexão para cabo de áudio, o que nos faz depender do rádio.

— Sempre teve tanto Billy Joel viajando pelas ondas do rádio? — Alex pergunta na terceira vez que mudo de estação durante uma propaganda e caio em "Piano Man".

— Desde o início dos tempos, acho. Quando os homens das cavernas construíram o primeiro rádio, já estava tocando.

— Eu não sabia que você era historiadora — ele ironiza. — Devia dar uma palestra para a minha turma.

Eu bufo.

— Você não conseguiria me arrastar para os corredores da East Linfield High nem com a força combinada de todos os tratores em um raio de cinco quilômetros daquele prédio, Alex.

— Você deve saber que as pessoas que faziam bullying com você provavelmente já se formaram — ele diz.

— Nunca se sabe — respondo.

Ele me olha com o rosto sério, os lábios apertados.

— Quer que eu pegue eles na porrada?

Eu suspiro.

— Não, é tarde demais. Agora eles têm filhos com aqueles enormes óculos fofos de bebê e a maioria encontrou Jesus ou começou um daqueles negócios de esquema de pirâmide para vender brilho labial.

Ele dá uma olhada para mim, seu rosto rosado do sol.

— Se mudar de ideia, é só me avisar.

Alex sabe sobre meus anos difíceis em Linfield, claro, mas, de modo geral, eu tento não relembrá-los. Sempre preferi a versão de mim que Alex traz à tona àquele antigo eu de nossa cidade natal. *Esta* Poppy se sente segura no mundo porque Alex também faz parte dele, e, no fundo, no que realmente importa, ele é como eu.

Mesmo assim, ele teve uma experiência completamente diferente na West Linfield High do que a que tive na escola irmã? Tenho certeza de que o fato de ele praticar esporte — basquete, pela escola e na liga da igreja de sua família — e ser bonito ajudou, mas ele sempre insistiu que o segredo foi ele ser quieto o bastante para passar por misterioso, em vez de esquisito.

Talvez se meus pais não tivessem se empenhado tanto em incentivar cada faceta da individualidade minha e de meus irmãos, eu poderia ter tido mais sorte. Algumas crianças lidaram com a desaprovação se adaptando, tornando-se mais aceitáveis, como Prince e Parker fizeram na escola, encontrando um equilíbrio entre a personalidade deles e a dos outros.

E havia pessoas como eu, que funcionavam sob o conceito equivocado de que, um dia, as outras crianças não só me tolerariam como me respeitariam por ser quem sou.

Para algumas pessoas, não há nada tão incômodo quanto alguém que parece não se importar se os outros a aprovam ou não. Talvez seja ressentimento: *Eu cedi pelo bem maior, para seguir as regras, por que você não pode fazer o mesmo? Você deveria se importar.*

Claro que, em segredo, eu me importava. Muito. Provavelmente teria sido melhor se eu tivesse chorado abertamente na escola em vez de fingir não ligar para os insultos e chorar embaixo do travesseiro mais tarde. Teria sido melhor se, depois da primeira vez que riram de mim pelo macacão boca de sino em que minha mãe tinha costurado patches bordados, eu não tivesse insistido em usá-lo com a cabeça erguida, como se fosse uma Joana d'Arc de onze anos disposta a morrer pelo meu jeans.

A questão era que Alex soube jogar o jogo, enquanto eu muitas vezes me sentia como se tivesse lido as páginas do manual de trás para a frente enquanto tudo pegava fogo.

Quando estávamos juntos, porém, o jogo nem sequer existia. O resto do mundo se dissolvia a ponto de eu acreditar que era *assim* que as coisas realmente eram. Como se eu nunca tivesse sido a menina que se sentia totalmente sozinha, mal compreendida, e tivesse sempre sido esta: compreendida, amada e totalmente aceita por Alex Nilsen.

Quando nos conhecemos, eu não queria que ele me visse como a Poppy de Linfield. Não sabia como a dinâmica de nosso mundo para dois mudaria se deixássemos certos elementos externos entrarem nele. Ainda me lembro da noite em que eu finalmente contei a ele sobre isso. Na última noite de aulas de nosso terceiro ano na faculdade, nós voltamos para o quarto dele depois de uma festa e descobrimos que seu colega de quarto já tinha ido embora para as férias de verão. Então, eu peguei uma camiseta e uns cobertores emprestados de Alex e dormi na cama vaga em seu quarto.

Eu não havia tido uma noite fora como essa desde, talvez, meus oito anos: do tipo em que se continua falando mesmo depois de os olhos se fecharem, até ambos dormirem no meio da frase.

Nós contamos tudo um para o outro, sobre o que nunca havíamos falado. Alex me contou sobre a morte de sua mãe, dos meses em que seu pai praticamente não tirava o pijama, dos sanduíches de manteiga de amendoim que Alex fazia para seus irmãos e da fórmula infantil que ele aprendeu a preparar.

Por dois anos, ele e eu havíamos nos divertido tanto juntos, mas, naquela noite, era como se um compartimento totalmente novo se abrisse em meu coração onde antes não existia nada.

E aí ele me perguntou o que havia acontecido em Linfield, por que eu odiava tanto voltar para lá no verão, e deveria ter sido constrangedor expor minhas pequenas queixas depois de tudo o que ele havia acabado de me contar, mas Alex tinha um jeito de *nunca* me fazer sentir pequena ou mesquinha.

Era tão tarde que estava quase amanhecendo, aquelas horas incertas em que parece ser mais seguro liberar nossos segredos. Então eu lhe contei tudo, desde a sétima série.

Os infelizes aparelhos nos dentes, o chiclete que Kim Leedles grudou no meu cabelo e por causa disso eu tive que cortar tigelinha. A humilhação extra quando Kim disse para a classe inteira que quem conversasse comigo não seria convidado para a festa de aniversário dela. Ainda faltavam cinco meses, mas parecia valer a pena, graças à sua piscina com escorregador e ao cinema no porão.

Depois, no nono ano, quando esse estigma finalmente acabou e meus seios surgiram praticamente da noite para o dia, houve os três meses em que eu me tornei Desejável. Até que Jason Stanley me beijou inesperadamente e reagiu ao meu desinteresse dizendo para todo mundo que eu tinha feito sexo oral nele por livre e espontânea vontade no armário do zelador.

O time de futebol inteiro me chamou de Poppy Pornô por cerca de um ano depois daquilo. Ninguém queria ser meu amigo. E aí veio o primeiro ano do ensino médio, o pior de todos.

Começou melhor, porque o mais novo dos meus dois irmãos estava no último ano e se dispôs a compartilhar seu grupo de amigos do teatro comigo. Mas isso só durou até eu convidar algumas amigas para dormir em casa no meu aniversário e descobrir que todas achavam meus pais constrangedores. Logo percebi que eu não gostava dos meus amigos tanto quanto imaginava.

Eu também contei a Alex quanto eu amava minha família, como me sentia protetora em relação a eles, mas como, mesmo com eles, às vezes eu me sentia sozinha. Todos eram a pessoa mais importante de alguém. Mamãe e Papai. Parker e Prince. Até os huskys eram uma dupla, e nosso mestiço de terrier e o gato passavam a maior parte do dia enrolados um no outro tomando sol. Antes de Alex, minha família era o único lugar ao qual eu pertencia, mas, mesmo com eles, eu era como uma peça solta, aquele enigmático parafuso extra que a IKEA manda com sua estante só para fazer você suar. Tudo que eu havia feito desde a escola fora para escapar dessa sensação, dessa *pessoa*.

E eu contei a ele tudo isso, menos a parte de me sentir em casa com ele, pois, mesmo depois de dois anos de amizade, isso parecia um pouco demais. Quando terminei, achei que ele finalmente tivesse adormecido. Mas, depois de alguns segundos, ele se virou de lado para olhar para mim no escuro e disse baixinho:

— Eu aposto que você ficou linda com um corte tigelinha.

Não, não fiquei mesmo, mas, de certa forma, isso foi suficiente para suavizar a dor de todas aquelas lembranças. Ele me via, e ele me amava.

— Poppy? — diz Alex, trazendo-me de volta para o carro quente e fedorento no deserto. — Onde você está?

Eu estendo a mão para fora da janela, segurando o vento.

— Andando pelos corredores da East Linfield High ao som de um coro de *Poppy Pornô! Poppy Pornô!*

— Tá bom — Alex diz, gentilmente. — Eu não vou fazer você visitar minha turma para ensinar a História de Billy Joel no Rádio. Mas, só para você saber... — Ele olha para mim com o rosto sério e a voz inexpressiva. — Se algum dos meus alunos chamasse você de Poppy Pornô, eu acabaria com a raça dele.

— Isso deve ser a coisa mais sexy que alguém já me disse.

Ele ri, mas desvia o olhar.

— Estou falando sério. Bullying é a única coisa que eu não perdoo nos alunos. — Ele inclina a cabeça, pensativo. — Menos comigo. Eles praticam bullying *comigo* o tempo todo.

Dou risada, embora não acredite nele. Alex leciona para a classe dos alunos mais avançados, e ele é jovem, bonito, silenciosamente divertido e estranhamente espirituoso. Não tem como não o adorarem.

— Mas eles te chamam de Alex Pornô? — pergunto.

Ele faz uma careta.

— Deus, espero que não.

— Desculpe — digo. — *Sr.* Pornô.

— Calma lá. Sr. Pornô é meu pai.

— Aposto que muitas alunas são apaixonadas por você.

— Uma menina me disse que eu pareço o Ryan Gosling...

— Olha só!

— ... depois de ser picado por uma abelha.

— Ai — digo.

— Eu sei — Alex concorda. — É duro, mas justo.

— Talvez o Ryan Gosling se parecesse com *você* se fosse deixado do lado de fora para desidratar, já pensou nisso?

— É. Toma essa, Jessica McIntosh — diz ele.

— Vadia — digo, e imediatamente balanço a cabeça. — Não. Não é legal dizer isso de uma criança. Piada ruim.

Alex faz outra careta.

— Se isso te faz se sentir melhor, Jessica *é...* um pouco difícil. Mas ela vai melhorar muito quando crescer, acho.

— Sim. A gente não tem como saber se ela está lutando contra uma vida inteira de cortes tigelinha pós-chiclete. É legal da sua parte dar uma chance a ela.

— Você nunca foi uma Jessica — ele diz, com firmeza.

Eu levanto uma sobrancelha.

— Como você sabe?

— Porque... — Seus olhos se fixam na estrada alvejada pelo sol — ... você sempre foi a Poppy.

O BLOCO DE apartamentos Rosa do Deserto é um prédio de estuque pintado de rosa-chiclete com o nome escrito em relevo em letras curvilíneas de meados do século. Um jardim cheio de cactos e enormes suculentas faz seu contorno, e, do outro lado de uma cerca branca de madeira, avistamos uma piscina verde-azulada cintilando no meio de corpos bronzeados de sol cercada de palmeiras e espreguiçadeiras.

Alex desliga o carro.

— Parece legal — diz ele, soando aliviado.

Eu desço do carro e o asfalto é quente mesmo através de minhas sandálias.

Eu achava — a julgar pelos verões em Nova York, fechada entre arranha-céus com o sol ricocheteando *ad infinitum*, e todos os anteriores, na armadilha de umidade natural do Vale do Rio Ohio — que sabia o que era calor.

Eu não sabia.

Minha pele arde sob o sol inclemente do deserto, e meus pés queimam só de ficar parada.

— Cacete — Alex ofega, afastando o cabelo da testa.

— Acho que é por isso que é baixa temporada.

— Como David e Tham vivem aqui? — ele comenta, parecendo inconformado.

— Do mesmo jeito que você vive em Ohio — digo. — Tristes e com muita bebida.

Eu disse como uma piada, mas a expressão de Alex fica séria e ele volta para o carro sem fazer nenhum comentário sobre o que eu disse.

Eu pigarreio.

— Estou brincando. Além disso, eles ficam a maior parte do tempo em Los Angeles, não? Lá não estava tão quente assim.

— Tome. — Ele me passa a primeira mala e eu a pego, sentindo-me repreendida.

Nota para mim mesma: chega de falar mal de Ohio.

Quando acabamos de descarregar a bagagem — e mais duas sacolas de papel com mantimentos que compramos em uma parada no supermercado — e de arrastá-la por três lances de escada até nosso apartamento, estamos pingando de suor.

— Parece que estou derretendo — diz Alex enquanto digito o código na caixa de chave ao lado da porta. — Preciso de um banho.

A caixa se abre, eu pego a chave e a enfio na fechadura, balançando e girando conforme as instruções muito específicas que o proprietário me enviou.

— Assim que sairmos, vamos derreter outra vez — eu o lembro. — Talvez seja melhor deixar o banho para antes de dormir.

A chave finalmente se encaixa e eu abro a porta e entro, mas paro na mesma hora quando dois sininhos de alerta começam a gritar simultaneamente dentro de mim.

DE FÉRIAS COM VOCÊ

Alex colide comigo, uma sólida parede de calor suado.

— O que...

A voz dele falha. Não sei bem qual dos fatos horríveis ele está registrando. Que está terrivelmente quente aqui dentro ou que...

No meio deste apartamento (fora isso perfeito) tipo estúdio, há apenas uma cama.

— Não — ele murmura, como se não pretendesse dizer isso em voz alta. Tenho certeza de que não.

— Dizia duas camas — falo, tentando freneticamente encontrar o e-mail com a reserva. — Eu conferi.

Porque de jeito nenhum eu podia ter feito uma merda dessa. Não podia.

Houve um tempo em que não seria um problema tão enorme para nós dividir uma cama, mas *não* nesta viagem. Não quando as coisas estão frágeis e incômodas. Temos *uma única chance* de consertar o que se quebrou entre nós.

— Tem certeza? — Alex pergunta, e eu detesto o tom de contrariedade em sua voz ainda mais do que o de desconfiança que o acompanha. — Você viu fotos? Com duas camas?

Levanto os olhos da caixa de e-mails.

— Claro!

Mas vi *mesmo*? Este apartamento foi ridiculamente barato, em grande parte porque uma reserva havia sido cancelada de última hora. Eu sabia que era um estúdio, mas vi fotos da piscina turquesa reluzente e das palmeiras dançando felizes, e as resenhas dizendo que era limpo, e a cozinha compacta era pequena, mas chique e...

Eu *vi* duas camas mesmo?

— Esse cara tem vários apartamentos aqui — digo com a cabeça girando. — Ele deve ter informado o número de apartamento errado.

Encontro o e-mail e clico nas fotos.

— Aqui! — grito. — Olhe!

Alex se aproxima e olha sobre meu ombro para as fotografias: um apartamento claro, branco e cinza, com dois viçosos vasos de fícus-lira em um canto e uma grande cama branca no meio do quarto com outra ligeiramente menor ao lado.

Tudo bem, talvez tenha havido *certa* perspectiva engenhosa nessas fotografias, já que a cama grande parece maior do que realmente é, o que significa que a outra não seria mais que de casal, mas ela *definitivamente* deveria existir.

— Eu não entendo. — Alex olha da foto para onde a segunda cama deveria estar.

— Ah — eu e ele dizemos em uníssono quando cai a ficha.

Ele atravessa até a cadeira larga com estofamento coral imitando camurça, joga de lado as almofadas decorativas e segura a junção entre o assento e o encosto. Desdobra a parte de baixo e o encosto desce até que o móvel inteiro se alonga em uma cama estreita com emendas afundadas entre as três seções.

— Um sofá-cama.

— Eu fico com ele! — me ofereço.

Alex me olha.

— Você não pode, Poppy.

— Por quê? Porque sou mulher e eles vão tirar o seu diploma de masculinidade do Meio-Oeste se você não assumir todas as questões de gênero que aparecerem na sua frente?

— Não — diz ele. — Porque, se você dormir nisso, vai acordar com enxaqueca.

— Isso aconteceu só uma vez — falo —, e nós não *sabemos* se foi por dormir no colchão de ar. Pode ter sido o vinho tinto. — Mas, enquanto digo isso, estou buscando o termostato, porque, se alguma coisa vai fazer minha cabeça latejar, é dormir nesse calor. Encontro os controles na cozinha. — Caramba, ele deixa em vinte e seis graus aqui dentro.

— Sério? — Alex passa a mão pelo cabelo e pelo suor na testa. — Não parece estar nem um grau acima de cem.

Eu viro o termostato para vinte e um e as hélices aceleram ruidosamente, mas sem nenhum alívio imediato.

— Pelo menos temos vista para a piscina — digo, atravessando as portas duplas ao fundo. Afasto as cortinas blecaute e paro, com os resquícios de meu otimismo se desfazendo.

A varanda é muito maior do que a do meu apartamento, com uma bela mesa de café vermelha e duas cadeiras combinando. O problema é que três quartos dela estão cercados com uma lona de plástico enquanto, de algum lugar acima, ouve-se uma confusão horrível de guinchos e batidas.

Alex aparece ao meu lado.

— Uma obra?

— Sinto como se estivesse em um saco plástico fechado *dentro* do corpo de alguém.

— Alguém com febre — diz ele.

— E pegando fogo.

Ele ri um pouco. Um som forçado que ele tenta fingir que é despreocupação. Mas Alex não é despreocupado. Ele é Alex. Ele tem um alto nível de estresse e gosta de estar limpo e de ter seu espaço, e traz o próprio travesseiro na bagagem porque seu "pescoço está acostumado com este" — mesmo que isso signifique que não possa trazer tantas roupas quanto gostaria —, e a última coisa de que esta viagem precisa é de qualquer pressão desnecessária sobre nossos pontos sensíveis.

De repente, os seis dias à nossa frente parecem impossivelmente longos. Deveríamos ter feito uma viagem de três dias. Apenas a duração das festividades do casamento, em que haveria blindagem de sobra, bebida de graça e tempo em que Alex estaria ocupado com a despedida de solteiro de seu irmão, essas coisas.

— Quer descer para a piscina? — sugiro, um pouco alto demais, porque agora meu coração está acelerado e tenho que gritar para ouvir a mim mesma.

— Claro — diz Alex, e então ele se vira de novo para a porta e congela. Sua boca fica aberta enquanto ele pesa as palavras. — Vou trocar de roupa no banheiro. Você grita quando tiver terminado, está bem?

Certo. É um estúdio. Um único aposento sem portas, exceto a do banheiro.

O que não seria um incômodo se não estivéssemos nos sentindo tão terrivelmente incômodos.

— Aham — respondo. — Claro.

10

Dez verões atrás

PERAMBULAMOS PELA CIDADE de Victoria até machucar os pés, as costas doerem e o tempo que *não* dormimos nos voos fazer nosso corpo parecer pesado e nosso cérebro, leve e flutuante. Então, paramos para um lanche em um lugarzinho escondido de janelas escuras e paredes vermelhas circundando o espaço com desenhos elaborados de montanhas, florestas e rios serpenteando por colinas arredondadas.

Somos as únicas pessoas aqui dentro — são três da tarde, ainda cedo para jantar, mas o ar-condicionado é forte e a comida, divina, e estamos tão exaustos que não conseguimos parar de rir de qualquer coisinha.

O ganido rouco e desafinado que Alex soltou quando o avião pousou nesta manhã.

O homem de terno que passa correndo a toda a velocidade pelo restaurante com os braços esticados ao lado do corpo.

A moça na galeria do Empress Hotel que passou trinta minutos tentando nos vender uma escultura de urso de quinze centímetros por vinte e um mil dólares enquanto arrastávamos nossa bagagem surrada.

— Nós não... temos dinheiro para... isto — disse Alex, tentando ser diplomático.

A moça balançou a cabeça entusiasticamente.

— Quase ninguém tem. Mas, quando a arte conversa com a gente, sempre se encontra uma maneira.

Nenhum de nós teve jeito de dizer à garota que o urso de vinte e um mil dólares *não* estava falando com a gente, mas depois passamos o dia inteiro selecionando diversas coisas — um disco autografado do Backstreet Boys na loja de vinis usados, um exemplar do romance *O que meu ponto G lhe diz* em uma pequena livraria apertada em uma rua de paralelepípedos, um macacão de couro sintético em uma sex shop em que fiz Alex entrar basicamente para deixá-lo constrangido — perguntando: *Isso conversa com você?*

Sim, Poppy, está dizendo Bye-Bye-Bye.

Não, Alex, diga ao seu ponto G para falar mais alto.

Sim, vou levar por vinte e um mil dólares, e nem um centavo a menos!

Nós nos revezamos perguntando e respondendo e, agora, curvados sobre nossa mesa preta laqueada, não conseguimos parar de pegar colheres e guardanapos, de forma quase delirante, fazendo-os conversarem entre si.

Nossa garçonete tem mais ou menos a nossa idade, usa muitos piercings, tem a língua levemente presa e ótimo senso de humor.

— Se esse molho falar alguma coisa picante, me avise — diz ela. — Ele tem uma certa fama por aqui.

Alex lhe dá uma gorjeta de trinta por cento, e, por todo o caminho até o ponto de ônibus, eu o provoco por ficar vermelho sempre que ela olhava para ele, e ele me provoca por ter flertado com o caixa da loja de discos, o que é justo, porque eu fiz isso mesmo.

— Eu nunca vi uma cidade tão florida — comento.

— Eu nunca vi uma cidade tão limpa — diz ele.

— Será que deveríamos nos mudar para o Canadá? — pergunto.

— Não sei — ele responde. — O Canadá *conversa com você*?

Com os ônibus e as caminhadas entre as paradas, levamos duas horas, no total, para pegar o carro que aluguei informalmente na internet por intermédio de um grupo de mulheres que viajam.

Estou tão aliviada por ele realmente existir — e pelo fato de a chave estar embaixo do tapete do banco traseiro como Esmeralda, a dona do carro, disse que estaria —, que começo a bater palmas.

— Nossa — diz Alex —, este carro está mesmo conversando com você.

— Sim — respondo. — Ele está dizendo: *Não deixe o Alex dirigir.*

Ele abre a boca e seus olhos se arregalam e umedecem fingindo mágoa.

— Pare! — grito, me afastando dele e me atirando no banco do motorista como se ele fosse uma granada.

— Parar o quê? — Ele se inclina para ficar com sua Cara de Cachorrinho Triste na minha frente.

— *Não!* — eu guincho, empurrando-o e me contorcendo de lado no banco como se estivesse tentando escapar de uma enxurrada de formigas saindo dele. Eu me lanço para o banco de passageiro e ele se senta calmamente no banco do motorista.

— Eu odeio essa cara — digo.

— Não é verdade — ele contesta.

Ele tem razão.

Eu adoro essa cara ridícula.

Além disso, odeio dirigir.

— Quando você descobrir a psicologia reversa, estou ferrada — digo.

— Hein? — Ele me olha de lado enquanto liga o carro.

— Nada.

Dirigimos por duas horas na direção norte, para o hotel que encontrei no lado leste da ilha. É um enevoado país das maravilhas, com estradas largas e sem congestionamento em meio a florestas tão antigas quanto densas. Não tem muito para fazer na cidade, mas *há* sequoias e trilhas para caminhada até cachoeiras e um restaurante Tim Hortons a poucos quilômetros do nosso hotel, um edifício baixo em estilo de alojamento florestal com estacionamento de cascalho na frente e uma parede de folhagens envolta em neblina atrás.

— Eu meio que amo aqui — diz Alex.

— Eu meio que também — concordo.

E não importa ter chovido a semana inteira e terminarmos cada caminhada ensopados até os ossos, ou só termos conseguido encontrar dois restaurantes baratos e termos de comer três vezes em cada um deles, ou o fato de aos poucos, começarmos a perceber que praticamente todo mundo com quem cruzamos está na faixa de acima-dos-sessenta-anos-ou-mais e que definitivamente estamos em uma cidadezinha de aposentados. Ou que nosso quarto no hotel esteja sempre úmido, ou que haja tão pouco para fazer que temos tempo para passar um dia inteiro em uma livraria Chapters próxima (em cuja cafeteria tomamos café da manhã *e* almoçamos em silêncio enquanto Alex lê Murakami e eu faço anotações de uma pilha de guias da Lonely Planet para consulta futura).

Nada disso importa. Passo a semana inteira pensando: *Isto conversa comigo.*

É *isto* que eu quero pelo resto da vida. Ver novos lugares. Conhecer novas pessoas. Experimentar coisas novas. Não me sinto perdida ou deslocada aqui. Não há Linfield para escapar nem aulas longas e entediantes às quais não quero voltar. Estou ancorada neste momento.

— Você não gostaria de fazer isso sempre? — pergunto a Alex.

Ele ergue os olhos do livro, um canto da boca levantado.

— Não ia sobrar muito tempo para ler.

— E se eu prometesse levar você a uma livraria em cada cidade? — ofereço. — Você largaria a faculdade e moraria em uma van comigo?

Ele inclina a cabeça para um lado enquanto pensa.

— Provavelmente não — ele diz, o que não é surpresa por uma série de razões, incluindo o fato de Alex *adorar* tanto suas aulas que já está pesquisando programas de pós-graduação em literatura, enquanto eu luto para tirar Cs.

— Bom, eu tinha que tentar — digo com um suspiro.

Alex abaixa o livro.

— Olha, você pode ter as minhas férias de verão. Vou deixá-las totalmente abertas para você, e nós vamos para onde você quiser e a gente puder pagar.

— Sério? — pergunto, duvidando.

— Prometo. — Ele estende o braço e apertamos as mãos, depois ficamos ali sentados sorrindo por alguns segundos, como se tivéssemos acabado de assinar um contrato importante que mudaria nossa vida.

Em nosso penúltimo dia, caminhamos pelo silencioso Cathedral Grove enquanto o sol nasce, despejando luz dourada sobre a floresta em pequenas gotas e, saindo de lá, dirigimos até uma cidade chamada Coombs, cuja principal atração é um punhado de chalés com telhado de grama e um rebanho de cabras pastando sobre eles. Tiramos fotos, enfiamos a cabeça em painéis que põem nosso rosto em corpos de cabras toscamente pintados e passamos duas extravagantes horas passeando por um mercado repleto de amostras de biscoitos, doces e geleias.

No último dia de nossa viagem, atravessamos a ilha de carro até Tofino, a península onde *teríamos* ficado se não estivéssemos tentando economizar cada centavo possível. Eu surpreendo Alex com tíquetes (talvez preocupantemente baratos) para um táxi aquático que nos leva à ilha sobre a qual eu li, com a trilha pela floresta até a fonte termal.

O piloto de nosso táxi aquático chama-se Buck e não é muito mais velho do que nós, com uma confusão de cabelos loiros descoloridos pelo sol saindo de baixo de seu boné. Ele é bonito de uma maneira bastante suja, com aquele tipo de odor corporal tipicamente praiano misturado com patchouli. Deveria ser repulsivo, mas nele funciona bem.

O trajeto em si é um tanto violento, com o barulho do motor tão alto que tenho que gritar no ouvido de Alex, com meu cabelo batendo no rosto dele por causa do vento, para dizer:

— DEVE SER ASSIM QUE UMA PEDRA SE SENTE QUANDO A GENTE A FAZ SALTAR NA ÁGUA — minha voz falhando e voltando a cada batida rítmica do pequeno barco contra o topo das ondas agitadas e escuras.

Buck move as mãos como se estivesse falando com a gente durante toda a duração (longo demais) do trajeto, mas não dá para escutar nada que ele diz, o que faz eu e Alex cairmos em risadas quase histéricas depois dos primeiros vinte minutos de monólogo inaudível.

— E SE ELE ESTIVER COMETENDO ALGUM CRIME — grita Alex.

— RECITANDO O DICIONÁRIO DE TRÁS PARA FRENTE — sugiro.

— RESOLVENDO QUESTÕES MATEMÁTICAS COMPLEXAS — diz Alex.

— COMUNICANDO-SE COM OS MORTOS — falo.

— ISTO É PIOR QUE...

Buck desliga o motor e a voz de Alex fica excessivamente alta. Ele a diminui para um sussurro em meu ouvido:

— Pior que voar.

— Ele está parando para nos matar? — sussurro de volta.

— Será que era isso que ele estava dizendo? — Alex cochicha. — É hora de entrar em pânico?

— Olhem ali — diz Buck, virando-se para a esquerda em sua cadeira e apontando à frente.

— É onde ele vai nos matar? — Alex murmura, e eu disfarço minha risada em uma tosse.

Buck nos olha com um sorriso largo e torto, mas indiscutivelmente bonito.

— Família de lontras.

Um gritinho muito agudo e cem por cento sincero sai de mim quando me levanto em um salto e me inclino para ver os pequenos montes de pelos flutuando sobre as ondas, com as patinhas unidas para flutuarem juntos, uma rede formada de adoráveis criaturas marinhas. Alex fica atrás de mim, suas mãos leves em meus braços quando ele se inclina sobre meu corpo para ver.

— Certo — diz ele. — Hora de entrar em pânico. Isso é adorável pra cacete.

— Podemos levar uma para casa? — pergunto. — Elas falam comigo!

Depois disso, a caminhada entre as exuberantes samambaias da floresta tropical e as águas quentes e terrosas da fonte, embora incríveis, nem se compararam com a eletrizante viagem no táxi aquático.

Quando vestimos roupas de banho e entramos na piscina quente e enevoada no meio das pedras, Alex diz:

— Nós vimos lontras de mãos dadas.

— O universo gosta de nós — falo. — Foi um dia perfeito.

— Uma viagem perfeita.

— Ainda não acabou — digo. — Tem mais uma noite.

Depois que o táxi aquático de Buck nos entrega em segurança no ancoradouro naquela noite, nós nos amontoamos na pequena cabana perdida no tempo que a empresa usa como escritório para pagar.

— Onde vocês estão hospedados? — Buck pergunta, enquanto pega os tíquetes que eu imprimi e digita seus códigos em um computador.

— Do outro lado da ilha — diz Alex. — Perto de Nanoose Bay.

Buck levanta os olhos azuis para mim e Alex, um pouco curioso.

— Meus avós moram em Nanoose Bay.

— Parece que todos os avós de British Columbia moram em Nanoose Bay — falo, e Buck dá uma gargalhada.

— O que vocês estão fazendo *lá*? — ele pergunta. — Não é um dos melhores lugares para um jovem casal.

— Ah, nós não... — Alex muda o peso de um pé para o outro, sem jeito.

— Nós somos como irmãos não biológicos e não reconhecidos — falo.

— Só amigos — Alex traduz, parecendo constrangido por mim, o que é compreensível, porque eu *sinto* minhas bochechas ficarem vermelho-

-lagosta e minha barriga dar um nó quando os olhos de Buck pousam em mim.

O olhar dele volta para Alex e ele sorri.

— Se não quiserem voltar para o lar dos velhinhos esta noite, eu e as pessoas que dividem a casa comigo temos um quintal e uma barraca. Vocês podem ficar lá. Sempre tem gente conosco.

Tenho quase certeza de que Alex *não* quer dormir no chão, mas ele dá uma olhada para mim e deve perceber como eu gostei da ideia — isso é exatamente o tipo de reviravolta surpreendente, inesperada e não planejada que eu tinha esperança de que acontecesse nesta viagem —, porque ele solta um suspiro quase imperceptível, depois se vira para Buck com um sorriso forçado.

— É, seria ótimo. Obrigado.

— Legal. Vocês foram minha última viagem de hoje, então vou fechar aqui e podemos ir.

Conforme caminhamos pelo ancoradouro, Alex pede o endereço para pôr no GPS.

— Não, cara — diz Buck —, não precisa ir de carro.

Isso porque a casa de Buck fica no alto de uma rua curta e íngreme a meio quarteirão do ancoradouro. Um sobrado velho e acinzentado com um terraço no segundo andar cheio de toalhas e roupas de banho secando e cadeiras dobráveis baratas. Há uma fogueira ardendo no pátio da frente e, embora sejam apenas seis da tarde, dezenas de pessoas descontraídas no estilo Buck estão reunidas ali de sandálias, botas de caminhada ou pés descalços sujos de terra, bebendo cerveja e fazendo acro ioga na grama enquanto música trance toca por dois alto-falantes remendados com fita adesiva na varanda. O lugar todo cheira a maconha, como se este fosse um pequeno e barato festival de contracultura.

— Pessoal — anuncia Buck enquanto nos leva para lá —, estes são Poppy e Alex. Eles são de... — Ele olha para mim sobre o ombro, esperando.

— Chicago — digo, enquanto Alex fala "Ohio".

— Ohio e Chicago — Buck repete. As pessoas nos cumprimentam e acenam com suas cervejas, e uma garota esguia e musculosa com uma miniblusa de tricô traz garrafas de cerveja para mim e Alex, e Alex se controla muito para não olhar para a barriga dela, enquanto Buck segue para o círculo de pessoas em volta da fogueira e abraça várias delas.

— Bem-vindos a Tofino — ela diz. — Eu sou Daisy.

— Outra flor! Seu nome significa margarida e o meu, papoula — comento. — Mas pelo menos sua flor não é usada para fazer ópio.

— Nunca experimentei ópio — Daisy comenta, pensativa. — Prefiro ficar com LSD e cogumelos. E maconha, obviamente.

— Você já experimentou aquelas balas de melatonina? — pergunto. — Elas são bem incríveis.

Alex tosse.

— Obrigado pela cerveja, Daisy.

Ela dá uma piscadinha.

— De nada. Eu sou o comitê de boas-vindas. E a guia do tour.

— Ah, você também mora aqui? — pergunto.

— Às vezes — diz ela.

— Quem mais mora? — Alex pergunta.

— Hum. — Daisy se vira, passa os olhos pelo grupo e aponta vagamente. — Michael, Chip, Tara, Kabir, Lou. — Ela reúne o cabelo escuro nas costas e o puxa para um dos lados do pescoço enquanto continua. — Mo, às vezes Quincy; Lita está aqui há um mês, mas acho que ela vai embora logo. Ela arrumou um emprego de guia de rafting no Colorado. Fica longe de Chicago? Vocês podiam procurar por ela, se um dia forem lá.

— Legal — diz Alex. — Pode ser.

Buck reaparece entre mim e Alex, com um baseado na boca, e apoia os braços sobre nós casualmente.

— Daisy já fez o tour com vocês?

— Eu ia começar agora — diz ela.

Mas, de alguma maneira, acabo não fazendo um tour pela casa úmida. Em vez disso, fico sentada em uma cadeira de plástico rachada perto da fogueira com Buck e — acho — Chip e Lita-logo-mais-guia-de-rafting classificando os filmes de Nicolas Cage por diversos critérios, enquanto os azuis profundos e lilases do crepúsculo se fundem com os pretos e azuis mais profundos da noite, o céu estrelado parecendo se desenrolar sobre nós como um grande cobertor perfurado de luzes.

Lita é sorridente, o que sempre considerei em traço criminosamente subvalorizado, e Buck está tão chapado que eu começo a sentir o efeito por tabela só por estar sentada ao lado dele, depois fico chapada pela primeira vez ao compartilhar o baseado com ele.

— Você não ama isso? — ele pergunta avidamente depois que eu dou algumas tragadas.

— Amo — digo. Na verdade, eu acho só ok e, se estivesse em qualquer outro lugar, talvez até detestasse, mas hoje é perfeito, porque *hoje* está perfeito, esta *viagem* é perfeita.

Alex vem me ver depois de seu "tour", e, a essa altura, sim, estou aconchegada no colo de Buck com o moletom dele em volta de meus ombros frios.

Tudo bem?, Alex move os lábios do outro lado do fogo.

Confirmo com a cabeça. *E você?*

Ele também acena que sim, e aí Daisy lhe pergunta alguma coisa e ele se vira e começa a conversar com ela. Inclino a cabeça para trás e olho, passando pelo queixo não barbeado de Buck, para as estrelas acima de nós.

Acho que eu poderia continuar aqui se esta noite durasse mais três dias, mas o céu começa a mudar de cor outra vez, com a névoa da manhã se elevando da grama úmida conforme o sol surge no horizonte distante. A maior parte das pessoas se dispersou, inclusive Alex, e o fogo já se consumiu em cinzas quando Buck me pergunta se eu quero entrar e eu lhe digo que sim, quero.

DE FÉRIAS COM VOCÊ

Eu quase digo que *entrar conversa comigo*, mas me lembro de que essa não é uma piada universal, é só entre mim e Alex, e na verdade não quero dizer isso para Buck, afinal.

Fico aliviada ao descobrir que ele tem seu próprio quarto, ainda que seja do tamanho de um armário, com um colchão no chão vestido apenas com dois sacos de dormir estendidos no lugar de roupa de cama. Quando ele me beija, é áspero e pinica, e ele tem gosto de maconha e cerveja, mas eu só beijei duas pessoas antes dele, e uma foi Jason Stanley, então isto ainda parece estar indo muito bem para mim. Suas mãos são seguras, ainda que um pouco lentas, combinando com o resto dele, e logo estamos nos deitando no colchão, mãos enfiadas nos cabelos emaranhado de água do mar, quadris se encaixando.

Ele tem um corpo bonito, penso, do tipo que é firme pelo estilo de vida ativo, com algumas gordurinhas por se permitir vários vícios. Não como o de Alex, que foi modelado na academia durante anos de disciplina e cuidado. Não que o corpo de Alex não seja bonito. Ele *é* bonito.

E não que haja alguma razão para comparar os dois, ou *quaisquer outros* corpos, na verdade. É meio ridículo que aquele pensamento tenha vindo à minha cabeça.

Mas é só porque o de Alex é o corpo de homem que eu estou mais acostumada a ter por perto e também é o tipo que eu imagino que nunca vou tocar. Pessoas como Alex — cuidadosas, conscientes, em boa forma e reservadas — tendem a gostar de pessoas como Sarah Torval, a garota da biblioteca cuidadosa, consciente e praticante de ioga por quem Alex está interessado.

Enquanto pessoas como eu têm mais probabilidade de acabar ficando com pessoas como Buck, em colchões no chão, sobre sacos de dormir abertos.

Ele é todo língua e mãos, mas ainda assim é *divertido* beijar esse quase estranho, ter permissão com ardor e prazer para tocá-lo. É como um treino. Um treino divertido e perfeito com um cara que eu conheci nas férias e que não tem nenhuma ligação com minha vida real. Que conhece apenas a Poppy Agora e não precisa de nada mais que isso.

Nós nos beijamos até meus lábios ficarem inchados e estarmos sem nossas blusas, e então eu me sento no escuro do amanhecer recuperando o fôlego.

— Eu não quero transar, tudo bem?

— Ah, beleza — ele diz, com tranquilidade, sentando-se com as costas apoiadas na parede. — De boa. Sem pressão.

E ele não parece achar isso incômodo, mas também não me puxa de volta para ele, nem me beija de novo. Só fica sentado ali por um minuto, como se estivesse esperando por algo.

— O que foi? — pergunto.

— Ah. — Ele olha para a porta, depois de volta para mim. — Eu só pensei que, como você não quer transar...

E então eu entendo.

— Você quer que eu saia?

— Bom... — Ele dá uma risadinha acanhada (acanhada para ele, pelo menos) que soa um pouco rouca. — Se você não quer, então eu poderia...

Ele para, e agora minha própria risada me pega de surpresa.

— Você vai transar com outra pessoa?

Ele parece sinceramente preocupado quando diz:

— Isso faz você se sentir mal?

Fico olhando para ele por uns três segundos.

— Olha — ele continua —, se você quisesse transar, você, assim... Eu ia querer. Eu quero com certeza. Mas como você não quer... Você está brava?

Eu começo a rir.

— Não — digo, vestindo de novo a blusa. — Sério, não estou nem um pouco brava. Eu gosto de honestidade.

E é verdade. Porque ele é apenas Buck, um cara que eu conheci nas férias, e, considerando as circunstâncias, ele tem sido um cavalheiro.

— Ah, legal. — Ele me dá aquele seu sorriso tranquilo que quase brilha no escuro. — Que bom que a gente está numa boa.

— Estamos numa boa — concordo. — Mas... e aquela barraca de que você falou?

— Ah, é. — Ele bate a mão na testa. — A vermelha e preta na frente da casa é toda sua, garota.

— Obrigada, Buck — digo, e me levanto. — Por tudo.

— Ei, espera aí. — Ele se inclina e pega uma revista ao lado do colchão, procura uma caneta, escreve algo na borda branca de uma página, a arranca e entrega para mim. — Se você um dia voltar para a ilha — ele diz —, não fique no bairro dos meus avós, tudo bem? Venha ficar aqui. A gente sempre tem espaço.

Depois disso, eu saio da casa passando por quartos que já, ou ainda, estão tocando música e por portas através das quais emanam suspiros e gemidos suaves.

Do lado de fora, desço os degraus orvalhados da varanda e vou para a barraca vermelha e preta. Tenho quase certeza de que vi Alex desaparecendo dentro da casa com Daisy horas atrás, mas, quando abro o zíper da barraca, ele está dormindo profundamente. Engatinho para dentro com cuidado e, quando me deito ao lado dele, ele abre uma fresta dos olhos inchados de sono e diz, com a voz rouca:

— Oi.

— Oi — digo. — Desculpe por acordar você.

— Tudo bem — ele fala. — Como foi sua noite?

— Legal — respondo. — Eu fiquei com o Buck.

Ele arregala os olhos por um segundo antes de encolhê-los de novo em fendas cor de avelã sonolentas.

— Uau — ele exclama, rouco, depois tenta disfarçar uma risada. — Será que a emenda foi melhor que o duvidoso soneto?

Rindo, eu empurro a perna dele com o pé.

— Eu não contei pra você ficar me sacaneando.

— Ele contou o que estava falando o tempo todo no táxi aquático?
— Alex pergunta no meio de mais risadas. — Quantas pessoas estavam na rede com vocês?

Começo a rir tanto que há lágrimas no canto dos meus olhos.

— Ele... me pôs... — É difícil fazer as palavras saírem entre os ataques de riso, mas acabo conseguindo. — ... me pôs para fora quando eu disse que não queria transar.

— Meu Deus — Alex se apoia nos cotovelos, o saco de dormir escorregando de seu peito nu e o cabelo revolto de estática. — Que babaca.

— Não — eu falo. — Foi tudo bem. Ele só queria transar com alguém, e, se não ia ser comigo, deve ter mais umas quatrocentas garotas neste terreno.

Alex se deita de novo no travesseiro.

— É, bom, eu ainda não acho isso legal.

— Por falar em garotas — digo, com um sorriso travesso.

— A gente estava falando disso?

— Você ficou com a Daisy? — pergunto.

Ele revira os olhos.

— Você *acha* que eu fiquei com a Daisy?

— Até você falar desse jeito, eu achava.

Alex ajusta o braço sob o travesseiro.

— A Daisy não é meu tipo.

— Verdade — digo. — Ela não se parece nem um pouco com a Sarah Torval.

Alex revira os olhos de novo, depois os fecha.

— Vai dormir, maluca.

Eu respondo no meio de um bocejo:

— Dormir conversa comigo.

11

Neste verão

HÁ MUITAS ESPREGUIÇADEIRAS vazias disponíveis na piscina do Rosa do Deserto, já que todos estão na água, então Alex e eu levamos nossas toalhas para duas no canto.

Ele faz uma careta quando se senta.

— O plástico está quente.

— Tudo está quente. — Eu desabo na cadeira do lado dele e tiro a saída de praia. — Quantos por cento da piscina você acha que é xixi? — pergunto, indicando com a cabeça o bando de bebês com chapéu de sol chapinhando nos degraus com seus pais.

Alex faz cara de nojo.

— Não diga isso.

— Por quê?

— Porque está tão quente que eu vou entrar na água de qualquer jeito e não quero pensar nisso. — Ele desvia o olhar enquanto puxa a camiseta branca sobre a cabeça, depois a dobra e se vira para colocá-la no chão atrás dele, os músculos se retesando em seu peito e barriga no processo.

— Como você ficou mais sarado? — pergunto.

— Eu não fiquei. — Ele pega o protetor solar na minha bolsa de praia e despeja um pouco na mão.

Baixo os olhos para minha própria barriga, sobrando acima da calcinha justa laranja do biquíni. Nos últimos anos, meu estilo de vida de coquetéis em aviões e burritos, gyros e massas tarde da noite me deixou mais cheia e flácida.

— Certo — digo para Alex —, então você está exatamente o mesmo, enquanto o restante de nós começa a ver cair os olhos, peitos e pescoço e fica com cada vez mais estrias, manchas e cicatrizes.

— Você quer mesmo ter a aparência que tinha aos dezoito anos? — ele pergunta, e começa a espalhar grandes punhados de protetor solar pelos braços e peito.

— Quero. — Pego o frasco de Banana Boat e passo um pouco em meus ombros. — Mas me contentaria com vinte e cinco.

Alex balança a cabeça, depois a abaixa enquanto passa mais protetor solar no pescoço.

— Você está melhor agora do que naquela época, Poppy.

— É mesmo? Porque a sessão de comentários no meu Instagram não concorda — digo.

— Isso é besteira — ele rebate. — Metade das pessoas no Instagram nunca viveu em um mundo em que cada foto não fosse editada. Se elas te vissem na vida real, não iriam acreditar. Minhas alunas estão obcecadas com aquela "modelo do Instagram" que é totalmente CGI. A garota feita com técnicas de animação. Ela é literalmente como uma personagem de videogame, e, toda vez que o perfil faz uma postagem, as meninas todas enlouquecem comentando como ela é bonita.

— Ah, sim, eu conheço essa garota — falo. — Quer dizer, eu não a *conheço*. Ela não é real. Mas conheço o perfil. Às vezes eu me meto num poço sem fundo lendo os comentários. Ela tem uma rivalidade com outra modelo de cgi... quer ajuda?

— O quê? — Ele me olha confuso.

Levanto o frasco de protetor solar.

— Suas costas. Elas estão no sol.

— Ah. Quero, obrigado. — Ele se vira e abaixa a cabeça, mas ainda é muito alto para mim, e tenho que me sentar sobre os joelhos para alcançar o espaço entre seus ombros. — Enfim. — Ele pigarreia. — A molecada sabe que tenho uma sensação muito ruim ao ver réplicas humanas, então sempre arruma um jeito de me enganar e me fazer olhar para imagens dessa garota falsa só para ver eu me retorcer. Isso meio que me deixa com uma sensação de culpa por fazer a Cara de Cachorrinho Triste para você por todos esses anos.

Minhas mãos param sobre seus ombros quentes com sardas de sol, e sinto um frio no estômago.

— Eu ia ficar triste se você parasse de fazer.

Ele me olha sobre o ombro, seu perfil em uma fresca sombra azul enquanto o sol incide nele pelo outro lado. Por um milissegundo, eu me sinto arrepiada com sua proximidade, com a sensação dos músculos de seus ombros sob minhas mãos, com o jeito como o perfume de sua colônia se mistura com a doçura de coco do protetor solar e o modo como seus olhos castanhos se fixam firmemente em mim.

É um milissegundo que pertence àqueles outros cinco por cento — o "e se". *Se* eu me inclinasse e o beijasse sobre o ombro, deslizasse seu lábio inferior entre meus dentes, enfiasse as mãos em seu cabelo até que ele se virasse e me puxasse para o seu peito.

Mas não existe mais espaço para esse "e se", e eu sei disso. Acho que ele também sabe, porque pigarreia e desvia o olhar.

— Quer que eu passe nas suas costas também?

— Ahã — consigo murmurar, e nós dois nos viramos, então agora ele está de frente para as minhas costas e, por todo o tempo em que suas mãos estão em mim, estou fazendo força para tentar não me dar conta disso. Tentando não sentir algo mais quente do que o sol de Palm Springs crescendo atrás do meu umbigo enquanto as palmas das mãos dele alisam suavemente minha pele.

Não importa que haja bebês gritando e pessoas rindo e pré-adolescentes pulando em espaços pequenos demais na piscina. Não há estímulos suficientes nesta piscina lotada para me distrair, então eu parto para um plano B formulado às pressas.

— Você tem conversado com a Sarah? — pergunto, minha voz uma oitava acima do habitual.

— Hum. — Alex tira as mãos de mim. — Às vezes. Pronto, acabei.

— Ah, obrigada. — Eu me viro e me deito de novo na espreguiçadeira, deixando meio metro de distância entre nós. — Ela ainda está dando aula na East Linfield? — Com a alta procura por vagas de professores, parecia um sonho ambos terem conseguido emprego na mesma escola e voltado para Ohio. E então eles terminaram.

— Sim. — Ele pega na minha sacola as garrafas de água que enchemos com a mistura de margarita gelada comprada no supermercado e passa uma para mim. — Ela ainda está lá.

— Então vocês devem se ver bastante — digo. — Não é estranho?

— Não, não muito.

— Vocês não se veem muito ou não é estranho?

Ele ganha tempo tomando um grande gole de sua garrafa.

— Ah... acho que as duas coisas.

— Ela... está saindo com alguém? — pergunto.

— Por quê? Eu pensei que você nem gostasse dela.

— É — digo, com o constrangimento correndo por minhas veias como uma droga de efeito rápido. — Mas você gostava, então eu queria ter certeza que você está bem.

— Eu estou bem — diz ele, mas não parece estar se sentindo à vontade com o assunto, então eu o encerro.

DE FÉRIAS COM VOCÊ

Não falar mal de Ohio, não falar do corpo incrivelmente em forma de Alex, não olhar profundamente em seus olhos a menos de quinze centímetros de distância e não tocar no assunto Sarah Torval.

Eu consigo. Provavelmente.

— Quer entrar na água? — pergunto.

— Vamos.

Mas, quando abrimos caminho em meio à superpopulação de bebês para descer os degraus pintados de branco, logo fica claro que *esta* não é a solução para o delicado desconforto entre nós. Para começar, a água, com todos os muitos corpos (potencialmente fazendo xixi) dentro dela, está quase tão quente quanto o ar e, de certa forma, ainda mais desagradável.

Além disso, a piscina está tão lotada que nos obriga a ficar próximos a ponto de os dois terços superiores de nosso corpo estarem quase se tocando. Quando um homem atarracado com um chapéu camuflado passa me empurrando, eu colido com Alex e um relâmpago de pânico faísca por dentro de mim ao sentir sua barriga firme contra a minha. Ele me segura pelos quadris, em um só movimento me equilibrando e me afastando de volta ao meu devido lugar, a cinco centímetros dele.

— Tudo bem? — ele pergunta.

— Ahã — digo, porque só consigo focar em como as mãos dele se espalham em meus quadris. Já estou antevendo que vai haver muito disso nesta viagem. Os *ahãs*, não as mãos enormes de Alex em meus quadris.

Ele me solta e estica o pescoço, olhando de volta para nossas espreguiçadeiras.

— Talvez seja melhor a gente ficar lendo até a piscina estar menos lotada — ele sugere.

— Boa ideia. — Eu o sigo em um trajeto em zigue-zague de volta para os degraus da piscina, para o cimento incandescente e para as toalhas curtas demais estendidas sobre as espreguiçadeiras, onde nos deitamos para esperar. Ele termina um romance de Sarah Waters e emenda com um livro de Augustus Everett. Eu pego a última edição da *R+R* planejando dar

123

uma olhada em tudo que *não* escrevi. Talvez eu encontre uma faísca de inspiração que possa levar a Swapna para que ela não fique brava comigo.

Finjo ler por duas suadas horas, e a piscina nunca esvazia.

ASSIM QUE ABRIMOS a porta do apartamento, eu sei que as coisas vão piorar.

— Que inferno — diz Alex, me seguindo para dentro. — Ficou *mais quente?*

Eu corro para o termostato e leio os números iluminados.

— Vinte e *oito?*

— Será que tem que diminuir aos poucos? — Alex sugere, vindo até mim. — Vamos ver se a gente consegue baixar pelo menos para vinte e seis.

— Eu sei que, estritamente falando, vinte e seis é melhor do que vinte e oito, Alex — digo —, mas nós vamos nos matar se tivermos que dormir com um calor de vinte e seis graus.

— Será que a gente deveria chamar alguém? — Alex pergunta.

— Sim! Vamos chamar! Boa ideia! — Encontro meu celular na bolsa de praia e procuro o e-mail com o telefone do proprietário. Faço a ligação e escuto três toques antes de uma voz mal-humorada e rouca atender.

— Alô.

— Nikolai?

Dois segundos de silêncio.

— Quem é?

— Aqui é Poppy Wright. Eu aluguei o apartamento 4B.

— Certo.

— Estamos com um problema no termostato.

Três segundos de silêncio dessa vez.

— Tentou procurar no Google?

Ignoro a pergunta e sigo em frente.

— Ele estava em vinte e seis graus quando chegamos. Nós tentamos baixar para vinte e um duas horas atrás, e agora ele está em vinte e oito.

— Ah, sim — responde Nikolai. — Tem que diminuir aos poucos.

Acho que Alex está ouvindo o que Nikolai diz, porque ele balança a cabeça como quem diz *Eu falei*.

— Então... ele não fica mais frio do que uns... vinte e quatro? — digo. — Porque isso não estava na sua postagem, e nem a obra lá fora e...

— Ele só diminui um grau de cada vez, querida — Nikolai responde com um suspiro incomodado. — Você não pode baixar um termostato direto para vinte e um graus! E quem mantém um apartamento em vinte e um graus, para começar?

Alex e eu trocamos um olhar.

— Dezenove — ele sussurra.

Dezoito, eu movo os lábios apontando para mim.

— Bom...

— Escute, escute, escute, querida — Nikolai me interrompe outra vez. — Baixe para vinte e sete. Quando ele ficar em vinte e sete, baixe para vinte e seis. Depois baixe para vinte e cinco e, quando ele ficar em vinte e cinco, baixe para vinte e quatro. E, quando estiver em vinte e quatro...

— ... corte sua cabeça de uma vez — Alex sussurra, e eu afasto o telefone para Nikolai não me ouvir rindo.

Trago-o de volta ao ouvido e Nikolai *ainda* está explicando como contar de trás para a frente a partir de vinte e oito.

— Entendi — digo. — Obrigada.

— Sem problema — Nikolai diz, com outro suspiro. — Tenha uma boa estada, querida.

Quando desligo, Alex volta ao termostato e o ajusta para vinte e sete.

— E lá vai praticamente nada.

— Se não conseguirmos fazer funcionar... — Eu paro quando a situação me atinge com tudo. Eu ia dizer que, se não conseguíssemos fazer funcionar, iríamos para um hotel com o cartão da *R+R*.

Mas é claro que não podemos.

Eu poderia usar o *meu* cartão de crédito, mas, morando em Nova York em um apartamento bom demais para mim, eu não tenho *de fato* muito dinheiro sobrando. Os benefícios de meu emprego acabam sendo a principal forma de renda. Eu poderia tentar conseguir um apartamento para nós trocando por propaganda, mas tenho andado relapsa em minhas redes sociais e no blog e não sei se ainda tenho influência suficiente. Além disso, muitos lugares não fazem esse tipo de acordo com influenciadores digitais. Alguns até tiram uma foto dos e-mails com essas propostas e postam para envergonhar a gente. Eu não sou o George Clooney. Sou só uma garota que tira fotos bonitas. Talvez eu consiga um desconto, mas um quarto de graça é pouco provável.

— Vamos dar um jeito — diz Alex. — Quer tomar banho primeiro ou vou eu?

Eu percebo, pelo modo como ele mantém os braços ligeiramente afastados do corpo, que ele está desesperado para ficar limpo. E, se ele for para o chuveiro agora, quem sabe eu até consigo fazer a temperatura baixar alguns graus nesse meio-tempo.

— Vai você — eu digo, e ele vai.

Durante o tempo todo em que escuto a água correndo, ando de um lado para o outro. Da pseudocama para a varanda coberta de plástico e para o termostato. Por fim, a temperatura cai para vinte e sete, eu a reajusto para vinte e seis e continuo andando.

Depois de decidir documentar tudo isso para poder reclamar no Airbnb e tentar receber parte do dinheiro de volta, tiro fotos do sofá-cama e da varanda — a obra no andar de cima felizmente parou por hoje, então pelo menos está silencioso, com um murmúrio de conversas e barulho de água vindo da piscina — e volto ao termostato, que agora está em vinte e seis, para tirar uma foto dele também.

No momento que estou reajustando a temperatura para vinte e cinco, o chuveiro é desligado, então puxo minha mala para cima do sofá-cama, abro o zíper e começo a procurar algo leve para vestir para o jantar.

Alex sai do banheiro em uma nuvem de vapor com uma toalha enrolada na cintura, uma das mãos a segurando no quadril enquanto ele passa a outra pelo cabelo molhado, deixando-o levantado e bagunçado.

— Sua vez — diz ele, mas eu levo um segundo para registrar em meio à confusão de seu tronco longo e esguio e da protuberância no osso do quadril esquerdo.

Por que é tão diferente ver alguém em uma toalha e em uma roupa de banho? Trinta minutos atrás, teoricamente, Alex estava mais nu do que isso, mas agora as linhas suaves de seu corpo parecem mais escandalosas. Eu me sinto como se todo o sangue do meu corpo estivesse borbulhando para a superfície, pressionando minha pele e deixando cada centímetro de mim mais alerta.

Nunca foi assim.

Isso é tudo por causa da Croácia.

Maldita Croácia e suas ilhas maravilhosas!

— Poppy? — Alex chama.

— Hã? — digo, então me lembro de acrescentar pelo menos "Sim". Eu me viro de novo para a mala, pego vestido, sutiã e calcinha ao acaso.

— Pronto. O quarto é seu.

Eu me apresso para o banheiro enfumaçado e fecho a porta enquanto tiro a parte de cima do biquíni, mas congelo, perplexa, ao ver a enorme cápsula de vidro azul que ocupa uma parede inteira com uma cadeira reclinável *de cada lado*, como se fosse uma espécie de chuveiro grupal saído dos *Jetsons*.

— Caramba. — Isto, com certeza, não estava nas fotografias. Na verdade, o banheiro todo é diferente do que aparece no site, transformado do discreto cinza-praia de sua forma anterior para o azul brilhante e os brancos assépticos da visão hipermoderna à minha frente.

Pego uma toalha no cabide, me enrolo nela e abro a porta.

— Alex, por que você não disse nada sobre o...

Alex agarra sua toalha e a enrola em sua volta e eu dou o melhor de mim para continuar a frase de onde ela foi interrompida e fingir que isso não aconteceu.

— ... banheiro espacial?

— Eu achei que você soubesse — Alex responde, com a voz grossa. — Foi você que reservou.

— Eles devem ter reformado depois que tiraram as fotos — digo. — Como você fez para descobrir como essa coisa funciona?

— Sinceramente — diz Alex —, a parte mais difícil foi brigar pelo controle com o sistema de inteligência artificial de *2001: Uma odisseia no espaço*. Depois disso, o maior problema foi só ficar toda hora misturando os controles do sexto chuveiro com os do massageador de pé.

É o suficiente para quebrar a tensão. Eu caio na risada e ele também, e já não importa muito o fato de estarmos os dois ali enrolados em toalhas.

— Este lugar é o purgatório — digo. Tudo é bom o suficiente para tornar os problemas ainda mais nítidos.

— Nikolai é um sádico — Alex concorda.

— Sim, mas é um sádico com um banheiro espacial. — Eu me inclino para trás e dou mais uma olhada no compartimento com múltiplos chuveiros e assentos.

Dou outra gargalhada e olho novamente para o quarto, onde Alex está de pé, sorrindo. Ele vestiu uma camiseta sobre o corpo úmido, mas não se arriscou a tirar a toalha.

Eu me volto para o banheiro.

— Pronto, agora vou deixar você dançar pelado pelo apartamento com privacidade. Use o tempo com sabedoria.

— É isso que você faz? — Alex indaga. — Dança pelada pelo apartamento sempre que estou em outro cômodo? Você faz isso, né?

Eu giro enquanto fecho a porta.

— Você gostaria de saber, não é mesmo, Alex Pornô?

12

Nove verões atrás

APESAR DE ALEX ter passado cada momento livre do terceiro ano trabalhando em turnos extras na biblioteca (e, assim, eu ter passado cada momento livre sentada no chão atrás do balcão de informações comendo balas de goma e o provocando sempre que Sarah Torval passava com seu ar tímido), não temos dinheiro para uma grande viagem de verão.

Seu irmão mais novo vai começar a faculdade comunitária no próximo ano, sem muito auxílio financeiro, e Alex, sendo um santo entre as pessoas comuns, está direcionando todos os seus ganhos para os estudos de Bryce.

Quando me deu a notícia, Alex disse:

— Eu vou entender se você quiser ir a Paris sem mim.

Minha resposta foi instantânea:

— Paris pode esperar. Vamos visitar a Paris dos Estados Unidos em vez disso!

Ele franziu a testa.

— Que é...?

— Nashville.

Ele riu com prazer. Eu adorava fazê-lo rir, *vivia* para isso. Eu ficava muito feliz de ver aquele rosto estoico se soltar um pouco, e ultimamente isso não vinha acontecendo com frequência.

Nashville fica a apenas quatro horas de carro de Linfield e, milagrosamente, a station wagon de Alex ainda está na ativa. Então, a escolha é Nashville.

Na manhã de nossa viagem, ainda estou arrumando as malas quando ele chega, então meu pai o faz sentar e responder a uma série de perguntas aleatórias enquanto eu termino. Nesse meio-tempo, minha mãe entra em meu quarto segurando algo escondido atrás dela, cantarolando.

— Oiiii, meu bem.

Levanto os olhos da poça de vômito de Muppets que é o colorido das roupas em minha mala.

— Oiiii?

Ela se senta em minha cama, as mãos ainda escondidas.

— O que você está fazendo? — pergunto. — Está algemada? Nós estamos sendo assaltados? Pisque duas vezes se não puder falar.

Ela mostra a caixa. Imediatamente, dou um grito e empurro da mão dela para o chão.

— Poppy! — ela grita.

— Poppy?! — exclamo. — Não é *Poppy!* É *Mãe!* Por que você está carregando uma caixa de camisinhas enorme escondida atrás de você?

Ela se inclina e a pega do chão. A caixa está fechada (felizmente?), então nada caiu de dentro dela.

— Eu achei que já fosse a hora de conversamos sobre isso.

— Nem pensar. — Balanço a cabeça. — São nove e vinte da manhã. *Não* é hora de falar sobre isso.

Ela suspira e coloca a caixa sobre minha mochila abarrotada.

— Eu só quero que vocês fiquem seguros. Você tem *muito* pela frente. Nós queremos que todos os seus sonhos mais loucos se realizem, minha querida!

Meu coração sai do compasso. Não porque minha mãe está sugerindo que Alex e eu estamos transando — agora que pensei no assunto, é claro que ela acha isso —, mas porque eu sei que ela está destacando a importância de terminar a faculdade, o que ainda não contei a ela que não pretendo fazer.

Só contei ao Alex que não vou voltar no próximo ano. Resolvi revelar a meus pais depois da viagem, para que nenhuma grande explosão dramática impeça que ela aconteça.

Meus pais sempre me apoiam, mas isso é em parte porque os dois gostariam de ter ido para a faculdade e nenhum deles teve apoio. Eles sempre acreditaram que qualquer sonho que eu pudesse ter seria mais fácil de realizar se eu tivesse um diploma.

No entanto, ao longo do ano escolar, a maior parte de meus sonhos e energia foi canalizada para viajar: viagens de fim de semana e escapadas nos feriados, geralmente sozinha, mas às vezes com Alex (acampando, porque é o que podemos pagar) ou com minha colega de quarto, Clarissa, uma rica de estilo hippie que eu havia conhecido em um encontro sobre programas de estudo no exterior no final do ano passado (visitas às casas no lago de cada um de seus pais). Ela vai começar o próximo ano, o *último ano*, em Viena e, com isso, obter créditos em história da arte, mas, quanto mais eu refletia sobre qualquer um desses programas, menos interessada eu ficava.

Eu não *quero* ir para a Austrália para passar o dia inteiro em uma sala de aula, e não quero acrescentar mais alguns milhares de dólares em dívida só para ter uma experiência acadêmica em Berlim. Para mim, viajar tem a ver com *andar a esmo*, conhecer pessoas inesperadas, fazer coisas nunca feitas antes. Além disso, as viagens de fim de semana começaram a dar frutos. Tenho meu blog há apenas oito meses e já consegui alguns milhares de seguidores nas redes sociais.

Quando descobri que havia sido reprovada na disciplina básica obrigatória de ciências biológicas, o que me obrigaria a fazer um semestre a mais para me formar, essa foi a gota-d'água.

Vou contar tudo para meus pais e, de alguma forma, dar um jeito de fazê-los compreender que a faculdade não é a coisa certa para mim do jeito que é para pessoas como Alex. Mas não será *hoje*. Hoje nós vamos para Nashville, e, depois desse último semestre, tudo o que eu quero é ser livre.

Mas não do jeito que minha mãe está pensando.

— Mãe — digo —, eu *não* estou transando com o Alex.

— Você não precisa me contar nada — ela responde com um movimento calmo, sereno e contido da cabeça, mas toda essa atitude vai para o espaço quando ela continua: — Eu só preciso saber que está sendo responsável. Ah, meu Deus, não acredito que você cresceu! Tenho vontade de chorar só de pensar nisso. Mas você tem que ser responsável! E eu tenho certeza que é. Você é uma menina tão inteligente! E sempre soube o que queria. Tenho tanto orgulho de você, meu amor.

Estou sendo mais responsável do que ela imagina. Embora eu tenha ficado com alguns garotos nesse último ano, e feito mais que isso com um deles, ainda assim continuei indo bem devagar nessa área. Quando, meio bêbada, admiti isso para Clarissa durante uma viagem para a casa no lago de sua mãe, na margem oposta do Lago Michigan, ela arregalou os olhos como se estivesse diante de uma bola de cristal e disse, com aquele jeito à vontade dela:

— O que você está esperando?

Eu só dei de ombros. A verdade é que eu não sei. Acho que só vou saber quando acontecer.

Às vezes acho que estou sendo pragmática demais, o que não é algo de que já tenham me acusado na vida, mas de vez em quando me sinto como se estivesse esperando as circunstâncias perfeitas para a Primeira Vez.

Outras vezes acho que talvez tenha algo a ver com a Poppy Pornô. Como se, depois daquilo, eu fosse incapaz de me deixar envolver por um momento, por uma pessoa.

Talvez eu só precise tomar uma decisão, escolher alguém de uma fila de interesses vagos que venho nutrindo por alguns caras com quem Alex e eu nos encontramos regularmente em festas. Pessoas do departamento de inglês com ele, ou do departamento de Comunicação comigo, ou qualquer um dos outros personagens recorrentes em nossa vida.

Mas, por enquanto, eu continuo tendo esperança, aguardando aquele momento mágico em que pareça certo com uma pessoa em particular.

Essa pessoa *não* será Alex.

Na verdade, se eu tivesse que escolher alguém, talvez fosse. Eu seria sincera com ele, explicaria o que queria fazer e por que e provavelmente insistiria para assinarmos algum documento com sangue declarando que só aconteceria uma vez e nós nunca mais iríamos tocar no assunto.

Mas, mesmo que chegue a esse ponto, agora mesmo faço um solene voto silencioso de que *não* vou usar uma camisinha da caixa enorme que minha mãe acabou de enfiar em minha mala.

— Mãe, eu juro para você, de verdade, que não preciso disso — digo.

Ela endireita o corpo e dá uma batidinha na caixa.

— Talvez não agora, mas por que não levar assim mesmo? Só como garantia. Você está com fome? Tenho cookies no forno e... droga, esqueci de ligar a lava-louça.

Ela sai apressada do quarto e eu termino de arrumar a mala e a arrasto escada abaixo. Minha mãe está na cozinha cortando bananas douradas para fazer pão de banana enquanto os cookies esfriam, e Alex está sentado daquele jeito bastante rígido ao lado do meu pai.

— Pronto? — digo, e ele se levanta do banquinho como se dissesse: *eu já nasci pronto para não ficar sentado ao lado de seu muito intimidante pai.*

— Sim. — Ele esfrega as mãos para baixo na frente das pernas da calça. — Estou. — É neste momento que os olhos dele param na caixa de camisinhas embaixo do meu braço.

— Ah, isto? — digo. — São só quinhentas camisinhas que minha mãe me deu para o caso de nós começarmos a transar.

Alex fica vermelho.

— Poppy! — minha mãe grita.

Meu pai olha por cima do ombro com uma expressão de horror.

— Desde quando vocês dois estão juntos?

— Eu não... nós não... fazemos isso, senhor — Alex tenta.

— Você pode levar para o carro, pai? — Eu jogo a caixa para ele. — Meu braço está cansado de carregar isso. Espero que nosso hotel tenha aqueles carrinhos de bagagem grandes.

Alex ainda não está olhando diretamente para meu pai.

— Nós realmente não estamos...

Minha mãe põe as mãos nos quadris.

— Isso devia ficar só entre nós duas. Olhe, você está deixando o rapaz constrangido. Não o deixe constrangido, Poppy. Não fique constrangido, Alex.

— Não ia ficar entre nós duas por muito tempo — digo. — Se essa caixa não couber no porta-malas, vamos ter que amarrá-la em cima do carro.

Meu pai põe a caixa sobre a mesa de apoio e começa a ler sua lateral com a testa enrugada.

— Isto é *mesmo* feito com pele de cordeiro? E elas são reutilizáveis?

Alex não consegue disfarçar um tremor.

Minha mãe intervém:

— Eu não sabia se algum dos dois era alérgico a látex!

— Bom, nós temos que ir — falo. — Venham nos dar abraços de despedida. Na próxima vez que nos virem, pode ser que sejam avó... — Eu paro de falar e de passar a mão sugestivamente pela barriga quando vejo a expressão no rosto de Alex. — Estou brincando! Nós somos só amigos. Tchau, mãe. Tchau, pai!

— Ah, vocês vão se divertir muito. Vou querer saber de tudo depois. — Minha mãe contorna o balcão da cozinha e me dá um abraço. — Seja boazinha. E não se esqueça de ligar para os seus irmãos quando chegarem lá! Eles estão desesperados para ter notícias suas!

Sobre o ombro dela, movimento os lábios para Alex: *desesperados*, e ele finalmente dá um sorriso.

— Eu amo você, garotinha. — Meu pai sai do banquinho e me abraça forte. — Cuide bem do meu bebê, viu? — ele diz para Alex antes de puxá-lo para o abraço com um tapa nas costas que o assusta toda vez que acontece. — Não a deixe ficar noiva de um cantor de country ou quebrar o pescoço em um touro mecânico.

— Claro — responde Alex.

— Vamos ver — eu digo, e eles nos acompanham para fora, com a caixa de camisinhas mantida em segurança na cozinha. Eles acenam enquanto saímos com o carro. Alex sorri e acena de volta até finalmente estarmos fora de vista, quando ele me olha e diz categoricamente:

— Estou muito bravo com você.

— O que eu posso fazer para você me desculpar? — Pisco rapidamente os olhos como uma gatinha sexy de desenho animado.

Ele revira os olhos, mas um vestígio de sorriso levanta o canto de sua boca quando seu olhar retorna para a pista.

— Para começar, você *vai* montar em um touro mecânico.

Ponho os pés sobre o painel, exibindo com orgulho as botas country que encontrei em um brechó algumas semanas antes.

— Eu já vim preparada.

Ele desliza os olhos para mim e os move por minhas pernas até o couro vermelho reluzente.

— E *como* isso vai manter você em cima de um touro mecânico?

Eu bato os calcanhares.

— Não vai. A ideia é seduzir o cantor de country bonitão no bar para ele me arrancar do chão para os seus braços malhados de fazenda.

— Malhados de fazenda — Alex zomba, pouco impressionado com a ideia.

— Diz o garotão da academia — provoco.

Ele franze a testa.

— Eu me exercito por causa da ansiedade.

— Ah, sim, tenho certeza que você não liga a mínima para esse corpo maravilhoso. Isso é secundário.

Seu maxilar pulsa e ele fixa os olhos na estrada outra vez.

— Eu gosto de ter uma boa aparência — diz ele com uma voz que sugere um complemento: *Isso é algum crime?*

— Eu também. — Deslizo um dos pés sobre o painel até minha bota vermelha estar no campo de visão dele. — Evidentemente.

Seu olhar passa da minha perna para o console central, onde seu cabo de áudio está ordeiramente enrolado.

— Tome. — Ele o entrega para mim. — Pode começar.

Ultimamente nós sempre alternamos quem vai escolher as músicas no carro, mas Alex sempre me deixa decidir primeiro, porque ele é Alex, e ele é o melhor.

Insisto em uma playlist só de música country para o percurso inteiro. A minha tem Shania Twain, Reba McEntire, Carrie Underwood e Dolly Parton. A dele é toda Patsy Cline e Willie Nelson, Glen Campbell e Johnny Cash, com uma mãozinha de Tammy Wynette e Hank Williams.

Encontramos o hotel no Groupon meses atrás, e é um desses lugares extravagantes e únicos com um letreiro rosa-neon (um chapéu de caubói de desenho animado equilibrado em cima das palavras TEMOS VAGAS) que faz o apelido "Nashvegas" finalmente fazer sentido para mim.

Nós fazemos o check-in e levamos nossas coisas para dentro. Cada quarto é vagamente decorado com o tema de um músico famoso de Nashville. Isso significa que há fotografias deles emolduradas por todo o quarto, com os mesmos horríveis edredons florais e mantas marrons de microfibra em todas as camas. Tentei reservar o quarto Kitty Wells, mas descobri que, quando se faz a reserva pelo Groupon, não se tem direito a escolha.

Estamos no quarto Billy Ray Cyrus.

— Será que ele recebe alguma coisa por isso? — pergunto a Alex, que está levantando a roupa de cama para verificar se não há percevejos embaixo dos colchões.

— Duvido — ele responde. — Talvez deem a ele um cupom para um frozen yogurt de vez em quando ou alguma coisa assim. — Ele abre a cortina e dá uma espiada no letreiro de neon piscando. — Será que eles alugam quartos por hora aqui? — questiona.

— Não faz diferença — digo —, já que deixei o pacote de camisinhas em casa.

Ele estremece e se joga em uma das camas, satisfeito por estar livre de percevejos.

— Se eu não tivesse tido que *testemunhar* aquilo, na verdade teria sido um gesto bem legal da parte dela.

— *Eu* ainda teria que testemunhar, Alex. *Eu* não conto?

— Claro, mas você é filha dela. O mais perto que meu pai já chegou de falar sobre sexo com a gente foi deixar um livro sobre pureza na cama de cada um de nós em nosso aniversário de treze anos. Eu achava que masturbação causava câncer até, sei lá, uns dezesseis anos.

Sinto um aperto no peito. Às vezes eu me esqueço de como foi difícil para Alex. A mãe dele morreu de complicações no parto de David e o sr. Nilsen e os quatro meninos Nilsen viveram sem esposa e mãe desde então. Seu pai finalmente começou a sair com uma mulher da igreja no ano passado, mas eles romperam depois de três meses e, embora o rompimento tenha sido decisão do sr. Nilsen, ele ficou tão arrasado que Alex teve que ir da faculdade para casa no meio da semana para apoiá-lo.

Alex também é aquele para quem os irmãos ligam quando algo dá errado. A tábua de salvação.

Às vezes eu acho que é por isso que nos sentimos atraídos um pelo outro. Porque ele está acostumado a ser o inabalável irmão mais velho e eu estou acostumada a ser a irmã mais nova irritante. É uma dinâmica que conhecemos: eu o provoco afetuosamente; ele faz o mundo todo parecer mais seguro para mim.

Esta semana, porém, não vou precisar de nada dele. É minha missão ajudar Alex a se soltar, trazer o Alex Bobo de volta do Alex Sobrecarregado e Hiperfocado.

— Sabe — digo, sentando-me na cama —, se um dia quiser pegar emprestado pais superprotetores, os meus adoram você. É sério. Minha mãe quer que você tire a minha virgindade.

Ele se apoia para trás sobre as mãos e inclina a cabeça.

— Sua mãe acha que você nunca transou?

Eu hesito.

— Eu *nunca* transei. Achei que você soubesse. — Parece que conversamos de tudo, mas acho que ainda *há* alguns lugares aonde não fomos.

— Não. — Alex tosse. — Quer dizer, não sei. Você já saiu acompanhada de algumas festas.

— Sim, mas nunca acontece nada sério. Eu não namorei nenhum deles.

— Eu achei que era só porque você, tipo, não queria namorar.

— Acho que não quero — digo. Ou, pelo menos, até agora eu não quis. — Não sei. Acho que eu quero que seja especial. Não que tenha que ser na lua cheia, em um jardim cheio de rosas, ou algo assim.

Alex se retrai.

— Sexo ao ar livre não é tudo o que dizem.

— Seu safadinho! — grito. — Você escondeu isso de mim.

Ele encolhe os ombros e suas orelhas ficam vermelhas.

— Eu não gosto muito de falar no assunto. Com ninguém. Só de falar isso eu já me senti culpado, como se eu estivesse agindo mal com ela.

— Você nem disse o nome dela. — Eu me inclino para a frente e baixo a voz. — Sarah Torval?

Ele bate o joelho no meu, sorrindo de leve.

— Você é obcecada pela Sarah Torval.

— Não, cara — eu falo. — *Você* é.

— Não foi com ela — ele responde. — Foi outra garota da biblioteca. Lydia.

— Ai... meu... Deus — digo, rindo. — Aquela com os olhos grandes de boneca e exatamente o mesmo corte de cabelo da Sarah Torval?

— Paaaara — Alex resmunga, com as bochechas coradas. Ele pega um travesseiro e joga em mim. — Para de me deixar constrangido.

— Mas é tão divertido!

Ele força seu rosto a relaxar na Cara de Cachorrinho Prestes-a-Chorar e eu grito e me jogo para trás na cama, com o corpo todo mole de tanto rir, enquanto puxo o travesseiro sobre os olhos. A cama afunda sob o seu peso quando ele se senta ao meu lado e puxa o travesseiro do meu rosto, se inclina sobre mim, as mãos apoiadas em cada lado da minha cabeça, colocando sua Cara de Cachorrinho Triste em minha linha de visão.

— Ah, meu Deus — ofego, em uma mistura de lágrimas e risos. — Por que isso tem um efeito tão confuso em mim?

— Não sei, Poppy — diz ele, a expressão ficando cada vez mais sofrida.

— Ela conversa comigo! — exclamo no meio das risadas, e os lábios dele se curvam em um grande sorriso.

E bem naquele instante. Aquilo.

Esse é o primeiro momento em que quero beijar Alex Nilsen.

Sinto em toda a minha extensão, até os dedos dos pés, ficando sem fôlego por dois segundos. Então prendo esses segundos em um nó apertado e os enfio bem no fundo do meu peito, onde prometo a mim mesma que eles vão viver em segredo para sempre.

— Venha — diz ele, docemente. — Vamos pôr você em um touro mecânico.

13

Neste verão

CONSEGUIMOS FAZER O termostato estabilizar em vinte e cinco graus e o baixamos para vinte e quatro antes de sair para um restaurante mexicano chamado Casa de Sam, que tem ótima avaliação no Tripadvisor e apenas um cifrão para indicar a média de preços.

A comida é ótima, mas o ar-condicionado é o grande astro da noite. Alex fica toda hora se inclinando para trás, fechando os olhos e soltando suspiros de satisfação.

— Você acha que o Sam deixa a gente dormir aqui? — pergunto.

— Podíamos tentar ficar escondidos no banheiro até fechar — Alex sugere.

— Estou com medo de beber demais e ter exaustão pelo calor — digo, tomando mais um gole da margarita jalapeño que pedimos em uma jarra.

— Eu estou com medo de beber de menos e não conseguir dormir a noite inteira.

Só de pensar nisso, meu pescoço começa a suar.

— Desculpe pelo Airbnb — falo. — Nenhuma das avaliações falava do ar-condicionado com defeito. — Embora agora eu esteja me perguntando quantas pessoas teriam se hospedado ali no auge do verão.

— Não é culpa sua. Eu coloco toda a responsabilidade no Nikolai.

Concordo com a cabeça, e o silêncio se estende incômodo até eu perguntar:

— Como está o seu pai?

— Ah — responde Alex. — Ele está bem. Eu contei para você do adesivo no para-choque?

Eu sorrio.

— Contou.

Ele dá uma risada constrangida e passa a mão pelo cabelo.

— Nossa, envelhecer é um tédio. Minha melhor história é sobre meu pai colar um adesivo novo no para-choque.

— É uma história muito boa — insisto.

— Tem razão. — Ele inclina a cabeça. — Quer ouvir agora sobre minha lava-louça?

Eu ofego e ponho a mão no coração.

— Você tem sua própria lava-louça? Assim... no seu nome?

— Hum. Eles não costumam registrar lava-louças no nosso nome, mas, sim, eu comprei uma. Logo depois que comprei a casa.

Uma emoção indefinível apunhala meu peito.

— Você... comprou uma casa?

— Eu não contei pra você?

Balancei a cabeça. Claro que ele não me contou. Quando ele teria me contado? Mesmo assim, dói. Cada uma das coisas que eu perdi nos dois últimos anos dói.

— A casa dos meus avós — ele diz. — Depois que minha avó faleceu. Ela a deixou para o meu pai, e ele queria vender, mas precisa de reforma e ele não tinha tempo nem dinheiro, então estou morando nela e arrumando aos poucos.

— Betty? — Engulo um emaranhado de emoções que crescem em minha garganta. Estive com a avó de Alex poucas vezes, mas eu a amava. Ela era menor do que eu e durona, fã de assassinatos misteriosos e de crochê, comida apimentada e arte moderna. Ela se apaixonou pelo padre de sua paróquia e ele largou o sacerdócio para se casar com ela ("E foi assim que nós viramos protestantes!"), e então (*"oito* meses depois", ela me contou com uma piscadinha) a mãe de Alex nasceu com a cabeça cheia de cabelos escuros como os dela e um nariz "forte" como o do avô de Alex, que Deus o tenha.

Ela vivia em uma casa antiga de quatro níveis do início dos anos 1960. Tinha o papel de parede floral laranja e amarelo original na sala de estar, mas ela teve que pôr um feio carpete marrom sobre os pisos de madeira de lei e azulejos, até no banheiro, depois que escorregou e quebrou o quadril muitos anos atrás.

— A Betty morreu? — murmuro.

— Ela foi em paz — diz Alex, sem olhar para mim. — Sabe, ela estava muito, muito velhinha. — Ele começa a dobrar o papel de embalagem dos canudos em quadrados pequenos e precisos. Não está demonstrando nenhum sinal de emoção, mas eu sei que Betty era praticamente sua pessoa favorita na família, talvez empatada com David.

— Puxa, eu sinto muito. — Tento me controlar para a voz não estremecer, mas minha emoção está subindo como uma enorme onda. — Flannery O'Connor e Betty. Eu queria que você tivesse me contado.

Seus olhos avelã se erguem lentamente para os meus.

— Eu não sabia se você queria falar comigo

Pisco para conter as lágrimas, desvio o olhar e finjo que estou tirando o cabelo do rosto, e não enxugando os olhos. Quando me viro para ele outra vez, seu olhar ainda está fixo em mim.

— Eu queria — digo. Merda, os tremores começaram.

Até o grupo de mariachis que está tocando na sala dos fundos parece ter virado um zumbido, sobrando apenas nós nesta cabine vermelha com sua mesa colorida entalhada a mão.

— Bom — Alex diz baixinho. — Agora eu sei.

Tenho vontade de perguntar se ele *quis* falar comigo durante todo esse tempo, se chegou a digitar mensagens que não foram enviadas ou se pensou em telefonar por tanto tempo que de fato começou a pressionar os números.

Se ele também sente que perdeu dois bons anos de sua vida quando paramos de nos falar, e por que ele deixou isso acontecer. Quero que ele diga que as coisas podem voltar a ser como antes, quando não havia nada que não pudéssemos dizer um ao outro, e estar juntos era tão fácil e natural quanto estar sozinhos, só que sem a solidão.

Mas então a garçonete chega com a conta. Eu instintivamente estendo a mão antes que Alex a pegue.

— Não é um cartão da *R+R*? — diz ele, como se fosse uma pergunta.

Sem decidir fazer isso conscientemente, eu minto.

— Eles trabalham com reembolso agora. — Minhas mãos formigam, coçam com o desconforto de o estar enganando, mas agora é tarde demais para voltar atrás.

Quando saímos, está escuro e estrelado. O calor do dia amenizou, e, embora ainda deva estar acima dos vinte e cinco graus, isso não é nada em comparação com os quarenta graus com que estivemos lidando mais cedo. Tem até uma brisa. Atravessamos o estacionamento em silêncio até o Aspire. Há um peso entre nós agora que tocamos de raspão no que aconteceu na Croácia.

Eu havia me convencido de que poderíamos deixar isso no passado, mas agora percebo que, cada vez que eu ficar sabendo algo novo dos últimos dois anos, vai doer no mesmo ponto sensível em meu coração.

Deve estar tendo algum efeito nele também, mas ele sempre foi bom em reprimir seus sentimentos quando não quer compartilhá-los.

Durante todo o trajeto para casa, quero dizer: *Eu voltaria atrás. Se isso pudesse corrigir tudo, eu voltaria atrás.*

Quando chegamos ao apartamento, está oficialmente mais quente dentro do que fora. Nós dois vamos direto para o termostato.

— Vinte e sete? — diz ele. — Subiu outra vez?

Passo a mão no topo do nariz. Uma dor de cabeça está começando atrás de meus olhos, por causa do calor, do álcool, do estresse ou de tudo.

— Certo. Temos que baixar de novo para vinte e seis, não é isso? E deixar a temperatura cair antes de baixar de novo?

Alex encara o termostato como se ele tivesse acabado de derrubar um sorvete de sua mão. Há vestígios não intencionais da Cara de Cachorrinho Triste em sua expressão.

— Um grau por vez. Foi o que o Nikolai disse.

Ele ajusta a temperatura para vinte e seis e eu abro a porta da varanda.

Mas a parede de lona de plástico impede o ar fresco de entrar. Procuro nas gavetas da cozinha até encontrar uma tesoura.

— O que você está fazendo? — Alex pergunta, me seguindo até a varanda.

— Só o mínimo que esta merda merece — digo, enfiando a tesoura no meio do plástico.

— Aaah, o Nikolai vai ficar furioooso com você — Alex me provoca.

— Eu também não estou muito feliz com ele — respondo, e corto uma longa fenda no plástico, puxo-o de lado e o prendo com um nó frouxo, criando uma abertura para o ar entrar.

— Ele vai nos processar — Alex fala, debochado.

— Vem quente que eu estou fervendo, Nicky.

Alex ri, e, depois de alguns segundos de silêncio, eu digo:

— Eu estava pensando que amanhã a gente poderia ir ao museu de arte e depois pegar o teleférico. Dizem que a vista é fantástica.

Alex concorda com a cabeça.

— Parece ótimo.

Mais uma vez, caímos no silêncio. São apenas dez e meia, mas a situação está tão estranha que acho que nossa melhor opção é encerrar o dia.

— Você precisa ir ao banheiro antes...

— Não — diz Alex. — Pode ir. Eu tenho uns e-mails para responder.

Eu não conferi meus e-mails de trabalho desde que cheguei aqui, também deixei algumas mensagens de Rachel na espera, além do grupo sempre lotado de mensagens com meus irmãos. É basicamente os dois tendo ideias que não vão levar a lugar nenhum. Na última vez que olhei, eles estavam inventando um jogo de tabuleiro chamado Guerra ao Natal e exigindo que eu contribuísse com trocadilhos.

Então, pelo menos vou ter alguma coisa para fazer enquanto estiver deitada no sofá-cama sem conseguir dormir.

A dor de cabeça continua aumentando. Prendo o cabelo em meu infalível toco de rabo de cavalo e caminho pelo piso de madeira arranhado até o banheiro espacial. Em sua estranha luz azul, lavo o rosto, mas, em vez de aplicar os séruns ou hidratantes caros que Rachel vive empurrando para cima de mim, jogo água fria e depois esfrego um pouco nas têmporas e no pescoço.

No espelho, meu reflexo parece tão terrivelmente estressado quanto me sinto. Preciso dar um jeito nisso e fazer Alex se lembrar de como as coisas eram, e só tenho mais cinco dias, sendo que os três últimos serão repletos de festividades do casamento.

Amanhã tem que ser incrível. Preciso ser a Poppy Divertida, não a Poppy Triste e Magoada. Então, Alex vai se soltar e tudo se acertará. Visto um pijama com short e regata de seda, escovo os dentes e volto para o ambiente principal. Alex apagou todas as luzes, exceto o abajur ao lado da cama, e está deitado no sofá-cama vestindo short e camiseta de academia, com o mesmo livro de antes na mão.

Por acaso, eu sei que Alex Nilsen *sempre* dormiu só de short, mesmo quando a temperatura *não* está tão absurdamente alta, mas isso não vem ao caso agora, porque a questão é que eu deveria ficar com o sofá-cama.

— Saia da minha cama! — exclamo.

— Você pagou — diz ele. — Você fica com a cama.

— A *R+R* pagou. — E lá vou eu afundando cada vez mais na mentira. Não que ela seja prejudicial, mas mesmo assim...

— Eu quero o sofá-cama — diz Alex. — Quantas vezes um homem adulto tem a chance de dormir em um sofá-cama felpudo, Poppy?

Eu me sento ao lado dele e faço um show tentando empurrá-lo para fora, mas ele é sólido demais para eu movê-lo. Eu me viro, apoio os pés no chão, os joelhos na borda da suposta cama e as mãos no quadril direito dele, cerro os dentes e tento empurrá-lo para fora.

— Pare, sua doida.

— Não sou eu a doida. — Eu me viro de lado e tento usar meu quadril e a lateral do corpo para forçá-lo a sair. — É você que está tentando roubar minha única alegria na vida, essa cama esquisita.

Nesse momento, quando praticamente todo o meu peso está concentrado no quadril, ele para de resistir e vai um pouquinho para o lado, e eu tombo para a frente metade na cadeira-cama e metade sobre o peito dele, batendo em seu livro, que acabo derrubando no chão. Ele ri, e eu rio também, mas também estou me sentindo um pouco arrepiada, e pesada e, honestamente, excitada, por estar deitada assim em cima dele.

E o pior de tudo é que não consigo me mover. O braço dele está em minhas costas, solto sobre a curva de meu corpo, e, quando ele para de rir, olho nos olhos dele, meu queixo apoiado em seu peito.

— Você me enganou — murmuro. — Aposto que nem *tinha* e-mails para responder.

— Você não sabe nem se eu tenho *uma conta de e-mail* — ele provoca. — Está brava?

— Furiosa.

A risada dele me faz estremecer, arrepios descem por minha espinha e o calor do apartamento penetra em minha pele, concentrando-se entre minhas pernas.

— Um dia eu perdoo você — digo. — Eu sempre perdoo.

— É verdade — ele concorda. — Sempre gostei disso em você.

A mão dele roça de leve a pele entre a base de minha blusa e o alto do short, e eu me movo de encontro a ele, sentindo como se pudéssemos nos fundir um no outro.

O que eu estou fazendo?

Sento-me de repente e solto o cabelo só para prendê-lo de novo.

— Tem certeza que não se importa de dormir aí? — minha voz sai alta e aguda.

— Claro. Tudo bem.

Eu me levanto e vou até a cama.

— Tá legal, então... boa noite.

Apago a luz e subo na cama. Em cima do lençol, não embaixo dele, porque está quente demais.

14

Neste verão

QUANDO ACORDO ASSUSTADA, ainda está escuro lá fora e eu tenho certeza de que estamos sendo assaltados.

— Merda, merda, merda — o ladrão está dizendo por alguma razão, e parece que está sentindo dor.

— A polícia está vindo! — eu grito, uma declaração que não é verdadeira nem premeditada, e rapidamente vou para a beirada da cama para acender a luz.

— O quê? — Alex sibila, apertando os olhos por causa do súbito brilho.

Ele está de pé no escuro com o mesmo short preto com que foi dormir e sem camiseta. Está ligeiramente dobrado na altura da cintura, segurando a lombar com as duas mãos, e, conforme meu cérebro se livra do sono, percebo que *não* é só por causa da luz que ele está apertando os olhos.

Ele está ofegando como se sentisse dor.

— O que aconteceu? — grito, meio que caindo da cama em direção a ele. — Você está bem?

— Espasmo nas costas — ele responde.

— O quê?

— Estou com espasmo nas costas — ele ofega.

Ainda não sei bem do que ele está falando, mas é evidente que está sentindo muita dor, então não pressiono por mais informações.

— Você quer se sentar? — pergunto, apenas.

Ele concorda com a cabeça e eu o conduzo até a cama. Ele baixa o corpo devagar, fazendo careta até estar finalmente sentado, quando a dor parece aliviar um pouco.

— Quer se deitar? — pergunto.

Ele sacode a cabeça.

— Levantar e abaixar é o mais difícil, quando isso acontece.

Quando isso acontece?, eu penso, mas não digo, e a culpa apunhala meu peito. Aparentemente, essa é mais uma das coisas que aconteceram sem Poppy nos dois últimos anos.

— Vou pôr uns travesseiros para você encostar — ofereço.

Ele faz que sim com a cabeça, o que eu entendo como uma confirmação de que isso não vai piorar as coisas. Afofo os travesseiros e os empilho na cabeceira da cama, e ele se encosta devagar, o rosto contorcido de dor.

— Alex, o que aconteceu? — Dou uma olhada para o despertador na mesa de cabeceira. São cinco e meia da manhã.

— Eu estava me levantando para correr — diz ele. — Mas acho que sentei de mau jeito. Ou muito depressa, ou algo assim, porque tive um espasmo nas costas e... — Ele recosta a cabeça nos travesseiros e aperta os olhos. — Merda, Poppy. Desculpe.

— Desculpe? — digo. — Por que *você* está se desculpando?

— É minha culpa — ele responde. — Eu não calculei o quanto esse sofá-cama era perto do chão. Eu deveria saber que me levantar depressa ia dar nisso.

— Como você poderia saber? — pergunto, confusa.

Ele massageia a testa.

— Eu deveria saber — ele repete. — Isso tem acontecido há mais ou menos um ano. Eu não posso nem me abaixar para pegar os sapatos se não estiver acordado e me movimentando há pelo menos meia hora. Mas não lembrei. Eu não queria que você ficasse com enxaqueca por causa da cadeira e...

— E é *por isso* que você nunca deve se meter a herói — digo com doçura, provocando-o, mas sua expressão de sofrimento nem oscila.

— Eu não pensei. Eu não queria atrapalhar sua viagem.

— Ei, Alex. — Toco o braço dele de leve para não mexer o resto do corpo. — Você não atrapalhou a viagem, está ouvindo? Foi o Nikolai.

Os cantos dos lábios dele se movem em um sorriso pouco convincente.

— Do que você precisa? — pergunto. — Como eu posso ajudar?

Ele suspira. Se há uma coisa que Alex Nilsen detesta é precisar de ajuda. Empatado com deixar alguém esperando. Na faculdade, quando ele teve amidalite, ele me deu um chá de sumiço por uma semana (a primeira vez em que eu fiquei realmente brava com ele). Quando seu colega de quarto me contou que Alex estava de cama com febre, eu fiz uma canja de galinha muito fajuta na cozinha de nosso dormitório e levei ao seu quarto.

Ele trancou a porta e não queria me deixar entrar com medo de me contaminar, então eu comecei a gritar: "*Eu não vou tirar o bebê, está ouvindo?*" do lado de fora da porta e ele cedeu.

Ele não se sente à vontade recebendo muita atenção. Pensar nisso causa em mim um efeito semelhante, ainda que mais sutil, a olhar para a famigerada Cara de Cachorrinho Triste. É algo que me inunda por dentro. O amor cresce menos como uma onda e mais como um arranha-céu de aço erigido instantaneamente dentro de mim, derrubando tudo o que encontra no caminho.

— Alex. *Por favor*, me deixe ajudar.

Ele suspira, derrotado.

— Tem relaxante muscular no zíper da frente da bolsa do laptop.

— É pra já. — Pego o frasco, encho um copo com água na cozinha e os trago para ele.

— Obrigado — diz ele, quase pedindo desculpas, e toma o comprimido.

— De nada. O que mais?

— Você não precisa fazer nada — ele fala.

— Escute. — Eu respiro fundo. — Quanto mais depressa você me disser como eu posso ajudar, mais depressa você vai melhorar e mais depressa isso vai acabar, certo?

Seus dentes deslizam sobre o carnudo lábio inferior e eu fico enfeitiçada pela visão. Desperto com um sobressalto quando o olhar dele se volta para mim.

— Uma bolsa de gelo pode ajudar — ele admite. — Eu costumo alternar entre compressas frias e quentes, mas o mais importante é ficar sentado quieto.

Ele diz isso com certa indiferença.

— Pode deixar. — Calço as sandálias e pego a minha bolsa.

— Aonde você vai?

— Até a farmácia. Esse freezer não tem nem bandeja de gelo, quanto mais uma bolsa de gelo, e duvido que o Nicky tenha compressas quentes.

— Você não precisa fazer isso — diz Alex. — Sério, é só eu ficar sentado quieto, estou bem. Volte a dormir.

— Enquanto você fica aí sentado reto no escuro? De jeito nenhum. Pra começar, isso é extremamente sinistro, e depois eu já levantei mesmo, posso muito bem ser útil.

— Você está de férias.

Ando em direção à porta, porque não há nada que ele possa fazer para me impedir.

— Não — corrijo. — É a nossa viagem de verão. Não dance pelado pelo quarto até eu voltar, está ouvindo?

Ele solta outro suspiro.

— Obrigado, Poppy. De verdade.

— Pare de me agradecer. Eu já estou pensando em uma lista imensa de maneiras de você me recompensar.

Isso finalmente induz um leve sorriso.

— Acho bom. Eu gosto de ser útil.

— Eu sei — falo. — Sempre gostei disso em você.

15

Oito verões atrás

VOLTAMOS PARA O nosso hotel no centro da cidade às duas e meia da manhã, um pouco chumbados. Geralmente não bebemos tanto, mas esta viagem inteira foi uma comemoração.

Estamos comemorando o fato de Alex ter se formado na faculdade e também o fato de que logo vai começar seu mestrado em escrita criativa na Universidade de Indiana.

Digo a mim mesma que não é tão longe. Na prática, vamos morar mais perto um do outro do que estivemos morando desde que eu larguei a faculdade.

Mas a verdade é que, mesmo com todas as viagens que tenho feito, estou louca para sair da casa de meus pais em Linfield. Comecei a procurar apartamentos em outras cidades, empregos flexíveis de bartender e garçonete em que eu possa trabalhar até a exaustão e depois tirar semanas de folga para viajar.

Estar com meus pais tem sido ótimo, mas todas as outras coisas relacionadas a estar em casa fazem com que eu me sinta claustrofóbica, como se a vizinhança fosse uma rede se fechando mais e mais ao meu redor conforme eu resisto.

Eu me encontro com antigos professores na rua e, quando perguntam o que estou fazendo, eles torcem a boca me julgando ao ouvir a resposta. Vejo colegas que faziam bullying comigo, e alguns que até eram amigáveis, e me escondo. Trabalho em um bar sofisticado quarenta minutos ao sul, em Cincinnati, e, quando Jason Stanley, meu primeiro beijo, apareceu lá com seu sorriso ortodonticamente perfeito e o tipo de roupa que cargos administrativos em tempo integral requerem, eu fugi para o banheiro. Disse à minha chefe que havia vomitado.

Durante semanas depois disso ela ficou me perguntando como eu estava, em um tom de voz que deixava perfeitamente claro que ela achava que eu estivesse grávida.

Eu não estava grávida. Julian e eu sempre somos cuidadosos. Ou pelo menos eu sou. Julian, em geral, não é cuidadoso por natureza. Ele é uma pessoa que diz sim para o mundo, para quase tudo que o mundo lhe peça. Quando me visita no trabalho, ele toma os restos das bebidas que ficaram sobre o balcão, e já experimentou pelo menos uma vez a maioria das drogas (exceto heroína). Ele sempre topa viagens de fim de semana para Red River Gorge ou Hocking Hills — ou viagens um pouco mais longas para Nova York, no ônibus noturno que custa apenas sessenta dólares ida e volta, mas muitas vezes não tem banheiro. Ele tem horários de trabalho flexíveis como eu — também largou a faculdade, só que deixou a Universidade de Cincinnati depois de apenas um ano.

Ele estudava arquitetura, mas na verdade quer ser artista profissional. Ele expõe seus quadros em feiras de artesanato pela cidade e mora com três outros pintores em uma velha casa branca que me lembra Buck e seus hóspedes temporários em Tofino. Às vezes, depois de umas cervejas a mais, sentada na varanda enquanto eles fumam maconha e cigarros

DE FÉRIAS COM VOCÊ

de cravo e conversam sobre seus sonhos, eu me sinto tão nostálgica que tenho vontade de chorar com uma mistura de tristeza e felicidade em proporções que não consigo avaliar direito.

Julian é magro como um caniço, com maçãs do rosto fundas e olhos alertas que às vezes parecem estar me radiografando. Depois de nosso primeiro beijo na frente do bar favorito dele, um lugar despojado no centro da cidade que tem uma bicicletaria nos fundos, ele me falou que não queria se casar nem ter filhos.

— Tudo bem — eu disse a ele. — Eu também não quero me casar com você.

Ele deu uma risada rápida e me beijou outra vez. Ele sempre tem gosto de cigarros ou cerveja e, quando não está em seu emprego em um depósito da UPS no subúrbio da cidade, passa os dias pintando em casa e se envolve tanto com o trabalho que esquece de comer ou beber. Quando nos encontramos depois disso, ele geralmente está de mau humor, mas só por alguns minutos, até comer alguma coisa, e então volta a ser o namorado doce e sensível que sempre me beija e me toca de um modo tão sensual que acabo pensando: *aposto que isto ficaria lindo em um filme.*

Passa pela minha cabeça dizer isso a ele, perguntar se poderíamos montar uma câmera e tirar algumas fotos, mas fico constrangida na mesma hora só por ter tido essa ideia.

Julian é a segunda pessoa com quem dormi na vida, mas ele não sabe. Ele não perguntou. O primeiro ainda vem ao meu bar de vez em quando e flerta um pouco, mas ambos sabemos que qualquer ligeira atração que havia quando ele começou a vir aqui esfriou depois daquelas duas transas rápidas. Elas foram meio desajeitadas, mas boas, e, no fim, estou feliz por nunca ter falado delas, porque tenho a sensação de que Julian ficaria com medo de chegar perto de mim se soubesse quão inexperiente eu era. Ele teria receio de eu me apegar demais, e provavelmente me apeguei, mas acho que ele também, então por enquanto tudo bem passarmos juntos todos os minutos livres que temos.

Julian se encontrou com Alex uma vez no *meu* bar quando Alex veio para casa no Natal, uma segunda vez durante o Spring Break no boteco da bicicletaria de Julian e uma terceira vez para um café da manhã na Waffle House, antes de Alex e eu partirmos para esta viagem.

Eu sei que Julian não gosta muito de Alex, o que me deixa um pouco decepcionada, e tenho consciência de que Alex despreza Julian, o que provavelmente não deveria ser uma surpresa.

Ele acha que Julian é irresponsável, negligente. Não gosta do fato de ele sempre chegar atrasado, ou de às vezes eu passar dias sem ter notícias dele e depois passar semanas com ele quase em tempo integral, ou de ele não ter ido conhecer meus pais mesmo morando na mesma cidade.

— Está tudo certo — eu insisti quando Alex compartilhou essas opiniões comigo no voo para San Francisco alguns dias atrás. — Funciona bem para nós. — Eu nem *quero* que ele conheça a minha família.

— Eu tenho certeza de que ele nem entende — disse Alex.

— Não entende o quê? — perguntei.

— Você — ele respondeu. — Ele não faz ideia de como tem sorte.

Eu me senti ao mesmo tempo lisonjeada e magoada com isso. O modo como Alex via nosso relacionamento me deixou constrangida, mesmo sem saber ao certo se ele tinha razão.

— Eu também tenho sorte — falei. — Ele é uma pessoa especial, Alex.

Ele suspirou.

— Talvez eu só precise conhecê-lo melhor. — Eu soube pelo tom de sua voz que ele não achava que isso resolveria o problema.

Em meus devaneios, eu havia imaginado os dois se tornando melhores amigos, tão próximos que faria sentido nossa viagem de verão incluir Julian, mas, depois de ver como eles interagiam, eu nem me arriscaria a lançar a ideia.

Então, Alex e eu fomos para San Francisco sozinhos. Meu cartão de crédito me deu pontos suficientes para uma passagem de ida e volta de graça e Alex e eu dividimos a outra.

Começamos com quatro dias no circuito de vinhos, hospedados em uma pousada nova em Sonoma que nos deu duas noites gratuitas de hospedagem em troca de publicidade para meus vinte e cinco mil seguidores. Alex aceitou de boa vontade tirar fotos minhas fazendo todo tipo de coisa pitoresca:

Sentada em uma das bicicletas vermelhas antigas que a pousada disponibiliza para os hóspedes enquanto usava um enorme chapéu de palha e levava flores frescas no cestinho fixado no guidão.

Caminhando por trilhas naturais em meio a campinas de grama rasteira e árvores esquálidas.

Bebericando um café no pátio e um old fashioned gelado na sala de estar.

Tivemos sorte com as degustações de vinho também. A primeira vinícola que visitamos oferecia as degustações gratuitamente para quem comprasse uma garrafa, e eu pesquisei na internet qual era o vinho mais barato antes de irmos. Alex tirou uma foto minha posando entre fileiras de videiras com uma taça reluzente de rosé, uma das pernas estendida de lado para exibir meu extravagante macacão vintage de listras roxas e amarelas.

A essa altura eu já estava tonta, e, quando ele se ajoelhou direto na terra seca com sua calça cinza-claro para tirar a foto, quase caí de tanto rir do ângulo bizarro que ele havia escolhido.

— Vinho excessivo — eu disse, puxando o ar.

— Vinho. Excessivo? — ele repetiu, achando graça e incrédulo, e, quando me agachei no meio das videiras morrendo de rir, ele tirou mais algumas fotos de um ângulo superbaixo, que me deixariam parecendo um triângulo de pele com uma roupa exótica.

Ele estava sendo um fotógrafo horrível de propósito, não em protesto, mas para me fazer rir.

Era o outro lado da moeda do Cachorrinho Triste, outra performance que era para mim, só para mim.

Quando chegamos à segunda vinícola, já estávamos sonados de álcool e sol e eu apoiei a cabeça no ombro dele. Estávamos do lado de dentro, o que era praticamente só uma maneira de dizer: toda a parte dos fundos do prédio era uma porta de garagem com janelas que era mantida levantada para, assim, ser possível passar livremente do jardim, com sua treliça coberta de buganvílias, para o bar claro e arejado com teto de seis metros de altura e grandes ventiladores girando preguiçosamente no alto, em um ritmo que era como uma canção de ninar.

— Há quanto tempo vocês estão juntos? — perguntou a mulher simpática de meia-idade que conduzia a degustação quando retornou com nossa próxima prova, um Chardonnay leve e fresco.

— Ah... — disse Alex.

No meio de um bocejo, eu apertei o bíceps dele e respondi:

— Recém-casados.

A mulher se empolgou.

— Nesse caso — disse ela, com uma piscadinha —, este é por minha conta.

O nome dela era Mathilde, uma francesa que havia se mudado para os Estados Unidos depois de conhecer sua esposa pela internet. Elas moravam em Sonoma, mas tinham passado a lua de mel em um lugar próximo a San Francisco.

— O nome é Blue Heron Inn — ela me contou. — É o lugar mais idílico que eu já vi. Romântico e aconchegante, com lareira acesa e um lindo pátio. Fica a poucos minutos de Muir Beach. Vocês dois *precisam* conhecer. É *perfeito* para recém-casados. Digam que foi a Mathilde que recomendou.

Antes de irmos embora, demos a Mathilde uma gorjeta que cobria o custo da degustação grátis e mais um pouquinho.

Nos dois dias seguintes, usei a cartada dos recém-casados a torto e a direito. Às vezes conseguíamos um desconto ou uma taça de graça; outras vezes ganhávamos apenas um sorriso, mas era sincero e significativo.

— Eu me sinto um pouco mal — Alex comentou quando saíamos de uma vinícola.

— Se você quiser — falei —, a gente se casa.

— Acho que o Julian não ia gostar muito dessa ideia.

— Ele não vai se importar — eu disse. — Julian não quer se casar.

Alex parou e olhou para mim, e aí, totalmente por causa do vinho, eu comecei a chorar. Ele segurou meu rosto e o levantou em sua direção.

— Ei. Está tudo bem, Poppy. Você não quer se casar com o Julian mesmo, né? Você é boa demais para aquele cara. Ele não merece você.

Eu funguei e tentei conter as lágrimas, mas isso só fez descer mais delas. Minha voz saiu como um chiado agudo.

— Só os meus pais vão me amar na vida — eu falei. — Vou morrer sozinha. — Eu sabia que aquilo soava idiota e melodramático, mas com ele era sempre muito difícil me reprimir e dizer qualquer coisa além da mais pura verdade sobre como eu me sentia. E pior de tudo é que eu nem sabia que me sentia assim até esse momento. A presença de Alex tinha esse dom de trazer a verdade para a superfície.

Ele sacudiu a cabeça e me puxou para seu peito, me apertando, me levantando para junto dele como se quisesse me absorver.

— Eu amo você. — Ele beijou minha cabeça. — E, se você quiser, nós podemos morrer sozinhos juntos.

— Eu nem sei se quero me casar — falei, enxugando as lágrimas com uma risadinha. — Devo estar de TPM ou algo assim.

Ele me encarou com o rosto inescrutável por mais um instante. Isso não fazia eu me sentir radiografada como o olhar de Julian. Só me fazia sentir enxergada.

— Vinho excessivo — falei, e ele finalmente permitiu que uma fração de sorriso passasse por seus lábios, depois voltamos a andar para dissipar o álcool.

Fizemos check-out cedinho em nossa pousada e ligamos para o Blue Heron Inn pelo viva-voz enquanto voltávamos para San Francisco. Era meio da semana, então eles tinham vários quartos vagos.

— Por acaso você é a Poppy que minha querida Mathilde disse que nos procuraria? — perguntou a mulher ao telefone.

Alex me lançou um olhar significativo e eu suspirei pesadamente.

— Sou eu, mas tem uma coisa. Nós dissemos a ela que éramos recém--casados, mas foi uma brincadeira. Nós não... ahn... estamos esperando nada de graça.

A mulher do outro lado da linha deu uma tosse seca que na verdade era uma risada.

— Ah, minha cara, a Mathilde não nasceu ontem. As pessoas usam esse truque de vez em quando. Ela só gostou de vocês.

— Nós também gostamos dela — eu disse, sorrindo largamente para Alex. Ele sorriu largamente de volta.

— Eu não tenho autoridade para dar diárias de graça a ninguém — a mulher prosseguiu —, mas *tenho* alguns ingressos anuais de cortesia que vocês podem usar para visitar Muir Woods, se quiserem.

— Isso seria fantástico — falei.

E, num piscar de olhos, economizamos trinta dólares.

O lugar era adorável, um chalé branco em estilo Tudor no fim de uma estrada estreita. Tinha telhas, janelas alinhadas empenadas com floreiras e uma chaminé cuja fumaça espiralava romanticamente pela névoa, as janelas agradavelmente iluminadas quando paramos no estacionamento.

Por dois dias nós nos movemos entre a praia, as sequoias, a aconchegante biblioteca do hotel e a sala de refeições com suas mesas de madeira escura e a lareira acesa. Jogamos UNO e Copas e um jogo chamado Quiddler. Bebemos cervejas com grandes colarinhos e tomamos grandes cafés da manhã ingleses.

Tiramos fotos juntos, mas eu não postei nenhuma delas. Talvez fosse egoísmo, mas eu não queria que vinte e cinco mil pessoas baixassem neste lugar. Queria que ele ficasse exatamente como estava.

Em nossa última noite, reservamos um quarto em um hotel moderno que pertencia ao pai de uma de minhas seguidoras. Quando postei sobre a viagem que faria e pedi dicas, ela me mandou uma mensagem privada para oferecer um quarto grátis.

Eu adoro o seu blog, ela escreveu, *e adoro ler sobre o Amigo Especial*, que é como eu chamo Alex quando por acaso o menciono. Em geral, procuro mantê-lo fora disso, pois ele, como o Blue Heron Inn, não é algo que eu queira compartilhar com milhares de pessoas, mas às vezes ele diz coisas divertidas demais para não contar. Pelo jeito ele apareceu mais do que eu imaginava.

Decidi me esforçar mais para mantê-lo fora do blog, mas aceitei o quarto grátis por motivos de: Dinheiro. Além disso, o hotel tem estacionamento gratuito para hóspedes, o que, em San Francisco, é o equivalente a um hotel oferecer transplantes de rim.

Largamos nossas malas assim que chegamos à cidade e saímos em seguida para aproveitar ao máximo nosso único dia no centro de San Francisco. Estacionamos o carro e usamos táxis.

Primeiro caminhamos pela Golden Gate, o que foi incrível, mas mais frio do que eu esperava, e ventava tanto que não conseguíamos ouvir o que o outro dizia. Por uns dez minutos fingimos estar tendo uma conversa, gesticulando exageradamente e gritando bobagens um para o outro enquanto andávamos a passos largos pela passarela cheia de gente.

Isso me fez lembrar do táxi aquático em Vancouver, o jeito como Buck gesticulava vagamente, falando com facilidade como um desses ortodontistas que não param de fazer perguntas enquanto estão com a mão em nossa boca.

Felizmente o tempo decidiu ficar ensolarado; caso contrário, provavelmente teríamos hipotermia na ponte. Paramos no meio dela e eu fingi que ia subir na grade. Alex fez a careta que era sua marca registrada e balançou a cabeça. Ele segurou minhas mãos e me puxou da grade, inclinando-se para perto para que eu conseguisse ouvi-lo por cima do vento ao dizer em meu ouvido:

— Isso me dá a sensação de estar com dor de barriga.

Dei uma gargalhada e nós continuamos andando, ele do lado de dentro, eu mais perto da grade, resistindo a uma intensa vontade de continuar a provocá-lo. Mas havia o risco de eu acidentalmente cair *de fato* e não só morrer como traumatizar o pobre Alex Nilsen, e isso era a última coisa que eu queria.

Na extremidade final da ponte havia um restaurante, o Round House Cafe, um edifício redondo envidraçado. Entramos para tomar uma xícara de café enquanto dávamos às nossas orelhas a chance de parar de zumbir por causa do vento.

Havia dezenas de livrarias e brechós em San Francisco, mas decidimos que dois de cada seriam suficientes.

Pegamos um táxi para a City Lights primeiro, uma livraria e editora que existia desde o auge da era Beatnik. Nenhum de nós se enquadrava nessa categoria, mas a loja era exatamente o tipo de lugar antigo e labiríntico que Alex adorava. De lá, paramos em uma loja chamada Second Chance Vintage, onde encontrei uma bolsa de lantejoulas da década de 1940 por dezoito dólares.

Depois disso, planejávamos ir à Booksmith, no distrito de Haight-Ashbury, mas a essa altura o grande café da manhã inglês do Blue Heron Inn já tinha sido digerido e o café da Round House nos deixou um pouco agitados.

— Acho que vamos ter que voltar — eu disse para Alex quando saímos da loja em busca de um jantar.

— Acho que sim — ele concordou. — Talvez em nosso aniversário de cinquenta anos de casamento.

Ele sorriu para mim e meu coração inchou no peito até parecer grande e tão leve que meu corpo poderia flutuar.

— Fique sabendo — eu disse — que eu me casaria com você outra vez, Alex Nilsen.

Ele inclinou a cabeça para o lado e simulou a Cara de Cachorrinho Triste.

— Só porque você quer mais vinho grátis?

Era difícil escolher um restaurante em uma cidade com tanto a oferecer, mas estávamos com fome demais para examinar a lista que eu havia preparado, então decidimos por um clássico.

O Farallon *não* é um lugar barato, mas, no segundo dia de degustação de vinhos, quando ambos estávamos alegrinhos, Alex pediu mais uma bebida e declarou:

— Quando em Roma!

Desde então, sempre que um de nós tagarelava sobre comprar alguma coisa, o outro decretava:

— Quando em Roma!

Até aqui, isso havia se limitado essencialmente a enormes cones de sorvete e livros usados, além de muito vinho.

Mas o Farallon é lindo e uma marca registrada de San Francisco, e, se fosse para gastar muito dinheiro, por que não aqui? Assim que entramos no salão, com seus opulentos tetos arredondados, luminárias douradas e cabines com arremates dourados, eu disse:

— Sem arrependimentos — e forcei Alex a bater sua mão na minha.

— Fazer high five me dá a sensação de que tem hera venenosa em minhas entranhas — ele murmurou.

— É melhor você descartar isso logo caso esteja prestes a descobrir que tem alergia a frutos do mar.

Eu estava tão hipnotizada pela decoração extravagante que tropecei três vezes no caminho para a mesa. Era como estar no castelo da *Pequena Sereia*, só que na vida real e com todos totalmente vestidos.

Quando o garçom nos deixou com os cardápios, Alex fez aquela coisa de velho, recuando o corpo e arregalando os olhos para os preços como um cavalo assustado.

— Sério? — perguntei. — Tão ruim assim?

— Depende. Você vai querer mais do que quinze gramas de caviar?

Não era o tipo de caro que a classe média alta de Linfield evitaria, mas, para nós, sim, era bem caro.

Dividimos um prato para duas pessoas com ostras, caranguejos e camarões, acompanhado por um único coquetel.

Nosso garçom nos odiou.

Quando saímos, passamos por ele e acho que ouvi Alex dizer baixinho: "Desculpe, senhor".

Fomos direto para um lugar que servia pizza no balcão e devoramos uma grande de queijo inteira.

— Comi demais — disse Alex quando caminhávamos pela rua depois. — Foi como se um demônio do Meio-Oeste tivesse me possuído quando eu estava sentado naquele restaurante e aquele pratinho minúsculo apareceu. Eu podia ouvir meu pai dizendo em minha cabeça: "*Isto não vale o preço*".

— Pois é — concordei. — Na metade do prato eu estava, tipo, me tire daqui, eu preciso entrar em um supermercado e comprar um pacote de macarrão de cinco dólares que dá para alimentar uma família por semanas.

— Eu acho que sou ruim em tirar férias — Alex disse. — Essa coisa de viver em grande estilo faz eu me sentir culpado.

— Você não é ruim em tirar férias — contestei. — E quase tudo faz você se sentir culpado, então não ponha a culpa disso em viver em grande estilo.

— Você me pegou — ele concordou. — Mesmo assim. Acho que você teria se divertido mais se tivesse feito esta viagem com o Julian. — Ele não disse isso como uma pergunta, mas, pelo modo como me olhou depressa e depois desviou o olhar para a calçada à nossa frente, entendi que era uma.

— Eu pensei em convidá-lo — admiti.

— Ah, é? — Alex tirou uma das mãos do bolso e alisou o cabelo. Por alguma razão, as luzes da rua passando sobre ele na calçada escura o faziam parecer mais alto. Mesmo largado, ele ficava muito acima de mim. Acho que sempre foi assim. Eu só não notava sempre porque ele muitas vezes se abaixava ao meu nível ou me levantava para o dele.

— É. — Enlacei o braço no dele. — Mas estou feliz por não ter convidado. Estou feliz por sermos apenas nós.

Ele baixou os olhos para mim e reduziu o passo. Eu o acompanhei, andando mais devagar ao seu lado.

— Você vai terminar com ele?

A pergunta me pegou de surpresa. O jeito como ele estava olhando para mim, as sobrancelhas franzidas e a boca apertada, também me pegou de surpresa. Meu coração se descompassou um pouco.

Sim, pensei na hora sem refletir.

— Não sei — respondi. — Talvez.

Continuamos andando. Um pouco à frente, demos de cara com um bar que tinha Hemingway como tema. Talvez pareça um tema meio vago, mas eles acertaram a mão com a madeira lisa escura, luzes âmbar e redes de arrastão (não as meias, as redes de verdade, para peixes) suspensas no teto. Todos os drinques eram coquetéis com rum, com nomes de livros e contos de Hemingway, e, nas duas horas seguintes, Alex e eu tomamos três cada, além de um shot. Eu exclamava o tempo todo:

— Estamos comemorando! Vamos lá, Alex! — Mas, na verdade, eu sentia como se estivesse tentando esquecer alguma coisa.

E agora, cambaleando de volta para nosso quarto de hotel, noto que não me lembro o que estava tentando esquecer, então parece que funcionou.

Arranco os sapatos e desabo na cama mais próxima enquanto Alex desaparece no banheiro e volta com dois copos de água.

— Beba isto — diz. Dou um grunhido e tento afastar a mão dele.

— Poppy — ele fala com mais firmeza, e eu, de mau humor, me sento e pego o copo de água. Ele fica sentado na cama ao meu lado até eu beber tudo, depois volta ao banheiro para encher os dois copos novamente.

Não sei bem quantas vezes ele faz isso — o tempo todo, estou quase dormindo. Tudo o que sei é que, em dado momento, ele deixa os copos de lado e faz menção de se levantar e eu, meio sonhando e completamente bêbada, seguro o braço dele e digo:

— Não vá embora.

Ele volta para a cama e se deita ao meu lado. Eu durmo encolhida junto a ele e, na manhã seguinte, quando acordo com meu despertador tocando, ele já está no banho.

A vergonha de tê-lo feito dormir comigo é instantânea e abrasadora. Neste instante, sei que não posso terminar com Julian quando chegar em casa. Tenho que esperar tempo suficiente para ter certeza de que não estou confusa. Tempo suficiente para Alex não pensar que os dois acontecimentos estão conectados.

Eles não estão, penso. Tenho quase certeza de que não estão.

16

Neste verão

ENCONTRO UMA FARMÁCIA vinte e quatro horas em Palm Springs e dirijo até lá com a chegada dos primeiros raios de sol. Depois, volto ao apartamento antes que a maioria das outras lojas abrisse. Nessa altura, o estacionamento do Rosa do Deserto começou a assar de novo e as horas frescas do alvorecer tornam-se uma lembrança distante quando subo a escada, carregada de sacolas.

— Como você está? — pergunto a Alex, fechando a porta.

— Melhor. — Ele força um sorriso. — Obrigado.

Mentiroso. A dor está estampada em sua cara. Ele é pior escondendo isso do que suas emoções. Coloco as duas bolsas de gelo que comprei no freezer e ligo a compressa quente na tomada.

— Incline-se para a frente — digo, e Alex se move o suficiente para eu deslizar a compressa pela pilha de travesseiros até o meio das costas dele. Toco em seu ombro e o ajudo a se encostar lentamente. A pele dele está tão quente. Tenho certeza de que a compressa quente não vai ser *confortável*, mas tomara que funcione, aquecendo o músculo até que relaxe.

Em meia hora, vamos trocar pela bolsa de gelo para tentar conter qualquer possível inflamação.

Talvez eu tenha lido sobre espasmos nas costas nos corredores silenciosos com iluminação fluorescente da farmácia.

— Comprei uma pomada de mentol também — falo. — Costuma ajudar?

— Talvez — diz ele.

— Bom, não custa tentar. Acho que eu deveria ter pensado nisso antes de você se recostar e ficar confortável outra vez.

— Tudo bem — ele responde, com uma careta. — Eu nunca fico confortável quando isso acontece. Só espero o remédio me nocautear, e quando eu acordo geralmente já estou me sentindo bem melhor.

Eu deslizo da lateral da cama, pego o resto das sacolas e as levo até ele.

— Quanto tempo dura isso?

— Geralmente só um dia, se eu ficar quieto — ele responde. — Vou ter que ser cuidadoso amanhã, mas vou conseguir me movimentar. Hoje você deveria fazer alguma coisa que sabe que eu ia odiar. — Ele força outro sorriso.

Ignoro o comentário e procuro na sacola até encontrar a pomada de mentol.

— Precisa de ajuda para se inclinar para a frente outra vez?

— Não, tudo bem. — Mas a cara que ele faz sugere o contrário, então eu mudo de posição ao lado dele, seguro seus ombros e o ajudo a se mover lentamente.

— Você está parecendo minha enfermeira agora — ele comenta, contrariado.

— De um jeito quente e sexy? — digo, tentando melhorar seu humor.

— De um jeito homem-velho-e-patético-que-não-consegue-cuidar-de-si-mesmo — ele responde.

— Você tem uma casa — digo. — Aposto que até arrancou o carpete do banheiro.

— Arranquei — ele concorda.

— Claramente, você pode cuidar de si mesmo — falo. — Eu não consigo nem manter uma planta viva.

— Isso porque você nunca está em casa.

Eu giro a tampa da pomada e aperto um punhado nos dedos.

— Acho que não é por isso. Eu tenho aquelas plantas resistentes, jiboia, zamioculca, espada-de-são-jorge. Elas são o tipo de planta que fica em lojas sem luz durante meses seguidos e não morre. Aí elas se mudam para o meu apartamento e imediatamente desistem de viver. — Estabilizo as costelas dele com uma das mãos para não mexer muito e, com a outra, massageio cuidadosamente a pomada em suas costas. — Este é o lugar certo? — pergunto.

— Um pouco mais pra cima e pra esquerda. Minha esquerda.

— Aqui? — Olho para ele e ele confirma com a cabeça. Paro de contemplá-lo e me concentro em suas costas, meus dedos formando círculos suaves sobre a área.

— Eu detesto que você tenha que fazer isso — ele fala, e meus olhos se voltam para os dele, que estão baixos e sérios sob sobrancelhas franzidas.

Meu coração parece afundar no peito e subir de novo.

— Alex, já passou pela sua cabeça que talvez eu goste de cuidar de você? — digo. — Quer dizer, é claro que eu não gosto que você sinta dor, e não suporto a ideia de ter deixado você dormir naquele sofá-cama abominável, mas, se for para alguém ser sua enfermeira, fico feliz que seja eu.

Ele aperta os lábios e nenhum de nós diz nada por alguns minutos.

Afasto as mãos dele.

— Está com fome?

— Estou bem — ele diz.

— Que pena. — Vou à cozinha, lavo os resíduos de pomada das mãos, pego dois copos, encho-os com gelo, depois volto para a cama e arrumo as sacolas em fila. — Porque... — Puxo uma caixa de donuts com um gesto exagerado, como um mágico tirando um coelho de uma cartola. Alex parece vacilante.

Ele não é muito fã de doces. Acho que em parte é por isso que ele cheira tão bem; mesmo sem a limpeza obsessiva, seu hálito e odor corporal são sempre bons, e imagino que seja porque ele *não* come como uma criança de dez anos. Ou um Wright.

— E, para *você* — continuo, despejando os copos de iogurte, caixa de granola e mix de frutas silvestres, junto com uma garrafa de café gelado. O apartamento é quente demais para café quente.

— Uau — ele diz, sorrindo. — Você é mesmo uma heroína.

— Eu sei — respondo. — Quer dizer, obrigada.

Aproveitamos o banquete como um piquenique sobre a cama. Eu como quase todos os donuts e um pouco do iogurte de Alex. Ele come basicamente iogurte, mas também devora metade de um donut de morango.

— Eu nunca como essas coisas — ele diz.

— Eu sei.

— É muito bom — ele declara.

— Isso conversa comigo — digo, mas, se ele percebe a referência àquela primeira viagem que fizemos juntos, ele a ignora, e meu coração se aperta.

É possível que todos aqueles pequenos momentos que significaram tanto para mim nunca tenham significado o mesmo para ele. É possível que ele não tenha me procurado por dois anos inteiros porque, quando paramos de nos falar, ele não perdeu algo precioso da mesma forma que eu.

Temos mais cinco dias desta viagem, contando hoje — embora hoje e amanhã sejam nossos últimos dias sem eventos de casamento —, e, neste momento, estou com medo de algo maior do que constrangimento.

Penso em um coração partido. A versão completa dessa coisa que estou sentindo, mas se estendendo por dias sem fim, sem alívio ou escapatória. Cinco dias fingindo estar tudo bem quando dentro de mim algo está se rasgando em pedaços cada vez menores até não sobrar nada além de farrapos.

Alex coloca seu café gelado sobre a mesa de canto e olha para mim.

— Você realmente deveria sair.

— Eu não quero — digo.

— Claro que quer — ele insiste. — Esta é sua viagem, Poppy. E sei que você não tem tudo de que precisa para escrever o artigo.

— O artigo pode esperar.

Ele inclina a cabeça, incerto.

— Por favor, Poppy. Eu vou me sentir péssimo se você ficar presa aqui comigo o dia inteiro.

Eu quero dizer a ele que vou me sentir péssima se sair. Quero falar: *Tudo o que eu queria nesta viagem era estar em qualquer lugar com você o dia inteiro*, ou: *Quem liga para conhecer Palm Springs quando está quarenta graus lá fora?*, ou: *Eu amo tanto você que às vezes dói*. Em vez disso, respondo:

— Tá bom.

Então, eu me levanto e vou para o banheiro me aprontar. Antes de sair, levo uma bolsa de gelo para Alex e tiro a compressa quente.

— Você vai conseguir fazer isso sozinho? — pergunto.

— Eu vou dormir depois que você sair — ele responde. — Vou ficar bem sem você, Poppy.

Essa é a última coisa que eu quero ouvir.

NADA CONTRA O Museu de Arte de Palm Springs, mas eu não estou interessada. Talvez fosse diferente em outras circunstâncias, mas agora é evidente para mim e para todos que trabalham aqui que só estou fazendo hora. Eu nunca soube bem *como* olhar para arte sem alguém para me orientar.

Meu primeiro namorado, Julian, costumava dizer: *Ou você sente alguma coisa ou não*, só que ele nunca me levava ao MoMA ou ao Met (quando pegávamos o ônibus noturno para Nova York, nunca íamos nesses), ou mesmo ao Museu de Arte de Cincinnati; ele me levava a galerias alternativas em que artistas se deitavam nus no chão com alcatrão e penas na virilha com gravações em alto volume dos sons do P.F. Chang's.

Era mais fácil "sentir alguma coisa" nesses contextos. Constrangimento, aversão, ansiedade, diversão. Podia-se sentir tanto diante de algo tão excessivo que os menores detalhes provocavam alguma sensação.

Mas, em sua maioria, arte visual não desencadeia uma reação visceral em mim, e nunca sei quanto tempo devo ficar na frente de um quadro, ou que cara devo fazer, ou como saber se eu escolhi a obra mais insignificante do acervo e todos os guias do museu estão silenciosamente me julgando.

Tenho certeza de que não passei o tempo adequado apreciando significativamente as obras daqui, porque termino o percurso em menos de uma hora. Tudo que quero é voltar para o apartamento, mas *não* se Alex especificamente não quer que eu vá.

Então, dou uma segunda volta. Depois uma terceira. Desta vez leio todos os letreiros. Pego o folheto explicativo na área da recepção e o levo comigo para ter algo mais para estudar atentamente. Um guia meio careca de pele muito fina me lança um olhar desconfiado.

Ele provavelmente acha que sou uma ladra fazendo reconhecimento do terreno. A julgar pelo tempo que passei aqui, até poderia ser. Dois coelhos, uma cajadada etc. etc. etc.

Por fim, aceito que esgotei o tempo aceitável no museu e vou para Palm Canyon Drive, onde parece que há lojas de antiguidades incríveis.

E há mesmo. Galerias, showrooms e lojas de antiguidades alinhados em uma reta só, salpicados de explosões de vibrantes cores modernistas do meio do século — azuis casca de ovo, laranjas brilhantes e verdes cítricos, abajures amarelo-mostarda vibrante que quase parecem desenhos, sofás com estampa de Sputniks estilizados e luminárias de metal elaboradas com hastes que se projetam em todas as direções.

É como se eu estivesse de férias em uma imagem do futuro projetada na década de 1960.

É suficiente para prender minha atenção por completos vinte minutos. Então, eu finalmente entrego os pontos e telefono para Rachel.

— Oiiiiiii — ela grita, no segundo toque.

— Você está bêbada? — pergunto, surpresa.

— Não? — ela responde. — Você está?

— Bem que eu queria.

— Ah, não — diz ela. — Pensei que você não estivesse respondendo minhas mensagens porque estava se divertindo!

— Não respondi porque estamos hospedados em uma caixa de um metro quadrado com temperatura de um trilhão de graus e não tenho espaço nem energia mental para enviar uma mensagem detalhada sobre o quanto tudo está dando errado.

— Ah, querida — Rachel suspira. — Você quer voltar?

— Não dá — digo. — Tem um casamento no fim disso tudo, lembra?

— Você *poderia* — diz ela. — Eu posso ter uma "emergência".

— Não, tudo bem — respondo. — Eu não quero ir embora. Só quero que as coisas melhorem.

— Aposto que você gostaria de estar em Santorini agora — ela fala.

— Basicamente, eu só gostaria que o Alex não estivesse de cama no quarto com *espasmo nas costas*.

— *O quê?* — Rachel se espanta. — O jovem, saudável e saradão Alex?

— Esse mesmo. E não me deixa fazer nada pra ajudar. Ele me pôs para fora do apartamento e eu já fui ao museu de artes umas quatro vezes hoje.

— Quatro... vezes? — ela pergunta.

— Não é que eu tenha saído e voltado — explico. — Mas parece que fiz quatro excursões do sétimo ano inteiras em sequência. Pode me perguntar qualquer coisa sobre Edward Ruscha.

— Ah! — Rachel exclama. — Como era o pseudônimo dele quando trabalhava no layout da revista *Artforum*?

— Tá bom, não pergunte qualquer coisa — recuo. — Na verdade eu fiquei olhando para o folheto o tempo todo, mas não li.

— Era Eddie Russia — a Rachel Escola de Artes informa. — Eu não me lembro por quê. Quer dizer, obviamente tem uma sonoridade semelhante ao nome dele, mas por que não usar o nome real nesse caso, não acha?

— Com certeza — concordo, voltando para o carro. Há suor acumulado em minhas axilas e atrás dos joelhos, e sinto que vou ter queimaduras de sol mesmo ficando embaixo do toldo dessa cafeteria. — Será que eu deveria começar a escrever assinando como Pop Right, sem o *W*?

— Ou se tornar uma DJ dos anos 1990 — Rachel completa. — DJ Pop Right.

— E como você está? — pergunto. — Como está Nova York? Como estão os cachorros?

— Tranquilo — diz ela. —, quente e bem. Otis fez uma pequena cirurgia esta manhã. Remoção de tumor. Benigno, felizmente. Estou indo buscá-lo no veterinário agora.

— Dê beijos nele por mim.

— Pode deixar — ela fala. — Estou quase chegando, então tenho que desligar, mas avise se precisar que eu sofra um acidente ou algo assim para você ter que voltar para casa mais cedo.

Eu suspiro.

— Obrigada. E *você* me avise se precisar de alguma mobília modernista cara.

— Hum. Claro.

Desligamos e eu confiro a hora. Consegui chegar com sucesso às quatro e meia da tarde. Acho que está adequadamente tarde para comprar sanduíches e voltar ao Rosa do Deserto.

Quando entro, a porta da varanda está fechada para resguardar do calor da tarde, mas o apartamento continua horrivelmente quente. Alex vestiu uma camiseta cinza e está sentado onde o deixei, segurando seu livro aberto e com mais dois no colchão ao seu lado.

— Oi — diz ele. — Teve um bom dia?

— Sim — minto. Indico a porta da varanda com o queixo. — Vejo que você esteve de pé andando por aí.

Ele torce os lábios em uma expressão de culpa.

— Só um pouquinho. Eu tive que fazer xixi e tomar outro comprimido.

Sento-me na cama com as pernas sob o corpo e ponho o pacote de sanduíches entre nós.

— Como você está se sentindo?

— Muito melhor — ele responde. — Quer dizer, ainda estou preso aqui, mas está doendo menos.

— Que bom. Eu trouxe um sanduíche pra você. — Viro o saco plástico e os sanduíches embrulhados em papel deslizam de dentro dele.

Ele pega um e dá um sorrisinho enquanto o desembrulha.

— De pastrami?

— Eu sei que não é a mesma coisa que roubar da Delallo — digo. — Mas, se você quiser, posso pôr na geladeira e ficar um tempo no banheiro para você ter tempo de se arrastar até lá e o pegar.

— Não tem problema. No meu coração ele é roubado da Delallo, e há quem diga que isso é o que importa.

— Estamos aprendendo tantas lições importantes nesta viagem — comento. — A propósito, no caminho de volta eu deixei uma mensagem de voz para o Nikolai sobre a situação do ar-condicionado. Tenho quase certeza que ele não está atendendo minhas ligações.

— Ah! — Alex exclama, iluminando-se. — Esqueci de contar! Consegui baixar para vinte e quatro.

— Jura? — Eu me levanto depressa da cama para conferir. — Isso é incrível, Alex!

Ele ri.

— É uma coisa patética para comemorar.

— O tema desta viagem é "É o que tem pra hoje" — digo, me sentando de novo ao lado dele.

— Eu pensei que fosse Aspire — diz Alex.

— Aspire a chegar aos vinte e três graus.

— Aspire a caber dentro da piscina em algum momento.

— Aspire a não ser pego pelo assassinato de Nikolai.

— Aspire a sair da cama.

— Ah, coitadinhoooo — gemo. — Preso na cama com um livro, o que você detesta tanto! Enquanto eu esfrego mentol em suas costas e trago seu café da manhã *e* almoço ideais.

Alex faz a cara de cachorrinho.

— Isso não é justo! — protesto. — Você sabe que eu não posso usar defesa pessoal contra você agora!

— Certo — diz ele. — Vou parar até você se sentir à vontade para me causar danos corporais outra vez.

— Quando foi que isso começou a acontecer? — pergunto.

— Não sei. Acho que uns meses depois da Croácia, talvez.

A palavra aterrissa como um explosivo no meio do meu peito. Tento manter o rosto neutro, mas não tenho ideia se consigo. Ele, por sua vez, não dá nenhum sinal de desconforto.

— Você sabe por quê? — pergunto, me recuperando.

— Porque fico muito curvado? — ele responde. — Especialmente quando estou lendo ou no computador. Um fisioterapeuta me disse que os músculos dos meus quadris provavelmente estão encurtando e criando tensão nas costas. Não sei. O médico só prescreveu relaxantes musculares e foi embora antes que eu pudesse pensar em perguntas.

— E isso acontece muito?

— Não muito — ele responde. — Esta é a quarta ou quinta vez. Acontece menos quando me exercito regularmente. Acho que ficar sentado no avião e no carro e tudo isso... depois o sofá-cama.

— Faz sentido.

Após um momento, ele pergunta:

— Você está bem?

— Acho que eu só... — Paro no meio da frase, porque não sei o quanto quero dizer. — Eu sinto que perdi tanta coisa.

Ele recosta a cabeça nos travesseiros e seus olhos examinam meu rosto.

— Eu também.

Um riso desanimado sai da minha boca.

— Não, você não perdeu. Minha vida é exatamente a mesma.

— Isso não é verdade — ele retruca. — Você cortou o cabelo.

Desta vez minha risada é mais genuína, e um sorriso contido curva os lábios de Alex.

— É, bem... — Tento não ficar vermelha quando sinto o olhar dele se mover pelo meu ombro nu e descer pela extensão do meu braço até onde minha mão repousa na cama, ao lado do seu joelho. — Eu não comprei uma casa, nem minha própria lava-louça, nem nada disso. Duvido que um dia eu possa.

Ele arqueia a sobrancelha e seus olhos param em meu rosto.

— Você não quer — ele diz, calmamente.

— É, pode ser isso — respondo, mas, sinceramente, não tenho certeza. Esse é o problema. Eu não tenho querido as coisas que costumava querer, as coisas que queria quando tomei praticamente todas as grandes decisões na vida. Ainda estou pagando empréstimos estudantis para um curso que não terminei e, embora isso tenha me poupado um ano e meio de mensalidades, nos últimos tempos tenho me perguntado se *essa* foi a escolha certa.

Eu fugi de Linfield. Fugi da Universidade de Chicago e, para ser bem sincera, eu meio que fugi de Alex quando tudo aconteceu. Ele também fugiu de mim, mas não posso pôr toda a culpa nele.

Eu estava apavorada. E fugi. E deixei nas mãos dele consertar as coisas.

— Lembra quando fomos para San Francisco e ficávamos dizendo "quando em Roma" sempre que queríamos comprar alguma coisa? — pergunto.

— Acho que sim — ele diz, parecendo incerto. Acredito que minha expressão deve ter transmitido algo como *arrasada*, porque ele acrescenta, meio que se desculpando: — Minha memória não é muito boa.

— É — digo —, faz sentido.

Ele tosse.

— Quer assistir alguma coisa ou vai sair de novo? — ele pergunta.

— Não, vamos assistir alguma coisa — falo. Se eu voltar ao Museu de Arte de Palm Springs, acho que o FBI vai estar à minha espera.

— Por quê? Você roubou alguma coisa valiosa? — Alex questiona.

— Só vou saber depois que mandar avaliar — brinco. — Espero que esse tal de Claude Moun-et seja grande coisa.

Alex ri e balança a cabeça, e mesmo esse pequeno gesto parece lhe causar uma pontada de dor.

— Merda — ele diz. — Você precisa parar de me fazer rir.

— Você tem que parar de achar que estou fazendo piada quando falo de roubar museus de arte.

Ele fecha os olhos e aperta a boca em uma linha reta, sufocando o riso. Depois de um segundo, abre os olhos.

— Certo. Eu vou fazer xixi espero que pela última vez hoje e tomar mais um comprimido. Pode pegar meu computador na bolsa e entrar na Netflix, se quiser. — Ele se vira com cuidado, põe os pés no chão e se levanta.

— Tudo bem. — E você quer que eu deixe as revistas de mulher pelada dentro da bolsa ou as pego também?

— Poppy — ele resmunga sem olhar para trás. — Sem piadinhas.

Saio da cama e puxo a bolsa do laptop de Alex para cima da cadeira, pego o computador e o levo comigo para a cama, abrindo-o no caminho.

Ele não o desligou, e, quando encosto no touchpad, a tela acende e pede uma senha.

— Senha? — eu grito para o banheiro.

— Flannery O'Connor — ele grita de volta, depois dá a descarga e abre a torneira.

Não pergunto sobre espaços, maiúsculas ou pontuação. Alex é um purista. Digito e a tela de login desaparece, sendo substituída por uma página aberta no navegador. Antes de me dar conta, estou fuçando sem querer.

Meu coração está acelerado.

A água para de correr. A porta se abre. Alex sai e, embora talvez fosse melhor eu fingir que não vi a postagem de vaga de emprego que Alex esteve olhando, algo toma conta de mim e arranca a parte do meu cérebro que, ao menos *às vezes*, filtra as coisas que eu não deveria dizer.

— Você está se candidatando para lecionar na Berkeley Carroll?

A confusão no rosto dele logo se transforma em algo semelhante a culpa.

— Ah, isso.

— É em Nova York — digo.

— É o que diz no site — Alex responde.

— Cidade de Nova York — esclareço.

— Espere, *essa* Nova York? — ele diz, impassível.

— Você vai se mudar para Nova York? — pergunto, e tenho certeza de que estou falando alto, mas, com a adrenalina, sinto como se o mundo todo estivesse recheado de algodão, abafando todos os sons em um murmúrio surdo.

— Provavelmente não — diz ele. — Eu só vi a postagem.

— Mas você ia adorar Nova York — garanto. — Pense nas livrarias.

Agora ele me dá um sorriso que parece ao mesmo tempo divertido e triste. Ele volta para a cama e se senta lentamente ao meu lado.

— Não sei. Eu só estava olhando.

— Eu não vou perturbar você — garanto. — Se você estiver preocupado que eu possa, sei lá, aparecer na sua porta toda vez que tiver uma crise, prometo que não faço isso.

Ele levanta as sobrancelhas, cético.

— E se você descobrir que eu estou com espasmo nas costas? Vai invadir meu apartamento com donuts e pomada de mentol?

— Não? — respondo, levantando a voz no final com ar culpado. Seu sorriso se alarga, mas ainda há algo vagamente triste nele. — Qual é o problema?

Ele me olha nos olhos por um tempo, como se estivéssemos em um jogo do sério. Depois suspira e passa a mão no rosto.

— Não sei. — ele fala. — Tem umas coisas que ainda estou tentando resolver. Em Linfield. Antes de tomar uma decisão como essa.

— A casa? — chuto.

— Isso também. Eu adoro aquela casa. Não sei se suporto a ideia de vendê-la.

— Você pode alugar! — sugiro, e Alex dá uma olhada para mim. — Ah, verdade. Você é muito tenso para ser locador.

— Imagino que você queira dizer que todos os outros são *muito relaxados* para serem locatários.

— Você poderia alugar para um dos seus irmãos — digo. — Ou pode simplesmente ficar com ela. Era propriedade da sua avó, certo? Você não tem que pagar mais nada, não é?

— Só os impostos. — Ele tira o computador de mim e fecha a página do emprego. — Mas não é só a casa. Também não é só por causa do meu pai e dos meus irmãos — ele acrescenta, quando vê minha boca se abrindo. — Quer dizer, claro que eu ia sentir falta dos meus sobrinhos. Mas tem outras coisas que me prendem lá. Ou, não sei, talvez tenha. Eu só estou... esperando para ver o que acontece.

— Ah — digo, quando finalmente começo a entender. — Então... uma mulher.

Uma vez mais ele me encara, como se me desafiasse a insistir no assunto. Mas eu não pisco e ele desvia o olhar primeiro.

— Nós não temos que falar sobre isso.

— Ah. — E agora toda aquela energia vibrante e empolgante parece estar congelando e afundando em meu estômago. — Então é a Sarah. Vocês *estão* voltando.

Ele abaixa a cabeça e passa a mão na testa.

— Eu não sei.

— Ela quer? — pergunto. — Ou você quer?

— Não sei — ele repete.

— Alex.

— Não faça isso. — Ele levanta os olhos. — Não me dê sermão. As coisas não são fáceis com esse lance de namoro, e eu e a Sarah temos muita história juntos.

— É, uma história ruim — digo. — Há uma razão para vocês terem terminado. Duas vezes.

— E há uma razão para termos ficado juntos — ele revida. — Nem todo mundo consegue simplesmente *não olhar para trás* como você.

— O que você quer dizer? — intimo.

— Nada — ele diz, depressa. — Nós somos diferentes.

— Eu sei que nós somos diferentes — digo na defensiva. — E eu também sei que as coisas não são fáceis. Eu também estou solteira, Alex. Eu sou membro de carteirinha do Grupo de Apoio de Recebedoras de Fotos de Pinto Não Solicitadas. Isso não quer dizer que vou voltar correndo com um dos meus ex.

— É diferente — ele insiste.

— Por quê? — eu disparo.

— Porque você não quer as mesmas coisas que eu — ele diz, meio gritando, possivelmente o mais alto que já o ouvi falar, e, embora sua voz não seja brava, é definitivamente frustrada.

Quando me afasto dele, eu o vejo se abrandar um pouco, constrangido. Ele continua, calmo e controlado de novo.

— Eu quero tudo o que meus irmãos têm — diz ele. — Quero me casar e ter filhos e netos e ficar velho pra cacete com minha esposa, e morar na nossa casa por tanto tempo que ela passe a ter o nosso cheiro. Quero escolher móveis e cores de tinta e fazer todas essas coisas de Linfield que você acha insuportáveis, entendeu? É isso que eu quero. E não quero esperar. Ninguém sabe até quando vai durar, e eu não quero que mais dez anos se passem e eu descubra que tenho uma porra de câncer no pau ou coisa assim e que é tarde demais para mim. É *isso* que importa para mim.

Ele não está mais exaltado, mas ainda estou tremendo de nervosismo, dor e vergonha, e principalmente de raiva de mim mesma por não entender o que estava acontecendo toda vez que ele defendia nossa provinciana cidade natal, ou mudava de assunto sempre que eu falava de Sarah e tudo o mais.

— Alex. — Estou quase chorando. Balanço a cabeça, tentando dissipar a nuvem de tempestade da emoção que se acumula. — Eu não acho essas coisas insuportáveis. Eu não acho nada disso insuportável.

Ele levanta os olhos pesadamente para os meus e os afasta em seguida. Com cuidado para não encostar nele, chego mais perto, pego sua mão e entrelaço nossos dedos.

— Alex?

Ele olha para mim.

— Desculpe — ele murmura. — Desculpe, Poppy.

Balanço a cabeça.

— Eu adoro a casa da Betty — digo. — E adoro pensar que você ficou com ela, e, por mais que eu detestasse a escola, adoro pensar em você lecionando lá e em como aqueles garotos têm sorte. E adoro o fato de você ser um bom irmão e um bom filho, e... — Minhas palavras ficam presas na garganta, e tenho que gaguejar entre lágrimas para terminar de falar. — E eu não quero que você se case com a Sarah porque ela não te valoriza. Caso contrário, ela nunca teria terminado com você. E, sendo sincera, além disso, eu não quero que você se case com ela porque ela nunca gostou de mim, e, se você se casar com ela... — interrompo para não começar a soluçar.

Se você se casar com ela, penso, *vou perder você por inteiro para sempre.*

E em seguida: *Provavelmente, com quem quer que você se case, vou perder você para sempre.*

— Eu sei que isso é muito egoísta — digo. — Mas não é só isso. Eu realmente acho que você consegue coisa melhor. A Sarah vai ser ótima para alguém, mas não para você. Ela não gosta de karaokê, Alex.

Essa última parte sai pateticamente chorosa, e, enquanto ele olha para mim, faz o possível para esconder o sorriso que puxa seus lábios. Ele solta sua mão da minha e me envolve com seus braços, me pressionando de leve contra ele, mas não me deixo afundar nele como gostaria por medo de machucá-lo.

Essa lesão, embora horrível para ele, está de fato servindo como uma proteção, porque todos os pontos em que estamos nos tocando começaram a formigar, como se meus nervos ansiassem por mais. Ele beija o alto de minha cabeça, e é como se alguém tivesse quebrado um ovo ali, algo quente e úmido escorrendo sobre mim.

Afasto depressa as lembranças nebulosas de tudo que essa boca fez na Croácia.

— Eu não sei se consigo melhor. — Alex me arranca de uma cena de fazer corar. — Quando abro o Tinder, ele só me mostra o dedo do meio.

— Sério? — Endireito o corpo. — Você tem conta no Tinder?

Ele revira os olhos.

— Sim, Poppy. O vovô está no Tinder.

— Quero ver.

As orelhas dele ficam vermelhas.

— Não, obrigado. Não estou no clima para ser brutalmente interrogado.

— Eu posso ajudar você, Alex — digo. — Sou uma mulher hétero. Eu sei como os perfis masculinos no Tinder são vistos. Posso descobrir o que você está fazendo de errado.

— O que eu estou fazendo de errado é tentar encontrar uma relação significativa em um aplicativo de encontros.

— Bom, obviamente — concordo. — Mas vamos ver o que mais.

Ele suspira.

— Tá. — Ele tira o celular do bolso e o entrega para mim. — Mas pega leve comigo, Poppy. Eu estou frágil neste momento.

E aí ele faz a cara.

17

Sete verões atrás

Nᴇᴡ Oʀʟᴇᴀɴs.

Alex tem muito interesse em arquitetura — todos aqueles prédios antigos com cores de giz de cera e varandas com grades de ferro, e as árvores ancestrais que se erguem direto das calçadas, as raízes se espalhando por metros em todas as direções, rompendo o cimento como se não fosse nada. As árvores o antecedem e vão durar mais que ele.

Estou empolgada pelo álcool na forma de raspadinha e pelas lojas kitsch de artigos sobrenaturais.

Felizmente, não há escassez de nada disso.

Fico entusiasmada por ter encontrado um grande apartamento estúdio não muito longe da Bourbon Street. Os pisos são de madeira escura e os móveis são de madeira maciça, e há quadros coloridos de músicos de jazz pendurados nas paredes de tijolo aparente. As camas parecem

baratas, assim como os lençóis, mas são largas e o lugar é limpo, e o ar-
-condicionado é tão forte que temos que reduzi-lo para nossos dentes não
começarem a bater cada vez que chegamos depois de um dia no calor.

Tudo o que há para fazer em New Orleans, ao que parece, é andar,
comer, beber, olhar e ouvir. Isso é basicamente o que fazemos em todas
as viagens, mas aqui é destacado pelas centenas de restaurantes e bares
um ao lado do outro em cada ruela. E as milhares de pessoas circulando
pela cidade com copos altos em cores neon e canudos de cores diferentes.
A cada quarteirão, os cheiros da cidade mudam de frito e delicioso para
fedido e podre, a umidade forte dando destaque aos esgotos.

Comparada com a maioria das cidades americanas, tudo parece tão
velho que imagino que estamos cheirando lixo do século XVIII, o que,
milagrosamente, o torna mais suportável.

— Parece que estamos andando dentro da boca de alguém — Alex
diz mais de uma vez a respeito da umidade, e a partir daí, sempre que
vem o cheiro, eu penso em comida presa entre molares.

Mas nunca dura muito. Uma brisa bate e leva o cheiro embora, ou nós
passamos por outro restaurante com todas as portas abertas, ou viramos
a esquina e damos de cara com uma bela rua secundária em que cada
varanda acima de nós está transbordando de flores roxas.

Além do mais, estou em Nova York há cinco meses e, durante os
dois últimos meses de verão, não é como se minha estação do metrô
cheirasse a rosas. Já vi três pessoas diferentes fazendo xixi nos degraus
dentro dela e testemunhei *uma* dessas pessoas fazendo isso uma segunda
vez na semana seguinte.

Eu amo Nova York, mas, vagando por New Orleans, eu me pergunto
se seria feliz aqui também. Se talvez seria ainda mais feliz. Se talvez Alex
me visitaria com mais frequência.

Até agora ele foi a Nova York uma vez, algumas semanas depois da
conclusão de seu primeiro ano na pós-graduação. Trouxe um carrega-
mento de coisas minhas da casa de meus pais para meu apartamento no

Brooklyn, e, no último dia de sua viagem, comparamos nossos calendários e conversamos sobre quando nos veríamos outra vez.

Na Viagem de Verão, obviamente. Talvez (mas provavelmente não) no Dia de Ação de Graças. No Natal, se eu conseguisse uma folga no restaurante em que estou trabalhando como garçonete. Mas todos querem uma folga no Natal, então, em vez disso, sugeri o Ano-Novo e concordamos em combinar mais para a frente.

Até agora não conversamos sobre nada disso nesta viagem. Eu não quis pensar em *sentir falta* de Alex enquanto estou com ele. Parece um desperdício.

— Se nada mais der certo — ele brincou —, sempre teremos a Viagem de Verão.

Tive que conscientemente decidir ver isso como algo positivo.

Desde a manhã até horas depois de escurecer, nós perambulamos. Bourbon Street e Frenchmen, Canal e Esplanade. (Alex está especialmente apaixonado pelas imponentes casas antigas dessa rua, com seus canteiros floridos e palmeiras branqueadas pelo sol se erguendo ao lado de carvalhos escarpados.)

Comemos beignets macios polvilhados de açúcar em um café ao ar livre e passamos horas escolhendo coisas entre as bancas que vendem bugigangas do lado do fora do French Market (chaveiros de cabeça de crocodilo e anéis de prata com pedra da lua), além de pães saídos do forno, frutas e verduras resfriados, bolinhos compactos cobertos com kiwis e morangos, bombons de cereja com bourbon e pralinês (de todos os tipos imagináveis) vendidos em bancas no interior do mercado.

Bebemos Sazeracs e hurricanes e daiquiris em todo lugar aonde vamos, porque temos que "manter o foco no tema", como Alex diz dramaticamente quando eu tento pedir um gim-tônica, e, a partir daí, temos nosso mantra e nossos alter egos da semana.

Gladys e Keith Vivant são um casal poderoso da Broadway, decidimos. Verdadeiros artistas, até a alma, e, como dizem suas tatuagens iguais, *O mundo é um palco!*

Eles sempre começam o dia com exercícios de arte dramática, estabelecem um tema para a semana inteira e deixam que ele oriente todas as suas interações para incorporar melhor o Personagem.

E o tema, claro, é essencial.

Ou, em outras palavras, é o foco.

— Foco no tema! — gritamos um para o outro, batendo os pés, sempre que queremos que o outro faça algo com o qual não está muito animado.

Há um monte de lojas de roupas vintage que parecem nunca ter sido lavadas, e Alex não fica muito animado para experimentar a calça de couro que escolhi para ele em uma delas, assim como não fico muito animada quando ele quer passar seis horas em um museu de arte.

— Foco no tema! — eu grito quando ele se recusa a entrar em um bar com, juro, uma banda só de saxofonistas tocando no meio do dia.

— Foco no tema! — ele exclama quando digo que não quero comprar camisetas com as palavras *Bêbado 1* e *Bêbado 2*, como aquelas camisetas Thing 1 e Thing 2 vendidas em parques temáticos, e saímos da loja usando as camisetas por cima da roupa.

— Eu adoro quando você fica doidão — admito.

Ele aperta os olhos para mim, embriagado, enquanto andamos.

— Você me deixa doidão. Eu não sou assim com mais ninguém.

— Você me deixa doida também. Você acha que devemos fazer tatuagens *de verdade* dizendo "O mundo é um palco"?

— Gladys e Keith fariam — Alex responde, tomando um grande gole de sua garrafa de água. Ele a passa para mim e, avidamente, bebo metade.

— Isso quer dizer "sim"?

— Por favor, não me obrigue — ele diz.

— Mas, Alex — grito —, foco no t...

Ele enfia a garrafa de água de volta em minha boca.

— Quando você estiver sóbria, eu garanto que não vai mais achar isso divertido.

— Eu *sempre* vou achar *qualquer* piada que eu faço hilariante — declaro —, mas entendido.

Fazemos happy hour atrás de happy hour, com resultados variados. Às vezes os drinques são fracos e ruins, às vezes são fortes e bons, muitas vezes são fortes e ruins. Vamos a um bar de hotel instalado em um carrossel e cada um de nós compra um único coquetel de quinze dólares. Vamos ao bar que é, supostamente, o segundo mais antigo em atividade contínua em Louisiana. É uma velha oficina de ferreiro com piso pegajoso, que parece um museu vivo meia-boca, exceto pelo enorme máquina de jogos de conhecimentos gerais em um canto.

Alex e eu bebemos lentamente nosso coquetel compartilhado enquanto esperamos nossa vez de jogar. Não batemos o recorde, mas ficamos entre os primeiros colocados.

Na quinta noite, acabamos em um bar de universitários com karaokê e um palco enorme com show de lasers. Depois de dois shots de Fireball, Alex aceita cantar no palco "I Got You Babe", de Sonny e Cher, na pele dos Vivant.

Na metade da música, brigamos no microfone porque eu *sei* que ele está dormindo com a Shelly da maquiagem.

— Não demora uma hora para colocar uma droga de barba falsa, Keith! — eu grito.

O aplauso no fim é contido e constrangido. Tomamos outro shot e nos dirigimos a um lugar onde Guillermo me disse que servem um coquetel de café gelado.

Metade dos lugares aonde fomos foram recomendados por Guillermo e eu adorei todos eles, especialmente o pequeno restaurante escondido de poboy. Namorar um chef tem suas vantagens.

Quando contei a ele para onde eu e Alex íamos, ele pegou uma folha de papel e começou a escrever tudo o que se lembrava de sua última viagem, com anotações sobre preços e o que pedir nos restaurantes. Ele destacou os seus favoritos, mas de jeito nenhum vamos conseguir ir a todos.

Conheci Guillermo uns dois meses depois de me mudar para Nova York. Minha nova amiga Rachel (a primeira em Nova York) recebeu um convite para comer no novo restaurante dele gratuitamente, em troca de algumas postagens em suas redes sociais. Ela faz muito esse tipo de coisa, e, como eu também sou uma Profissional da Internet, fazemos essas coisas juntas.

— É menos constrangedor — ela insiste. — E serve como promoção cruzada.

Toda vez que ela posta uma fotografia comigo, meu número de seguidores sobe às centenas. Eu vinha mantendo cerca de trinta e seis mil há seis meses, mas subi para cinquenta e cinco mil apenas por estar associada à Marca Dela.

Então fui com ela a esse restaurante, e, depois da refeição, o chef veio falar com a gente, e ele era lindo e gentil, com doces olhos castanhos e cabelo escuro penteado para trás. Sua risada era agradável e despretensiosa e, naquela noite, ele me enviou uma mensagem no Instagram antes mesmo de eu postar as fotografias que tirei.

Ele me encontrou por intermédio de Rachel e eu gostei do jeito como ele me contou isso logo de cara, sem constrangimento. Ele trabalha quase toda noite, então, em nosso primeiro encontro, fomos tomar café da manhã, e ele me beijou quando me pegou em casa, em vez de esperar até a hora de me levar de volta.

No começo eu estava saindo com outras pessoas, e ele também, mas algumas semanas depois decidimos que nenhum de nós queria sair com mais ninguém. Ele riu quando me disse isso e eu ri também, porque com ele criei o hábito de rir como forma de apoio.

Não é como era com Julian, tão desmedido e imprevisível. Nós nos encontramos duas ou três vezes por semana, e é bom o modo como isso deixa espaço para outras coisas em minha vida.

Aulas de spin com Rachel e longas caminhadas pela alameda do Central Park com um cone de sorvete pingando na mão, vernissages e noites especiais de exibição de filmes em bares da vizinhança. As pessoas em Nova York são mais amistosas do que o restante do mundo havia dito que seriam.

Quando falo isso para Rachel, ela responde:

— A maioria das pessoas daqui não é mal-educada. Elas são só ocupadas.

No entanto, quando falo a mesma coisa para Guillermo, ele envolve gentilmente meu rosto, ri e diz:

— Você é um amor. Espero que não deixe esta cidade mudar você.

Isso é gostoso de ouvir, mas também me preocupa. Como se talvez o que Gui mais ama em mim não seja uma parte integrante, mas algo mutável, que poderia ser removido depois de alguns anos num ambiente favorável.

Enquanto caminhamos pelas ruas de New Orleans, penso muitas vezes em contar a Alex o que Guillermo disse, mas sempre me contenho. Quero que Alex goste de Guillermo, e tenho receio de que ele se ofenda por mim.

Então, eu lhe conto outras coisas. Que Guillermo é calmo, que ele ri à toa, que é apaixonado por seu trabalho e por comida em geral.

— Você vai gostar dele — digo, e realmente acredito nisso.

— Com certeza — concorda Alex. — Se você gosta dele, eu vou gostar.

— Que bom — falo.

E aí ele me conta sobre Sarah, sua paixão não correspondida da faculdade. Ele a encontrou por acaso quando foi a Chicago visitar amigos, algumas semanas atrás. Os dois saíram para um drinque.

— E?

— E nada — diz ele. — Ela mora em Chicago.

— Não é em Marte — argumento. — Nem é tão longe assim da Universidade de Indiana.

— Ela tem mandado umas mensagens de texto — ele admite.

— Claro que sim — falo. — Você é um bom partido.

Seu sorriso é tímido e adorável.

— Não sei — ele continua. — Talvez na próxima vez que eu for lá a gente se encontre de novo.

— Faça isso — pressiono.

Estou feliz com Guillermo, e Alex merece ser feliz também. Qualquer tensão produzida por aqueles cinco por cento de nosso relacionamento — o "e se" — parece ter se solucionado.

Embora ficar hospedados no French Quarter tenha parecido ideal quando fiz a reserva de nosso Airbnb, as noites são bastante barulhentas. A música vai até três ou quatro horas da madrugada, e surpreendentemente começa de manhã cedo. Acabamos nos aventuramos na piscina no terraço do Ace Hotel, que é de graça nos dias de semana, e cochilamos em espreguiçadeiras ao sol

Provavelmente é o melhor sono que consegui dormir a semana inteira, portanto, quando começamos o tour pelos cemitérios no último dia da viagem, estou boba de fadiga. Alex e eu esperávamos histórias de fantasmas assustadoras. Em vez disso, recebemos informações de como a Igreja Católica cuida de alguns túmulos — aqueles para os quais as pessoas compraram "cuidado perpétuo" gerações atrás — e deixa os outros caindo aos pedaços.

Decididamente, um tédio, e estamos torrando no sol, e minhas costas doem de andar de sandálias a semana inteira, e estou exausta por dormir pouco, e, na metade do passeio, quando Alex percebe como estou descontente, começa a levantar a mão toda vez que paramos em um túmulo para ouvir fatos desinteressantes e perguntar:

— *Este* túmulo é mal-assombrado?

A princípio nosso guia dá risada da pergunta, mas acha menos graça cada vez que é feita. Por fim, Alex pergunta sobre uma grande pirâmide branca de mármore que destoa dos demais túmulos retangulares em estilo francês e espanhol, e o guia bufa:

— Eu espero que não! Este pertence ao Nicolas Cage!

Alex e eu nos contorcemos de rir.

Mas não era brincadeira.

Isso era para ser uma grande revelação, provavelmente acompanhada de alguma piada, e nós a arruinamos.

— Desculpe — Alex diz, e lhe entrega uma gorjeta quando nos despedimos. Sou eu que trabalho em um bar, mas é ele que sempre tem dinheiro em espécie.

— Você trabalha secretamente como stripper? — pergunto a ele. — É por isso que sempre tem dinheiro vivo?

— Dançarino exótico — ele corrige.

— Você é um dançarino exótico?

— Não — diz ele. — Mas é útil ter dinheiro no bolso.

O sol está se pondo e estamos exaustos, mas é nossa última noite, então decidimos tomar um banho e recobrar as forças. Enquanto estou sentada no chão na frente do espelho de corpo inteiro aplicando maquiagem, examino a lista de Guillermo e grito sugestões para Alex.

— Hum — ele diz depois de cada uma. Em certo momento, ele fica em pé atrás de mim, olhando nos meus olhos pelo espelho. — E se a gente simplesmente saísse por aí sem rumo?

— Eu adoraria.

Paramos em alguns pubs mal iluminados antes de acabar no Dungeon, um bar gótico pequeno e escuro no fim de uma estreitíssima viela. Somos avisados de que fotografias são expressamente proibidas antes de sermos conduzidos ao salão da frente, iluminado com luzes vermelhas. Está tão cheio que preciso me segurar no cotovelo de Alex enquanto subimos a escada. Há esqueletos de plástico pendurados na parede, e um caixão forrado de cetim vermelho está à espera de uma foto que não é permitido tirar.

Apesar de nosso mantra para esta viagem, e de todo o serviço gratuito de assistente de compras que prestei para ele, Alex continua a odiar festas, eventos e, ao que parece, bares temáticos.

— Este lugar é horrível. Você está adorando, não é?

Confirmo com a cabeça e ele sorri. Em pé, precisamos ficar tão perto um do outro que preciso inclinar a cabeça bem para olhar em seu rosto. Ele afasta o cabelo dos meus olhos e põe a mão na minha nuca, como para estabilizá-la.

— Desculpe por ser tão alto — ele diz, gritando sobre o heavy metal que atravessa o bar.

— Desculpe por ser tão baixa.

— Eu gosto do fato de você ser baixa — ele diz. — Nunca se desculpe por ser baixa.

Eu me inclino para ele, um abraço sem os braços.

— Ei — eu falo.

— O quê?

— Podemos ir para aquele bar country-western que vimos no caminho?

Tenho certeza de que ele não quer. Tenho certeza de que ele acha tudo aquilo degradante. Mas o que ele diz é:

— Temos que ir. Foco no tema, Poppy.

Então, vamos para lá, e é o oposto do Dungeon, um grande bar ao ar livre com selas no lugar de assentos e Kenny Chesney berrando apenas para nós.

Alex está inconformado com a ideia de se sentar nas selas, mas eu monto em uma e tento fazer a Cara de Cachorrinho Triste para ele.

— O que é isso? — ele pergunta. — Você está bem?

— Estou sendo patética — respondo. — Para você, por favor, me fazer a mulher mais feliz do estado de Louisiana e se sentar em uma dessas selas.

— Não consigo decidir se você é muito fácil de agradar ou muito difícil — diz ele, e passa uma perna sobre o banco, subindo na sela ao lado da minha. — Por favor — ele pede para um barman grandalhão com colete de couro preto. — Sirva alguma coisa que me faça esquecer de que isto algum dia aconteceu.

Ainda limpando um copo, ele se vira e encara Alex.

— Eu não consigo ler pensamentos, jovem. O que você quer?

Alex fica vermelho e depois pigarreia.

— Pode ser cerveja. A que você tiver.

— Duas — digo. — E dois desses drinques, por favor.

Quando o barman se vira para pegar nossas bebidas, eu me inclino para Alex e quase caio da sela. Ele me segura enquanto eu sussurro:

— *Ele é* tão *no tema!*

São só onze e meia quando vamos embora, mas estou acabada e tão sem vontade de beber como nunca estive na vida. Então, simplesmente andamos pelo meio da rua com todos os outros foliões: famílias com camisetas iguais; noivas de vestido branco, saltos altíssimos e faixas de seda cor-de-rosa com as palavras DESPEDIDA DE SOLTEIRA; homens de meia-idade bêbados dando em cima das garotas com faixas cor-de--rosa e enfiando notas de um dólar nas alças de seus vestidos ao passar.

No alto, pessoas se aglomeram nas varandas de bares e restaurantes balançando cordões de contas roxas, douradas e verdes, e, quando um homem assobia e sacode um punhado de colares para mim, eu estendo os braços para pegá-los. Ele sacode a cabeça e faz um gesto para eu levantar minha blusa.

— Que ódio dele — digo para Alex.

— Eu também.

— Mas tenho que admitir que ele *está* no tema.

Alex ri e continuamos andando sem nenhum destino em mente. A movimentação de pessoas vai diminuindo aos pouco conforme nos aproximamos de uma *brass band* (sem saxofone ou naipe de madeiras) que está tocando no meio da rua, trompas soprando, percussão a toda. Paramos para assistir e alguns casais começam a dançar. Na reviravolta do século, Alex me oferece a mão e, quando eu a pego, ele me gira em um círculo lento e me puxa para perto, uma mão presa na minha, a outra em minhas costas. Ele me balança de um lado para outro e nós rimos, sonolentos. Não estamos no ritmo, mas não importa. Somos nós.

Talvez seja por isso que ele consegue lidar com a exibição de afeto em público. Talvez, assim como eu, quando estamos juntos, ele se sinta como se não houvesse mais ninguém ali, como se os outros fossem fantasmas que inventamos como parte do figurino.

Mesmo que Jason Stanley e todos os outros que fizeram bullying comigo no passado estivessem aqui, zombando de mim em um megafone, acho que eu não teria parado de dançar desajeitadamente com Alex na rua. Ele me gira para fora e de volta para ele, tenta me inclinar para trás e quase me derruba. Eu grito quando isso acontece, rio tanto que até solto um grunhido quando ele me segura e me puxa para cima e continua a me balançar.

Quando a música termina, nós nos separamos e aplaudimos com a multidão. Alex agacha por um segundo e, quando se levanta, está segurando um cordão de contas roxas de Mardi Gras lascadas.

— Estavam no chão — digo.

— Você não quer?

— Quero — respondo. — Mas elas estavam no chão.

— É.

— Onde tem sujeira — complemento. — E cerveja derramada. Talvez vômito.

Ele faz uma careta e começa a baixar as contas. Eu seguro seu pulso.

— Obrigada — digo. — Obrigada por tocar nessas contas sujas por mim, Alex. Eu adorei.

Ele revira os olhos, sorri, e eu abaixo a cabeça para ele colocar o cordão no meu pescoço.

Quando volto a olhar para ele, ele está com um sorriso radiante para mim, e eu penso: *Eu o amo agora mais do que nunca.* Como é possível isso continuar acontecendo quando estou com ele?

— Vamos tirar uma foto juntos? — peço, mas o que estou pensando é: *Eu queria engarrafar este momento e usar como perfume.* Ele estaria sempre comigo. Para qualquer lugar que eu fosse, ele estaria lá também, e assim eu sempre me sentiria eu mesma.

DE FÉRIAS COM VOCÊ

Ele pega o celular e nós nos juntamos para ele tirar a foto. Quando a olhamos, ele faz um som de surpresa. Provavelmente se esforçando para não parecer tão sonolento, ele arregalou muito os olhos no último segundo.

— Parece que você viu alguma coisa horrível bem na hora em que o flash piscou — digo.

Ele tenta puxar o celular da minha mão, mas eu me viro e corro para ficar fora de seu alcance enquanto mando a foto para mim mesma. Ele me segue, disfarçando um sorriso, e, quando eu devolvo o telefone, falo:

— Pronto. Agora que eu tenho uma cópia, pode apagar.

— Eu nunca apagaria — diz Alex. — Mas só vou olhar para ela quando estiver sozinho, trancado no meu apartamento, sem ninguém para ver a cara que eu fiz.

— Eu vou ver — digo.

— Você não conta.

— Eu sei — concordo. Adoro isso, ser aquela que não conta. Que pode ver tudo do Alex. A que o faz ser doidão.

Quando voltamos ao apartamento, eu pergunto quando ele vai me deixar ler os contos que está escrevendo.

Ele diz que não pode mostrar. Se eu não gostar, ele vai ficar constrangido demais.

— Você foi aprovado em um excelente programa de mestrado — argumento. — É óbvio que você é bom. Se eu não gostar, obviamente vou estar errada.

Ele diz que, se eu não gostar, é a Universidade de Indiana que está errada.

— Por favor — peço.

— Está bem — ele diz, e pega seu computador. — Mas espere eu entrar no banho, tá? Eu não quero ver você lendo.

— Tá — respondo. — Se você tiver um romance, posso ler em vez do conto, já que vou ter todo o tempo de um banho de Alex Nilsen.

Ele joga um travesseiro em mim e vai para o banheiro.

O conto é bem curto. Nove páginas sobre um menino que nasceu com asas. Por toda a sua vida, as pessoas dizem que isso significa que ele deve tentar voar. Ele tem medo. Quando finalmente tenta e pula do telhado de um edifício de dois andares, ele cai. Quebra as pernas e as asas. Ele nunca as restaura. Conforme se recupera, o osso cicatriza deformado. Finalmente param de lhe dizer que ele deve ter nascido para voar. Finalmente ele está feliz.

Quando Alex volta, estou chorando.

Ele me pergunta o que aconteceu.

— Eu não sei — respondo. — O conto conversa comigo.

Ele pensa que estou fazendo uma piada e ri, mas desta vez eu não estava me referindo à garota da galeria que tentou nos vender uma escultura de urso de vinte e um mil dólares.

Estava pensando no que Julian dizia sobre arte. Como ela pode nos fazer sentir algo ou não.

Quando li sua história, comecei a chorar por uma razão que não consigo explicar, nem mesmo para Alex.

Quando eu era criança, tinha ataques de pânico pensando que eu nunca poderia *ser* outra pessoa. Eu não poderia ser minha mãe ou meu pai, e, por toda a vida, teria que andar por aí dentro de um corpo que me impedia de conhecer verdadeiramente qualquer outra pessoa.

Isso me fazia sentir sozinha, desolada, quase desesperançada. Quando contei isso a meus pais, achei que eles conheceriam a sensação de que eu estava falando, mas não.

— Mas isso não quer dizer que tenha algo errado em se sentir assim, meu bem! — minha mãe insistiu.

— Quem mais você pensa em ser? — meu pai perguntou, com sua característica curiosidade contundente.

O medo diminuiu, mas a sensação nunca me abandonou. De vez em quando eu a trago para fora, a cutuco. Imagino como poderia deixar de me sentir solitária se ninguém jamais me conheceria por inteiro. Se eu nunca poderia espiar dentro do cérebro de alguém e ver tudo.

E agora estou chorando porque, ao ler essa história, pela primeira vez, me senti como se não estivesse em meu corpo. Como se houvesse uma bolha que se estende ao redor de mim e Alex e faz com que sejamos duas bolotas de cores diferentes dentro de uma lâmpada de lava, misturando-se livremente, dançando em volta um do outro, desimpedidos.

Estou chorando porque estou aliviada. Porque nunca mais vou me sentir sozinha como naquelas longas noites quando eu era criança. Enquanto eu o tiver, nunca estarei só novamente.

18

Neste verão

— ALEX! — GRITO esganiçada assim que vejo seu perfil no Tinder. — Não!

— O quê? O quê? — diz ele. — Não é possível que você já tenha lido tudo!

— Hum, primeira coisa — respondo, balançando o celular na nossa frente —, você não acha que isso seja um problema? Sua bio parece a carta de apresentação de um currículo. Eu nem sabia que as bios no Tinder poderiam *ser* tão grandes! Não tem um limite de caracteres? Ninguém vai ler tudo isto.

— Se a pessoa estiver realmente interessada, vai — ele fala, tirando o telefone de minha mão.

— Se estiver interessada em roubar seus órgãos, talvez ela passe os olhos até o fim para conferir se você não fala seu tipo sanguíneo... você *fala*?

— Não — ele responde, parecendo magoado. — Só meu peso, altura, IMC e número de identidade. Pelo menos o que eu escrevi está bom?

— Ah, ainda não chegamos aí. — Tiro o telefone da mão dele outra vez, viro a tela para ele e amplio a fotografia de perfil. — Primeiro temos que falar sobre isto.

Ele franze a testa.

— Eu gosto dessa foto.

— Alex... — digo calmamente. — Tem quatro pessoas nessa foto.

— E daí?

— E daí que encontramos o primeiro e maior problema.

— Eu ter *amigos*? Achei que ajudaria.

— Ah, pobre criatura jovem e inocente recém-chegada ao planeta Terra — brinco.

— As mulheres não querem sair com homens que têm amigos? — ele pergunta secamente, incrédulo.

— Claro que querem — respondo. — Elas só não querem brincar de Roleta Russa de Encontros. Como vão saber qual desses caras é você? O homem da esquerda tem, sei lá, uns oitenta anos.

— O professor de biologia — ele diz, franzindo ainda mais a testa. — Eu não costumo tirar fotos sozinho.

— Você me mandou aquelas selfies de Cachorrinho Triste — assinalo.

— É diferente. Foi para você... Você acha que eu deveria usar uma daquelas?

— Não, pelo amor de Deus — respondo. — Mas poderia tirar outra foto sem fazer aquela cara, ou poderia cortar uma em que estejam você e três professores de biologia de uma certa idade para ficar *só* você.

— Estou com uma cara estranha nessa foto — ele fala. — Estou sempre fazendo uma cara estranha nas fotos.

Eu rio, mas estou sentindo uma onda quente de afeto crescer dentro de mim.

— Você tem um rosto para filmes, não fotografias — explico.

— O que isso quer dizer?

— Quer dizer que você é extremamente bonito na vida real, quando seu rosto está se movendo com naturalidade, mas, quando um milissegundo é capturado, sim, às vezes você está fazendo uma cara estranha.

— Então, basicamente, eu deveria excluir o Tinder e jogar meu telefone no mar.

— Espere! — Eu pulo da cama e pego meu celular no balcão onde o deixei, depois volto para a cama ao lado de Alex e sento sobre as pernas. — Eu sei o que você deve usar.

Ele fica olhando ceticamente enquanto eu percorro minhas fotos. Estou procurando uma fotografia de nossa viagem à Toscana, a última antes da Croácia. Estávamos sentados em uma mesa externa, no pátio, jantando tarde da noite, e ele saiu sem dizer nada. Achei que tivesse ido ao banheiro, mas, quando entrei para pegar sobremesa, ele estava na cozinha, mordendo o lábio enquanto lia um e-mail no celular.

Ele parecia preocupado e não notou minha presença até eu tocar seu braço e dizer seu nome. Quando ele olhou para mim, seu rosto estava sem expressão.

— O que foi? — perguntei, e a primeira coisa que passou por minha cabeça foi *Vovó Betty!* Ela estava ficando velha. Na verdade, ela era velha desde que a conheci, mas, na última vez que tínhamos ido a sua casa, ela mal se levantou da cadeira em que fazia tricô. Até então ela sempre fora *agitada*. Apressando-se para a cozinha para pegar limonada. Apressando-se até o sofá para ajeitar as almofadas antes de nos sentarmos.

Mas não deu tempo de esse pensamento se desenvolver, porque o pequeno e sempre contido sorriso de Alex apareceu.

— A Tin House — disse ele. — Vai publicar um dos meus contos.

Ele deu uma risada de surpresa depois que disse isso e eu o abracei, deixei que ele me levantasse e me apertasse com força. Beijei seu rosto sem pensar, e, se isso pareceu menos natural para ele do que para mim, ele não demonstrou. Ele me virou em um semicírculo, me pôs no chão com um sorriso largo e olhou de novo para o celular. Esqueceu de esconder suas emoções. Deixou-as correr livremente pelo rosto. Peguei meu celular no bolso, liguei a câmera e disse:

— Alex.

Quando ele olhou para mim, tirei minha fotografia favorita de Alex Nilsen.

Felicidade sem filtros. Alex Nu.

— Olhe — digo, e lhe mostro a foto. Ele está de pé em uma cozinha aconchegante e dourada na Toscana, seu cabelo com pontas levantadas para todo lado, como sempre, o celular frouxamente na mão e os olhos voltados direto para a câmera, com a boca sorrindo, mas entreaberta. — Você deveria usar esta.

Ele se vira do telefone para mim, nossos rostos próximos, embora, como sempre, o dele acima do meu, seus lábios ternos com um traço de sorriso.

— Eu tinha me esquecido dessa — ele diz.

— É a minha favorita. — Por um tempo, nenhum de nós se move. Permanecemos neste momento de íntimo silêncio. — Vou mandar para você — digo com a voz fraca e rompo o contato visual, procurando nossa conversa e enviando a foto.

O celular de Alex soa em seu colo, onde eu devo tê-lo largado. Ele o pega e dá sua meia tossida característica.

— Obrigado.

— Agora — digo —, sobre aquela bio.

— Quer que eu imprima e arrume uma caneta vermelha? — ele brinca.

— De jeito nenhum, cara. Este planeta está morrendo. Nunca que eu vou desperdiçar esse tanto de papel.

— Hahaha. Eu estava tentando ser minucioso.

— Tão minucioso quanto Dostoiévski.

— Você fala isso como se fosse uma coisa ruim.

— *Shh* — digo. — Estou lendo.

Como já conheço Alex, eu *de fato* acho a bio charmosa. Principalmente porque capta aquele adorável lado vovô dele. Mas, se eu *não* o conhecesse, e uma das minhas amigas lesse a bio para mim, eu sugeriria que esse homem talvez fosse um serial killer.

Injusto? Provavelmente.

Mas isso não muda as coisas. Ele conta quais escolas frequentou, quando terminou a faculdade, descreve em detalhes o que estudou, os últimos empregos que teve, seus pontos fortes nesses empregos, fala que deseja se casar e ter filhos e que é "próximo dos [seus] três irmãos e de suas esposas e filhos" e que "gosta de ensinar literatura para alunos talentosos do ensino médio".

Devo estar fazendo uma careta, porque ele solta um suspiro.

— Está tão ruim assim?

— Hum... não — respondo.

— Isso é uma hesitação? — ele pergunta.

— Não! — exclamo. — Não está ruim. É até bonitinho, mas, Alex, sobre o que você vai conversar quando sair com uma garota que já leu tudo isto?

Ele dá de ombros.

— Não sei. Provavelmente eu faria perguntas sobre ela.

— Parece uma entrevista de emprego — falo. — Quer dizer, *é* uma coisa rara e maravilhosa quando a pessoa do Tinder te faz uma pergunta que seja sobre você, mas não dá para não falar nada sobre si mesmo.

Ele passa a mão na linha da testa.

— Meu Deus, como eu odeio fazer isso. Por que é tão difícil conhecer pessoas na vida real?

— Poderia ser mais fácil... em outra cidade — digo deliberadamente.

Ele me olha de soslaio e revira os olhos, mas está sorrindo.

— Tudo bem, o que *você* escreveria se fosse um cara tentando te seduzir?

— Bom, eu sou diferente — respondo. — O que você escreveu aqui funcionaria muito bem comigo.

Ele ri.

— Não seja má.

— Não estou sendo — juro. — Você parece um robô sexy que cuida de crianças. Como a empregada dos *Jetsons*, mas com barriga tanquinho.

— Poppyyyy — ele resmunga, rindo, e joga o braço na frente do rosto.

— Está certo, vou tentar. — Eu pego o celular dele outra vez e apago o que ele escreveu, tentando memorizar o máximo que consigo para o caso de ele querer recuperar o texto. Penso por um minuto, digito e devolvo o celular para ele.

Ele estuda a tela por um *longo* tempo, depois lê em voz alta:

— Tenho um emprego estável e uma cama de verdade. Minha casa não é cheia de pôsteres de Tarantino e eu respondo mensagens em até duas horas. Além disso, detesto saxofone?

— Ah, eu pus um ponto de interrogação? — pergunto, inclinando-me sobre seu ombro para ver. — Era para ser ponto-final.

— É um ponto — diz ele. — Eu só não tinha certeza se era sério.

— Claro que é sério!

— Eu tenho uma cama de verdade?

— Isso mostra que você é responsável — explico. — E que é divertido.

— Na verdade, mostra que *você* é divertida — Alex corrige.

— Mas você também é divertido — falo. — Só está levando isso muito a sério.

— Você realmente acha que as mulheres vão querer sair comigo com base em uma foto e no fato de que tenho uma cama de verdade?

— Ai, Alex — digo. — Você mesmo falou que as coisas não estão fáceis.

— Eu só estou dizendo que ando por aí o dia inteiro com esta cara, um emprego e uma cama de verdade, e nada disso me levou muito longe.

— Sim, porque você intimida — aponto, salvando a bio e dando uma olhada nos perfis de mulheres.

— É, é isso — Alex admite, e eu olho para ele.

— Sim, Alex — repito. — *É* isso.

— Do que você está falando?

— Lembra da Clarissa? Minha colega de quarto da Universidade de Chicago?

— A hippie com o fundo de investimento? — ele pergunta.

— E da Isabel, minha colega de quarto no segundo ano? Ou da minha amiga Jaclyn do departamento de comunicação?

— Sim, Poppy, eu me lembro das suas amigas. Não foi há vinte anos.

— Sabe o que essas três pessoas tinham em comum? — falo. — Elas estavam a fim de você. As três.

Ele enrubesce.

— Você está inventando.

— Não — digo. — Não estou. A Clarissa e a Isabel viviam tentando flertar com você, e as "habilidades de comunicação" da Jaclyn falhavam totalmente sempre que você estava na sala.

— E como eu poderia saber disso? — ele pergunta.

— Linguagem corporal, contato visual prolongado — respondo —, usar qualquer desculpa para tocar em você, fazer insinuações sexuais abertamente, pedir para você ajudar com trabalhos da faculdade.

— Nós sempre fazíamos isso por e-mail — Alex argumenta, como se tivesse encontrado um furo na minha lógica.

— Sim, Alex — digo, calmamente. — E por sugestão de *quem*?

A expressão de vitória some do seu rosto.

— É sério?

— Sério — respondo. — Então, tendo isso em mente, você gostaria de fazer um teste com a nova foto e a nova bio?

Ele parece horrorizado.

— Eu não vou sair para um encontro durante a nossa viagem, Poppy.

— Não vai mesmo! — eu falo. — É só uma experiência. Além disso, quero ver o tipo de garota que você seleciona.

— Freiras — diz ele — e trabalhadoras humanitárias.

— Nossa, que pessoa boa você é — comento com uma voz arfante estilo Marilyn Monroe. — Permita-me demonstrar minha apreciação com um...

— Chega, você vai ter um ataque de asma — ele interrompe. — Vou mostrar, mas seja gentil comigo, Poppy.

Bato o ombro levemente no dele.

— Sempre.

— Nunca — ele discorda.

Eu franzo a testa.

— Por favor, me avise se por acaso eu fizer você se sentir mal.

— Você não faz — ele diz. — Está tudo bem.

— Eu sei que às vezes exagero nas brincadeiras. Mas não quero nunca magoar você. Nunca mesmo.

Ele não sorri, só fica me olhando firmemente, como se estivesse dando um tempo para absorver as palavras.

— Eu sei disso.

— Ainda bem. — Concordo com a cabeça e volto a olhar para a tela de seu celular. — Ah, e esta?

A garota na tela é bronzeada e bonita, está com os joelhos flexionados e mandando um beijo para a câmera.

— Não gosto de cara de beijo. — Ele a desliza para fora da tela.

— É justo.

Uma garota com piercing no lábio e maquiagem escura nos olhos aparece no lugar dela. A bio diz: *Só metal, o tempo todo.*

— É metal demais — Alex diz, e a desliza para longe também.

A próxima é uma menina sorrindo com chapéu verde de Saint Patrick's Day e regata verde segurando uma cerveja verde. Ela tem seios grandes e um sorriso maior ainda.

— Ah, que bela garota irlandesa — brinco.

Alex a faz sumir sem comentários.

— Ei, qual era o problema com essa? — pergunto. — Ela era linda.

— Não é meu tipo.

— Tudo bem. Vamos em frente.

Ele rejeita uma alpinista, uma garçonete do Hooters, uma pintora e uma dançarina de hip-hop com um corpo que se compara com o do próprio Alex.

— Alex — comento —, estou começando a achar que o problema não está na bio, mas no biógrafo.

— Elas não são o meu tipo — ele explica. — E eu com certeza não sou o tipo delas.

— Como você sabe?

— Olhe — ele diz. — Esta é bonita.

— Ah, *não*, você está de brincadeira!

— Por quê? — ele pergunta. — Você não acha que ela é bonita?

A jovem loira sorri para mim detrás de uma mesa de mogno polida. Seu cabelo está preso em meio rabo de cavalo e ela usa um blazer azul-marinho. De acordo com sua bio, ela é artista gráfica e adora ioga, sol e cupcakes.

— Alex — digo. — Ela é a Sarah.

Ele recua.

— Essa garota não se parece nada com a Sarah.

Eu solto um grunhido.

— Eu não disse que ela se parece com a Sarah — embora se pareça. — Eu disse que ela *é* a Sarah.

— A Sarah é professora, não artista gráfica — Alex retruca. — Ela é mais alta do que essa garota e o cabelo dela é mais escuro, e a sobremesa favorita dela é cheesecake, não cupcakes.

— Elas se vestem exatamente do mesmo jeito. Sorriem exatamente do mesmo jeito. Por que todos os caras querem meninas que parecem esculpidas em sabão?

— Do que você está *falando*? — Alex pergunta.

— Olha só, você não teve nenhum interesse por aquelas garotas sexy e descoladas, aí vê essa aspirante a professora de jardim de infância e ela é a primeira pessoa que você ao menos considera. É tão... típico.

— Ela não é professora de jardim de infância — ele fala. — O que você tem contra essa garota?

— Nada! — respondo, mas não soa verdadeiro, nem para mim. Soa irritado. Abro a boca na esperança de amenizar um pouco minha reação, mas isso não acontece. — Não é a garota. São... são os *homens*. Vocês todos *acham* que querem uma dançarina de hip-hop sexy e independente, mas, quando essa pessoa aparece na sua frente, quando é uma pessoa real, ela é demais e vocês não se interessam, toda vez vão atrás da professora de jardim de infância bonitinha de gola alta.

— Por que você insiste em dizer que ela é professora de jardim de infância? — Alex levanta a voz.

— Porque ela é a Sarah — explodo.

— Eu não quero namorar a Sarah, tá bom? E a Sarah dá aula para o nono ano, não para o jardim de infância. E, *além disso* — ele continua, aproveitando o embalo —, você faz esse discurso todo, Poppy, mas garanto que, quando é você no Tinder, está sempre selecionando bombeiros, cirurgiões de pronto-socorro e skatistas profissionais, então não, eu não me sinto mal por me interessar por mulheres que parecem ser doces, e, para *você*, sim, talvez um pouco entediantes, porque parece não ter lhe ocorrido que talvez mulheres como você achem que *eu* sou entediante.

— O *cacete* — digo.

— O quê?

— Eu disse: o cacete! — repito. — Eu não acho você entediante, então todo o seu argumento desmoronou.

— Nós somos amigos — diz ele. — Você não se interessaria por mim no aplicativo.

— Eu me interessaria — respondo.

— Não se interessaria — ele discorda.

E esta é minha chance de deixar pra lá, mas ainda estou exaltada demais, irritada demais para deixá-lo pensar que está certo em relação a isso.

— Eu. Me. Interessaria.

— Bom, eu me interessaria por você também — ele replica, como se isso fosse algum argumento.

— Não diga uma coisa que não é verdade — alerto. — Eu não estaria usando um blazer nem sentada sorridente atrás de uma mesa.

Ele aperta os lábios. Os músculos de seu pescoço se movem quando ele engole.

— Tudo bem. Mostre.

Abro meu Tinder e lhe entrego o celular para ele ver a foto. Estou com um sorriso sonolento, fantasiada de alienígena em um vestido prateado e com pintura facial e antenas de alumínio presas com cola quente em minha tiara. Halloween, obviamente. Ou será que foi na festa de aniversário da Rachel com tema de *Arquivo X*?

Alex examina a foto seriamente, então desce a tela e lê minha bio. Depois de um minuto, ele me devolve o telefone e me encara.

— Eu me interessaria.

Todo o meu corpo começa a formigar com mil agulhinhas.

— Ah — digo, e então consigo soltar um sussurrado: — Tá bom.

— Parou de ficar brava comigo agora?

Tento dizer algo, mas minha língua parece muito pesada. Todo o meu corpo parece pesado, especialmente onde meu quadril está tocando o dele. Então, só confirmo com a cabeça.

Ainda bem que ele está com espasmo nas costas, penso. Caso contrário, não sei o que aconteceria a seguir.

Alex me examina por alguns segundos, depois pega seu laptop esquecido. Sua voz sai grossa.

— O que você quer assistir?

19

Seis verões atrás

ALEX E EU estávamos bem sem grana quando o resort em Vail, Colorado, me procurou para oferecer uma estadia grátis.

Até então, ainda nem sabíamos se a viagem ia acontecer.

Para começar, quando Guillermo terminou comigo por causa de uma nova hostess de seu restaurante (uma novinha magricela de olhos azuis que praticamente acabara de descer do avião de Nebraska) — seis semanas depois de eu ter me arriscado e mudado para o apartamento dele —, eu tive que me virar para encontrar um novo lugar para morar.

Tive que aceitar um apartamento acima da minha faixa de preço.

Tive que gastar com uma mudança pela segunda vez em dois meses.

Tive que comprar móveis novos para substituir as coisas de que eu havia me desfeito por serem desnecessárias, porque Gui já tinha versões melhores delas: sofá, colchão, mesa de cozinha de madeira. Ficamos com minha cômoda, porque a dele estava com a perna quebrada, e minha mesa de cabeceira, porque ele só tinha uma, mas, fora isso, praticamente tudo que mantivemos era dele.

O rompimento veio pouco depois de termos ido a Linfield no aniversário de minha mãe.

Por semanas antes disso, eu considerei se deveria alertar Gui sobre o que esperar.

Por exemplo, o ferro-velho estilo *Família Buscapé* que era nosso gramado da frente. Ou o Museu da Nossa Infância de minha mãe, como meus irmãos e eu chamávamos a casa em si. Os petiscos assados que minha mãe empilhava pela cozinha o tempo todo em que estávamos lá, muitas vezes com uma cobertura tão espessa e doce que fazia os não Wright tossirem quando comiam, ou o fato de que nossa garagem era abarrotada de coisas como fita adesiva usada só uma vez que meu pai tinha certeza de que poderia reaproveitar para alguma outra coisa. Ou o fato de se esperar que participássemos de um jogo de tabuleiro que nós havíamos inventado quando crianças inspirado em *O ataque dos tomates assassinos*, que levava dias para terminar.

Ou o fato de que meus pais haviam recentemente adotado três gatos idosos, um dos quais era incontinente a ponto de ter que usar fralda.

Ou o de que havia uma boa chance de ele ouvir meus pais transando, porque nossa casa tinha paredes finas e, conforme já dito, os Wright são uma família barulhenta.

Ou o de que haveria um Show de Novos Talentos no final do fim de semana, em que todos deveriam apresentar alguma nova proeza que tivessem começado a aprender no início da visita.

(Na última vez em que estive em casa, o talento de Prince tinha sido pedir que falássemos o nome de qualquer filme e tentar conectá-lo a Keanu Reeves com até seis graus de separação.)

Portanto, eu definitivamente deveria ter alertado Guillermo sobre o que ele ia encontrar, mas teria me sentido uma traidora. Como se eu estivesse dizendo que havia alguma coisa errada com eles. E, claro, eles eram barulhentos e bagunceiros, mas também eram incríveis, gentis e divertidos, e eu me odiava só de *pensar* em me sentir constrangida por causa deles.

Gui iria adorá-los, eu disse a mim mesma. Gui me amava, e essas eram as pessoas que tinham me feito.

No final de nossa primeira noite lá, nós nos fechamos em meu quarto de infância e ele disse:

— Acho que agora entendo você melhor do que nunca.

A voz dele era terna e afetuosa como sempre, mas, em vez de amor, soava como compaixão.

— Eu entendo por que você teve que fugir para Nova York — falou. — Devia ser tão difícil para você aqui.

Meu estômago revirou e meu coração se apertou dolorosamente, mas eu não o corrigi. Novamente, só odiei a mim mesma por me sentir envergonhada.

Porque eu *tinha* fugido para Nova York, mas não de minha família, e, se eu os havia mantido separados do resto de minha vida, era só para protegê-los de julgamentos, e para me proteger dessa conhecida sensação de rejeição.

O restante da viagem foi incômodo. Gui era gentil com minha família — ele sempre era gentil —, mas depois disso eu via cada interação com eles por uma lente de condescendência e pena.

Tentei esquecer que a viagem tinha acontecido. Nós éramos felizes juntos em nossa *vida real*, em Nova York. E daí se ele não compreendia minha família? Ele me amava.

Algumas semanas depois, fomos a um jantar na casa de fachada de pedras marrons de um amigo dele, alguém que ele conhecia do colégio interno, um cara com um fundo fiduciário e um quadro de Damien Hirst pendurado na parede sobre a mesa da sala de jantar. Eu soube disso, e nunca ia me esquecer, porque, quando alguém disse esse nome sem que estivesse relacionado ao quadro, eu perguntei: "Quem?", e todos riram.

Eles não estavam rindo de mim; eles realmente acharam que eu estava fazendo uma brincadeira.

Quatro dias depois disso, Guillermo terminou nosso relacionamento.

— Nós somos muito diferentes — ele disse. — Fomos levados pela química que existe entre nós, mas no longo prazo queremos coisas diferentes.

Não estou dizendo que ele me largou por eu não saber quem era Damien Hirst. Mas também não estou *não* dizendo isso.

Quando saí do apartamento, roubei uma de suas facas de cozinha caras.

Poderia ter levado todas, mas minha vingancinha foi imaginá-lo procurando pela faca por toda parte, tentando lembrar se a havia levado a algum jantar ou se ela havia caído na fresta entre sua enorme geladeira e a ilha da cozinha.

Sinceramente, eu queria que a faca o assombrasse.

Não de um jeito minha-ex-vai-virar-Glenn-Close-em-*Atração-fatal*, mas de um jeito alguma-coisa-nessa-faca-desaparecida-parece-sugerir--uma-grande-metáfora-e-eu-não-consigo-entender-o-quê.

Comecei a me sentir culpada depois de uma semana em meu novo apartamento — depois que parei de chorar — e pensei em mandar a faca de volta para ele pelo correio, mas achei que talvez isso passasse a mensagem errada. Imaginei Gui indo à delegacia com o pacote e decidi que era melhor deixar que ele comprasse uma faca nova.

Pensei em vender a faca roubada na internet, mas tive receio de que o comprador anônimo acabasse sendo ele, então fiquei com ela e voltei às minhas lágrimas até que parassem umas três semanas depois.

O fato é que rompimentos são uma droga. Rompimentos entre pessoas que moram juntas em cidades caras são uma droga um pouco maior, e eu não sabia se conseguiria pagar uma viagem de verão esse ano.

E havia também a questão de Sarah Torval.

A adorável, esguia, mas atlética, de cara limpa e delineador marrom Sarah Torval.

DE FÉRIAS COM VOCÊ

Que Alex está namorando sério há nove meses. Depois de seu primeiro encontro casual, quando Alex foi visitar amigos em Chicago, as trocas de mensagens rapidamente evoluíram para telefonemas, e então para outra visita. Depois disso, o relacionamento ficou sério depressa, e, após seis meses de namoro a distância, ela conseguiu um emprego como professora e se mudou para Indiana para ficarem juntos enquanto ele terminava o mestrado. Ela está disposta a ficar lá enquanto ele avança para o doutorado, e provavelmente o seguirá para onde ele for depois.

O que me deixaria feliz se não fosse minha crescente desconfiança de que ela me odeia.

Sempre que ela posta fotos segurando a sobrinha recém-nascida de Alex com legendas como *momento em família*, ou *pacotinho de amor*, eu curto a postagem e comento, mas ela se recusa a me seguir de volta. Eu até deixei de segui-la e voltei a seguir logo depois, para o caso de ela não ter me notado da primeira vez.

— Acho que ela não se sente muito bem com a viagem — Alex admite em um de nossos (agora menos constantes e mais distanciados) telefonemas. Tenho quase certeza de que ele só me liga do carro, quando está indo ou voltando da academia. Tenho vontade de dizer que ele me ligar só quando ela não está com ele provavelmente não ajuda muito.

Mas a verdade é que eu não quero conversar com ele quando tem alguém por perto, portanto é isto que nossa amizade se tornou. Telefonemas de quinze minutos a cada duas semanas, sem trocas de mensagens, quase nenhum e-mail, a não ser uma mensagem curta às vezes com uma foto da pequenina gata preta que ele encontrou nas lixeiras atrás de seu prédio.

Ela parece um filhote, mas, de acordo com o veterinário, é adulta, só pequena. Ele me manda fotos dela dentro de sapatos, bonés e vasilhas, sempre escrevendo que é *para dar ideia do tamanho*, mas eu sei que ele simplesmente acha lindo tudo o que ela faz. E, sim, é fofo gatos gostarem de ficar dentro de coisas... mas é ainda mais fofo Alex não conseguir parar de tirar fotos dela.

Ele ainda não escolheu um nome; está indo com calma. Ele diz que não parece certo dar um nome a uma criatura adulta sem conhecê-la primeiro, então por enquanto ele a chama de *gata* ou *pequenina* ou *amiguinha*.

Sarah quer chamá-la de Sadie, mas Alex acha que não combina, então está aguardando. A gata é a única coisa de que falamos ultimamente. Fico surpresa por Alex ser direto a ponto de me contar que Sarah não se sente bem com a Viagem de Verão.

— Claro — eu lhe digo. — Eu também não me sentiria. — Não a culpo de forma alguma. Se meu namorado tivesse uma amizade com uma garota como Alex tem comigo, eu ia acabar no *Papel de parede amarelo*.

Eu não acreditaria de jeito nenhum que fosse totalmente platônico. Especialmente já tendo estado nessa amizade por tempo suficiente para aceitar aqueles cinco (a quinze) por cento de "e se" como parte do trato.

— Então, o que a gente faz? — ele pergunta.

— Não sei — respondo, tentando não parecer muito triste. — Você quer convidá-la?

Ele ficou em silêncio por um minuto.

— Não acho que seja uma boa ideia.

— Certo... — E então, depois da maior pausa da vida, eu digo: — Vamos... cancelar?

Alex suspira. Ele deve estar falando no viva-voz, porque eu ouço o som da seta do carro.

— Não sei, Poppy. Não tenho certeza.

— É. Nem eu.

Ficamos ao telefone, mas nenhum de nós diz mais nada pelo resto do trajeto.

— Cheguei em casa — ele diz, por fim. — Vamos falar sobre isso de novo daqui a umas semanas. As coisas podem mudar até lá.

Que coisas?, tenho vontade de perguntar, mas não falo nada, porque, quando o seu melhor amigo é namorado de outra pessoa, os limites entre o que se pode ou não dizer ficam bem mais rígidos.

Passo a noite inteira depois de nosso telefonema pensando: *Ele vai terminar com ela? Ela vai terminar com ele?*

Ele vai tentar conversar com ela?

Ele vai terminar comigo?

Quando recebo a oferta de uma estadia grátis no resort em Vail, envio para ele a primeira mensagem de texto em meses: Oi! Ligue para mim quando puder!

Às cinco e meia da manhã seguinte, o toque do meu celular me acorda. Vejo no escuro o nome dele na tela, pego depressa para atender e ouço de novo o ritmo da seta do carro. Ele está a caminho da academia.

— O que foi? — ele pergunta.

— Estou morta — gemo.

— O que mais?

— Colorado — digo. — Vail.

20

Neste verão

ACORDO AO LADO de Alex. Ele insistiu que a cama no Airbnb de Nikolai era bem grande, que nenhum de nós precisava arriscar outra noite no sofá-cama, mas, quando chega a manhã, estamos os dois no meio do colchão.

Estou deitada sobre meu lado direito, de frente para Alex. Ele está sobre seu lado esquerdo, de frente para mim. Há quinze centímetros entre nós, só que minha perna esquerda está largada sobre ele, minha coxa encaixada sobre seu quadril e a mão dele sobre ela.

O apartamento está infernalmente quente e estamos ambos molhados de suor.

Preciso me soltar dele antes que Alex acorde, mas a parte absurda de meu cérebro quer ficar assim, relembrando o olhar que ele me deu, o jeito como a voz dele soou ontem à noite quando ele avaliou meu perfil e disse: "Eu me interessaria".

Como um desafio.

Se bem que ele estava sob efeito de relaxantes musculares naquela hora.

Hoje, se ele ainda se lembrar, com certeza vai estar arrependido e envergonhado.

Ou talvez se lembre de estar sentado ao meu lado pela duração de um documentário notavelmente sem graça sobre a banda Kinks e se sentindo como um fio desencapado, soltando faíscas cada vez que nossos braços roçavam.

— Você costuma dormir durante esses — ele comentou com um sorriso manso, batendo a perna na minha, mas, quando me fitou, seus olhos cor de avelã pareciam parte de uma expressão totalmente diferente, penetrante e até um pouco faminta.

Eu dei de ombros, disse algo como "Não estou cansada" e tentei me concentrar no filme. O tempo se arrastava, cada segundo ao lado dele me atingindo com nova intensidade, como se tivéssemos acabado de nos tocar, de novo, de novo e de novo por quase duas horas.

Era cedo quando o filme terminou, então começamos a ver outro documentário chato e superficial, só um ruído de fundo para parecer que não havia problema em andarmos sobre essa linha.

Pelo menos eu tinha quase certeza de era isso que estávamos fazendo.

O modo como a mão dele está espalmada sobre minha coxa agora faz com que eu sinta outro arrepio de desejo. Uma parte muito insensata de mim quer se aconchegar mais, até estarmos nos tocando por inteiro, e esperar para ver o que acontece quando ele acordar.

Todas aquelas lembranças da Croácia borbulham para a superfície da minha mente, enviando sinais desesperados pelo meu corpo.

Eu puxo a perna de cima dele e sua mão me aperta por reflexo, relaxando quando eu saio completamente de debaixo dela. Rolo para longe e me sento no momento que Alex está acordando, seus olhos se abrindo em frestas sonolentas, o cabelo todo alvoroçado do travesseiro.

— Oi — ele diz, rouco.

Minha voz sai grossa.

— Como você dormiu?

— Bem, acho — ele responde. — E você?

— Bem. Como estão suas costas?

— Vou saber agora. — Lentamente, ele ergue o corpo e se vira para deslizar as pernas longas para fora da cama, depois se levanta com cautela. — Muito melhor.

Ele está com uma ereção enorme e parece perceber na mesma hora que eu. Ele enlaça as mãos na frente do corpo e olha em volta, apertando os olhos.

— Não estava tão quente assim quando a gente foi dormir.

Provavelmente ele está certo, mas não tenho nenhuma lembrança de quão quente estava ontem à noite.

Eu não estava pensando claramente para processar o calor.

Hoje não pode seguir o mesmo rumo de ontem.

Chega de ficar dentro do apartamento. Chega de ficar sentados juntos na cama. Chega de falar de Tinder. Chega de dormir juntos e eu quase subir em cima dele enquanto estava inconsciente.

Amanhã vão começar as festividades do casamento de David e Tham (despedida de solteiro, jantar de ensaio, cerimônia de casamento). Hoje, Alex e eu precisamos ter uma cota suficiente de diversão leve e sem problemas para que, quando chegarmos em casa, ele não precise dar um tempo de mim por mais dois anos.

— Vou ligar para o Nikolai e falar do ar-condicionado de novo — digo. — Mas é melhor a gente se apressar. Temos muitas coisas pra fazer.

Alex sobe a mão pela testa e pelo cabelo.

— Dá tempo de eu tomar um banho?

Meu coração dá um pulo rápido, e, em um piscar de olhos, estou me imaginando no chuveiro com ele.

— Se quiser — consigo falar. — Mas você *vai* estar encharcado de suor outra vez em segundos.

Ele dá de ombros.

— Acho que não consigo sair do apartamento me sentindo tão sujo.

— Você já esteve mais sujo que isso — brinco, porque esqueci meu filtro, defeituoso por natureza.

— Só na sua frente — ele fala, e mexe no meu cabelo enquanto passa por mim para entrar no banheiro.

Minhas pernas parecem gelatina enquanto fico ali parada em pé esperando o som do chuveiro. Só depois disso eu me sinto capaz de me mover de novo, e minha primeira parada é o termostato.

Trinta?!

Trinta malditos graus neste apartamento, e o termostato tinha sido regulado para vinte e cinco a noite passada. Podemos decretar oficialmente que o ar-condicionado está quebrado.

Vou até a varanda e ligo para Nikolai, mas ele me manda para a caixa postal no terceiro toque. Deixo outra mensagem, esta um pouco mais irritada, seguida por um e-mail e uma mensagem de texto, antes de entrar para procurar a roupa mais leve que eu tiver trazido.

Um vestido de algodão tão frouxo que fica parecendo um saco de papel.

A água para no banheiro e Alex *não* comete o erro de ficar de toalha desta vez. Ele sai totalmente vestido, cabelo penteado para trás e gotinhas de água ainda visíveis (sensualmente, eu poderia acrescentar) em sua testa e pescoço.

— Então — ele fala —, em que você pensou pra hoje?

— Surpresas — respondo. — Muitas. — Tento fazer um gesto dramático de jogar a chave do carro para ele. Ela cai no chão meio metro antes do alvo. Ele olha para a chave.

— Uau — diz ele. — Isso foi... uma das surpresas?

— Sim — respondo. — Foi, sim. Mas as outras são melhores, então pegue a chave e vamos lá.

Ele torce a boca.

— Eu acho que...

— Ah é! Suas costas! — Apresso-me para pegar a chave e a entrego como um ser humano adulto normal faria.

Quando saímos para o corredor externo do Rosa do Deserto, Alex diz:

— Pelo menos não é *só* o nosso apartamento que parece as glândulas anais de Satanás.

— Ah, sim, é muito melhor a cidade inteira ser este calor dos infernos.

— Com todas as pessoas ricas que passam férias aqui, seria de imaginar que elas teriam dinheiro para pôr ar-condicionado na cidade toda.

— Primeira parada: prefeitura, para defender essa ideia fodástica.

— Já pensou na possibilidade de construir uma *redoma*, digníssima vereadora? — ele diz ironicamente enquanto descemos os degraus.

— Ei, aquele cara fez isso naquele livro do Stephen King.

— Provavelmente vou deixar isso fora do discurso.

— Eu tenho boas ideias. — Tento de novo fazer para ele a cara de cachorrinho enquanto atravessamos o estacionamento, mas ele ri e afasta meu rosto.

— Você não é boa nisso.

— Sua reação enérgica sugere o contrário.

— Juro que parece que você está cagando.

— Essa não é a minha cara de cagar — protesto. — É esta. — Faço uma pose de Marilyn Monroe, pernas abertas, uma das mãos sobre a coxa, a outra cobrindo a boca aberta.

— Essa é boa — ele fala. — Você deveria pôr essa no seu blog. — Rapidamente, furtivamente, ele pega o celular e tira uma foto.

— Ei!

— Talvez um fabricante de papel higiênico patrocine você — ele sugere.

— Não seria nada mau — reconheço. — Gostei do seu raciocínio.

— Eu tenho boas ideias — ele me imita, e destrava a porta para mim, depois dá a volta até o lado do motorista enquanto eu entro e dou uma aspirada profunda no cheiro impregnado de maconha.

— Obrigada por nunca me fazer dirigir — digo conforme ele entra, chia ao sentir o banco quente e afivela o cinto de segurança.

— Obrigado por detestar dirigir e me dar algum grau de controle sobre minha vida neste vasto e imprevisível universo.

Eu pisco para ele.

— De nada.

Ele ri.

Estranhamente, ele parece mais relaxado do que tem estado nesta viagem. Ou talvez seja só porque estou sendo mais insistentemente normal e tagarela e essa realmente fosse a chave para uma bem-sucedida viagem de verão dos velhos tempos de Poppy e Alex.

— Você vai me contar para onde vamos ou eu sigo a direção do sol e vou em frente?

— Nenhuma das duas coisas — respondo. — Vou orientando.

Mesmo dirigindo em alta velocidade com todas as janelas abertas, é como se estivéssemos diante de uma fornalha aberta, as rajadas quentes passando por nosso cabelo e roupas. O calor de hoje faz o de ontem parecer o primeiro dia de primavera.

Vamos passar *muito* tempo ao ar livre, e eu não posso esquecer de comprar garrafas de água enormes na primeira oportunidade que tivermos.

— Próxima à esquerda — instruo, e, quando a placa aparece à frente, eu grito — Tcharam!

— The Living Desert zoológico e jardim botânico — Alex lê.

— Um dos dez melhores zoológicos do mundo — informo.

— Bom, *nós* vamos dizer se é mesmo — ele responde.

— É, e, se eles acham que vamos pegar leve só porque estamos delirando de insolação, é melhor pensarem duas vezes.

— Mas se eles venderem milk-shakes pode ser que eu deixe uma avaliação geral positiva — Alex diz, rápido e baixo, e desliga o carro.

— Sim, nós não somos monstros.

E não somos muito fãs de zoológicos, mas este lugar é especializado em animais nativos do deserto, e eles fazem reabilitação com o objetivo de soltar os bichos em seu ambiente natural.

Além disso, eles nos deixam dar comida para as girafas.

Não conto isso a Alex porque quero que seja uma surpresa. Embora, em seu coração, ele seja um protótipo jovem e sexy da louca dos gatos, ele adora animais em geral, então espero que tudo corra bem.

A alimentação das girafas acontece até as onze e meia da manhã, então calculo que temos tempo para andar à toa antes que eu precise descobrir onde estão as girafas, e, se dermos de cara com elas por acaso, melhor ainda.

Alex ainda precisa ter cuidado com as costas, por isso andamos devagar, passeando de uma exposição informativa de répteis para outra sobre aves, na qual Alex se inclina para mim e sussurra:

— Acho que acabei de decidir que tenho medo de aves.

— É bom encontrar novos hobbies! — sussurro de volta. — Significa que você não ficou estagnado.

O riso dele é discreto, mas não reprimido, e reverbera em meu braço de uma maneira que me deixa tonta. Claro que também pode ser por causa do calor.

Depois da exposição de aves, nós nos dirigimos à área da fazendinha, onde ficamos no meio de uma turma de crianças de cinco anos e usamos escovas especiais para pentear cabras anãs nigerianas.

— Eu li *macabras* na placa, em vez de *cabras*, e agora estou decepcionado — Alex diz, baixinho. Ele reforça as palavras com a expressão do rosto.

— É tão difícil encontrar boas exposições macabras nos dias de hoje — comento.

— Pura verdade — ele concorda.

— Lembra do nosso guia no tour de cemitérios em New Orleans? Ele nos odiou.

— Hum — diz Alex, de uma maneira que sugere que ele *não* se lembra, e meu estômago, que está dando cambalhotas o dia todo, bate em uma parede e murcha. Eu quero que ele se lembre. Quero que todos os momentos importem para ele tanto quanto para mim. Mas, se isso não acontece com os momentos antigos, quem sabe seja assim nesta viagem. Estou determinada a torná-la memorável.

Na fazendinha, encontramos algumas outras espécies africanas, entre elas alguns burros anões.

— Tem muitas coisas pequenas no deserto — digo.

— Talvez você devesse se mudar para cá — Alex provoca.

— Você só está tentando me tirar de Nova York para poder se mudar para lá e ficar com meu apartamento.

— Não seja ridícula. Eu não tenho como pagar por aquele apartamento.

Depois da fazendinha, procuramos milk-shakes, e Alex pede um de baunilha, apesar de todas as minhas súplicas desesperadas.

— Baunilha nem é um sabor.

— Claro que é — Alex insiste. — É o sabor dos grãos de baunilha, Poppy.

— É como se você estivesse bebendo creme de leite gelado.

Ele pensa por um segundo.

— Eu experimentaria isso.

— Pelo menos peça de chocolate — falo.

— Peça você de chocolate.

— Não posso. Vou pedir de morango.

— Está vendo? — diz Alex. — É como eu falei ontem à noite. Você me acha um tédio.

— Eu acho milk-shake de baunilha um tédio — corrijo. — *Você* só é mal orientado.

— Tome. — Alex estende seu copo de papel para mim. — Quer um gole?

Solto um suspiro.

— Quero. — Eu me inclino para a frente e tomo um gole. Ele arqueia a sobrancelha à espera da reação. — É *decente*.

Ele ri.

— É, admito que não está tão bom. Mas isso não é culpa do Sabor Baunilha.

Depois de terminarmos nossos milk-shakes e descartarmos os copos, decido que deveríamos ir ao Carrossel das Espécies Ameaçadas.

Mas, quando chegamos lá, descobrimos que está fechado por causa do calor.

— O aquecimento global está mesmo sendo cruel com as espécies ameaçadas — Alex comenta. Ele leva o antebraço à testa para limpar o suor.

— Quer água? — pergunto. — Você não parece muito bem.

— É — ele responde. — Acho que sim.

Compramos garrafas de água e nos sentamos em um banco na sombra. Mas, depois de alguns goles, Alex parece ainda pior.

— Merda. Estou tonto. — Ele se curva sobre os joelhos e baixa a cabeça.

— Quer que eu traga alguma coisa? — pergunto. — Será que você precisa de comida de verdade?

— Pode ser — ele concorda.

— Fique aqui e eu vou trazer, sei lá, um sanduíche, tudo bem?

Eu sei que ele deve estar se sentindo péssimo porque nem discute. Volto ao último café pelo qual passamos. Há uma longa fila agora, é quase hora do almoço.

Dou uma olhada em meu celular. Onze e três. Resta menos de meia hora para alimentar as girafas.

Fico dez minutos na fila para comprar o sanduíche pronto de peru, depois corro de volta e encontro Alex sentado onde o deixei, com a cabeça apoiada nas mãos.

— Ei — digo, e ele levanta os olhos vidrados para mim. — Está melhor?

— Não sei. — Ele pega o sanduíche e o desembrulha. — Quer um pouco?

Ele me dá metade e eu dou umas mordidas, fazendo o possível para não apressá-lo enquanto ele mastiga lentamente sua metade. Às onze e vinte e dois, eu pergunto:

— Está ajudando?

— Acho que sim. Estou menos tonto, pelo menos.

— Acha que consegue andar?

— Nós estamos... com pressa? — ele pergunta.

— Não, claro que não. É que tem uma coisa. A sua surpresa. Está quase na hora de encerrar.

Ele concorda com a cabeça, mas parece indisposto, então fico dividida entre pressioná-lo para ir ou insistir que fique sentado.

— Estou bem — ele fala, levantando-se. — Só preciso me lembrar de beber mais água.

Chegamos às girafas às onze e trinta e cinco.

— Sinto muito — uma funcionária adolescente me diz. — A alimentação das girafas já terminou por hoje.

Conforme ela se afasta, Alex me olha com ar abatido.

— Desculpe, Poppy. Espero que você não esteja muito chateada.

— Claro que não — garanto. Eu não me importo com a alimentação das girafas (pelo menos não muito). Eu me importo com o fato de fazer esta viagem ser *boa*. Para provar que devemos continuar viajando juntos. Que podemos recuperar nossa amizade.

É por isso que estou desapontada. Porque é o primeiro fracasso do dia.

Meu celular zumbe com uma mensagem e, pelo menos, é uma boa notícia.

Nikolai escreve: Recebi todas as sua [*sic*] mensagens. Vou ver o que posso fazer.

Certo, escrevo de volta. Dê notícias.

— Venha — digo. — Vamos para algum lugar com ar-condicionado até nossa próxima parada.

21

Seis verões atrás

NÃO SEI COMO Alex conseguiu fazer Sarah concordar com a viagem para Vail, mas foi o que aconteceu.

Perguntar o que ele fez para conseguir me parece perigoso. Há coisas sobre as quais evitamos conversar atualmente, para ser sincera, e Alex é cuidadoso para não contar nada que possa constranger Sarah.

Nada é dito sobre ciúme. Talvez *não* seja ciúme. Talvez seja por alguma outra razão que ela inicialmente não tenha gostado da ideia da viagem. Mas ela mudou de opinião, e a viagem está de pé, e, uma vez que Alex e eu estamos juntos, eu paro de me preocupar com isso. As coisas parecem normais entre nós outra vez, aqueles quinze por cento de "e se" encolhidos novamente para administráveis dois por cento.

Alugamos bicicletas e pedalamos pelas ruas de paralelepípedo, pegamos um teleférico para subir a montanha e posamos para fotos com o vasto céu azul atrás de nós, o vento soprando o cabelo em nossos rostos risonhos. Sentamo-nos em restaurantes ao ar livre para tomar chá verde gelado ou café durante as manhãs, antes de ficar muito quente, fazemos longas caminhadas nas trilhas da montanha durante o dia com o moletom amarrado na cintura e acabamos em outros restaurantes ao ar livre, bebendo vinho tinto e dividindo três porções de fritas com alho picado e parmesão recém-ralado. Continuamos sentados do lado de fora até ficarmos arrepiados e tremendo de frio e então, vestimos o moletom e eu dobro os joelhos para junto do peito por dentro dele. Toda vez que faço isso, Alex se inclina e puxa o capuz para minha cabeça, puxando os cordões tão apertado que só o meio de meu rosto fica visível, com a maior parte dele bloqueada por mechas de cabelo loiro embaraçado pelo vento.

— Bonitinha — ele diz, sorrindo, na primeira vez que faz isso, mas o tom é quase de irmão.

Uma noite, há uma banda ao vivo tocando sucessos de Van Morrison enquanto jantamos ao ar livre sob feixes de globos de iluminação que me fazem lembrar da noite em que nos conhecemos, no primeiro ano da faculdade. Seguimos casais mais velhos para a pista de dança, de mãos dadas. Dançamos como fizemos em New Orleans, desajeitados e fora do ritmo, mas rindo, felizes.

Agora que aquilo está no passado, posso admitir que as coisas foram diferentes naquela noite.

Na mágica da cidade e sua música, cheiros e luzes, eu senti algo que nunca havia sentido com ele. Mais assustador ainda, eu soube, pelo jeito como Alex me olhava nos olhos, deslizava a mão pelo meu braço, encostava o rosto no meu, que ele também sentiu.

Mas agora, dançando ao som de "Brown Eyed Girl", não há mais aquele calor em seu toque. E eu estou feliz com isso, porque não quero perder o que temos.

Prefiro ter um pouquinho dele para sempre a tê-lo por inteiro por apenas um momento e saber que teria que abdicar de tudo quando terminasse. Eu não poderia jamais perder Alex. Não poderia. Então, isto é bom, esta dança pacífica e sem faíscas. Esta viagem sem faíscas.

Alex telefona para Sarah duas vezes por dia, de manhã e à noite, mas nunca na minha frente. De manhã eles conversam enquanto ele corre, antes de eu nem sequer ter saído da cama, e na volta ele me acorda com café e um doce da cafeteria do resort. À noite, vai para a varanda falar com ela e fecha a porta.

— Eu não quero que você faça piada com a minha voz ao telefone — ele fala.

— Meu Deus, eu sou uma ridícula — digo, e, apesar de ele rir, eu me sinto mal. Fazer provocações sempre foi uma parte importante de nossa dinâmica e é uma coisa nossa. Mas agora há coisas que ele não faz na minha frente, partes dele que ele não confia a mim, e eu não gosto dessa sensação.

Quando ele volta da corrida e do telefonema matinal no dia seguinte, eu me sento sonolenta para pegar o café e o croissant que ele me oferece e afirmo:

— Alex Nilsen, se é que isso importa, eu tenho certeza que a sua voz ao telefone é maravilhosa.

Ele enrubesce e coça atrás da cabeça.

— Não é.

— Aposto que você é quente, amanteigado, doce e perfeito.

— Você está falando comigo ou com o croissant? — ele pergunta.

— Eu te amo, croissant — digo, pego um pedaço e o coloco na boca. Ele fica ali de pé, com as mãos nos bolsos, sorrindo, e meu coração se aquece de olhar para ele. — Mas estou falando de você.

— Você é um doce, Poppy. E amanteigada, e perfeita, e o que for. Mesmo assim, prefiro falar ao telefone sozinho.

— Entendido — respondo, concordando com a cabeça, e estendo meu croissant para ele. Ele pega um pedacinho minúsculo e põe na boca.

Mais tarde naquele dia, quando estamos sentados almoçando, uma ideia brilhante me ocorre.

— Lita! — grito, aparentemente do nada.

— Saúde? — diz Alex.

— Você se lembra da Lita? Ela estava morando naquela casinha em Tofino. Com o Buck?

Alex estreita os olhos.

— É aquela que tentou pôr a mão dentro da minha calça enquanto fazia um "tour" comigo?

— Hum, primeiro, você não me contou que isso tinha acontecido, segundo, não é ela. Ela estava comigo e com o Buck. Ia embora logo, lembra? Para *Vail*, para ser guia de rafting!

— Ah. Sim. É verdade.

— Será que ela ainda está aqui?

Ele aperta os olhos.

— Neste plano terreno? Não tenho certeza se alguma daquelas pessoas está.

— Eu tenho o telefone do Buck — digo.

— Você tem? — Alex me julga com o olhar.

— Eu nunca *usei* — respondo. — Mas tenho. Vou mandar uma mensagem e ver se ele tem o telefone da Lita.

Oi, Buck!, escrevo. Não sei se você se lembra de mim. Você fez um transporte de táxi aquático para mim e meu amigo Alex até as fontes termais uns cinco anos atrás, um pouco antes da sua amiga Lita se mudar para o Colorado. Então, eu estou em Vail agora e queria saber se ela ainda está aqui! Espero que você esteja bem e que Tofino ainda seja o lugar mais bonito de todo este planeta.

Quando terminamos de comer, já tenho uma resposta de Buck.

Caramba, garota, diz ele. É a pequena e sexy Poppy? Você demorou para usar meu número, hein? Acho que eu não devia ter posto você para fora do meu quarto.

DE FÉRIAS COM VOCÊ

Dou uma gargalhada e Alex se inclina sobre a mesa para ler a mensagem de cabeça para baixo. Ele revira os olhos.

— Sério, cara? — ele ironiza.

Não, não, tudo bem sobre isso, eu escrevo. Foi uma noite ótima. Nós nos divertimos muito.

Legal, ele diz. Faz anos que eu não falo com a Lita, mas mando o contato dela se vc quiser.

Ah, eu quero sim, respondo.

Se um dia vc voltar para a ilha, vai me avisar?, ele pergunta.

É óbvio, digo. Não tenho a menor ideia de como dirigir um táxi aquático. Vou precisar de você!

Haha, vc é doidinha, adoro isso.

Até a noite, já temos um passeio de rafting marcado com Lita, que *não* se lembra de nós, mas garante ao telefone que tem certeza de que nos divertimos muito juntos.

— Para ser sincera, eu estava mergulhada de cabeça nas drogas naquela época — diz ela. — Eu *sempre* me divertia muito e não me lembro de quase nada.

Alex, ao ouvir isso, faz uma expressão que se traduz como ansiedade acompanhada de perguntas não respondidas. Eu sei exatamente o que ele quer que eu descubra.

— Então — começo, tão casualmente quanto consigo —, você continua... usando... drogas?

— Sóbria há três anos, mana — ela responde. — Mas, se você estiver atrás de comprar alguma coisa, posso dar o telefone do meu antigo fornecedor.

— Não, não — eu falo. Tudo bem. Nós vamos ficar só... com o que... trouxemos... de casa.

Alex sacode a cabeça, chocado.

— Tudo bem, então. Vejo vocês dois amanhã cedo.

Quando desligo, Alex diz:

— Você acha que o Buck estava chapado quando dirigiu nosso táxi aquático?

Dou de ombros.

— Nós nunca *nem* descobrimos o que ele estava discursando. Talvez ele achasse que Jim Morrison estava pairando na água na frente dele.

— Fico feliz por ainda estarmos vivos — diz Alex.

Na manhã seguinte, nós nos encontramos com Lita no centro de rafting e ela está quase exatamente como eu me lembro, mas com uma tatuagem de aliança e uma barriguinha de grávida.

— Quatro meses. — Ela passa as mãos na barriga.

— E... é seguro? Fazer isso? — Alex pergunta.

— Deu tudo certo com o bebê número um — Lita nos garante. — Sabia que na Noruega eles põem os bebês para dormir fora de casa?

— Ah... tá — diz Alex.

— Eu *adoraria* ir para a Noruega — comento.

— Ah, você *tem* que ir! — ela fala. — A irmã gêmea da minha esposa mora lá. Ela se casou com um norueguês. A Gail às vezes fala que vai se divorciar de mim e pagar para dois noruegueses gente boa se casarem com a gente, assim nós conseguimos a cidadania e podemos mudar para lá. Pode me chamar de antiquada, mas eu não acho legal *pagar* pelo meu casamento falso.

— Acho que você vai ter que sobreviver com férias na Noruega, então — falo.

— Acho que sim.

Por excesso de cautela, escolhemos fazer a rota de iniciantes, e logo descobrimos que isso significa que nosso "passeio de rafting" consiste basicamente em tomar sol e flutuar com a corrente, estendendo os remos para nos afastarmos de pedras quando chegamos perto demais e remando mais rápido quando aparece alguma corredeira.

Lita, na verdade, lembra muito mais do que admitiu sobre Buck e as outras pessoas com quem ela morou na casa em Tofino, e nos entretém com histórias de pessoas pulando do telhado para uma cama elástica e, bêbadas, fazendo tatuagens umas nas outras com agulhas e tinta vermelha.

— Só que tem gente que é alérgica a tinta vermelha — ela completa.

— Quem poderia saber?

Cada história que ela conta é mais absurda do que a anterior, e, na hora que puxamos o bote para a margem no final do trajeto, minha barriga está doendo de tanto rir.

Ela enxuga lágrimas de riso dos cantos dos olhos com ruguinhas que começaram a aparecer e solta um suspiro satisfeito.

— Eu posso rir porque sobrevivi àquilo. Fico feliz de saber que o Buck também. — Ela esfrega a barriga. — Fico tão feliz cada vez que descubro como o mundo é pequeno, sabe? Nós estávamos naquele lugar ao mesmo tempo e agora estamos aqui. Em pontos diferentes de nossas vidas, mas ainda conectados. Como um entrelaçamento quântico ou coisa do tipo.

— Eu penso nisso toda vez que estou em um aeroporto — falo para ela. — É um dos motivos de eu gostar tanto de viajar. — Hesito, procurando uma forma de despejar em palavras concretas esse pensamento que está há tanto tempo de molho dentro de mim. — Quando criança, eu era solitária — explico —, e sempre achei que, depois que crescesse, ia sair da minha cidade natal e descobrir outras pessoas como eu em outros lugares. E isso aconteceu, sabe? Mas todo mundo se sente sozinho às vezes, e, sempre que isso acontece, eu compro uma passagem de avião e vou para o aeroporto, e... não sei. Não me sinto mais sozinha. Porque, seja lá o que for que torna essas pessoas diferentes, todas estão tentando chegar a algum lugar, esperando para encontrar alguém.

Alex me lança um olhar estranho cujo significado não consigo interpretar.

— Ah, merda — diz Lita. — Você vai me fazer chorar. Esses malditos hormônios da gravidez. Eu reajo pior a eles do que reagia à ayahuasca.

Ao nos despedirmos, Lita puxa cada um de nós para um longo abraço.

— Se você um dia for para Nova York... — digo.

— Se um dia vocês resolverem fazer um trajeto de rafting *de verdade* — ela responde com uma piscadinha.

Após vários minutos de silêncio em nossa viagem de volta ao resort, com rugas de preocupação entre as sobrancelhas, Alex diz:

— Eu detesto pensar em você se sentindo solitária.

Devo ter parecido confusa, porque ele esclarece:

— Aquela coisa de ir para o aeroporto. Quando sente que está sozinha.

— Eu não me sinto mais tão sozinha assim — respondo.

Tenho o grupo em que troco mensagens com Parker e Prince — estamos planejando fazer um musical de baixo orçamento para *Tubarão*. E há os telefonemas semanais para meus pais no viva-voz. Além disso, tem a Rachel, que realmente ficou ao meu lado pós-Guillermo, com convites para aulas de ginástica, bares de vinho e dias de trabalho voluntário em abrigos de cães.

Embora Alex e eu não conversemos mais tanto quanto antes, há também os contos que ele me envia pelo correio com pequenas anotações escritas em Post-its. Ele poderia mandá-los por e-mail, mas não faz isso, e, depois de ler cada cópia impressa, eu as coloco em uma caixa onde comecei a guardar coisas que são importantes para mim. (Uma caixa de sapato, para eu não acabar com enormes engradados de plástico com os desenhos de dragão de meus futuros filhos, como meus pais.)

Não me sinto sozinha quando leio as palavras dele. Não me sinto sozinha quando seguro aqueles Post-its e penso na pessoa que os escreveu.

— Eu sinto muito por não ter estado presente quando você precisou — Alex diz baixinho. Ele abre a boca como se pretendesse continuar, mas balança a cabeça e não diz mais nada. Já chegamos ao resort e paramos no estacionamento quando eu me viro no banco para ficar de frente para ele, e ele também se vira para mim.

— Alex... — Demoro alguns instantes para prosseguir. — Eu nunca me senti realmente sozinha desde que conheci você. Acho que nunca mais vou me sentir realmente sozinha neste mundo enquanto você estiver nele.

DE FÉRIAS COM VOCÊ

O olhar dele se suaviza e se fixa no meu por um momento.

— Posso te dizer uma coisa constrangedora?

Desta vez, nem passa pela minha cabeça fazer piada ou ser sarcástica.

— O que você quiser.

Ele desliza a mão lentamente pelo volante, de um lado para outro.

— Acho que eu não sabia que era solitário até conhecer você. — Ele balança a cabeça de novo. — Em casa, depois que minha mãe morreu e meu pai desmoronou, eu só queria que todos ficassem bem. Queria ser exatamente o que meu pai e meus irmãos precisavam e, na escola, eu desejava ser o que todos queriam, então tentava ser calmo e responsável e estável, e acho que eu tinha uns dezenove anos quando me ocorreu pela primeira vez que talvez não fosse desse jeito que algumas pessoas viviam. Que talvez eu *fosse* alguém além daquilo que eu *tentava* ser. Eu conheci você e, sinceramente... a princípio eu achei que fosse só teatro. Aquelas roupas exageradas, as piadas exageradas.

— Como assim exageradas? — brinco sem fazer alarde, e um sorriso curva o canto de sua boca, breve como o bater das asas de um beija-flor.

— Na primeira viagem para Linfield, você me fez aquele monte de perguntas sobre o que eu gostava e o que eu odiava, e sei lá... Eu senti que você realmente queria saber.

— Claro que eu queria — respondi.

Ele confirma com um aceno de cabeça.

— Eu sei. Você me perguntou quem eu era, e... foi como se a resposta tivesse vindo do nada. Às vezes parece que eu nem sequer existia antes daquilo. Como se você tivesse me inventado.

Minhas faces esquentam e eu mudo de posição no banco, puxando os joelhos para junto do peito.

— Eu não sou inteligente o bastante para ter inventado você. Ninguém é tão inteligente assim.

Os músculos no rosto dele saltam enquanto ele pensa nas próximas palavras, porque ele jamais solta nada em um impulso, sem ponderar.

— O que eu quero dizer é que ninguém me conhecia de verdade antes de você, Poppy. E mesmo que... algumas coisas mudem entre nós, você nunca vai estar sozinha, entendeu? Eu sempre vou amar você.

Lágrimas embaçam minha visão, mas, milagrosamente, eu as afasto ao piscar. De alguma maneira, minha voz sai clara e suave, e não como se alguém tivesse enfiado a mão dentro de minhas costelas e segurado meu coração por tempo suficiente para passar o polegar sobre uma ferida secreta.

— Eu sei — respondo. — Eu amo você também.

É verdade, mas não toda a verdade. Não há palavras abrangentes ou específicas o suficiente para captar o êxtase e a dor e o amor e o medo que sinto só de olhar para ele agora.

E então o momento passa e a viagem continua, e nada está diferente entre nós, só que uma parte de mim acordou, como um urso saindo da hibernação com uma fome que havia conseguido administrar dormindo por meses, mas que não consegue ignorar por mais nem um segundo.

No dia seguinte, o penúltimo da viagem, fazemos uma caminhada por uma trilha que sobe a montanha. Perto do topo, eu subo na beira da trilha para tirar uma foto por uma abertura entre as árvores do lago azul profundo lá embaixo e perco o equilíbrio. Meu tornozelo vira, rápido e com força. É como se o osso furasse meu pé e batesse no chão, e fico esparramada entre lama e folhas, resmungando palavrões.

— Fique parada — diz Alex, agachando-se ao meu lado.

A princípio não consigo nem respirar, por isso não estou chorando, só sufocando.

— Tem um osso saindo pela minha pele?

Alex olha para baixo e confere minha perna.

— Não, acho que você só torceu.

— Caralho — ofego, em meio a uma onda de dor.

— Aperte minha mão se precisar — ele fala, e eu aperto o máximo que consigo. Em sua mão masculina gigante, a minha parece minúscula, minhas articulações, ossudas e protuberantes.

DE FÉRIAS COM VOCÊ

A dor cede o suficiente para as emoções assumirem seu lugar. As lágrimas descem em torrentes e eu pergunto:

— Eu tenho mãos de lóris lento?

— O quê? — indaga Alex, compreensivelmente confuso. Sua expressão preocupada oscila e ele disfarça o riso com uma tosse. — Mãos de lóris lento? — ele repete, sério.

— Não ria de mim! — grito, regredindo completamente a uma criança de oito anos.

— Desculpe — diz ele. — Não, você não tem mãos de lóris lento. Não que eu saiba o que é lóris lento.

— É parecido com um lêmure — explico entre lágrimas.

— Você tem mãos lindas, Poppy. — Ele tenta com muito, muito empenho, talvez mais do que nunca, não sorrir, mas lentamente o sorriso aparece mesmo assim, e eu caio em uma risada lacrimosa. — Quer tentar ficar em pé? — ele pergunta.

— Você não pode só me rolar montanha abaixo?

— Melhor não — ele fala. — Pode haver hera venenosa quando sairmos da trilha.

Eu suspiro.

— Então, tá. — Ele me ajuda a levantar, mas não consigo me apoiar sobre o pé direito sem que um raio de dor suba pela minha perna. Paro de cambalear, começo a chorar de novo e levo as mãos ao rosto para esconder a porcaria que meu rosto está ficando.

Alex desliza as mãos lentamente para cima e para baixo pelos meus braços por alguns segundos, o que só me faz chorar ainda mais. Pessoas sendo legais comigo quando estou chateada sempre têm esse efeito. Ele me puxa para o seu peito e envolve os braços nas minhas costas.

— Eu vou ter que, sei lá, pagar um helicóptero para me descer daqui? — solto.

— Não estamos tão longe — diz ele.

— Eu não estou brincando; não consigo pôr nenhum peso no pé.

239

— Vamos fazer assim — ele fala. — Vou pegar você no colo e te carregar, muito lentamente, pela trilha. E provavelmente vou ter que parar muitas vezes e pôr você no chão, e você está proibida de me chamar de cavalinho ou de gritar: *Mais rápido! Mais rápido!* no meu ouvido.

Eu rio contra o peito dele e concordo com a cabeça, deixando marcas molhadas em sua camiseta.

— E, se eu descobrir que você fingiu tudo isso só para ver se eu te carregaria quase um quilômetro montanha abaixo — ele continua —, vou ficar muito irritado.

— Numa escala de um a dez? — digo, inclinando a cabeça para trás para olhar seu rosto.

— Sete, *pelo menos* — ele responde.

— Você é tão, tão bonzinho.

— Você quer dizer amanteigado, quente e perfeito — ele brinca, firmando as pernas. — Pronta?

— Pronta — confirmo, e Alex Nilsen me pega em seus braços e me carrega pela porra da montanha abaixo.

Não. Eu realmente não poderia tê-lo inventado.

22

Neste verão

TOTALMENTE RECARREGADOS DEPOIS de duas garrafas de água e quarenta minutos em uma lojinha do zoológico cheia de camelos de pelúcia, seguimos para o próximo destino.

Os Cabazon Dinosaurs são quase exatamente o que o nome sugere: duas esculturas enormes de dinossauros na margem da estrada no meio do nada na Califórnia.

Um escultor de parques temáticos construiu os monstros de aço na esperança de aumentar o movimento de seu restaurante de beira de estrada. Depois que ele morreu, a propriedade foi vendida para um grupo que montou um museu criacionista e uma loja dentro da cauda de um dos dinossauros.

É o tipo de lugar em que se para ao passar por ele na estrada. É também o tipo de lugar fora de mão para onde se vai quando se está tentando preencher cada segundo do dia.

— É... — diz Alex quando saímos do carro. O tiranossauro e o brontossauro empoeirados se erguem acima de nós, com umas poucas palmeiras espetadas e arbustos desgrenhados espalhados pela areia abaixo deles. O tempo e o sol desbotaram os dinossauros a praticamente nenhuma cor. Eles parecem sedentos, como se estivessem rastejando por este lugar e seu sol inclemente há milênios.

— É mesmo — concordo.

— Quer tirar umas fotos? — Alex pergunta.

— Com certeza.

Ele pega seu celular e espera que eu faça algumas poses na frente dos dinossauros. Depois de algumas fotos comportadas apropriadas para o Instagram, começo a pular e agitar os braços na esperança de fazê-lo rir.

Ele sorri, mas ainda parece um pouco pálido, e eu decido que é melhor irmos para a sombra. Andamos um pouco pelo terreno, tiramos outras fotos mais de perto e com os dinossauros menores que foram acrescentados entre os arbustos raquíticos que cercam as duas peças principais. Depois subimos os degraus para dar uma olhada na lojinha.

— Quase não dá para dizer que estamos dentro de um dinossauro — Alex reclama, brincando.

— Né? Onde estão as vértebras gigantes? Onde estão os vasos sanguíneos e os músculos da cauda?

— *Isto* não vai ganhar uma avaliação positiva no Yelp — Alex murmura, e eu rio, mas ele não. De repente eu me dou conta de como o ar-condicionado nesta loja é ridículo. Nem se compara com o da loja do zoológico. É quase como se estivéssemos voltado à fornalha de Nikolai.

— Quer sair daqui? — pergunto.

— Meu Deus, sim — diz Alex, e larga a miniatura de dinossauro que estava segurando.

Olho a hora no celular. São só quatro da tarde e nós já esgotamos tudo o que eu havia planejado para hoje. Abro meu aplicativo de notas e percorro a lista em busca de mais alguma coisa para fazer.

— Certo — digo, tentando disfarçar minha ansiedade. — Já sei. Vamos.

O Jardim Botânico Moorten. Ele é ao ar livre, mas com certeza tem um sistema de refrigeração melhor do que a loja dentro de um dinossauro de aço.

Só que eu não pensei em conferir o horário de funcionamento e dirigimos até lá para encontrar o lugar fechado.

— Fecha à *uma hora* no verão? — leio a placa, incrédula.

— Você acha que tem alguma coisa a ver com a temperatura perigosamente alta? — diz Alex.

— Tá bom — respondo. — Tá bom.

— Talvez a gente devesse voltar para o apartamento — Alex sugere. — Ver se o Nikolai consertou o ar-condicionado.

— Ainda não — digo, no desespero. — Tem mais uma coisa que eu queria fazer.

— Está bem — Alex concorda. No carro, chego na frente dele na porta do motorista. — O que é?

— Tenho que dirigir nesta parte — respondo.

Ele arca uma sobrancelha, mas se senta no banco do passageiro. Abro meu GPS e digito o primeiro endereço da lista do "tour arquitetônico autoguiado por Palm Springs".

— É... um hotel — diz Alex, confuso, quando paro na frente do edifício modernista anguloso com revestimento de pedra calcária e placa com contorno laranja.

— O Del Marcos Hotel — digo.

— Tem um... dinossauro de aço lá dentro? — ele pergunta.

Franzo a testa.

— Acho que não. Mas parece que toda esta área, a área do Tennis Club, é cheia desses prédios totalmente incríveis.

— Ah — diz ele, como se fosse todo o entusiasmo que conseguisse demonstrar.

Estou arrasada quando digito o próximo endereço. Andamos de carro por duas horas, paramos para um jantar barato (que arrastamos por uma hora porque: Ar frio) e, quando voltamos ao carro, Alex para na minha frente diante da porta do motorista.

— Poppy — ele diz, suplicante.

— Alex — respondo.

— Você pode dirigir, se quiser, mas estou ficando um pouco enjoado de andar de carro e não sei se aguento ver mais dessas mansões de estranhos hoje.

— Mas você adora arquitetura — argumento, pateticamente.

Ele franze a testa, aperta os olhos.

— Eu... o quê?

— Em New Orleans — digo — você andava pela cidade apontando para, sei lá, janelas o tempo todo. Eu achei que você adorasse esse tipo de coisa.

— Apontando para janelas?

Abro os braços para os lados.

— Não sei! Você só... *adorava* olhar para os edifícios!

Ele solta uma risada cansada.

— Eu acredito em você — ele fala. — Talvez eu adore arquitetura. Não sei. Eu só estou... muito cansado e com calor.

Procuro meu celular na bolsa. Nenhuma mensagem de Nikolai ainda. Não podemos voltar para aquele apartamento.

— Que tal o Air Museum?

Quando levanto os olhos, ele está me examinando, a cabeça inclinada e os olhos ainda apertados. Ele passa a mão pelo cabelo com ar de desalento, afasta o olhar por um segundo e põe a mão no quadril.

— São, tipo, sete da noite, Poppy. Acho que não está aberto.

Suspiro, desanimada.

— Você tem razão. — Vou para o banco do passageiro e me afundo nele, sentindo-me derrotada quando Alex liga o carro.

Vinte quilômetros adiante, temos um pneu furado.

— Ah, não — resmungo enquanto Alex vai para a beira da estrada.

— Deve ter um estepe — ele diz.

— E você sabe trocar? — pergunto.

— Sei.

— Sr. Proprietário de Casa. — Tento soar divertida. Só que eu também estou muito mal-humorada e é assim que minha voz soa. Alex ignora meu comentário e sai do carro.

— Precisa de ajuda? — pergunto.

— Posso precisar que você ilumine. Está começando a anoitecer.

Eu o sigo para trás do carro. Ele abre o porta-malas, remove alguns dos tapetes e solta um palavrão.

— Não tem estepe.

— Este carro aspira a destruir as nossas vidas — digo, e chuto a lateral. — Merda, eu vou ter que comprar um pneu novo para essa garota, não vou?

Alex suspira e massageia a ponte do nariz.

— Nós dividimos.

— Não, não é isso que eu estava... eu não quis dizer isso.

— Eu sei — Alex responde, irritado. — Mas eu não vou deixar você pagar tudo.

— O que a gente faz?

— Chamar um guincho — ele diz. — Vamos para casa de Uber e cuidamos disso amanhã.

E é o que fazemos. Chamamos um guincho e o esperamos sentados em silêncio no porta-malas aberto. Vamos até a oficina no banco da frente do guincho com um homem chamado Stan que tem uma mulher nua tatuada em cada braço. Assinamos alguns papéis, chamamos um Uber. Ficamos de pé do lado de fora esperando o carro chegar.

Entramos em um carro com uma mulher chamada Marla que, Alex sussurra para mim, "é igual à Delallo", e pelo menos isso é alguma coisa para rirmos.

E então o aplicativo de Marla falha e ela se perde.

E nossa viagem de dezessete minutos se transforma em uma viagem de vinte e nove minutos diante de nossos olhos. E nenhum de nós está rindo. Nenhum de nós está dizendo nada, fazendo qualquer som.

Por fim, estamos quase no Rosa do Deserto. Está bem escuro lá fora, e tenho certeza de que as estrelas no céu estariam lindas se nós não estivéssemos presos no banco traseiro do Kia de Marla inalando lufadas de spray cookie açucarado, da Bath & Body Works, que parece que ela passou no carro inteiro.

Quando o trânsito para de repente a pouco menos de um quilômetro do Rosa do Deserto, eu quase choro.

— Deve ser um acidente bloqueando a estrada — diz Marla. — Não tem nenhuma razão no céu ou na Terra para o trânsito estar parado *assim*.

— Quer ir andando? — Alex me pergunta.

— Por que não? — digo, e nós saímos do carro de Marla, a vemos manobrar no meio da rua e voltar, e começamos a andar pelo acostamento escuro para nosso apartamento.

— Vou entrar naquela piscina hoje — diz Alex.

— Deve estar fechada — resmungo.

— Eu pulo a cerca.

Uma risada efervescente e cansada invade meu peito.

— Estou dentro.

23

Cinco verões atrás

EM NOSSA ÚLTIMA noite em Sanibel Island, estou acordada na cama ouvindo a chuva tamborilar no telhado, relembrando a semana como se a estivesse assistindo através de uma luminosidade espessa, nebulosa e sempre oscilante, tentando captar aquela única fração de segundo que parece sumir de vista cada vez que a alcanço.

Vejo as praias tempestuosas. A maratona de *Além da imaginação* em que eu e Alex cochilamos no sofá. O restaurante de frutos do mar onde ele finalmente me contou os detalhes sórdidos de seu rompimento com Sarah — ela lhe falou que o relacionamento deles era tão excitante quanto a biblioteca onde haviam se conhecido antes de terminar o namoro e partir para um retiro de ioga de três semanas. *Se é excitação que ela quer, eu falei, vai ser um prazer arrastar uma chave pela pintura do carro dela.* Minha memória pula para a frente, para o bar chamado BAR, com seu piso grudento e ventiladores de palha, onde ao sair do banheiro o vejo no balcão, lendo um livro, e sinto tanto amor que poderia me partir ao meio, e o modo como tentei arrancá-lo de sua tristeza pós-Sarah com um absurdo: "Oi, tigrão".

Depois vem o momento em que corremos embaixo de chuva do BAR até nosso carro e os que passamos ouvindo os limpadores de para-brisa rangendo no vidro enquanto atravessamos o aguaceiro torrencial voltando ao nosso bangalô banhado de chuva.

Estou chegando mais perto do momento, aquele que fico tentando alcançar mas volto de mãos vazias, como se não fosse nada além de uma luz refletida dançando no chão.

Vejo Alex pedindo para tirarmos uma foto juntos, surpreendendo-me com o flash na contagem de dois em vez de três. Nós dois nos sufocando de rir, reclamando de nossa aparência hedionda na foto, discutindo se deveríamos apagá-la, Alex jurando que minha aparência não é assim de verdade, eu dizendo o mesmo para ele.

Então ele diz:

— No ano que vem, vamos para um lugar frio.

Eu digo que sim, vamos fazer isso.

E aí vem ele, o momento que fica escorregando entre meus dedos, como se fosse o detalhe que muda tudo em um replay que eu não consigo pausar ou desacelerar.

Estamos só olhando um para o outro. Não há margem em que se segurar, nenhum marcador que distinga o início ou fim desse momento, nada para separá-lo de milhões de outros exatamente iguais.

Mas esse, esse é o momento em que eu penso nisso pela primeira vez.

Eu estou apaixonada por você.

O pensamento é aterrorizante, provavelmente nem é verdadeiro. Uma ideia perigosa para considerar. Eu a solto e a vejo escapar.

Mas há pontos na palma de minhas mãos que queimam, chamuscados, como prova de que eu já a segurei ali.

24

Neste verão

O APARTAMENTO SE TORNOU o sétimo círculo do inferno e não há qualquer sinal de que Nikolai tenha estado aqui. No banheiro, visto um biquíni e uma camiseta larga, depois envio outra mensagem de texto irritada exigindo que ele dê um retorno.

Alex bate na porta quando termina de se trocar no quarto e nós descemos mal-humorados para a piscina, toalhas na mão. Primeiro conferimos discretamente o portão.

— Trancado — Alex confirma, mas acabo de reparar no problema maior.

— Que. Merda.

Ele levanta os olhos e vê o que estou vendo: o tanque de concreto da piscina vazio.

Atrás de nós, alguém exclama.

— Está vendo, amor? Eu disse que eram eles!

Alex e eu nos viramos para um casal de meia-idade extremamente bronzeado que se aproxima saltitando. Uma mulher ruiva com uma sandália brilhante com salto de cortiça e calça capri ao lado de um homem de pescoço grosso, cabeça raspada e óculos escuros equilibrados atrás da cabeça.

— Você disse, boneca — o homem confirma.

— Os recém-casaaaaados! — a mulher cantarola, e me puxa para um abraço. — Por que não nos contaram que estavam vindo para Palm Springs?

E então o clique. Mozim e Mozão, do táxi do aeroporto de Los Angeles.

— Nossa — disse Alex. — Olá. Como estão as coisas?

As unhas laranja-neon da mulher me soltam e ela faz um gesto desanimado.

— Ah, estava indo tudo bem até esse absurdo. Com a piscina.

Mozão concorda grunhindo.

— O que aconteceu? — pergunto.

— Uma criança ficou com diarreia lá dentro! E foi *muito*, eu acho, porque tiveram que esvaziar tudo. Dizem que vai estar pronta e funcionando amanhã! — Ela franze a testa. — Só que amanhã *nós* iremos para Joshua Tree.

— Ah, que legal! — digo. É um grande esforço parecer animada e alegre quando, na verdade, minha alma está murchando silenciosamente dentro do casulo vazio de meu corpo.

— Ganhamos uma estadia grátis lá. — Ela pisca para mim. — Eu dou sorte.

— Com certeza — diz Mozão.

— E não estou falando só por falar! — ela prossegue. — Nós ganhamos na loteria uns anos atrás. Não um daqueles prêmios de quatrilhões de dólares, mas uma boa quantia e, juro, desde então parece que eu ganho toda rifa, sorteio e concurso só de olhar para eles!

— Incrível — fala Alex. Sua alma, ao que parece, também murchou.

— Bom, vamos deixar vocês dois, pombinhos, em paz fazendo as suas coisas! — Ela pisca de novo. Ou pode ser que seus cílios postiços estejam colando um no outro. É difícil dizer. — Eu só não consegui acreditar na sorte louca de estarmos no mesmo lugar!

— Sorte — diz Alex. Ele fala como se estivesse no meio de um transe induzido pelo azar. — É.

— É um mundo muito pequeno, não é? — diz Mozim.

— É mesmo — concordo.

— Aproveitem o resto da viagem! — Ela aperta nossos ombros. Mozão acena com a cabeça e eles vão embora, nos deixando de pé na frente da piscina vazia.

Depois de três segundos silenciosos, eu digo:

— Vou tentar ligar para o Nikolai outra vez.

Alex não diz nada. Subimos para o quarto. Trinta e cinco graus. Não metaforicamente. Literalmente trinta e cinco graus. Não acendemos nenhuma luz, exceto a do banheiro, como se mais uma única lâmpada acesa pudesse nos levar aos quarenta.

Alex está de pé no meio do quarto, parecendo desolado. Está quente demais para sentar em qualquer coisa, tocar em qualquer coisa. O ar parece diferente, duro como uma tábua. Ligo para Nikolai repetidamente enquanto ando de um lado para outro.

Na quarta vez que ele rejeita a ligação, eu dou um grito e volto para a cozinha batendo os pés em busca da tesoura.

— O que você vai fazer? — pergunta Alex. Eu só passo furiosa para a varanda e enfio a tesoura na lona de plástico. — Isso não vai ajudar — ele diz. — Está tão quente lá fora quanto aqui dentro esta noite.

Mas não adianta argumentar comigo neste momento. Estou rasgando o plástico, cortando tiras gigantescas uma atrás da outra e as jogando no chão. Finalmente, metade da varanda está aberta para o ar noturno, mas Alex estava certo. Não faz diferença.

Está tão quente que eu poderia derreter. Volto para dentro e jogo água fria no rosto.

— Poppy — diz Alex —, acho que deveríamos ir para um hotel.

Balanço a cabeça, frustrada demais para falar.

— Nós temos que ir — ele repete.

— Não é assim que deveria ser — desabafo, com uma pulsação repentina atravessando meus olhos.

— Como assim?

— Era para ser do jeito que a gente sempre fazia! — digo. — Gastar pouco e se virar com as dificuldades.

— A gente tem se virado com dificuldades *demais* — Alex insiste.

— Hotéis são caros! — exclamo. — E já vamos ter que gastar duzentos dólares para comprar um pneu novo para aquele carro horrível!

— Sabe o que mais é caro? — diz ele. — Hospitais! Nós vamos *morrer* se continuarmos aqui.

— Não era para ser assim! — quase grito, como um disco quebrado.

— É assim que está sendo! — ele dispara de volta.

— Eu só queria que fosse como antes!

— Nunca vai ser como antes! — ele exclama. — Não podemos voltar no tempo, entendeu? As coisas são diferentes e nós não podemos mudar isso, então *pare*! *Pare* de tentar forçar esta amizade a voltar ao que ela era. Isso não vai acontecer! Somos *diferentes* agora, e você tem que parar de fingir que não somos!

A voz dele falha, os olhos estão escurecidos, o queixo, tenso.

Há lágrimas embaçando minha visão e meu peito parece ter sido serrado ao meio enquanto ficamos de pé ali, na semiescuridão, nos enfrentando em silêncio, respirando pesado.

Algo rompe o silêncio. Um trovão baixo e distante, depois um suave *tap-tap-tap*.

— Você está ouvindo? — A voz de Alex é um grosso murmúrio.

DE FÉRIAS COM VOCÊ

Faço que sim com a cabeça, hesitante, e então outro estrondo a distância. Nossos olhos se encontram, arregalados e desesperados. Corremos para a beira da varanda.

— Cacete! — Abro os braços para pegar a chuva que cai. Começo a rir. Alex se junta a mim.

— Venha. — Ele pega o que resta da lona de plástico e começa a rasgá-la. Vou buscar a tesoura na mesa de centro, então arrancamos o resto do plástico e o jogamos para trás, a chuva caindo livremente, até que, por fim, o plástico está totalmente fora do caminho. Levantamos o rosto e deixamos a chuva nos lavar. Outra risada borbulha de dentro de mim, e, quando eu olho para Alex, ele está me observando, seu sorriso aberto por dois segundos antes de se desintegrar em preocupação.

— Desculpe. — Sua voz é baixa sob a chuva. — Eu só quis dizer...

— Eu sei o que você quis dizer — garanto. — Você estava certo. Não podemos voltar no tempo.

Ele desliza os dentes sobre o lábio inferior.

— O que eu quis dizer... você realmente queria voltar ao que era?

— Eu só quero... — Encolho os ombros.

Você, eu penso.

Você.

Você.

Você. Diga.

Balanço a cabeça.

— Eu não quero perder você outra vez.

Alex estende os braços para mim e eu vou até ele, deixo que pegue meus quadris e me puxe. Eu me pressiono contra sua camiseta molhada enquanto ele me envolve com os braços e me levanta na direção dele. Eu me apoio na ponta dos pés e ele me segura, seu rosto em meu pescoço e em minha camiseta larga encharcada. Passo os braços em sua cintura e estremeço quando suas mãos deslizam para cima pelas minhas costas e param na protuberância onde as tiras do biquíni estão amarradas sob a camiseta.

Mesmo depois de um dia inteiro suando, ele cheira tão bem, é tão boa a sensação dele junto a mim, sob minhas mãos. Combinado com o enorme alívio da chuva do deserto, isso me deixa tonta, imprudente, desinibida. Minhas mãos sobem pelo pescoço dele e entram em seu cabelo, e ele se afasta o suficiente para me olhar no rosto, mas nenhum de nós interrompe o contato, e todo o estresse e preocupação deixaram sua testa e seu queixo, e se esvaíram do meu corpo como vapor.

— Você não vai me perder — diz ele, sua voz abafada pela chuva. — Enquanto você me quiser, estou aqui.

Engulo o nó em minha garganta, mas ele continua subindo. Tento manter as palavras dentro de mim. Seria um erro dizê-las, certo? Contamos tudo um ao outro, mas algumas palavras não podem ser desditas, assim como há coisas que não podem ser desfeitas.

Sua mão se ergue para tirar uma mecha molhada de cabelo dos meus olhos e prendê-la atrás da orelha. O nó parece se desfazer e a verdade escapa de mim como um sopro que estive segurando todo esse tempo.

— Eu sempre quero você, Alex — sussurro. — Sempre.

Nesta meia-luz, os olhos dele parecem quase reluzentes e sua boca se suaviza. Quando ele se inclina para pressionar sua testa na minha, todo o meu corpo parece pesado, como se meu desejo fosse uma manta pesando sobre mim por todos os lados enquanto as mãos dele roçam minha pele tão suaves quanto a luz do sol. Seu nariz desliza pela lateral do meu, dois centímetros de espaço entre nossas bocas, ansiosas e incertas, pulsando.

Ainda há alguma negação plausível, uma chance de deixarmos este momento passar sem jamais percorrermos essa distância final. Mas, quando ouço sua respiração arfante, quando sinto o jeito como ele me puxa conforme seus lábios se abrem, se aproximam, hesitam, eu esqueço todas as razões pelas quais estava tentando evitar isto.

Somos ímãs tentando se atrair mesmo enquanto resguardamos uma distância cuidadosa entre nós. A mão dele acaricia meu queixo, ajeita cautelosamente o ângulo para meu nariz roçar no dele, testando essa pequena brecha entre nós, nossas bocas abertas sentindo o gosto do ar entre nós.

Cada respiração dele agora sussurra contra meu lábio inferior. Cada inspiração trêmula minha tenta puxá-lo para mais perto. *Isto não era para acontecer*, penso nebulosamente.

E então, mais alto: *Isto* tinha *que acontecer.*

Isto tem *que acontecer.*

Isto está *acontecendo.*

25

Quatro verões atrás

ESTE ANO VAI ser diferente. Estou trabalhando na revista *Repouso+ Relaxamento* há seis meses. Durante esse tempo, já estive em:

Marrakech e Casablanca.

Martinborough e Queenstown.

Santiago e Ilha de Páscoa.

Sem falar em todas as cidades nos Estados Unidos para onde me mandaram.

Essas viagens não têm nada a ver com as que eu e Alex fazíamos, mas não deixei isso totalmente claro quando defendi a ideia de combinar nossa viagem de verão com uma viagem de trabalho porque preciso ver a reação dele quando chegarmos ao nosso primeiro resort com as malas baratas surradas que temos e formos recebidos com champanhe.

Quatro dias na Suécia. Quatro na Noruega.

DE FÉRIAS COM VOCÊ

Não exatamente frio, mas pelo menos *fresco*, e, como eu entrei em contato com a cunhada da Lita Guia de Rafting, ela tem me mandado e-mails semanalmente com sugestões de coisas para fazer em Oslo. Ao contrário de Lita, Dani tem uma memória ágil: ela parece se lembrar de todos os restaurantes incríveis em que já comeu e sabe nos dizer exatamente o que pedir. Em um e-mail, ela classifica vários fiordes por uma enorme variedade de critérios (beleza, quantidade de gente, tamanho, conveniência da localização, beleza do percurso de carro *até* a localização conveniente/inconveniente).

Quando Lita me passou as informações de contato, eu estava esperando receber uma lista com um parque nacional e alguns bares, talvez. E Dani *fez* isso — no primeiro e-mail. Mas as mensagens continuaram vindo sempre que ela pensava em mais alguma coisa que "vocês não podem deixar de conhecer de jeito nenhum!".

Ela usa muitos pontos de exclamação, e, embora eu geralmente ache que as pessoas recorrem a isso em uma tentativa de parecer amistosas e de-modo-algum-bravas, cada uma de suas frases parece uma ordem.

"Você precisa beber aquavit!"

"Não esqueça de beber à temperatura ambiente, talvez junto com uma cerveja!"

"Tome seu aquavit à temperatura ambiente no caminho para o Museu do Barco Viking! NÃO DEIXE DE IR!"

Cada novo e-mail marca a fogo seus pontos de exclamação em minha mente, e eu *teria* medo de me encontrar com Dani se ela não assinasse todos os e-mails com *Beijinhos*, o que eu acho tão simpático que tenho certeza de que vamos gostar muito dela. Ou eu vou gostar muito dela e Alex vai ficar apavorado.

Seja como for, nunca estive tão entusiasmada com uma viagem em minha vida.

Na Suécia, há um hotel feito inteiramente de gelo, chamado (por alguma razão misteriosa) Icehotel. Hotel de gelo. É o tipo de lugar que

Alex e eu jamais poderíamos pagar por conta própria, e a manhã inteira antes de minha reunião com Swapna eu estava suando profusamente em minha mesa — não um suor normal, mas o terrível tipo malcheiroso que vem com a ansiedade. Não que Alex não fosse aceitar outra viagem de férias para um lugar quente na praia, mas, desde que descobri o Icehotel, eu soube que seria a surpresa perfeita para ele.

Defendo minha sugestão de artigo como "Refresque-se para o verão" e os olhos de Swapna brilham com aprovação.

— Inspirador — diz ela, e percebo alguns dos outros redatores mais estabelecidos murmurando a palavra uns para os outros. Não estou aqui há tempo suficiente para tê-la visto usando essa palavra, mas sei como ela é a respeito de *tendências*, então imagino que *inspirador* seja diametralmente oposto a *tendência* em sua mente.

Ela embarca totalmente na ideia. E, em um estalar de dedos, estou liberada para gastar muito dinheiro. Tecnicamente, não posso comprar para Alex refeições, passagens de avião ou mesmo o ingresso para o museu viking, mas, quando se está viajando com a *R+R*, portas se abrem, garrafas de champanhe que não foram pedidas flutuam para sua mesa, chefs se aproximam com "um agrado" e a vida fica um pouco mais brilhante.

Há também a questão do fotógrafo que vai viajar com a gente, mas, até aqui, todos com quem trabalhei foram agradáveis, até divertidos, e tão independentes quanto eu. Nós nos encontramos, planejamos sessões de fotos, vamos cada um para o seu lado, e, embora eu ainda não tenha trabalhado com o novo fotógrafo que vai viajar comigo — porque nossas agendas não estavam coincidido —, Garrett, o outro novo redator da revista, diz que o Fotógrafo Trey é ótimo, portanto não estou preocupada.

Alex e eu trocamos mensagens incessantemente nas semanas antes da viagem, mas nunca sobre a viagem em si. Digo a ele que estou cuidando de tudo, que é uma surpresa, e, ainda que a falta de controle esteja o matando, ele não reclama.

Em vez disso, ele escreve sobre sua gatinha preta, Flannery O'Connor. Fotos dela dentro de sapatos e armários e esparramada no alto de estantes.

Ela me lembra você, ele diz às vezes.

Por causa das garras?, pergunto. Ou por causa dos dentes, ou por causa das pulgas, e toda vez, qualquer que seja a comparação que tento fazer, ele só responde pequenina e valente.

Isso me faz sentir leve e quentinha por dentro. Me faz pensar nele puxando o capuz do moletom em volta do meu rosto e sorrindo para mim no ar frio e escuro, murmurando *bonitinha*.

Uma semana antes de partirmos, tenho ou um resfriado horrível ou o pior ataque de rinite alérgica de que me lembro. Meu nariz está constantemente entupido e/ou escorrendo; minha garganta está arranhando e com um gosto amargo; sinto uma pressão pesando na cabeça; e toda manhã estou detonada antes mesmo de o dia começar. Mas não tenho febre, e uma consulta rápida no pronto-socorro me informa que não tenho infecção, então faço o melhor que posso para não desacelerar. Tenho muita coisa para fazer antes da viagem, e faço tudo enquanto tusso profusamente.

Três dias antes de partirmos, tenho um sonho em que Alex me conta que voltou com Sarah e não poderá mais viajar.

Acordo com um peso no estômago. O dia todo, tento tirar o sonho da cabeça. Às duas e meia ele me envia uma fotografia de Flannery.

Você sente saudade da Sarah?, pergunto.

Às vezes, ele diz. Mas não muito.

Por favor, não cancele nossa viagem, peço, porque esse sonho está mexendo muito, muito comigo.

Por que eu cancelaria?, ele pergunta.

Não sei, digo. Eu só fico nervosa pensando que você vai fazer isso.

A Viagem de Verão é o ponto alto do meu ano.

Do meu também, escrevo.

Mesmo agora que você viaja o tempo todo? Você não enjoa?

Eu nunca vou enjoar, digo. Não cancele.

Ele me manda outra foto de Flannery O'Connor, dentro de sua mala já pronta.

Pequenina e valente, escrevo.

Eu a amo, ele diz, e eu sei que está falando da gata, obviamente, mas até mesmo isso faz renascer aquela sensação leve e quentinha sob minha pele.

Mal posso esperar para ver você, digo, sentindo de repente que dizer essa coisa tão normal é ousado, até arriscado.

Eu sei, só penso nisso.

Levo horas para adormecer nessa noite. Fico deitada na cama com essas palavras girando repetidamente em minha cabeça, me fazendo sentir como se estivesse com febre.

Quando acordo, percebo que realmente estava. Ainda estou. Minha garganta está mais inchada e dolorida do que antes, minha cabeça está latejando e o peito, pesado, minhas pernas doem e não consigo me aquecer por mais cobertores que use.

Aviso no trabalho que estou doente, na esperança de que dormir me ajude a ficar boa antes do voo na tarde do dia seguinte, mas, naquela noite, sei que não será possível pegar aquele avião. Estou com trinta e nove de febre.

A maioria das coisas que reservamos estão próximas demais para conseguir reembolso. Enrolada em cobertores e tremendo em minha cama, escrevo um e-mail para Swapna no celular explicando a situação.

Não sei bem o que fazer. Não sei se isso, de alguma maneira, fará com que eu seja demitida.

Se eu não estivesse me sentindo tão mal, provavelmente estaria chorando.

Volte ao médico amanhã cedo, Alex me diz.

Talvez logo melhore, escrevo. Talvez você possa ir amanhã e eu te encontro em uns dois dias.

DE FÉRIAS COM VOCÊ

Não é normal estar se sentindo pior depois de tantos dias com um resfriado, ele diz. Por favor, vá ao médico, Poppy.

Eu vou, escrevo. Sinto muito por isso.

E aí eu choro. Porque, se eu não conseguir fazer essa viagem, é bem provável que eu veja Alex só daqui a um ano. Ele está tão ocupado com o mestrado e as aulas, e eu raramente estou em casa agora que trabalho para a *R+R*, e em Linfield muito menos. Neste Natal, minha mãe me contou, empolgada, que convenceu meu pai a vir me visitar. Meus irmãos até concordaram em vir por um ou dois dias, algo que eles garantiram que nunca fariam depois que se mudaram para a Califórnia (Parker para tentar escrever roteiros para a TV em Los Angeles e Prince para trabalhar em uma empresa de desenvolvimento de videogames em San Francisco), como se, ao alugarem um imóvel, eles também tivessem se comprometido com uma obstinada rivalidade entre os dois estados.

Sempre que fico doente, gostaria de estar em Linfield. Deitada em meu quarto de infância, com as paredes cobertas de pôsteres de viagem antigos, a colcha rosa-claro que minha mãe fez quando estava grávida de mim puxada até o queixo. Queria que ela me trouxesse sopa e um termômetro, conferisse se estou bebendo água e me desse ibuprofeno para baixar a febre.

Pela primeira vez, odeio meu apartamento minimalista. Odeio os sons da cidade ricocheteando em minhas janelas o tempo todo. Odeio os lençóis macios de linho cinza que escolhi e os móveis funcionais de design dinamarquês que comecei a comprar desde que consegui meu Emprego de Menina Adulta, como meu pai fala.

Quero estar cercada de bugigangas. Quero abajures com cúpulas de estampas florais e almofadas que não combinam em um sofá xadrez, com uma manta de crochê irregular no encosto. Quero me arrastar até uma velha geladeira amarelada coberta de ímãs medonhos de Gatlingburg e Kings Island e Beach Waterpark, com desenhos que eu fiz quando criança e fotos de família com o flash estourado, e ver um gato de fralda passar furtivamente e colidir com uma parede que ele não viu.

Quero não estar sozinha, e que cada respiração não exija um esforço imenso.

Às cinco horas da manhã, Swapna responde meu e-mail.

Essas coisas acontecem. Não se martirize por isso. Mas você está certa sobre os reembolsos. Se quiser deixar seu amigo usar as acomodações que você reservou, sinta-se à vontade. Me envie de novo o itinerário que você tinha planejado e vamos mandar o Trey para tirar as fotos. Você pode ir encontrá-lo quando estiver se sentindo bem outra vez.

E, Poppy, quando isso acontecer de novo (porque vai acontecer), não precisa se desculpar tanto. Você não manda em seu sistema imunológico e eu posso garantir que, quando seus colegas do sexo masculino precisam cancelar uma viagem, eles não dão nenhuma indicação de estarem sentindo que isso é uma espécie de ofensa pessoal a mim. Não incentive as pessoas a culparem você por algo que está além do seu controle. Você é uma redatora fantástica, e temos sorte de você estar com a gente.

Agora, vá a um médico e aproveite um pouco de R&R de verdade. Nós conversaremos sobre os próximos passos quando você estiver bem.

Eu provavelmente estaria mais aliviada se não fosse a névoa que parece envolver todo o meu apartamento e o extremo incômodo simplesmente por existir.

DE FÉRIAS COM VOCÊ

Capturo a tela do e-mail e envio para Alex. *Vá se divertir!!!*, escrevo. *Vou tentar encontrar você na segunda metade da viagem!*

Neste momento, a mera ideia de sair da cama me deixa com tontura. Ponho o telefone de lado e fecho os olhos, deixando o sono me engolir como um poço que se ergue mais e mais e mais em torno de mim enquanto eu caio por ele.

Não é um sono tranquilo, mas do tipo frio e instável, em que sonhos e frases começam de novo e de novo, interrompendo-se antes de conseguirem decolar. Eu me reviro na cama, acordando por tempo suficiente para registrar como estou com frio, como a cama e meu corpo estão incômodos, e mergulho de novo em sonhos inquietos.

Sonho com um gato preto gigante de olhos famintos. Ele me persegue em círculos até que fica difícil demais respirar, difícil demais continuar, e então ele dá o bote, me acordando por alguns segundos indistintos, e começa de novo assim que fecho os olhos.

Eu deveria ir ao médico, penso em certo momento, mas acho que não vou conseguir me sentar.

Eu não como. Não bebo. Nem mesmo me levanto para fazer xixi.

O dia passa depressa, até que abro os olhos para a luz amarelo-dourada do pôr do sol brilhando na janela de meu quarto e, quando pisco, ela mudou para azul-escuro, e há uma pulsação tão real em minha cabeça que produz sons de batidas que reverberam por todo o meu corpo.

Eu me viro na cama, puxo um travesseiro sobre o rosto, mas o barulho não para.

Está ficando mais alto. Começa a soar como o meu nome, como sons às vezes se transformam em música quando você está tão cansada que está meio sonhando.

Poppy! Poppy! Poppy, você está em casa?

Meu celular chacoalha na mesa de cabeceira, vibrando. Eu o ignoro, deixo tocar. Ele começa de novo, e depois uma terceira vez, então eu me viro na cama e tento ler a tela, apesar de o mundo parecer estar derretendo, como uma espiral de sorvetes de duas cores girando uma em volta da outra.

Há dezenas de mensagens de ALEXANDER O MAIOR, mas a última diz: Eu estou aqui! Abra a porta!

As palavras não fazem sentido. Estou confusa demais para construir um contexto para elas, com frio demais para me importar. Ele está me chamando outra vez, mas não tenho certeza se consigo falar. Minha garganta está muito apertada.

As batidas começam de novo, a voz chamando o meu nome, e a névoa se ergue só o suficiente para todas as peças se encaixarem com perfeita clareza.

— Alex — murmuro.

— Poppy! Você está aí? — ele está gritando do outro lado da porta.

Estou sonhando outra vez, e esse é o único motivo de eu achar que consigo ir até a porta. Estou sonhando outra vez, o que significa que provavelmente, quando eu chegar até a porta e a abrir, aquele enorme gato preto vai estar lá esperando, Sarah Torval montada nele como se fosse um cavalo.

Mas talvez não. Talvez seja apenas Alex, e eu possa puxá-lo para dentro e...

— Poppy, por favor, me diga se você está bem! — ele diz do outro lado da porta, e eu deslizo da cama, levando o edredom de linho comigo. Eu o coloco sobre os ombros e me arrasto até a porta sobre pernas fracas e moles.

Eu me atrapalho com a chave até conseguir virá-la, e a porta se abre como se fosse mágica, porque é assim que os sonhos funcionam.

Só quando eu o vejo de pé na minha frente, a mão ainda na maçaneta, a mala velha atrás dele, não tenho mais tanta certeza de que seja um sonho.

— Meu Deus, Poppy — diz ele, entrando e me examinando, as costas frias de sua mão pressionando minha testa suada. — Você está pegando fogo.

— Você está na Noruega — consigo dizer em um sussurro rouco.

— Com certeza, não estou. — Ele puxa a mala para dentro e fecha a porta. — Quando foi a última vez que você tomou ibuprofeno?

Balanço a cabeça.

— Não tomou? — ele fala. — Porra, Poppy, era para você ter ido ao médico.

— Eu não sabia como ir. — Parece tão patético. Tenho vinte e seis anos, emprego estável, plano de saúde, um apartamento, contas de um empréstimo estudantil e moro sozinha em Nova York, mas tem coisas que a gente simplesmente não quer ter que fazer sozinha.

— Tudo bem — diz Alex me puxando gentilmente para ele. — Volte para a cama e vamos ver se conseguimos baixar essa febre.

— Tenho que fazer xixi — falo entre lágrimas, depois admito: — Pode ser que eu já tenha feito xixi na calça.

— Certo, vá fazer xixi — diz ele. — Vou pegar roupas limpas para você.

— Acha melhor eu tomar banho? — pergunto, porque, aparentemente, estou perdida. Preciso de alguém que me diga exatamente o que fazer, como minha mãe fazia quando eu era uma pré-adolescente que passava o dia inteiro em casa assistindo a Cartoon Network, sem fazer nada por conta própria até que ela mandasse.

— Não sei — ele responde. — Vou procurar no Google. Por enquanto, apenas faça xixi.

É preciso esforço demais só para entrar no banheiro. Eu largo o edredom na entrada e faço xixi de porta aberta, tremendo o tempo todo, mas aliviada pelo som de Alex se movendo pelo meu apartamento. Abrindo gavetas cuidadosamente. Acendendo o fogão, pondo a chaleira nele.

Ele vem me ver quando acaba o que quer que estivesse fazendo e eu ainda estou sentada no vaso, com o short de dormir enrolado nos tornozelos.

— Acho que você pode tomar um banho, se quiser — ele diz, e liga o chuveiro. — Talvez seja melhor não lavar o cabelo. Não sei se é verdade, mas minha avó Betty jura que cabelo molhado deixa a gente doente. Tem certeza que não vai cair ou algo assim?

— Se for rápido, eu consigo — respondo, subitamente consciente de como me sinto pegajosa. Tenho quase certeza de que fiz xixi na calça. Mais tarde isso provavelmente será humilhante, mas, neste momento, acho que *nada* poderia me constranger. Estou tão aliviada por ele estar aqui.

Ele parece hesitante por um segundo.

— Entre no chuveiro. Vou ficar por perto, e, se você sentir que não vai aguentar, é só me avisar, tudo bem? — Ele vira para o outro lado enquanto eu me forço a levantar e tirar o pijama. Entro no chuveiro quente e fecho a cortina, estremecendo quando a água bate em mim.

— Tudo bem? — ele pergunta imediatamente.

— Aham.

— Vou ficar aqui, tá? — ele reforça. — Qualquer coisa, é só falar.

— Aham.

Depois de uns dois minutos, não aguento mais. Desligo a torneira e Alex me passa uma toalha. Sinto mais frio do que nunca agora que estou toda molhada, e saio com os dentes batendo.

— Venha. — Ele enrola outra toalha em volta de meus ombros como uma capa e esfrega para tentar me passar calor. — Sente-se enquanto eu troco sua roupa de cama.

Concordo com a cabeça e ele me leva até a cadeira de vime antiga de encosto largo no canto de meu quarto.

— Onde tem roupa de cama? — ele pergunta.

Aponto para o armário.

— Prateleira de cima.

Ele pega os lençóis e me entrega uma calça de moletom e uma camiseta. Como não tenho o hábito de dobrar as roupas, ele deve tê-las dobrado instintivamente quando as tirou da cômoda. Depois que eu

DE FÉRIAS COM VOCÊ

as pego de suas mãos, ele me dá as costas deliberadamente e começa a arrumar a cama, e eu largo a toalha no chão e me visto.

Quando termina de arrumar a cama, Alex puxa um lado do lençol e eu me deito e deixo ele me cobrir. Na cozinha, a chaleira começa a apitar. Ele se vira para ir até ela, mas eu seguro seu braço, meio bêbada com a sensação de estar quente e limpa.

— Eu não quero que você vá.

— Eu já volto, Poppy. Preciso pegar um remédio para você.

Concordo e o largo. Quando ele volta, está trazendo um copo de água e a bolsa do laptop. Ele se senta na beira da cama e tira dela frascos de comprimidos e caixas de expectorante, alinhando-os na mesa de cabeceira.

— Eu não sabia bem o que você estava sentindo — ele explica.

Toco o peito, tentando explicar como o sinto apertado e incômodo.

— Entendi — ele fala, e escolhe uma caixa, pega dois comprimidos e os entrega para mim com o copo de água.

— Você comeu? — ele pergunta, depois que os tomo.

— Acho que não.

Ele dá um sorrisinho.

— Eu comprei umas coisas no caminho para cá para não ter que sair de novo. Acha que sopa cai bem?

— Por que você é tão bonzinho? — murmuro.

Ele me olha por um instante, depois se inclina e beija a minha testa.

— Acho que o chá deve estar pronto.

Alex me traz canja, água e chá. Ajusta timers para indicar quando eu posso tomar mais comprimidos, confere minha temperatura a cada duas horas durante a noite.

Quando durmo, é um sono sem sonhos, e toda vez que acordo ele está ali, meio cochilando na cama ao meu lado. Ele boceja, desperta e me examina.

— Como você está?

— Melhor — respondo, e não tenho certeza se isso é verdade no sentido físico, mas ao menos mentalmente, emocionalmente, de fato me sinto melhor por tê-lo aqui, e não consigo falar muitas palavras de uma vez, então não há necessidade de explicar tudo isso.

De manhã, ele me ajuda a descer para pegar um táxi e nós vamos ao médico.

Pneumonia. Estou com pneumonia. Mas não daquela tão ruim, que obriga a gente a ficar no hospital.

— Desde que você fique de olho nela e ela tome os antibióticos direitinho, ela vai ficar bem — o médico diz a Alex mais do que para mim, acho que porque eu não pareço exatamente alguém que vai conseguir entender as palavras, no momento.

Quando Alex me leva para casa, ele me diz que tem que sair de novo, e eu quero tanto pedir para ele ficar, mas estou cansada demais. Além disso, tenho certeza de que ele precisa de uma pausa do meu apartamento e de mim, depois de ter ficado a noite inteira fazendo papel de enfermeiro.

Ele volta meia hora depois com gelatina, sorvete, ovos e mais sopa, e todo tipo de vitaminas e temperos que nunca pensei em ter em meu apartamento antes.

— A Betty põe muita fé no zinco — ele me diz, trazendo um punhado de vitaminas com um pote de gelatina vermelha e outro copo de água. — Ela também me disse para pôr canela em sua sopa, então, se estiver ruim, a culpa é dela.

— Como você está aqui? — eu me esforço para falar.

— A escala do meu voo para a Noruega era em Nova York — ele explica.

— E aí? — eu falo. — Você entrou em pânico e saiu do aeroporto em vez de embarcar no avião seguinte?

— Não, Poppy — diz ele. — Eu vim pra cá ficar com você.

Imediatamente, lágrimas vêm aos meus olhos.

— Eu ia levar você a um hotel feito de gelo.

DE FÉRIAS COM VOCÊ

Um sorriso rápido passa por seus lábios.

— Sinceramente, não sei se isso é a febre falando.

— Não. — Aperto os olhos e sinto as lágrimas formando trilhas em meu rosto. — É verdade. Eu sinto muito.

— Ei. — Ele afasta o cabelo do meu rosto. — Você sabe que eu não me importo com isso, né? Só o que me importa é passar um tempo com você. — Seu polegar segue levemente a trilha molhada que está descendo pela lateral de meu nariz, enxugando-a um pouco antes de alcançar meu lábio superior. — Sinto muito por você não estar bem e por estar perdendo o hotel de gelo, mas eu estou bem aqui.

Tendo perdido cada gota de dignidade quando este homem trocou minha roupa de cama molhada de xixi, seguro em seu pescoço e o puxo para mim, e ele se deita na cama ao meu lado, vindo mais para perto em obediência ao aceno da minha mão. Ele passa um braço pelas minhas costas e me aconchega junto ao seu peito, e eu também passo um braço por sua cintura, e ficamos ali deitados, entrelaçados.

— Eu sinto o seu coração bater — digo a ele.

— E eu sinto o seu — ele fala.

— Desculpe por ter feito xixi na cama.

Ele ri e me aperta mais, e nesse instante meu peito dói com o tanto que o amo. Acho que devo ter dito algo nesse sentido em voz alta, porque ele murmura:

— Isso deve ser a febre falando.

Balanço a cabeça, me aconchego mais, até não restar espaço entre nós. A mão dele se move de leve pelo meu cabelo e um arrepio percorre minhas costas partindo de onde seus dedos roçam minha nuca. No meio de um mar de sensações ruins, isso é tão bom que me faz arquear o corpo um pouco, minha mão apertando as costas dele, e eu sinto o coração dele acelerar, o que só faz o meu correr para acompanhar. A mão dele desce para minha coxa e a puxa para o seu quadril, e meus dedos se curvam nele enquanto pressiono a boca contra a lateral de seu pescoço, onde sinto sua pulsação batendo com urgência.

— Você está confortável? — ele pergunta, com a voz um pouco rouca, como se estarmos deitados assim fosse apenas uma questão de alinhamento, como se estivéssemos construindo uma narrativa que nos protegesse da verdade do que está acontecendo. De que, mesmo em meio ao atordoamento de estar doente, eu o sinto me desejando como eu o desejo.

— Aham — murmuro. — E você?

Sua mão se aperta em minha coxa e ele acena com a cabeça.

— Também — ele diz, e ambos ficamos totalmente parados.

Não sei por quanto tempo ficamos deitados ali, mas em algum momento o remédio vence as terminações nervosas alertas e faiscantes de meu corpo e eu durmo. Na próxima vez em que acordo, encontro-o em segurança do outro lado da cama.

— Você estava chamando a sua mãe — ele me conta.

— Sempre que fico doente, eu sinto falta dela.

Ele concorda com a cabeça, prendendo uma mecha de cabelo atrás de minha orelha.

— Às vezes isso acontece comigo também.

— Conte-me sobre ela — eu peço.

Ele muda de posição e se apoia na cabeceira da cama.

— O que você quer saber?

— Qualquer coisa — sussurro. — Em que você pensa quando pensa nela.

— Bom, eu tinha só seis anos quando ela morreu — ele diz, alisando meu cabelo de novo. Eu não pressiono nem pergunto nada, mas, após um momento, ele prossegue. — Ela cantava para nós quando nos punha na cama à noite. E eu achava a voz dela linda. Tipo, eu dizia às crianças da minha classe que ela era cantora. Ou que ela teria sido, se não fosse dona de casa, sei lá. Sabe... — Sua mão para em meu cabelo. — Meu pai não conseguia falar sobre ela. Nada. Na verdade, ele ainda não consegue sem desmoronar. Então, eu e meus irmãos não falávamos sobre ela também. E, quando eu tinha uns catorze, quinze anos, fui à casa da vó Betty limpar as calhas, cortar a grama, essas coisas, e ela estava vendo uns velhos filmes caseiros de minha mãe.

Eu observo seu rosto, o modo como seus lábios grossos se curvam e os olhos refletem os raios da luz da rua que entram por minha janela, de modo que ele quase parece iluminado por dentro.

— Nós nunca fazíamos isso em casa — diz ele. — Eu nem me lembrava da voz dela. E nós vimos um vídeo dela me segurando quando eu era bebê. Cantando uma música antiga de Amy Grant. — Ele me olha e o sorriso se abre em um dos cantos de sua boca. — E a voz dela era horrível.

— Horrível quanto? — pergunto.

— O suficiente para a Betty precisar parar o vídeo para não ter um ataque cardíaco de tanto rir — ele conta. — E dava para ver que minha mãe sabia que era ruim. Quer dizer, dava para ouvir a Betty rindo enquanto filmava, e minha mãe ficava olhando sobre o ombro com um sorriso, mas não parava de cantar. Acho que penso muito nisso.

— Ela parece o meu tipo de mulher — comento.

— Por boa parte da minha vida — ele continua —, ela foi uma espécie de bicho-papão para mim, sabe? Como se o maior papel que ela teve em minha vida fosse o jeito como meu pai ficou destroçado quando a perdeu. Imagina como ele deve ter ficado apavorado por ter que nos criar sozinho.

Aceno com a cabeça; faz sentido.

— Muitas vezes, quando eu penso nela, é como... — Ele faz uma pausa. — Como se fosse mais um conto de advertência do que uma pessoa. Mas, quando penso naquele vídeo, entendo por que meu pai a amava tanto. E é melhor assim. Pensar nela como uma pessoa.

Por um tempo, ficamos em silêncio. Eu seguro a mão de Alex na minha.

— Ela deve ter sido incrível — digo —, para fazer uma pessoa como você.

Ele aperta minha mão, mas não diz mais nada, e acabo voltando a dormir.

Os dois dias seguintes são um borrão, e depois eu começo a melhorar. Não estou saudável ainda, mas mais desperta, mais leve e com a mente mais clara.

Não há mais aconchegos intensos, apenas muitas horas assistindo a desenhos juntos na cama, tomando café da manhã sentados na saída de incêndio, tomando comprimidos sempre que os alarmes tocam no celular de Alex, bebendo chá no sofá, à noite, enquanto uma playlist de "música folclórica norueguesa tradicional" toca ao fundo.

Quatro dias se passam. Depois cinco. E então, estou suficientemente bem para, teoricamente, poder sair do país, mas já é tarde demais e não falamos mais nisso. Também não há mais toques, exceto os esbarrões ocasionais de braço ou perna, ou a mão estendida instintivamente sobre a mesa para me impedir de derrubar a bebida do copo. À noite, porém, quando Alex está deitado do outro lado da cama, fico acordada por horas ouvindo sua respiração irregular, sentindo como se fôssemos dois ímãs tentando desesperadamente se aproximar.

Eu sei, bem no fundo, que isso não é uma boa ideia. A febre baixou minhas defesas, as dele também, mas o fato é que Alex e eu não fomos feitos um para o outro. Pode haver amor, atração e história, mas isso só significa que há mais a perder se tentarmos levar esta amizade para um lugar que não é dela.

Alex quer casamento, filhos e um lar estabelecido, e quer tudo isso com alguém como Sarah. Alguém que possa ajudá-lo a construir a vida que ele perdeu aos seis anos.

E eu quero uma vida sem amarras, com viagens espontâneas e a emoção de novos relacionamentos, estações diferentes com pessoas diferentes e, muito possivelmente, nunca me estabelecer em um só lugar. Nossa

DE FÉRIAS COM VOCÊ

única esperança de manter essa relação é com a amizade platônica que sempre tivemos. Aqueles cinco por cento vêm se insinuando há anos, mas é hora de contê-los. De esmagar o "e se".

No fim da semana, quando o deixo no aeroporto, eu lhe dou o abraço mais casto que é possível, apesar de que senti-lo me levantando de encontro a seu peito produz aquele mesmo arrepio em minhas costas e um calor em todos os lugares em que ele nunca me tocou.

— Vou sentir sua falta — ele diz em um murmúrio lento em meu ouvido, e eu me forço a me afastar a uma distância sensata.

— Eu também.

Penso nele a noite inteira, e, quando sonho, ele está puxando minha coxa sobre sua perna, pressionando seus quadris contra os meus. Toda vez que ele está prestes a me beijar, eu acordo.

Não nos falamos por quatro dias, e, quando ele finalmente me escreve, é só uma foto de sua pequenina gata preta sentada sobre uma edição de *Sangue sábio*, de Flannery O'Connor.

Destino, ele escreve.

26

Neste verão

DE PÉ NA varanda, com nossos corpos encharcados de chuva colados um no outro e seu olhar suave, eu sinto meu último vestígio de controle me deixando, sendo lavado com o calor do deserto e com a sujeira do dia. Não há mais nada além de Alex e eu.

Seus lábios se apertam, depois se abrem, e os meus são um espelho dos dele, sua respiração quente sobre minha boca. Cada inspiração rasa nos aproxima um pouco mais, até que minha língua roça de leve seu lábio inferior molhado de chuva, e então ele ajusta a posição para pegar minha boca só mais um pouquinho com a sua.

Uma fração de beijo. Depois outra, um pouco maior. Um movimento de minhas mãos em seu cabelo, o assobio de respiração entre seus dentes, depois outro roçar de seus lábios, mais profundo, mais lento, cuidadoso e intencional, e eu me derretendo junto dele. Estremecendo e aterrorizada e arrebatada, e cada nuance entre essas sensações enquanto nossas bocas se unem e separam, sua língua deslizando na minha por um segundo, depois um pouco mais fundo, meus dentes pegando a parte mais cheia de seu lábio inferior, suas mãos descendo pelos meus quadris, meu peito se arqueando contra o dele enquanto minhas mãos escorregam por seu pescoço molhado.

Nós nos aproximamos e afastamos, os pequenos arquejos e curtas inspirações ofegantes quase tão intoxicantes quanto cada movimento breve de sua boca deslizante de chuva provando, testando, escorregando sobre a minha. Ele recua, deixa sua boca pairando logo acima da minha, onde ainda posso sentir sua respiração.

— Você está bem com isto? — ele me pergunta em um sussurro.

Se eu pudesse falar, diria a ele que este é o melhor beijo da minha vida. Que eu não sabia que beijar podia ser tão bom. Que eu poderia *apenas* ficar desse jeito com ele por horas e seria melhor do que o melhor sexo que já tive.

Mas não consigo pensar claramente o bastante para dizer nada disso. Minha mente está ocupada demais com a sensação de suas mãos na minha bunda e de seu peito apertado contra o meu, sua pele molhada e a camada fina e encharcada de roupas entre nós, então digo sim com a cabeça e pego seu lábio inferior com os dentes de novo, e aí ele me vira, pressiona minhas costas contra a parede de estuque e me beija mais urgentemente.

Uma de suas mãos se enrola na bainha da camiseta onde ela pende sobre minha coxa e a outra acaricia minha barriga sob ela.

— E com isto? — ele pergunta.

— Sim — arquejo.

Sua mão sobe mais, desliza sob a parte de cima de meu biquíni, fazendo-me estremecer.

— Isto? — ele pergunta.

Minha respiração trava e meu coração para quando os dedos dele descrevem um círculo suave. Faço que sim com a cabeça e puxo seus quadris para junto dos meus. Ele está rígido entre as minhas pernas e, instantaneamente, sinto uma vertigem.

— Eu penso em você o tempo todo — ele me diz, e me beija devagar, arrasta a boca pelo meu pescoço deixando a pele arrepiada por onde passa. — Penso nisso.

— Eu também — admito em um sussurro. Sua boca se move sobre o meu peito, me beijando através da camiseta molhada enquanto as mãos sobem o tecido passando por meus quadris, costelas e, então, meus ombros. Ele se afasta apenas por tempo suficiente para puxar a camiseta sobre minha cabeça e largá-la no meio dos pedaços de plástico.

— A sua também — digo, o coração aos pulos. Pego a barra de sua camiseta e a puxo sobre a cabeça dele. Quando a jogo de lado, ele tenta me abraçar de novo, mas eu o detenho por um segundo.

— Você quer parar? — ele pergunta, e seus olhos se escurecem.

Balanço a cabeça.

— É só que... eu nunca olho para você assim.

O canto de seus lábios se eleva em um sorriso.

— Poderia ter olhado sempre — ele diz com a voz grave. — Só para você saber.

— Você também poderia.

— Acredite — ele responde —, eu olhei.

E então eu o estou puxando para mim, e ele está levantando minha coxa sobre seu quadril, e estou afundando os dedos em suas costas largas, meus dentes em seu pescoço, as mãos dele massageiam meu peito, minha bunda. Seus lábios descem de meus ombros, deslizam sob o biquíni, os dentes cuidadosos em meu mamilo, e eu o sinto através de seu short e enfio os dedos sob o tecido e adoro o modo como ele se contrai e se move. Empurro seu short para baixo e minha boca fica seca ao senti-lo de encontro a mim.

DE FÉRIAS COM VOCÊ

— Merda — digo quando algo me vem à cabeça como um balde de água fria. — Eu parei de tomar pílula.

— Se isso ajuda — diz ele —, eu fiz vasectomia.

Eu recuo tão chocada que saio da vertigem do momento.

— Você *o quê*?

— É reversível — ele explica, corando pela primeira vez desde que começamos isto. — E eu tomei... precauções, para o caso de querer filhos e a reversão não funcionar. Geralmente funciona, mas... de qualquer modo, eu só... não queria engravidar alguém acidentalmente. Mesmo assim sempre faço sexo seguro, não é... Por que você está me olhando desse jeito?

Eu sabia que Alex tinha um pensamento objetivo. Sabia que ele era ultracauteloso e que era a pessoa mais atenciosa e respeitosa do planeta. Mas, ainda assim, eu me surpreendo por tudo isso tê-lo levado a *essa* grande decisão. Meu coração parece inchar como um músculo dolorido, cheio de pura ternura e afeto, porque isso é tão *ele*. Aperto os braços ao redor de sua cintura e o puxo para mim.

— É só que, claro que você fez isso — digo. — Além de toda cautela e consideração. Você é um príncipe, Alex Nilsen.

— Ah, tá — ele fala, sua expressão divertida e nada convencida.

— De verdade — confirmo, abraçando-o mais forte. — Você é incrível.

— Podemos encontrar uma camisinha, se você quiser — ele diz. — Mas eu não... não tem mais ninguém.

Tenho certeza de que estou enrubescendo agora e provavelmente também sorrindo ridiculamente.

— Tudo bem — digo. — Somos nós.

O que quero dizer é que, se há alguém com quem eu faria isso, seria ele. Se há uma pessoa em quem eu realmente confio e que quero inteiro dessa maneira, é ele.

Mas o que eu falo é: *Somos nós*. E ele repete para mim, como se soubesse exatamente o que quero dizer, e então estamos no chão, sobre um mar de plástico rasgado, e ele está tirando a parte de cima de meu biquíni, puxando a parte de baixo também, pressionando a boca entre minhas pernas, apertando minha bunda em suas mãos, me fazendo arfar e me arquear na direção dele enquanto sua língua se move por mim.

— Alex — peço, prendendo as mãos em seu cabelo —, pare de me fazer esperar por você.

— Pare de ser impaciente — ele provoca. — Esperei por doze anos. Quero que isto dure.

Um arrepio desce por minhas costas e eu arqueio o quadril para ele. Finalmente, ele desliza sobre mim, as mãos se enrolando em meu cabelo, perambulando em minha pele, e me penetra devagar. Encontramos nosso ritmo juntos, e é tão bom, tão elétrico, tão certo que não posso acreditar no tempo que desperdiçamos. Doze anos de sexo mais ou menos quando, o tempo todo, era assim que deveria ser.

— Meu Deus, como você pode ser tão bom nisso? — digo, e ele ri colado em minha orelha e depois beija atrás dela.

— Porque eu conheço você — ele responde com ternura —, e lembro os sons que você faz quando gosta de alguma coisa.

Tudo em mim se tensiona em ondas. Cada toque das mãos dele, cada movimento de seu corpo ameaça me desmanchar.

— Eu poderia transar com você até morrer — ofego.

— Que bom — ele diz, e se move um pouco mais rápido, mais firme, o prazer intenso me fazendo arquear, gemer e me mover para acompanhá-lo.

— Eu te amo — sibilo sem querer. Acho que eu pretendia dizer *Eu amo transar com você* ou *Eu amo seu corpo maravilhoso*, ou talvez desejasse mesmo dizer *Eu amo você* do jeito que sempre digo quando ele faz algo que demonstra consideração por mim, mas isto é um pouco diferente, porque estamos transando, e meu rosto fica quente e não sei como consertar o que acabei de dizer, mas então Alex se senta e me puxa para o seu colo, e me segura muito perto enquanto me penetra de novo, lento, profundo, firme, e diz:

— Eu também te amo.

E, de uma só vez, meu peito se solta, meu estômago relaxa e qualquer constrangimento e medo evapora. Não há mais nada além de Alex.

As mãos ásperas de Alex movendo-se gentilmente pelo meu cabelo.

As costas largas de Alex ondulando sob meus dedos.

Os quadris angulosos de Alex indo lenta e determinadamente de encontro aos meus.

O suor e a pele de Alex e os pingos de chuva em minha língua.

Seus braços perfeitos me segurando, mantendo-me ali, presa nele, enquanto nos agarramos e nos balançamos.

Seus lábios sensuais provocando minha boca, seduzindo-a a se abrir para que ele me saboreie conforme nos aproximamos e afastamos, encontrando novas maneiras de nos tocar e beijar cada vez que nos unimos novamente.

Ele beija meu queixo, minha garganta, meu ombro, sua língua quente e cuidadosa em minha pele. Eu toco e provo cada linha firme e cada curva macia que posso alcançar e ele estremece sob minhas mãos, minha boca.

Ele se deita e me puxa sobre ele, e isso é ainda melhor, porque posso ver muito dele, chegar a todos os lugares que quero.

— Alex Nilsen — falo, ofegante —, você é o homem mais gostoso do planeta.

Ele ri, ofegante como eu, e beija a lateral de meu pescoço.

— E você me ama.

Sinto um frio na barriga.

— Eu te amo — murmuro, desta vez querendo dizer exatamente isso.

— Eu te amo tanto, Poppy — ele diz, e de alguma maneira, o som de sua voz me leva ao limite e estou me desmanchando inteira. Nós estamos, juntos.

E eu não sei o que fizemos, que reação em cadeia podemos ter começado, como tudo isso vai se resolver, mas, neste instante, não consigo pensar em nada além do arrebatamento de amor que nos envolve.

27

Neste verão

FICAMOS DEITADOS NA varanda cheia de plástico, enrolados um no outro e ensopados até os ossos, embora a tempestade já esteja cedendo e o calor se intrometendo para evaporar a umidade de nossa pele.

— Muito tempo atrás, você me disse que sexo ao ar livre não era tudo isso que falavam — eu comento, e Alex dá uma risada rouca, sua mão alisando meu cabelo.

— Eu não tinha transado ao ar livre com você — ele fala.

— Foi incrível — digo. — Quer dizer, pra mim. Nunca foi desse jeito pra mim.

Ele se apoia no cotovelo e me olha de cima.

— Nunca foi desse jeito pra mim também.

Viro o rosto para a pele dele e beijo seu peito.

— Só para ter certeza.

Depois de alguns segundos, ele diz:

— Eu quero fazer de novo.

— Eu também — respondo. — Acho que deveríamos.

— Só pra ter certeza — ele me imita. Meus dedos traçam desenhos lentos em seu peito, e o braço dele pousado em minhas costas me segura com mais firmeza. — Nós não podemos, mesmo, ficar aqui esta noite.

Eu suspiro.

— Eu sei. Eu só não quero me mexer. Nunca mais.

Ele afasta o cabelo do meu ombro e beija a pele exposta.

— Você acha que isso teria acontecido se o ar-condicionado do Nikolai funcionasse direitinho? — pergunto.

Agora Alex se inclina para me beijar sobre o coração, causando arrepios em minha barriga e em minhas pernas, que seus dedos estão acariciando.

— Isso teria acontecido mesmo que o Nikolai nunca tivesse nascido. Mas talvez não tivesse acontecido nesta varanda.

Eu me sento e passo um joelho sobre a cintura dele, me instalando em seu colo.

— Eu estou feliz por ter acontecido.

Suas mãos sobem por minhas coxas e o calor se acumula de novo entre minhas pernas.

É quando ouvimos batidas à porta.

— ALGUÉM AÍ? — um homem grita. — É O NIKOLAI. EU VOU ENTRAR...

— Espere um segundo! — grito de volta, e saio depressa do colo de Alex, pegando a camiseta molhada no caminho.

— Merda — Alex resmunga enquanto procura seu calção de banho na bagunça das tiras de plástico.

Encontro o tecido preto embolado e jogo para ele, depois puxo a bainha de minha camiseta para baixo das coxas bem quando a porta começa a ser destrancada.

— Oiiii, Nikolai! — exclamo alto demais, afastando-o antes que ele possa ver Alex Literalmente Nu ou o plástico rasgado.

Nikolai é baixo e está ficando careca, e veste bordô da cabeça aos pés: camiseta polo estilo anos 1970, calça de pregas, mocassim. Ele estende a mão rechonchuda.

— Você deve ser a Poppy.

— Sim, oi. — Aperto a mão dele e mantenho um contato visual intenso, esperando dar a Alex a chance de se vestir discretamente na varanda quase escura.

— Lamento, mas tenho más notícias — diz ele. — O ar-condicionado está quebrado.

Não me diga, quase falo em resposta.

— Não só nesta unidade, mas na ala inteira — ele explica. — Já contratamos uma pessoa para vir aqui amanhã bem cedo, mas eu sinto muitíssimo pela demora.

Alex aparece ao meu lado. Neste ponto, Nikolai parece se dar conta de que estamos os dois encharcados e descabelados, mas felizmente ele não faz nenhum comentário.

— Enfim, eu *realmente* sinto muito — ele repete. — Achei que vocês só estavam sendo difíceis, para ser sincero, mas, quando entrei aqui... — Ele puxa o decote da blusa e estremece. — Eu vou reembolsar vocês pelos três últimos dias e... bem, até hesito em dizer a vocês para voltar aqui amanhã sem ter certeza de que as coisas vão estar solucionadas.

— Não tem problema! — digo. — Se você nos reembolsar por todo o período, nós podemos encontrar outro lugar para ficar.

— Tem certeza? — ele fala. — Tudo é muito caro quando não se reserva com antecedência.

— Nós vamos dar um jeito — garanto.

Alex dá uma batidinha com o braço em minhas costas.

— A Poppy é especialista em viajar com orçamento curto.

— É mesmo? — Nikolai não poderia parecer menos interessado. Ele pega seu celular e digita com um só dedo. — Solicitei o reembolso. Não sei quanto tempo demora, então me avisem se tiverem algum problema.

Nikolai se vira para sair, mas dá meia-volta.

— Quase ia me esquecendo. Eu encontrei isto no capacho do lado de fora.

Ele nos entrega um papel dobrado ao meio. Na frente, em letras cursivas arredondadas, está escrito: PARA OS RECÉM-CASADOS, com uns vinte e cinco coraçõezinhos desenhados em volta.

— Parabéns pelo casamento — Nikolai diz, e vai embora.

— O que é isso? — Alex pergunta.

Eu abro o papel. É um cupom do Groupon impresso em tinta preta barata. No alto, escrito na margem com a mesma caligrafia da frente, há um bilhete.

Espero que não achem sinistro termos descoberto em qual apartamento vocês estão! Achamos que havia uns sons apaixonados vindo daqui. ;) E o Bob disse que viu vocês saindo esta manhã (nós estamos a três portas de distância). Mas não importa! Temos que sair bem cedinho para a próxima etapa de nossas férias (Joshua Tree!!! Oba! Eu me sinto uma celebridade só de escrever isso!) e, infelizmente, não tivemos a chance de usar este cupom. (Nós mal saímos do quarto — vocês sabem como é rsrsrs.) Espero que aproveitem o resto da viagem!

Beijinhos. Seus padrinhos mágicos, Stacey e Bob

Eu olho para o voucher e pisco, perplexa.

— É um cupom de cem dólares — digo. — Para um spa. Eu acho que li sobre esse lugar. Dizem que é incrível.

— Uau — diz Alex. — Estou me sentindo meio mal porque nem lembrava o nome deles.

— Eles não disseram — comento. — Duvido que eles saibam os nossos também.

— E nos deram isso mesmo assim — Alex diz.

— Será que seria possível fazermos uma amizade duradoura com eles, ficarmos superpróximos, viajarmos juntos e tudo o mais sem eles nunca descobrirem nossos nomes? Só pela diversão?

— Com certeza — ele responde. — É só estender isso por tempo suficiente para que seja constrangedor perguntar. Eu tive muitos "amigos" assim na faculdade.

— Sim! E aí a gente tem que usar aquele truque de perguntar para duas pessoas se elas já foram apresentadas e esperar que elas digam os nomes.

— Só que às vezes elas só dizem que sim — Alex observa. — Ou dizem que não e ficam esperando que *você* as apresente.

— Talvez porque estejam fazendo a mesma coisa — falo. — Talvez essas pessoas nem lembrem seus nomes.

— Bom, duvido que eu vá esquecer Stacey e Bob agora — diz Alex.

— Duvido que eu vá esquecer alguma coisa desta viagem — respondo. — Menos a lojinha do dinossauro. Isso pode ir embora, se eu tiver que abrir espaço para coisas mais importantes.

Alex sorri para mim.

— De acordo.

Depois de um breve silêncio incômodo, eu digo:

— Então... vamos procurar um hotel?

28

Neste verão

O HOTEL LARREA PALM Springs tem diária de setenta dólares no verão e, mesmo no escuro, parece um desenho de criança com canetinha. No bom sentido.

O exterior é uma explosão de cores: guarda-sóis amarelo-banana na piscina, espreguiçadeiras vermelho-pimenta espalhadas em volta da água, cada bloco do prédio de três andares pintado de um tom diferente de rosa, vermelho, roxo, amarelo, verde.

Nosso quarto é igualmente vibrante: paredes, cortinas e móveis laranja, tapete verde, roupa de cama listrada combinando com o exterior do prédio. E o mais importante: é muito frio.

— Quer tomar banho primeiro? — Alex pergunta assim que entramos. Percebo então que, durante todo o trajeto até aqui, e mesmo antes disso, quando estávamos guardando nossas coisas e arrumando o

DE FÉRIAS COM VOCÊ

apartamento de Nikolai, ele estava esperando para se limpar, controlando um desejo de dizer a toda hora: *Nossa, preciso de um banho*, enquanto tudo em que eu estava pensando era no que aconteceu na varanda e sentindo aquele calor outra vez.

Eu não quero que Alex tome banho agora. Quero entrar no chuveiro com ele para a gente se agarrar um pouco mais.

Mas também lembro de ele ter me contado uma vez que detestava sexo no chuveiro (pior do que sexo ao ar livre) porque, quando ele estava no chuveiro, só queria se limpar, e isso era difícil de fazer com o cabelo e a sujeira de outra pessoa caindo em cima de você, e a parte do sexo era igualmente complicada, porque havia sabonete nos olhos o tempo todo ou você ficava roçando na parede e pensando em quando tinha sido a última vez que haviam limpado os azulejos etc. etc. etc.

Então, eu digo:

— Pode ir você! — e Alex concorda com a cabeça, mas hesita, como se talvez fosse dizer alguma coisa, mas decide não falar e desaparece no banheiro para um longo banho quente.

Minha camiseta e cabelo secaram, e, quando vou me sentar na varanda (não coberta de plástico) de nosso novo quarto, percebo que ela também está quase seca.

Qualquer sinal da chuva que aliviou o calor já desapareceu, como se nunca tivesse acontecido.

Só que meus lábios estão inchados e meu corpo está mais relaxado do que em toda a semana. E o ar está mais leve também, tem até uma brisa.

— Todo seu — Alex diz atrás de mim.

Quando eu me viro, ele está ali de pé, de toalha, limpinho e perfeito. Meu pulso acelera ao vê-lo, mas tenho consciência de como estou suja, então engulo meu desejo, me levanto e digo:

— Ótimo! — um pouco alto demais.

Resumindo, eu não sinto prazer em tomar banho.

De estar limpa, sim. De estar embaixo do chuveiro, também. Mas ter que pentear meu cabelo emaranhado antes, sair do banho e pisar em um tapetinho gasto ou em um chão de azulejo, me secar, pentear o cabelo de novo — isso eu detesto, o que significa que sou uma pessoa de três--banhos-por-semana, e Alex, de um ou dois banhos por dia.

Mas tomar esse banho depois da semana que tivemos até aqui é um luxo absoluto.

Ficar embaixo da água bem quente dentro de um banheiro bem frio, vendo a sujeira e o suor saírem de mim e escoarem pelo ralo em espirais cinza cintilantes, é revigorante. Massagear a cabeça com xampu com perfume de coco e passar sabonete facial com perfume de chá verde no rosto, e deslizar uma lâmina barata pelas pernas, é *divino*.

É o banho mais longo que tomei em meses, e, quando finalmente saio do banheiro me sentindo uma nova mulher, Alex está dormindo em uma das camas, sobre a roupa de cama, com todas as luzes ainda acesas.

Por um segundo, fico sem saber em qual cama devo me deitar. Normalmente adoro poder me esparramar em uma cama larga nessas viagens, mas grande parte de mim quer se enrolar ao lado de Alex, adormecer com a cabeça em seu ombro, onde eu possa sentir seu cheiro limpo de bergamota e talvez até conjurar um sonho com ele.

Mas acabo decidindo que é muito invasivo pressupor que ele quer dividir a cama comigo só porque transamos.

Da última vez que algo aconteceu entre nós, certamente não houve nada de dividir cama depois. Houve apenas caos.

Estou determinada a não deixar que isto termine daquele jeito. O que quer que tenha acontecido ou que aconteça entre nós nesta viagem, não vou permitir que arruíne nossa amizade. Não vou fazer suposições sobre o que isso significa nem alimentar qualquer expectativa em relação a Alex.

Puxo o edredom listrado sobre ele, apago as luzes e me deito na cama vazia em frente à dele.

29

Três verões atrás

OI, ALEX ME escreve na noite anterior à nossa viagem para a Toscana. Oi, escrevo de volta.

Podemos conversar por um instante? Só quero resolver umas coisas.

Imediatamente, acho que ele vai cancelar. O que não faz sentido.

Pela primeira vez em anos, esta deve ser uma viagem livre de tensões. Nós dois estamos em relacionamentos sérios, nossa amizade está melhor do que nunca e jamais estive tão feliz em minha vida.

Três semanas depois do desastre da pneumonia, conheci Trey. Um mês depois disso, Alex e Sarah voltaram. Ele diz que desta vez está melhor, que eles estão se entendendo. Quase tão importante quanto isso, desta vez parece que ela finalmente está começando a gostar de mim, e, nas poucas vezes que Alex e Trey se encontraram, eles também se deram bem. Então, de novo, como sempre, estou naquele ponto de me sentir *muito,*

muito agradecida por Alex e eu nunca termos deixado nada acontecer entre nós.

Começo a escrever a resposta, mas decido que é melhor telefonar da cadeira dobrável na varanda de meu apartamento, já que estou sozinha em casa. Trey ainda está no Good Boy Bar, subindo a rua do meu novo apartamento, mas eu vim para casa mais cedo depois de sentir náusea, um sinal de alerta para uma enxaqueca que preciso evitar que aconteça antes de nosso voo.

Alex atende no segundo toque.

— Está tudo bem? — pergunto.

Ouço o som da seta. Certo, talvez ele tenha voltado a falar comigo do carro, indo da academia para casa, mas as coisas realmente parecem melhores. Para começar, eles me mandaram um cartão conjunto de feliz aniversário. E um cartão de Natal. Ela não só passou a me seguir no Instagram como curte minhas fotos — e até comenta com coraçõezinhos e rostos sorridentes em alguma delas.

Então, eu achei que tudo estava indo bem, mas agora Alex pula o *Alô* e vai direto para:

— Nós não estamos cometendo um erro, estamos?

— Ahn... o quê?

— Sobre a viagem em casais, eu quero dizer. Isso é meio intenso.

Eu suspiro.

— Como assim?

— Não sei. — Ouço a ansiedade em sua voz e o imagino fazendo uma careta e passando a mão no cabelo. — O Trey e a Sarah só se encontraram uma vez.

Na primavera, Trey e eu pegamos um avião para Linfield para ele conhecer meus pais. Meu pai não ficou muito impressionado com as tatuagens ou os buracos nas orelhas dos alargadores que Trey usou quando tinha dezessete anos, ou pelo fato de ele responder a suas perguntas com outras perguntas, ou por não ter um diploma.

Mas minha mãe se impressionou com seus bons modos, que realmente são de primeira linha. Embora eu ache que, para ela, teve mais a ver com a combinação da aparência dele com seu jeito natural e afável de dizer coisas como: "Excelente bolo de marshmallow, sra. Wright!" e "Posso ajudar com a louça?"

No final daquele fim de semana, ela havia decidido que ele era um jovem muito simpático, e, quando fui à varanda para ouvir a opinião de meu pai enquanto Trey e minha mãe estavam lá dentro servindo um bolo com confeitos caseiro, ele me olhou nos olhos e fez um movimento solene de assentimento com a cabeça.

— Acho que ele parece certo para você. E é evidente que ele te faz feliz, Poppy. Isso é tudo o que importa para mim.

Ele realmente me faz feliz. Muito feliz. E ele *é* certo para mim. De um jeito assustador. Quer dizer, nós trabalhamos juntos. Passamos praticamente todos os dias juntos, seja no escritório ou pelo mundo, mas também somos independentes, temos nossos próprios apartamentos e nossos próprios amigos. Ele e Rachel se dão bem, mas, quando Trey e eu estamos na cidade, ele quase sempre sai mais com seus amigos skatistas enquanto Rachel e eu experimentamos um lugar novo para o brunch, ou lemos no parque, ou temos nossos corpos esfregados até ficar vermelhos em nosso spa coreano favorito.

Dois dias em minha casa em Linfield, e nós dois já estávamos um pouco impacientes, mas ele não se importou com a bagunça e *gostou* da coleção de animais idosos, e participou com gosto quando fizemos um Show de Novos Talentos com Parker e Prince pelo Skype.

Ainda assim, depois de como tudo se desenrolou com Guillermo — e com praticamente todas as outras pessoas do mundo —, eu estava inquieta, ansiosa para sair de Linfield antes que algo assustasse Trey, então provavelmente teríamos ido embora se não fosse o aniversário de sessenta anos do sr. Nilsen e o fato de Alex e Sarah estarem vindo fazer uma visita surpresa. Decidimos que nós quatro deveríamos jantar juntos antes da festa.

— Estou tão animado para conhecer esse cara — Trey me dizia sempre que uma nova mensagem de Alex chegava, e toda vez isso fazia meus nervos ficarem um pouco mais à flor da pele. Eu me sentia terrivelmente superprotetora, só não sabia bem em relação a quem.

— Dê uma chance a ele — alertei várias vezes. — Ele demora um pouco para se abrir.

— Eu sei, eu sei — Trey garantiu. — Mas sei o quanto ele significa para você, então vou gostar dele, P. Eu prometo.

O jantar foi normal. Quer dizer, a comida estava ótima (mediterrânea), mas a conversa poderia ter sido melhor. Trey, não pude deixar de pensar, acabou sendo um pouco exibido quando Alex lhe perguntou o que ele havia estudado, mas eu sabia que não ter tido uma educação superior formal era um ponto sensível para ele e gostaria que houvesse uma maneira fácil de sinalizar isso para Alex quando Trey embarcou na história de como tudo havia acontecido.

Que ele esteve em uma banda de heavy metal por todo o ensino médio em Pittsburgh. Que o grupo havia decolado quando ele tinha dezoito anos, com um convite para fazer os shows de abertura na turnê de uma banda *muito* maior. Trey era um excelente baterista, mas o que ele realmente amava era fotografia. Quando sua banda se desfez depois de quatro anos de turnês quase constantes, ele arranjou um emprego de fotógrafo na turnê de outra banda. Ele adorava viajar, conhecer pessoas, ver novas cidades. E, conforme essas conexões eram feitas, apareciam outras ofertas de trabalho. Ele se tornou freelancer e, em determinado momento, começou a trabalhar com a *R+R*, tornando-se um fotógrafo da equipe.

Ele encerrou seu monólogo pondo o braço sobre meus ombros e dizendo:

— E então eu conheci a P.

A alteração na expressão de Alex foi tão sutil que tive certeza de que Trey não notou. Talvez nem Sarah tenha notado, mas, para mim, foi como um canivete enfiado em meu umbigo e puxado uns quinze centímetros para cima.

— Ah, que fofo — disse Sarah, com sua voz açucarada, e provavelmente meu rosto se alterou *muito* mais.

— O engraçado — Trey continuou — é que a gente devia ter se conhecido antes. Eu estava agendado para ir naquela viagem para a Noruega com vocês dois. Antes de ela ficar doente.

— Uau. — Os olhos de Alex ricochetearam nos meus e depois mergulharam no copo de água à sua frente, que suava tanto quanto eu. Ele o pegou, tomou um gole lentamente e o colocou na mesa. — Isso *é* engraçado.

— Bom... e você? — disse Trey, meio sem jeito. — O que estudou?

Trey sabia exatamente o que Alex havia estudado (e ainda estava estudando), mas entendi que, ao fazer essa pergunta, ele estava dando a Alex uma chance de falar mais sobre si.

Em vez disso, Alex tomou outro gole e disse apenas:

— Escrita criativa, depois literatura.

Tive que ficar ali sentada vendo meu namorado se esforçar para encontrar um jeito de dar continuidade à conversa, desistir e voltar a examinar o cardápio.

— Ele é um ótimo escritor — eu disse, constrangida, e Sarah se ajeitou na cadeira.

— Ele é mesmo — ela falou, com um tom tão ácido que era como se eu tivesse dito: *Alex tem um corpo incrivelmente sexy!*

Depois do jantar, fomos à festa na casa da vó Betty e as coisas melhoraram um pouco. Os irmãos brincalhões de Alex ficaram entusiasmados por conhecer Trey e o bombardearam com todo tipo de perguntas sobre a banda, a *R+R* e se eu roncava.

— O Alex não quer nos contar — disse o mais novo, David —, mas aposto que a Poppy parece uma metralhadora quando está dormindo.

Trey riu e levou tudo numa boa. Ele nunca é ciumento. Nenhum de nós pode se dar ao luxo de ser: ambos flertamos incansavelmente. Parece estranho, mas eu amo isso nele. Adoro observá-lo ir ao balcão do bar pedir um drinque para mim e ver como as atendentes sorriem, dão risada e se apoiam no balcão fazendo caras e bocas para ele. Adoro vê-lo derramar seu charme pelas cidades aonde vamos, e o fato de, sempre que está ao meu lado, estar me tocando: um braço sobre os ombros, a mão em minha lombar, ou me puxando para seu colo como se estivéssemos sozinhos em casa e não jantando em um restaurante cinco estrelas.

Nunca me senti tão segura, tão certa de estar em sintonia com alguém.

Na festa, ele manteve a mão em mim o tempo todo, e David nos provocou por causa disso.

— Você não acha que ela vai fugir se você a soltar, né? — ele brincou.

— Ah, mas ela vai fugir, sim — disse Trey. — Esta garota não consegue ficar parada por mais de cinco minutos. É uma das coisas que amo nela.

A festa foi a primeira vez que todos os irmãos de Alex se encontraram no mesmo lugar depois de muito tempo, e eles estavam tão barulhentos e afetuosos quanto eu me lembrava que eram quando Alex e eu tínhamos dezenove anos, vínhamos para casa da faculdade e ficávamos encarregados de servir de motorista para eles no carro de Alex, já que não tinham carro ainda e seu pai era um doce de pessoa, mas também esquecido e confuso, incapaz de lembrar quem tinha de estar onde e quando.

Enquanto Alex sempre foi calmo e quieto, seus irmãos eram o tipo de menino que nunca para de brincar de luta ou de enfiar o dedo molhado de cuspe no ouvido do outros. Embora alguns deles já tenham filho agora, ainda eram assim na festa.

O sr. e a sra. Nilsen lhes deram nomes em ordem alfabética. Alex primeiro, depois Bryce, depois Cameron, depois David, e, estranhamente, eles basicamente seguiram mais ou menos a ordem de tamanho também. Alex é o mais alto e largo, Bryce tem a mesma altura, mas é magro e de

DE FÉRIAS COM VOCÊ

ombros estreitos, Cameron é alguns centímetros mais baixo e troncudo. E então vem David, que é dois centímetros mais alto do que Alex e tem corpo de atleta profissional.

Todos são bonitos, com tons variados de cabelos loiros combinando com os olhos avelã, mas David parece um artista de cinema (e, segundo Alex contou no jantar, nos últimos tempos ele vem falando sobre se mudar para Los Angeles para de fato *ser*), com seu cabelo grosso ondulado, os olhos grandes e pensativos e seu entusiasmo, o modo como se ilumina sempre que começa a falar. Ele começa cinquenta por cento das frases com o nome da pessoa com quem está falando, ou de quem ele acha que vai estar mais interessado.

— Poppy, Alex trouxe um monte de revistas *R+R* para eu poder ler seus artigos — ele disse em certo momento na casa da Betty, e essa foi a primeira vez que eu soube que Alex *lia* meus artigos. — Eles são muito bons. Eu me sinto como se estivesse no lugar.

— Seria legal se você estivesse — respondo. — A gente deveria fazer uma viagem todos juntos, qualquer hora.

— Porra, sim! — exclamou David, depois deu uma olhada sobre o ombro, sorrindo enquanto conferia se seu pai o tinha ouvido falar palavrão. Ele é um bebê de vinte e um anos e eu o amo.

A certa altura, Betty pediu minha ajuda na cozinha e eu a segui para pôr velas no bolo de chocolate alemão que ela havia assado para seu genro.

— O seu namorado Trey parece bonzinho — ela me disse, sem levantar os olhos do que estava fazendo.

— Ele é ótimo — confirmei.

— E eu gostei das tatuagens — ela acrescentou. — São lindas!

Ela não estava sendo desagradável. Betty sabia ser sarcástica, mas também podia pegar você desprevenida com suas opiniões sobre certas coisas. Ela era maleável. Eu gostava disso nela. Mesmo com sua idade, fazia perguntas em conversas como se já não tivesse todas as respostas.

— Eu também gosto — falei.

Fui mais atraída pela energia de Trey do que por sua aparência em nossa primeira viagem a trabalho juntos (Hong Kong), e gostei que ele esperou para me convidar para sair quando voltamos para casa porque não queria tornar a situação difícil para mim se eu recusasse.

Mas eu estaria mentindo se dissesse que Alex não influenciou em nada eu ter dito sim.

Alex tinha acabado de me contar que ele e Sarah vinham conversando muito mais no trabalho, que as coisas pareciam estar bem entre eles. Nesse ponto eu ainda acordava regularmente de sonhos em que ele aparecia à minha porta com aquele ar sonolento, preocupado e totalmente reconfortante, enquanto eu ardia em febre.

Não importava que ele não tivesse falado sobre voltar com Sarah.

Eles poderiam voltar ou não, mas no fim haveria *alguém*, e eu achava que meu coração não poderia suportar isso. Então, eu disse sim para Trey naquela noite e nós fomos a um bar com fliperama grátis e cachorros-quentes, e, no fim da noite, eu *sabia* que poderia me apaixonar por ele.

Trey era para mim o que Sarah Torval era para Alex. Alguém que se encaixava.

Então, continuei dizendo sim.

— Você o ama? — Betty me perguntou, ainda sem tirar os olhos de sua tarefa.

Tive a sensação de que ela estava me dando certa privacidade. A opção de mentir sem que ela olhasse direto em meus olhos, se fosse disso que eu precisasse. Mas eu não precisava mentir.

— Amo.

— Que bom, querida. Isso é ótimo. — Suas mãos pararam segurando duas pequenas velas prateadas sobre a cobertura do bolo como se pudessem tentar fugir. — Você o ama como ama o Alex?

Lembro com vívida clareza a sensação de meu coração atropelando várias batidas seguidas. Essa pergunta era mais complicada, mas eu não podia mentir para ela.

DE FÉRIAS COM VOCÊ

— Acho que nunca vou amar alguém como amo o Alex — falei, e então pensei: *Mas talvez eu nunca vá amar alguém do jeito que eu amo o Trey, também.*

Eu deveria ter dito isso, mas não disse. Betty balançou a cabeça e me olhou nos olhos.

— Eu queria que ele soubesse disso.

Então ela saiu da cozinha para que eu a seguisse. Alex e Sarah haviam trazido Flannery O'Connor, e ela escolheu esse momento para fazer sua entrada dramática, andando até mim com a coluna arqueada e os olhos muito abertos, me encarando intensamente e miando muito alto, com uma expressão corporal que Alex e eu chamamos de *Gata Halloween.*

— Oi — eu disse, e ela se esfregou em minhas pernas, então estendi a mão para pegá-la e ela sibilou e balançou as garras para mim no instante em que Sarah entrava na cozinha com uma pilha de pratos sujos. Ela riu e disse com aquela sua voz doce:

— Nossa! Ela não gosta *mesmo* de você!

Então, sim, eu entendo de onde Alex está tirando sua ansiedade sobre esta viagem de casais, mas nós estamos fazendo progressos. Com as curtidas no Instagram e os momentos perfeitamente agradáveis que Trey, Alex e eu tivemos em um bar de fliperama na última vez em que Alex me visitou. Além disso, estar no interior da Toscana com vinhos maravilhosos direto na veia *não* será o mesmo que um jantar esquisito em Ohio seguido por uma festa de aniversário de sessenta anos sem uma gota de álcool.

— Eles vão se dar muito bem — eu lhe digo agora, apoiando as pernas na grade da varanda e ajustando o celular entre meu rosto e meu ombro.

Ouço a seta parar e ele suspira.

— Como você pode ter certeza?

— Porque nós os amamos — argumento. — E nós nos amamos. Então eles também vão se amar. E todos nós vamos nos amar. Você e Trey. Eu e Sarah.

Ele ri.

— Eu queria que você pudesse ouvir como sua voz mudou nessa última parte. Parecia que você estava inalando hélio.

— Olha, eu ainda estou tentando perdoá-la por ter terminado com você da última vez — digo. — Mas parece que ela percebeu que foi o maior erro da vida dela, então eu estou dando essa chance a ela.

— Poppy. Não foi assim. As coisas estavam difíceis, mas estão melhores agora.

— Eu sei, eu sei — falo, embora na verdade eu não saiba. Ele insiste que não há nenhum ressentimento entre eles por causa do último rompimento, mas, sempre que eu penso no que ela disse, que o relacionamento deles era tão excitante quanto a biblioteca onde haviam se conhecido, ainda fico com sangue nos olhos por um segundo.

Sinto outra onda de náusea e gemo.

— Desculpe, eu preciso ir dormir para estar pronta para o voo amanhã — digo —, mas ouça o que estou te dizendo. Essa viagem vai ser incrível.

— É — ele diz, sem entusiasmo. — Com certeza estou me preocupando à toa.

Em essência, isso acaba sendo verdade.

Estamos hospedados em uma *villa*. É difícil ficar de mau humor quando se está em uma *villa* com piscina de águas cintilantes e um velho pátio de pedras, cozinha ao ar livre com buganvílias derramando-se por toda parte em delicados rosas e roxos.

— Uau — diz Sarah quando entramos. — Nunca mais vou perder uma dessas viagens.

Dou uma olhada rápida para Alex que equivale a um joinha e ele sorri levemente de volta.

— Com certeza — diz Trey. — Já devíamos ter pensado em viajar juntos antes.

— Sem dúvida — Sarah concorda, só que obviamente, com seus horários como professora no colégio e a carga de cursos de Alex na

DE FÉRIAS COM VOCÊ

universidade, eles não têm esse tempo todo para viajar pelo mundo, nem mesmo para *villas* na Toscana com enormes descontos.

— Há uns dez restaurantes com estrelas Michelin numa área de trinta quilômetros aqui em volta. E acho que o Alex pode querer cozinhar pelo menos uma noite.

— Isso seria maravilhoso — Alex comemora.

Claro que fica tudo um pouco tenso e estranho nesse primeiro dia na *villa*, nós quatro perambulando pelo local entre cochilos de jet lag em nossos quartos e mergulhos rápidos na piscina. Trey faz algumas fotos de teste e eu vou à cidade comprar guloseimas: queijos envelhecidos e carnes, pão fresco e uma variedade de geleias em pequenos frascos. E vinho, muito vinho.

Ao final da primeira noite, sentados no terraço e bebendo as duas primeiras garrafas de vinho, todos já estão mais amistosos e relaxados. Sarah fica totalmente tagarela, contando histórias sobre seus alunos, sobre Flannery O'Connor e a vida em Indiana, e Alex completa com comentários sutis e engraçados que me fazem rir tanto que sai vinho pelo meu nariz, duas vezes.

É como se nós quatro fôssemos amigos, realmente amigos.

Quando Trey me puxa para o seu colo e apoia o queixo em meu ombro, Sarah toca o peito e faz *ownnn*.

— Vocês dois são tão fofinhos — ela diz, olhando para Alex. — Eles não são fofinhos?

— E amanteigados — Alex fala, dando uma olhada muito rápida para mim.

— O quê? — pergunta Sarah. — O que isso quer dizer? — Ele dá de ombros, e ela continua: — Eu queria que o Alex gostasse de exibições públicas de afeto. Nós praticamente nem nos *abraçamos* em público.

— Eu não sou muito de abraços — Alex admite, constrangido. — Não cresci acostumado com abraços.

— Sim, mas sou *eu* — Sarah retruca. — Eu não sou uma garota que você conheceu em um bar, amor.

Agora que penso nisso, não sei se já vi ele e Sarah se tocando. Mas ele também não me toca muito em público, a menos que conte dançar nas ruas de New Orleans, ou aquela vez em Vail (e havia muito álcool envolvido em ambos os casos).

— Sei lá, parece... indelicado, não sei — Alex tenta explicar.

— Indelicado? — Trey acende um cigarro. — Nós somos adultos, cara. Agarre a sua garota se quiser.

Sarah bufa.

— Nem se dê o trabalho. Isso tem sido uma conversa de anos. Eu aceitei minha sina. Vou me casar com um homem que detesta andar de mãos dadas.

Meu peito dá um pulo com a palavra *casar*. A coisa está séria assim entre eles? Quer dizer, é óbvio que é sério, mas não faz tanto tempo que eles voltaram. Trey e eu conversamos sobre casamento ocasionalmente, mas de um jeito abstrato, distante, *talvez-quem-sabe-não-vamos-pôr-pressão*.

— *Isso* eu entendo — diz Trey, soprando a fumaça de seu cigarro para longe de nós. — Andar de mãos dadas é um saco! Não é confortável e limita o movimento, e, no meio de um monte de gente, é inconveniente. É quase como estar com os tornozelos algemados.

— Sem falar que as mãos ficam suadas — Alex acrescenta. — É totalmente desconfortável.

— Eu adoro andar de mãos dadas! — intervenho, empurrando a palavra *casar* para o fundo do meu cérebro para pensar nisso mais tarde. — *Especialmente* no meio de um monte de gente. Faz eu me sentir segura.

— Estou achando que, se nós formos para Florença nesta viagem — diz Sarah —, seremos eu e a Poppy de mãos dadas e vocês dois sozinhos se perdendo na multidão.

Sarah levanta sua taça de vinho para mim e eu bato a minha na dela, e nós duas rimos, e esse talvez seja o primeiro momento em que gosto

DE FÉRIAS COM VOCÊ

dela. Em que percebo que talvez eu pudesse ter gostado dela desde o começo, se não tivesse me agarrado tão fortemente a Alex que não havia espaço para ela.

Tenho que parar de fazer isso. Decido que vou parar, e, daí em diante, o vinho faz seu trabalho e nós quatro estamos falando, brincando, rindo, e esta noite define o tom do resto da viagem.

Dias longos e ensolarados passeando por todas as cidades antigas espalhadas à nossa volta. Indo a vinícolas e girando taças de vinho com a boca aberta para inalar seu perfume frutado e intenso. Almoços tardios em velhos prédios de pedras com chefs mundialmente renomados. Alex saindo de manhã bem cedinho para correr, Trey escapando não muito depois para explorar locações ou tirar fotos que já havia planejado. Sarah e eu dormindo até mais tarde na maioria dos dias, depois nos encontrando para nadar na piscina (ou flutuar em boias com copos de plástico cheios de limoncello e vodca), conversando sobre nada muito importante, mas muito mais à vontade do que naquele dia no pequeno restaurante mediterrâneo em Linfield.

À noite, saímos para jantar tarde e tomar vinho, depois voltamos ao pátio de nossa *villa* e conversamos e bebemos até quase amanhecer.

Jogamos todos os jogos que conhecemos do armário cheio deles. Jogos de gramado, como bocha e badminton, e jogos de tabuleiro como Detetive, Scrabble e Monopoly (que eu sei que Alex detesta, embora ele não admita isso quando Trey sugere que joguemos).

Ficamos acordados até cada vez mais tarde. Escrevemos nomes de celebridades em pedaços de papel, depois os misturamos e os colamos na testa para um jogo de vinte perguntas em que tentamos adivinhar quem está grudado em nossa cabeça, com o obstáculo extra de que cada pergunta feita deve ser acompanhada de mais uma bebida.

Logo fica óbvio que nenhum de nós tem as mesmas referências de celebridades, o que torna o jogo duzentas vezes mais difícil, mas também mais divertido. Quando eu pergunto se minha celebridade é de algum reality show, Sarah finge vomitar.

— Sério? — falo. — Eu adoro reality shows.

Não é que eu não esteja acostumada com essa reação. Mas parte de mim sente que a desaprovação dela equivale à de Alex e um ponto sensível desperta em mim junto com a vontade de insistir no assunto.

— Não sei como você consegue assistir essas coisas — Sarah diz.

— Pois é — Trey intervém, em tom de brincadeira. — Eu também nunca entendi esse interesse. Não combina com nada nela, mas a P ama *The Bachelor*.

— Não é que eu *ame* — digo na defensiva. Comecei a assistir umas duas temperadas atrás com Rachel quando uma garota de seu curso de artes estava participando e, depois de três ou quatro episódios, fiquei viciada. — Eu só acho que é, sei lá, um experimento incrível — explico. — Você acaba assistindo *horas* de filmagem compiladas ali e aprende muito sobre as pessoas.

Sarah ergue as sobrancelhas.

— Como o que narcisistas estão dispostos a fazer pela fama?

Trey ri.

— No alvo.

Forço uma risada e tomo mais um gole de vinho.

— Não era disso que eu estava falando. — Eu me ajeito, incomodada, tentando encontrar uma forma de me explicar. — Quer dizer, tem muitas coisas de que gosto. Mas uma delas... eu gosto de ver que, no final, parece ser uma decisão realmente difícil para algumas pessoas. Tem dois ou três concorrentes com quem eles sentem uma ligação forte, e não se reduz apenas a escolher a mais forte. Em vez disso, é como... se você os visse escolherem uma vida.

E é desse jeito na vida real também. Você pode amar alguém e, mesmo assim, saber que o futuro que teria com essa pessoa não funcionaria para você ou para a pessoa, talvez para ambos.

DE FÉRIAS COM VOCÊ

— Mas algum desses relacionamentos de fato dá certo? — Sarah pergunta.

— A maioria não — admito. — Mas não é esse o ponto. Você vê alguém sair com todas essas pessoas e vê como ele ou ela é diferente com cada uma delas, e então os vê escolher. Alguns escolhem a pessoa com quem têm mais química, ou com quem se divertem mais, e outros escolhem a que acham que vai ser o melhor pai, ou com quem se sentem seguras para se abrir. É fascinante. Uma parte tão grande no amor é sobre quem *você* é com o outro.

Eu amo quem sou com Trey. Sou autoconfiante e independente, flexível e tranquila. Estou à vontade. Sou a pessoa que sempre sonhei que seria.

— Entendo — Sarah admite. — É a parte de sair com, sei lá, trinta caras, depois ficar noiva de alguém que você só encontrou cinco vezes, que acho mais difícil de engolir.

Trey inclina a cabeça para trás, rindo.

— Você com certeza se candidataria para esse programa se a gente terminasse. Não é verdade, P?

— Ah, *esse* eu ia gostar de ver. — Sarah dá risada.

Eu sei que ele está só brincando, mas me irrita, parece que eles se uniram contra mim.

Penso em dizer: *Por que você acha isso? Porque eu sou uma narcisista disposta a qualquer coisa para ficar famosa?*

Alex bate sua perna na minha sob a mesa e, quando olho, ele não está nem olhando em minha direção. Está só me lembrando de que está aqui, que nada pode realmente me ferir.

Engulo minhas palavras e deixo passar.

— Mais vinho?

Na noite seguinte, fazemos um jantar longo e tardio no terraço. Quando entro para pegar o *gelato* de sobremesa, encontro Alex de pé na cozinha lendo um e-mail.

Ele acabou de saber que a Tin House aceitou um de seus contos. Parece tão feliz, tão brilhantemente ele mesmo, que tiro uma foto escondida. Gosto tanto dela que provavelmente a colocaria como fundo de tela se nós dois estivéssemos solteiros e isso não ficasse extremamente esquisito para Sarah e Trey.

Decidimos que temos que comemorar (como se esta viagem inteira não fosse uma celebração). Trey faz mojitos e nós nos sentamos nas espreguiçadeiras com vista para o vale, escutando os sons suaves e festivos da noite no campo.

Eu mal toco minha bebida. Passei a noite toda enjoada e, pela primeira vez, peço licença para ir dormir bem antes dos outros. Trey vem para a cama horas depois, embriagado e beijando meu pescoço, me puxando para ele, e, depois de transarmos, ele dorme imediatamente e minha náusea volta.

É então que me ocorre.

Minha menstruação deveria vir em algum momento desta viagem.

Provavelmente é coincidência. Há mil razões para ficar enjoada em uma viagem internacional. E Trey e eu somos bastante cuidadosos.

Ainda assim, saio da cama, o estômago revirando, e desço silenciosamente a escada, abrindo meu aplicativo de notas para ver quando eu deveria menstruar. Rachel vive me dizendo para baixar um aplicativo de controle da menstruação, mas até agora eu não tinha visto motivo para isso.

Meus ouvidos estão zumbindo. Meu coração, acelerado. A língua parece grande demais para minha boca.

Deveria ter começado ontem. Dois dias de atraso não é nada de mais. Náusea depois de beber baldes de vinho tinto também não. Especialmente para alguém que tem enxaqueca. Ainda assim, estou entrando em pânico.

Pego meu casaco no cabideiro, enfio sandálias nos pés e pego a chave do carro alugado. A loja vinte e quatro horas mais próxima fica a trinta e oito minutos de distância. Volto à *villa* com três testes de gravidez diferentes antes mesmo de o sol começar a nascer.

DE FÉRIAS COM VOCÊ

A essa altura, estou totalmente em pânico. Tudo o que posso fazer é andar de um lado para outro no terraço segurando o teste de gravidez mais caro em uma das mãos e me lembrando de inspirar, expirar, inspirar. Meus pulmões parecem piores do que quando tive pneumonia.

— Não conseguiu dormir? — a voz baixa me assusta. Alex está apoiado na porta aberta vestindo um short preto e tênis de corrida, seu corpo pálido azulado pela luminosidade da madrugada.

Uma risada morre em minha garganta. Não sei bem por quê.

— Está saindo para correr?

— É mais fresco antes de o sol nascer.

Concordo com a cabeça, me enrolo em meus braços e olho de novo para o vale. Alex vem para o meu lado, e, sem olhar para ele, começo a chorar. Ele pega minha mão, abre meus dedos e encontra o teste de gravidez apertado ali.

Por dez segundos, ele fica em silêncio. Ambos ficamos em silêncio.

— Você já fez algum? — ele pergunta suavemente.

Digo que não com a cabeça e começo a chorar ainda mais. Ele me puxa e me envolve com seus braços enquanto deixo a respiração sair em alguns soluços silenciosos. Isso alivia um pouco a pressão e eu me afasto dele, enxugando os olhos com os punhos.

— O que eu vou fazer, Alex? — pergunto. — Se eu estiver... O que diabos eu devo fazer?

Ele me observa por um longo tempo.

— O que você quer fazer?

Enxugo os olhos de novo.

— Eu não acho que o Trey queira filhos.

— Não foi isso que eu perguntei — Alex murmura.

— Não tenho ideia do que eu quero — admito. — Eu quero ficar com ele. E talvez um dia... não sei. Eu não sei. — Levo as mãos ao rosto e mais alguns horríveis soluços silenciosos saem de mim. — Eu não sou forte o suficiente para ter um filho sozinha. Não consigo. Eu não consegui nem me virar quando fiquei doente sozinha, Alex. Como eu poderia...

Ele segura meus pulsos gentilmente e os afasta de meu rosto, depois abaixa a cabeça para olhar em meus olhos.

— Poppy — diz ele. — Você não estará sozinha, certo? Eu estou aqui.

— E daí? — falo. — Eu teria que, sei lá, me mudar para Indiana? Arrumar um apartamento vizinho ao seu e da Sarah? Como *isso* funcionaria, Alex?

— Não sei — ele admite. — Não importa como. Eu estou aqui. Faça o teste e depois nós pensamos, tudo bem? Você vai descobrir o que quer fazer e nós faremos.

Respiro fundo, concordo com a cabeça e entro com a sacola de testes que tinha deixado no chão e mais o que ainda estou apertando na mão como um bote salva-vidas.

Faço xixi nos três de uma vez, depois os levo para fora para esperar. Nós os alinhamos na parede baixa de pedra que circunda o terraço. Alex liga o timer em seu relógio e nós ficamos juntos, sem dizer nada, até ele tocar.

Um por um, os resultados chegam.

Negativo.

Negativo.

Negativo.

Começo a chorar de novo. Não tenho certeza se é alívio ou algo mais complicado. Alex me abraça, me balança de um lado para outro para me acalmar e eu me recomponho.

— Não posso continuar fazendo isso com você — digo, quando finalmente as lágrimas param.

— Isso o quê? — ele pergunta em um sussurro.

— Não sei. *Precisar* de você.

Ele balança a cabeça junto à minha.

— Eu preciso de você também, Poppy. — É então que percebo como a voz dele está rouca, molhada e trêmula. Quando me afasto, percebo que ele está chorando. Ponho a mão na lateral de seu rosto. — Desculpe

DE FÉRIAS COM VOCÊ

— diz ele, fechando os olhos. — É que... não sei o que eu faria se algo acontecesse com você.

E então eu entendo.

Para alguém como Alex, que perdeu a mãe daquele jeito, gravidez não é apenas uma mudança de vida. É uma sentença de morte em potencial.

— Desculpe — ele repete. — Meu Deus, nem sei por que estou chorando.

Puxo seu rosto para baixo até o meu ombro e ele chora um pouco mais, seus ombros enormes balançando. Em todos os anos de nossa amizade, ele provavelmente me viu chorar centenas de vezes, mas esta é a primeira vez que ele chora na minha frente.

— Está tudo bem — murmuro para ele, e repito tantas vezes quanto necessário. — Está tudo bem. Você está bem. Nós estamos bem, Alex.

Ele apoia o rosto molhado na lateral do meu pescoço, suas mãos apertadas contra a parte baixa das minhas costas enquanto deslizo os dedos por seu cabelo, seus lábios úmidos quentes em minha pele.

Sei que a sensação vai passar, mas neste momento desejo tanto que estivéssemos aqui sozinhos. Que ainda nem conhecêssemos Sarah e Trey. Que pudéssemos ficar abraçados por tanto tempo e com tanta força quanto eu achasse que fosse necessário para nós.

Nós sempre existimos em uma espécie de mundo para dois, mas esse não é mais o caso.

— Desculpe — Alex diz uma última vez, enquanto se solta de mim e se endireita olhando para o vale enquanto os primeiros raios de luz se espalham sobre ele. — Eu não devia ter...

Eu toco seu braço.

— Por favor, não diga isso.

Ele concorda, recua, aumenta a distância entre nós, e eu sei, com todas as fibras de meu ser, que essa é a coisa certa a fazer, mesmo assim dói.

— O Trey parece ser um cara legal — ele diz.

— Ele é — garanto.

307

Alex balança a cabeça afirmativamente mais algumas vezes.

— Que bom. — E é isso. Ele sai para sua corrida matinal e eu fico sozinha de novo no silencioso terraço vendo a manhã afastar as sombras pelo vale.

Minha menstruação desce vinte e cinco minutos depois, quando estou fazendo ovos mexidos para o café da manhã, e o resto de nossa viagem é uma viagem de casais incrivelmente normal.

Só que, bem no fundo, estou completamente arrasada.

Dói querer tudo, tantas coisas que não podem coexistir em uma mesma vida.

Mais do que qualquer coisa, porém, eu quero que Alex seja feliz. Que tenha tudo o que sempre desejou. Tenho que parar de atrapalhar e dar a ele a chance de ter tudo isso.

Nós mal nos encostamos de novo até o abraço de despedida. Nunca mais falamos sobre o que aconteceu.

Eu continuo a amá-lo.

30

Neste verão

NTÃO, ACHO QUE não vamos falar sobre o que aconteceu na varanda de Nikolai, e tem que ficar tudo bem. Quando acordo em nosso quarto de hotel tecnicolor no Larrea Palm Springs, a cama de Alex está vazia e arrumada e há um bilhete sobre a mesa: *FUI CORRER. VOLTO LOGO. P.S.: JÁ PEGUEI O CARRO NA OFICINA.*

Não que eu esperasse abraços e beijos e juras de amor, mas ele poderia ao menos ter incluído um *A noite de ontem foi ótima.* Ou, talvez, um ponto de exclamação animado.

Além disso, como ele pôde ter ido correr neste calor? Há coisas demais acontecendo nesse bilhete muito curto, e minha paranoia só ajuda ao sugerir que ele está correndo para esfriar a cabeça depois do que aconteceu.

Na Croácia, ele surtou. Nós dois, na verdade. Mas aquilo aconteceu no finzinho da viagem, quando depois pudemos bater em retirada para nossos cantos separados do país. Desta vez temos uma despedida de solteiro, um jantar e um casamento para enfrentar.

Ainda assim, eu prometi que não ia deixar que isso perturbasse nossa relação, e não vou.

Preciso manter as coisas leves, fazer minha parte para evitar um pânico pós-transa.

Penso em escrever para Rachel pedindo conselhos, ou só para desabafar com alguém, mas a verdade é que não quero contar a ninguém sobre isso. Eu *quero* que seja algo apenas entre Alex e eu, como é tanta coisa no mundo quando estamos juntos. Jogo meu celular de volta na cama, pego uma caneta na bolsa e acrescento no fim do bilhete de Alex: *Na piscina. Vai me encontrar?*

Quando ele aparece, ainda está com a roupa de corrida e carregando um saquinho marrom e um copo de papel com café, e a visão combinada disso tudo me faz sentir excitada e ansiosa.

— Cinnamon roll — ele diz, me passando o saco de papel e depois o copo. — Late. E o Aspire está no estacionamento com seu reluzente pneu novo.

Movo meu copo em um círculo vago na frente dele.

— Anjo. Quanto foi o pneu?

— Não me lembro — ele fala. — Vou tomar um banho.

— Antes de... vir suar na piscina?

— Antes de vir ficar sentado nesta piscina o dia inteiro.

Isso não é um exagero. Descansamos o quanto temos vontade. Relaxamos. Alternamos sol e sombra. Pedimos bebidas e nachos no bar da piscina e reaplicamos protetor solar a cada hora, e ainda voltamos para o quarto com tempo de sobra para nos arrumarmos para a despedida de solteiro de David. Ele e Tham decidiram fazer festas separadas (mas ambas abertas para todo mundo), e Alex brinca que David quis assim para forçar um concurso de popularidade.

— Ninguém é mais popular do que seu irmão — digo.

— Você ainda não conheceu Tham — ele responde, depois vai para o banheiro e liga o chuveiro.

— Você vai mesmo tomar banho outra vez?

— Só uma ducha.

— Lembra no ensino primário, quando as crianças ficavam em fila no bebedouro e diziam "Economize para as baleias"?

— Lembro.

— Pois economize para as baleias, parceiro!

— Você tem que ser boazinha comigo — ele fala. — Eu trouxe cinnamon roll.

— Amanteigado, quente e perfeito — respondo, e ele fica vermelho enquanto fecha a porta do banheiro.

Não tenho a menor ideia do que está acontecendo. Por exemplo, por que nós não ficamos no quarto namorando o dia inteiro?

Visto um macacão verde-limão frente única estilo anos 1970 e começo a arrumar o cabelo no espelho do lado de fora do banheiro. Alguns minutos depois, Alex já sai vestido e praticamente pronto.

— De quanto tempo você precisa? — ele pergunta, olhando sobre meu ombro para encontrar meus olhos no espelho, seu cabelo molhado com pontas para todas as direções.

Dou de ombros.

— O suficiente para passar um spray de cola e rolar em um tanque de glitter.

— Uns dez minutos? — ele chuta.

Confirmo com a cabeça e apoio meu modelador de cachos.

— Tem certeza de que você quer que eu vá?

— Por que eu não ia querer?

— Porque é a despedida de solteiro do seu irmão — digo.

— E?

— E você não o vê há meses e talvez não queira me levar de acompanhante.

— Você não é acompanhante — diz ele. — Você foi convidada. E provavelmente vai ter strippers, e eu sei que você adora um homem de uniforme.

— Eu fui convidada pelo *David* — falo. — Se *você* quisesse um tempo sozinho com ele...

— Vai ter umas cinquenta pessoas lá hoje. Vou ter sorte se conseguir fazer *contato visual* com o David.

— Mas seus outros irmãos vão estar lá também, não?

— Eles não vão — ele responde. — Só vão chegar amanhã.

— Tudo bem, mas e todas as gatas sensuais do deserto? — digo.

— Gatas sensuais do deserto?

— Você vai ser o bonitão hétero da festa.

Ele inclina a cabeça.

— Você está querendo que eu pegue umas gatas sensuais do deserto?

— Não exatamente, mas acho que você deveria saber que ainda tem essa opção. Não é só porque nós...

Ele franze a testa.

— O que você está fazendo, Poppy?

Toco distraidamente o cabelo.

— Eu estava tentando uma colmeia, mas acho que vou só fazer um bufante.

— Não, eu quis dizer... — Ele para. — Você se arrependeu de ontem à noite?

— Não! — exclamo, ficando muito vermelha. — E você?

— Claro que não.

Eu me viro para olhar diretamente para ele, e não pelo espelho.

— Tem certeza? Porque você mal olhou para mim o dia todo.

Ele ri, toca minha cintura.

— Porque olhar para você me faz pensar em ontem à noite e, pode me chamar de antiquado, mas eu não queria ficar na piscina do hotel de pau duro o dia inteiro.

— Sério? — Pelo som da minha voz, era como se ele tivesse recitado um poema de amor para mim.

Ele me ergue para a borda da pia e me beija uma vez, lenta e profundamente, suas mãos buscando em minha nuca o fecho do macacão. O tecido se solta e eu inclino o corpo para trás enquanto ele o desliza até minha cintura. Ele segura meu queixo e traz minha boca de volta para a sua, e eu enrolo as pernas em torno dele conforme nossos beijos ficam mais intensos, a mão livre dele descendo pelo meu peito nu.

— Lembra quando eu estava doente? — sussurro em seu ouvido.

Seus quadris se esfregam nos meus e sua voz é grave e rouca.

— Claro.

— Eu quis tanto você naquela noite — admito, tirando a camisa dele de dentro da calça.

— Naquela semana inteira — diz ele — eu acordava quase gozando. Se você não estivesse doente...

Eu me ergo contra ele e sua boca mergulha na lateral de meu pescoço enquanto abro os botões de sua camisa.

— Em Vail, quando você me carregou daquela montanha...

— Ah, Poppy, eu passei tanto tempo tentando não desejar você. — Ele me levanta da pia e me carrega para a cama.

— E não passou tempo suficiente me beijando — digo, e a risada dele soa em meu ouvido enquanto nos deitamos. — Quanto tempo temos?

Ele me beija no centro do peito.

— Podemos nos atrasar.

— Quanto?

— Quanto for necessário.

— Ai. Meu. Deus! — digo quando saímos do carro diante da mansão de meados do século com seu telhado descendo em curva em estilo futurista. — Isto é incrível. Ele alugou este lugar inteiro?

— Eu esqueci de mencionar que Tham é Muito Chique?

— Talvez — falo. — É tarde demais para *eu* me casar com ele?

— Bem, faltam dois dias para o casamento e ele é gay — Alex diz.

— Então, não vejo por que não.

Eu dou risada e ele pega minha mão e segura com a dele. De alguma maneira, entrar em uma festa de despedida de solteiro de mãos dadas com Alex Nilsen é mais surreal do que todas as coisas surreais que acabaram de acontecer no hotel. Eu me sinto empolgada, atordoada e nas nuvens da melhor maneira possível.

Seguimos o som da música, cada um segurando uma das garrafas de vinho que compramos no caminho para cá, e entramos no saguão fresco e escuro.

Alex disse que haveria umas cinquenta pessoas. Enquanto avançamos pela casa, eu chutaria pelo menos umas cem, encostadas em paredes e sentadas no encosto de mobílias fabulosamente douradas. A parede dos fundos da casa é inteiramente de vidro e dá para uma enorme piscina, iluminada em roxo e verde, com uma cascata em um dos lados. Há pessoas recostadas em flamingos e cisnes infláveis em diversos estados de nudez: mulheres e drag queens em vestidos longos brilhantes; homens em calções de banho e tangas; gente com asas de anjo e fantasias de sereia ao lado de Pessoas Claramente de Linfield em ternos e vestidos peplum.

— Uau — diz Alex. — Eu não vou a uma festa tão fora de controle tipo, desde o colégio.

— Você e eu tivemos experiências de colégio *muito* diferentes — comento.

Neste instante, um Adônis com um encantador sorriso de menino e cabelo em ondas douradas nos avista e sai da cadeira suspensa em forma de ovo onde estava sentado.

— Alex! Poppy! — David vem até nós de braços abertos e um brilho ligeiramente embriagado nos olhos avelã. Ele abraça Alex primeiro, depois segura as laterais de meu rosto e deposita beijos molhados nas duas faces. — Estou tão feliz que vocês estão... — Seu olhar pousa em nossas mãos unidas e ele bate palmas. — De mãos dadas!

— O prazer é nosso — digo, e ele dá uma gargalhada e põe uma mão no ombro de cada um de nós.

— Que tal tomar um pouco de água? — Alex sugere, ativando o modo irmão mais velho.

— Não, pai — ele responde. — Que tal uma bebida?

— Sim! — digo, e David acena para uma garçonete que eu *não havia* notado em um canto, essencialmente porque ela está pintada de dourado.

— Uau — diz Alex, aceitando duas taças de champanhe da bandeja da falsa estátua. — Obrigado por... Uau.

Ela se afasta e vira pedra outra vez.

— O que Tham está fazendo esta noite? — indago. — Uma fogueira de notas de dólar em um iate de ouro maciço?

— Eu detesto ter que te dizer isso, Pop — David fala —, mas um iate de ouro afundaria. Acredite em mim. Nós tentamos. Querem shots?

— Sim — respondo, ao mesmo tempo que Alex diz "não".

Como por magia, shots já estão sendo entregues a nós, vodca e Goldschläger, com seus pequenos flocos de ouro flutuando nos copos. Nós três brindamos e viramos o líquido doce-picante de um só gole.

Alex tosse.

— Eu detesto isso.

David lhe dá um tapa nas costas.

— Eu estou tão feliz por você estar aqui, cara.

— Claro que eu viria. Os irmãozinhos da gente só se casam... três vezes.

— E o seu *favorito* só se casa uma vez — diz David. — Tomara.

— Soube que você e Tham são incríveis juntos — comento. — E que ele é Muito Chique.

— Chiquérrimo — David concorda. — Ele é diretor. Nós nos conhecemos no set.

— No set! — grito. — Olha só você!

— Eu sei. Eu sou uma pessoa insuportável de Los Angeles.

— Ah, não, não mesmo.

Alguém grita para David da piscina e ele faz um sinal de *um minuto*, depois se vira de novo para nós.

— Sintam-se em casa. Não na *nossa* casa, obviamente — ele acrescenta para Alex —, mas em uma casa superagitada, superdivertida e supergay com uma pista de dança nos fundos, onde eu espero ver vocês dois daqui a pouco.

— Pare de tentar fazer a Poppy se apaixonar por você — diz Alex.

— É, nem perca seu tempo — digo. — Eu já estou reservada.

David segura minha cabeça e dá um beijo em meu rosto outra vez, depois faz a mesma coisa com Alex e sai dançando para a garota na piscina que finge o estar puxando com uma vara de pesca invisível.

— Às vezes eu me preocupo de ele se levar a sério demais — Alex diz, inexpressivo, e, quando dou uma gargalhada, o canto de sua boca se levanta brevemente em um sorriso. Ficamos ali sorrindo por alguns segundos, nossas mãos dadas balançando entre nós.

— Você disse que não gostava de ficar de mãos dadas — lembro.

— E você disse que gostava — ele fala.

— E daí? Eu tenho tudo o que quiser agora? — brinco.

Seu sorriso volta, calmo e contido.

— Sim, Poppy — diz ele. — Você tem tudo o que quiser agora. Isso é um problema?

— E se eu quiser que *você* tenha o que *você* quer?

Ele arqueia uma sobrancelha.

— Você só está dizendo isso porque sabe o que eu vou responder e quer rir da minha cara?

— Não... Por quê? O que você vai responder?

Nossas mãos param entre nós.

— Eu já tenho o que quero, Poppy.

Meu coração palpita, então eu tiro minha mão da dele, passo o braço por sua cintura e inclino a cabeça para trás para olhar em seus olhos.

— Estou resistindo à tentação de fazer uma exibição pública de afeto com você agora mesmo, Alex Nilsen.

Ele inclina a cabeça e me beija, tão longamente que algumas pessoas começam a aplaudir. Quando nos separamos, ele está rosado e constrangido.

— Caramba — diz ele. — Eu me sinto como um adolescente excitado.

— Talvez se formos beber Jäger Bombs no quintal — sugiro — a gente volte a se sentir como adultos maduros e recatados de trinta anos.

— Isso parece ter lógica — Alex responde, me puxando para o quintal nos fundos. — Estou dentro.

Há um bar lá atrás e um food truck estacionado na grama servindo tacos de peixe. Atrás dele, um jardim se estende como algo saído de um romance de Jane Austen, bem ali no meio do deserto.

— Provavelmente não muito fácil de conservar — Alex comenta como um legítimo vovô.

— Provavelmente não — concordo. — Mas talvez *ótimo* para conversar.

— É verdade — ele diz. — Quando nada mais der certo, sempre se pode começar uma conversa informal e reflexiva com um estranho a respeito da Terra agonizante.

Em determinando momento, estamos sentados na beira da piscina, calça e macacão enrolados para cima e pernas balançando na água morna, quando ouvimos David gritar com entusiasmo do meio de uma multidão.

— Cadê o meu irmão? Ele tem que participar disto.

— Parece que você está sendo requisitado.

Alex suspira. David o avista e vem correndo.

— Preciso de você para este jogo.

— Jogo de bebida? — chuto.

— Não para o Alex — diz David. — Aposto que ele não vai ter que beber nenhuma vez. É um Jogo de Perguntas do David. Você vem?

Alex faz uma careta.

— Você quer que eu vá?

David cruza os braços.

— Sendo o noivo, eu exijo.

— Você não está autorizado a se divorciar do Tham nunca — fala Alex, levantando-se a contragosto.

— Por uma infinidade de razões — diz David —, eu concordo.

Alex vai até a longa mesa à luz de velas onde o jogo está começando, mas David se demora um pouco ao meu lado, observando enquanto ele se afasta.

— Ele parece bem — ele diz.

— É — concordo. — Acho que está.

David olha para mim e se senta na escorregadia beira da piscina, deslizando as pernas para a água.

— E aí? Como isso aconteceu? — ele pergunta.

— Isso?

Ele levanta a sobrancelha ceticamente.

— *Isso.*

— Hum. — Tento pensar em como explicar. Anos de amor indestrutível, ciúme ocasional, oportunidades perdidas, desencontros, outros relacionamentos, aumento da tensão sexual, uma briga e o silêncio que se seguiu, e a dor de viver a vida sem ele. — O ar-condicionado do nosso Airbnb quebrou.

David me encara por alguns segundos, depois baixa o rosto nas mãos, rindo.

— Caramba — ele diz, levantando a cabeça de novo. — Preciso dizer que estou aliviado.

— Aliviado?

— Sim. — David dá de ombros. — É que... agora que eu vou me casar, agora que eu sei que vou ficar em Los Angeles, acho que comecei a me preocupar com ele. Lá em Ohio. Sozinho.

DE FÉRIAS COM VOCÊ

— Eu acho que ele gosta de Linfield — aponto. — Não acho que ele esteja lá por necessidade. Além disso, eu não diria que ele está sozinho. Toda a sua família está lá. Todos os sobrinhos.

— Essa é a questão. — David dá uma olhada para o jogo na mesa, observa enquanto os outros três concorrentes viram shots de alguma bebida cor de caramelo e Alex, vitoriosamente, beberica um copo de água. — Ele está em uma espécie de ninho vazio agora. — Seus lábios se torcem de um jeito preocupado que é tão igual ao de seu irmão que sinto um impulso rápido e doloroso de aliviá-lo com um beijo.

Quando penso no que David está de fato dizendo, a dor piora e se aloja dentro de meu peito como um pequeno nó vermelho.

— Você acha que ele se sente assim?

— Como se ele tivesse nos criado? Dedicado toda a sua energia emocional a garantir que nós três ficássemos bem? Levado Betty a consultas médicas, embalando nossos lanches da escola e tirado o papai da cama quando ele enfrentava um de seus episódios depressivos e, então, de repente, todos nós fomos embora e nos casamos, começamos a ter nossos próprios filhos, enquanto ele fica para garantir que o papai esteja bem? — Muito sério, David olha para mim. — Não. O Alex nunca pensaria isso. Mas eu acho que ele tem estado solitário. Quer dizer... todos nós achamos que ele ia se casar com a Sarah, e então...

— É. — Tiro as pernas da piscina e as cruzo à minha frente.

— Ele já tinha até o anel e tudo mais — David prossegue, e meu estômago revira. — Ele ia pedi-la em casamento, e então... ela foi embora, e... — Ele para quando vê a expressão em meu rosto. — Não me entenda mal, Poppy. — Ele põe a mão sobre a minha. — Eu sempre achei que deveria ser vocês dois. Mas a Sarah era ótima e eles se amavam, e... eu só quero que ele seja feliz. Quero que ele pare de se preocupar com outras pessoas e tenha algo que seja só dele, entende?

— Sim. — Mal consigo fazer a palavra sair. Ainda estou suando, mas minhas entranhas rapidamente ficaram geladas, porque só o que consigo pensar é: *Ele ia se casar com ela.*

Ela disse isso na Toscana, e, depois de algumas semanas, eu descartei a ideia como um comentário casual, mas agora não posso deixar de ver tudo o que aconteceu naquela viagem sob outra luz.

Faz três anos, mas ainda vejo muito vividamente: Alex e eu no terraço minutos antes de o nascer do sol, meus braços cruzados com tensão, unhas roídas até o dedo. Testes de gravidez alinhados no muro de pedra e o relógio de Alex avisando que era hora de descobrir o que o futuro guardava.

O jeito como ele desmoronou quando eu finalmente me recompus, abaixando a cabeça e chorando no meu ombro.

Não posso continuar fazendo isso com você, eu disse. *Precisando de você.*

Ele me falou que precisava de mim também, mas, com Trey e Sarah lá, a bolha que sempre parecia nos envolver, nos separar do mundo, havia estourado, e eu me senti tão profundamente envergonhada por querer tanto dele, e percebi que ele sentiu o mesmo.

O Trey parece ser um cara legal, ele disse, e isso foi praticamente como dizer: *Nós temos que parar com isso* enquanto podemos. Dizer nessas palavras teria sido uma admissão de culpa. Mesmo nunca tendo nos beijado nem dito as palavras diretamente, estávamos guardando partes inteiras de nosso coração um para o outro.

Alex queria se casar com Sarah, e agora sei que eu o impedi de conseguir fazer isso. Ela terminou com ele pela segunda vez depois da Toscana, e, embora ela nunca tenha sabido exatamente o que aconteceu, eu tinha certeza de que havia deixado uma marca nele, mudado as coisas entre eles para pior.

Se eu estivesse grávida, se tivesse decidido ter o bebê, sei, sem sobra de dúvida, que Alex estaria ao meu lado, renunciaria a tudo que tinha só para me ajudar.

Sarah, como sempre, teria tido que lidar com a realidade da minha existência ou desistir dele. Não posso deixar de pensar se eu a forcei a chegar a esse ponto. Se a nossa amizade custou a ele a mulher com quem queria se casar. Eu me sinto mal, envergonhada por esse pensamento. Culpada por ter ignorado meus sentimentos mais complicados por ele para poder justificar minha permanência em sua vida.

É uma coisa quando os irmãos bagunceiros ou o pai viúvo de seu namorado precisam dele.

Mas eu era apenas outra mulher cujas necessidades ele sempre pusera em primeiro lugar em detrimento das próprias vontades e felicidade. E esta semana eu caí de novo nesse egoísmo, porque esse era meu padrão com ele. Pedir o que eu queria e deixar que ele me desse, mesmo que não fosse necessariamente a melhor coisa para ele.

Não estou mais atordoada, nas nuvens, nem nada disso. Agora estou nauseada.

David põe a mão em meu ombro e sorri para mim, arrancando-me do caleidoscópio de sentimentos dolorosos, complicados, que rodopiam em meu interior.

— Estou feliz por ele ter você agora.

— É — murmuro, mas uma vozinha cruel dentro de mim diz: *Não, você o tem.*

31

Neste verão

ENQUANTO PROCURO A chave do quarto do hotel em minha bolsa, Alex se inclina sobre mim, suas mãos pesadas em minha cintura, seus lábios macios em meu pescoço, e isso estaria amolecendo minhas pernas se não fosse o zumbido em minha cabeça, o pulsar contínuo de culpa e pânico se alternando em minha barriga.

Pressiono o cartão na fechadura, empurro a porta para abri-la e Alex me solta e entra no quarto atrás de mim. Vou direto para a pia, solto os fechos dos brincos de plástico enormes e deixo-os no balcão. Alex está parado ansioso junto à porta.

— Eu fiz alguma coisa? — ele pergunta.

Balanço a cabeça, pego um chumaço de algodão e o frasco azul do removedor de maquiagem para olhos. Sei que preciso dizer alguma coisa, mas não quero chorar, porque, se eu chorar, isso vai ser mais uma vez

DE FÉRIAS COM VOCÊ

sobre mim e não fará sentido. Alex vai fazer tudo o que for necessário para eu me sentir segura, quando, na verdade, preciso que ele seja sincero. Passo o algodão sobre as pálpebras, amolecendo o delineador líquido preto até eu ficar parecendo Charlize Theron em *Mad Max: estrada da fúria*, pólvora espalhada pelo rosto como uma pintura de guerra.

— Poppy — Alex insiste. — Diga o que eu fiz.

Eu me viro para ele, e ele nem ameaça sorrir por causa de minha maquiagem borrada. Ele está preocupado nesse nível, e eu me odeio por fazê-lo se sentir assim.

— Você não fez nada — respondo. — Você é perfeito.

Suas duas expressões agora são: surpreso e ofendido.

— Eu não sou perfeito.

Preciso fazer isso rápido, arrancar como um curativo.

— Você ia pedir a Sarah em casamento?

Seus lábios se separam, mas o choque se dissolve rapidamente em tristeza.

— Do que você está falando?

— Eu... — Fecho os olhos e pressiono o dorso da mão contra a cabeça como se isso pudesse parar o zumbido. Abro os olhos de novo e a expressão dele mal se alterou. Mas ele não vai reprimir suas emoções: vou trazer o Alex Nu para esta conversa. — O David disse que você tinha um anel.

Ele aperta a boca, engole em seco, olha para as portas deslizantes da varanda, depois de volta para mim.

— Desculpe por não ter contado.

— Não é isso. — Eu forço as lágrimas que estão brotando a recuarem. — Eu só... não percebi o quanto você a amava.

Ele dá meia risada, mas não há humor em seu rosto tenso.

— Claro que eu a amava. Entre idas e vindas, eu estive com ela por anos, Poppy. Você amava os caras com quem esteve também.

— Eu sei. Não estou acusando você de nada. É só que... — Balanço a cabeça tentando organizar meus pensamentos em algo mais breve do que um monólogo de uma hora. — Você comprou um *anel*.

— Comprei — diz ele —, mas por que você está brava comigo por causa disso, Poppy? Você estava com o Trey, viajando pela porra do mundo em alto estilo, sentando no colo dele pelos quatros cantos do planeta. Eu deveria supor que você não estava feliz? Ficar esperando por você?

— Eu não estou brava com você, Alex! — grito. — Estou brava comigo mesma! Por não me importar se eu estava atrapalhando. Por exigir tanto de você e... impedir que você conseguisse o que queria.

Ele faz um som sarcástico.

— E o que eu quero?

— Por que ela terminou com você? — revido. — Diga que não teve nada a ver comigo. Que a Sarah não terminou tudo por causa dessa... dessa coisa entre nós. Que, agora que eu saí da sua vida, ela não começou a reconsiderar. Diga se for verdade, Alex. Diga que eu não sou a razão de você não estar casado e com filhos agora, e com tudo mais que você queria.

Ele me encara, o rosto tenso, os olhos escurecidos e turvos.

— Diga — imploro, e ele continua me encarando, o silêncio no quarto se somando ao zumbido dentro do meu crânio.

Por fim, ele balança a cabeça.

— Claro que é por sua causa.

Dou um passo para trás, como se essas palavras fossem me queimar.

— Ela terminou comigo antes de nós irmos para Sanibel, e eu me senti muito culpado durante aquela viagem inteira porque só conseguia pensar: *Espero que a Poppy não me ache um tédio também.* Eu nem me lembrei de sentir falta dela até voltar para casa. É sempre assim quando estou com você. Ninguém mais importa. E então você vai embora de novo e a vida volta ao normal, e... quando a Sarah e eu voltamos, eu achei que as coisas estavam tão diferentes, tão melhores, mas a verdade é que ela não queria ir para a Toscana e eu disse a ela que precisava que ela fosse, então ela concordou. Porque eu não estava disposto a abrir mão de você e achei que, se vocês duas fossem amigas, seria mais fácil — diz ele, tão intensamente estático que compete com as garçonetes se fingindo de estátuas na festa.

— E aí você achou que estivesse grávida e isso me assustou tanto que eu fiz a porra de uma vasectomia. E nem sequer me ocorreu perguntar a Sarah o que ela achava. Eu só fiz o procedimento e, uns dias depois, passei por uma loja de antiguidades e vi aquele anel, uma antiga peça art déco de ouro amarelo com uma pérola. Eu vi e pensei: *Seria um anel de noivado perfeito. Talvez eu devesse comprá-lo.* E meu pensamento logo depois desse foi: *Que merda eu estou fazendo?* Não só o anel, que, aliás, a Sarah teria detestado, mas a vasectomia, tudo isso. Eu estava fazendo tudo por você, e sei que não é normal, e definitivamente não era justo com ela, então eu terminei. Naquele dia.

Ele balança a cabeça.

— Eu me assustei tanto que nem conseguia te dizer o que aconteceu. Foi aterrorizante perceber o quanto eu amava você. E aí você e o Trey terminaram, e... meu Deus, Poppy, claro que tudo isso foi por sua causa. Tudo é por você. Tudo.

Seus olhos estão molhados agora, cintilando à luz fraca sobre a pia, e seus ombros estão rígidos. Minhas entranhas parecem estar sendo atravessadas por uma faca.

Alex balança a cabeça de novo, um gesto pequeno e contido, pouco mais que uma contração muscular.

— Não é algo que você tenha feito comigo — diz ele. — Eu tinha esperança de que as coisas mudariam para mim, mas nunca mudaram.

Ele dá um passo em minha direção e eu luto para manter a compostura.

Um suspiro escapa de mim, meus ombros relaxam e Alex dá mais um passo para mim, seus olhos pesados, a boca apertada.

— E eu fiquei sem saber o que fazer por um longo tempo antes de terminar tudo, porque eu *realmente* amava a Sarah — ele continua — e queria que desse certo, porque ela é uma pessoa incrível, nós funcionávamos bem juntos, queríamos as mesmas coisas e eu a amava desse jeito, que era... tão claro e fácil de entender, e administrável.

Ele para e volta a balançar a cabeça. As lágrimas dão aos seus olhos a aparência da superfície de um rio, perigoso, revolto e maravilhoso.

— Eu não sei amar alguém do jeito que eu amo você — ele fala. — É aterrorizante. E eu tenho esses impulsos de achar que consigo lidar com isso, depois penso no que vai acontecer comigo se eu perder você, e entro em pânico, recuo e... Eu nunca soube se seria capaz de fazer você feliz. Mas na outra noite... parece tão ridículo, mas nós estávamos olhando o Tinder e você disse que sem dúvida se interessaria por mim... isso é o tipo de coisa *minúscula* que parece enorme quando é com você. Fiquei acordado durante *horas* naquela noite, tentando chegar a uma conclusão sobre o que você queria dizer com aquilo. Eu sou cheio de problemas e, sim, provavelmente reprimido, e eu *sei* que não sou o tipo de pessoa com quem você se imaginou. Eu sei que parece que não fazemos sentido juntos, e provavelmente não fazemos, e talvez eu nunca possa fazer você feliz...

— Alex. — Eu o seguro com as duas mãos e o puxo para mim. Ele me abraça e sua cabeça se inclina até ele ser um ponto de interrogação gigante suspenso sobre mim. — Não é sua obrigação me fazer feliz, tá? Não dá para você fazer ninguém feliz. Eu sou feliz só por você existir, e isso é o máximo de controle que você tem sobre a minha felicidade.

Suas mãos se curvam sobre minha coluna e eu enrolo os dedos dentro de sua camisa.

— Não sei exatamente o que isso tudo significa, mas sei que amo você do mesmo jeito que você me ama, e não é só em você que isso dá medo. Fecho os olhos com força, tomando coragem para continuar.

— Eu também sou cheia de problemas. — Minha voz se torna fraca e rouca. — Sempre senti que, quando alguém me visse bem no fundo, estaria acabado. Que tem alguma coisa feia lá dentro, ou impossível de ser amada, e você é a única pessoa que já me fez sentir bem comigo mesma. — A mão dele acaricia de leve o meu rosto e eu abro os olhos e o encaro. — Não existe nada mais assustador do que a possibilidade de que, quando você *realmente* me tiver inteira, isso mude. Mas eu quero você por inteiro, então estou tentando ser corajosa.

— Nada vai mudar o que eu sinto por você — ele murmura. — Estou tentando deixar de te amar desde a noite em que você entrou naquela casa para transar com o condutor de táxi aquático maconheiro.

Eu dou risada e ele sorri só um pouco. Seguro seu maxilar e beijo suavemente sua boca, e, após um instante, ele começa a me beijar de volta, um beijo molhado de lágrimas, urgente, intenso, que produz arrepios dentro de mim.

— Posso te pedir um favor? — pergunto.

Ele aperta as mãos nas minhas costas.

— O quê?

— Só me dê a mão quando tiver vontade.

— Poppy — diz ele —, pode ser que chegue o dia em que eu não precise mais ficar tocando você o tempo todo, mas esse dia não é hoje.

O JANTAR DE ensaio de casamento é em um bistrô em que Tham investiu quando inaugurou, um lugar iluminado por velas e candelabros de cristal personalizados. Não há padrinhos, apenas os noivos e o celebrante, portanto não há um ensaio propriamente dito, mas toda a família de Tham mora no norte da Califórnia e todos apareceram, assim como muitos amigos de David que estavam na festa ontem à noite.

— Uaaau — digo quando entramos. — Este é o lugar mais sexy em que já estive.

— A tenda de fumigação na varanda do Nikolai está profundamente ofendida — diz Alex.

— Aquele lugar vai ficar para sempre no meu coração — garanto, e aperto sua mão, o que enfatiza nossa diferença de tamanho de uma maneira que faz meu corpo se arrepiar. — Ei, lembra quando eu chorei por achar que tinha mãos de lóris lento? No Colorado? Depois de torcer o tornozelo?

— Poppy — ele responde, sério. — Eu lembro de tudo.

Aperto os olhos para ele.

— Mas você disse...

Ele suspira.

— Eu sei o que eu disse. Mas estou dizendo a você agora: eu lembro de tudo.

— Alguns diriam que isso faz de você um mentiroso.

— Não — ele fala —, isso faz de mim alguém que estava constrangido por ainda se lembrar exatamente o que você estava vestindo na primeira vez que eu te vi, e o que você pediu uma vez no McDonald's no Tennessee, e que precisou preservar uma mínima dose de dignidade.

— Ah, Alex — eu o provoco, mesmo com o coração se agitando de alegria. — Você renunciou à sua dignidade quando apareceu na semana de orientação da faculdade de calça cáqui.

— Ei! — ele exclama em tom de repreensão. — Não esqueça de que você me ama.

Minhas faces ficam quentes sem qualquer sinal de constrangimento.

— Eu nunca vou esquecer.

Eu o amo, e ele se lembra de tudo porque também me ama. É como se houvesse uma explosão de confete dourado dentro de mim.

Nesse instante, alguém chama do outro lado do restaurante.

— É a srta. Poppy Wright?

Em passos largos, o sr. Nilsen vem em nossa direção vestindo um terno cinza folgado, com seu bigode loiro exatamente do mesmo tamanho e formato do dia em que o conheci. A mão de Alex se solta da minha. Por alguma razão, ele obviamente *não* quer ficar de mãos dadas comigo na frente do pai, e eu me sinto feliz por ele ter se sentido à vontade para fazer o que achou que deveria.

— Oi, sr. Nilsen! — exclamo, e ele para abruptamente a alguma distância de mim, sorrindo gentilmente, definitivamente sem a intenção de me abraçar. Ele está com um broche de arco-íris comicamente grande na lapela. É como se, com um movimento errado, ele pudesse se desequilibrar.

— Ah, deixa disso — diz ele. — Você não é mais criança. Pode me chamar de Ed.

— Caramba, pode me chamar de Ed também — falo.

— Ahn... — ele murmura.

— Ela está brincando — Alex explica.

— Ah — Ed Nilsen responde, hesitante. Alex fica vermelho. Eu fico vermelha.

Este não é o momento para deixá-lo envergonhado.

— Sinto muito sobre a Betty — eu me recomponho. — Ela era uma mulher maravilhosa.

Ele curva os ombros.

— Ela era uma rocha para nossa família — ele comenta. — Assim como sua filha. — Nisso, ele começa a lacrimejar, tira os óculos e solta um suspiro enquanto enxuga os olhos. — Não sei como vamos sobreviver a este fim de semana sem ela.

Sinto compaixão por ele, claro. Ele perdeu alguém que amava. Outra vez.

Mas seus filhos também, e, enquanto estou aqui parada vendo-o chorar abertamente, sofrer como qualquer pessoa tem direito, também há algo como raiva crescendo dentro de mim.

Porque, ao meu lado, Alex suprimiu as próprias emoções assim que viu seu pai se aproximando, e eu sei que isso não é coincidência.

Eu *não tenho a* intenção de dizer isso em voz alta, mas é o jeito como sai, com a sutileza de um aríete.

— Mas você vai superar. Porque seu filho está se casando e precisa de você.

Ed Nilsen faz uma Cara de Cachorrinho Triste sem ironia.

— Sim, claro — ele diz, parecendo ligeiramente desconcertado. — Se vocês me dão licença, eu tenho que... — Ele não termina a frase. Só olha para Alex com ar de confusão e aperta o ombro do filho antes de se afastar.

Ao meu lado, Alex solta uma respiração ansiosa e eu me viro para ele.

— Desculpe! Eu causei. Desculpe.

— Não. — Ele segura minha mão outra vez. — Na verdade, acho que acabei de desenvolver um fetiche que consiste em você dizer verdades duras para o meu pai.

— Nesse caso — digo —, vamos ter uma conversa com ele sobre aquele bigode.

Começo a me afastar e Alex me puxa de volta, suas mãos leves em minha cintura, a voz baixa ao meu ouvido.

— Se eu não te beijar tão pornograficamente quanto tenho vontade pelo resto da noite, fique sabendo que, depois desta viagem, vou investir em terapia para entender por que eu me sinto incapaz de expressar a felicidade na frente da minha família.

— E assim nasceu o *meu* fetiche por Alex Nilsen Cuidando de Si Mesmo — falo, e ele dá um beijo rápido na lateral de minha cabeça.

Neste momento, um estardalhaço de vozes e gritos entra pela porta da frente do bistrô e Alex se afasta de mim.

— E estes são os sobrinhos.

32

Neste verão

AS FILHAS DE Bryce têm seis e quatro anos, e o filho de Cameron tem apenas dois. A irmã de Tham também tem uma filha de seis anos, e, juntas, as quatro crianças fazem farra pelo restaurante, seus risos ricocheteando nos candelabros.

Alex está feliz correndo atrás deles, jogando-se no chão quando eles tentam derrubá-lo e os levantando no ar, entre gritinhos felizes, quando os pega.

Este é o Alex que eu conheço com eles, divertido, aberto e brincalhão, e, mesmo não sabendo bem como interagir com crianças, faço o melhor que posso quando ele me puxa para a brincadeira.

— Nós somos princesas — diz Kat, a sobrinha de Tham, pegando minha mão. — Mas também somos *guerreiras*, então temos que matar o dragão!

— E o tio Alex é o dragão? — pergunto, e ela confirma com a cabeça, de olhos arregalados e solenes.

— Mas não *temos* que matar ele — ela explica, ofegante. — Se a gente conseguir domá-lo, ele pode ser nosso bichinho de estimação.

Embaixo de uma mesa, onde está se defendendo das crianças Nilsen uma de cada vez, ele me lança um rápido olhar de Cachorrinho Triste.

— Certo — digo para Kat. — Qual é o plano?

A noite avança em idas e vindas. Hora dos coquetéis primeiro, depois o jantar, uma infinidade de pequeninas pizzas gourmet guarnecidas com queijo de cabra e rúcula, abobrinha e redução balsâmica, cebola roxa em conserva e couve-de-bruxelas grelhada, e todo tipo de coisa que fariam puristas de pizza como Rachel Krohn se arrepiar.

Nós nos sentamos na mesa das crianças, pelo que a esposa de Bryce, Angela, me agradece alegrinha umas cem vezes depois que a refeição termina.

— Eu adoro minhas filhas, mas às vezes só quero me sentar para jantar e conversar sobre coisas que não sejam Peppa Pig.

— Hum — digo —, nós conversamos quase o tempo todo sobre literatura russa.

Ela ri e dá um tapa em meu braço mais forte do que pretendia, depois puxa Bryce pelo braço.

— Amor, você tem que ouvir o que a Poppy acabou de dizer.

Ela se pendura nele, e ele está um pouco rígido — no fundo é um Nilsen —, mas mantém a mão nas costas dela. Ele não ri quando Angela me faz repetir o que eu tinha dito, apenas comenta com seu jeito Nilsen, sincero e direto:

— Que engraçado. Literatura russa.

Antes da sobremesa e do café, a irmã de Tham (com uma enorme barriga de gêmeos) se levanta e bate um garfo em seu copo de água, chamando a atenção na cabeceira do arranjo de mesas.

— Nossos pais não são muito de falar em público, então eu concordei em fazer um pequeno brinde esta noite.

DE FÉRIAS COM VOCÊ

Com os olhos já molhados, ela respira fundo.

— Quem imaginaria que meu irmãozinho irritante se tornaria meu melhor amigo? — Ela conta sobre a infância dela e de Tham no norte da Califórnia, suas brigas e gritos, o dia em que ele pegou o carro dela sem pedir e o bateu em um poste de telefone. E depois o ponto de virada, quando ela e seu primeiro marido se divorciaram e Tham a convidou para ir morar com ele. De quando ela o pegou chorando enquanto assistia ao filme *Doce lar* e, depois de rir devidamente dele, sentou-se no sofá para ver o resto junto e os dois acabaram chorando e rindo de si mesmos e decidindo que precisavam sair no meio da noite para comprar sorvete.

— Quando eu me casei de novo — diz ela —, o mais difícil foi saber que provavelmente nunca mais ia morar com você. E, quando *você* começou a falar do David, eu vi como estava apaixonado e fiquei morrendo de medo de te perder ainda mais. E aí eu *conheci* o David.

Ela faz uma cara que produz risadas, relaxadas entre a família de Tham e contidas entre a de David.

— De cara eu soube que estava ganhando outro melhor amigo. Não existe casamento perfeito, mas tudo que vocês dois tocam fica lindo, e isto não vai ser diferente.

Há aplausos e abraços e beijos em rostos, e os garçons começaram a sair da cozinha com a sobremesa quando, de repente, o sr. (Ed) Nilsen se levanta, oscilando desajeitado, e bate uma faca em seu copo de água tão de leve que poderia estar apenas fazendo uma mímica.

David se agita na cadeira e os ombros de Alex se erguem de forma protetora quando a atenção se volta para seu pai.

— Sim — diz Ed.

— Começou forte — Alex sussurra, tenso. Eu aperto seu joelho sob a mesa e entrelaço os dedos nos dele.

Ed tira os óculos, segura-os de lado e pigarreia.

— David — diz ele, virando-se para os noivos. — Meu garotinho. Eu sei que nem sempre foi fácil para nós. Sei que não foi para *você* — ele

333

acrescenta mais baixo. — Mas você sempre foi um raio de sol e... — Ele solta o ar. Engole a emoção que se aproxima e continua. — Eu não posso levar o crédito pelo que você se tornou. Eu não estive sempre tão presente quanto deveria. Mas seus irmãos fizeram um trabalho maravilhoso ao criar você, e eu tenho orgulho de ser seu pai. — Ele olha para o chão para se recompor. — Estou orgulhoso por ver você se casando com o homem dos seus sonhos. Tham, bem-vindo à família.

Quando uma salva de palmas toma o salão, David se levanta e vai até o pai. Ele aperta sua mão, depois pensa melhor e puxa Ed para um abraço. É curto e desajeitado, mas acontece, e, ao meu lado, Alex relaxa. Quando este casamento passar, talvez tudo volte a ser como era antes, ou talvez eles mudem.

Afinal, o sr. Nilsen está usando um enorme broche do orgulho gay. Talvez as coisas sempre possam melhorar entre pessoas que se amam e querem acertar. Talvez só isso seja necessário.

Naquela noite, quando voltamos ao hotel, Alex toma um banho rápido enquanto eu vejo os canais na TV, parando em uma reprise de *Bachelor in Paradise*. Quando Alex sai do banheiro, ele sobe na cama e me puxa para perto, e eu levanto os braços sobre a cabeça para ele tirar minha camiseta folgada, suas mãos se estendendo sobre minhas costelas, sua boca deixando beijos pela minha barriga.

— Pequenina e valente — ele sussurra contra minha pele.

Desta vez tudo é diferente entre nós. Mais doce, mais suave, mais lento. Nós nos demoramos, sem dizer nada que não possa ser dito com nossas mãos, nossos lábios, nosso corpo.

Eu amo você, ele diz de uma dezena de maneiras diferentes, e eu respondo o mesmo todas as vezes.

Quando terminamos, ficamos deitados juntos, entrelaçados e reluzindo de suor, respirando profunda e calmamente. Se falássemos, um de nós teria que dizer *Amanhã é o último dia desta viagem*. Teríamos que dizer *Como vai ser agora?*, e ainda não há resposta para isso.

Então, não falamos. Só adormecemos juntos e, na manhã seguinte, quando Alex volta de sua corrida com dois copos de café e um pedaço de bolo de café, só nos beijamos mais um pouco, desta vez furiosamente, como se o quarto estivesse pegando fogo e essa fosse a melhor maneira de apagá-lo. Depois, quando temos que ir, quando estamos em cima da hora, nós nos desenrolamos um do outro para nos aprontarmos para o casamento.

O local é uma casa em estilo espanhol com portões de ferro forjado e um jardim exuberante. Palmeiras, colunas e longa mesas de madeira escura com cadeiras de encosto alto entalhadas à mão. Os arranjos florais são todos em amarelo vibrante, girassóis, margaridas e delicados ramos de florzinhas silvestres, e um quarteto de cordas vestido de branco toca algo sonhador e romântico enquanto os convidados entram.

Mais cadeiras de encosto alto estão alinhadas em um trecho gramado, com buquês de flores amarelas margeando o corredor formado por elas. A cerimônia é curta e encantadora, pois, nas palavras de David, enquanto eles voltam pelo corredor ao som de uma animada versão em cordas de "Here Comes the Sun", *é hora de festejar!*

O dia passa voando e uma dor fixa residência entre minhas clavículas, e parece ficar mais forte com o crepúsculo. É como se eu estivesse experimentando toda a noite, duas vezes, duas versões do mesmo rolo de filme sendo reproduzidas ligeiramente sobrepostas.

Existe a Poppy que está aqui agora, comendo uma maravilhosa refeição vietnamita de sete pratos. A mesma que está correndo atrás de crianças entre as pernas de adultos desatentos, brincando de esconde-esconde com elas e Alex embaixo de mesas. A mesma que está virando margaritas na pista de dança com Alex enquanto toca "Pour Some Sugar on Me" no volume máximo e gotas de suor e champanhe respingam sobre as pessoas. A mesma que o está puxando para mais perto quando The Flamingos começam a cantar "I Only Have Eyes for You", e que aperta o rosto contra o pescoço dele tentando memorizar seu cheiro mais completamente do que os últimos doze anos permitiram, a fim de que eu possa invocá-lo quando tiver vontade para tudo nesta noite voltar voando: a mão dele apertada em minha cintura, sua boca em minha têmpora, seus quadris movendo-se lentamente enquanto dançamos juntos.

Há essa Poppy, que está vivendo tudo isso e tendo a noite mais mágica de sua vida. E há a outra, que já está sentindo saudade, que vê tudo isso acontecer de algum ponto a distância sabendo que não pode voltar e fazer tudo de novo.

Estou com medo demais para perguntar a Alex o que vem depois. Estou com medo demais para perguntar isso a mim mesma. Nós nos amamos. Nós nos queremos.

Mas isso não mudou o resto de nossa situação.

Então, fico me agarrando a ele e dizendo a mim mesma que, por enquanto, tenho que aproveitar o momento. Estou de férias. Férias sempre acabam.

É o próprio fato de ser finito que torna viajar especial. Você poderia se mudar para qualquer um desses destinos que amou em pequenas doses e não seria como os sete dias fascinantes e transformadores que passou lá como hóspede, deixando o lugar entrar totalmente em seu coração, deixando que ele mude você.

A música acaba.

A dança acaba.

Não muito depois disso, há estrelinhas de fogos de artifício acesas em um longo túnel de pessoas que amam David e Tham e, em seguida, eles passam correndo pelo meio, seus rostos banhados em luz quente e amor profundo, e então, como se fosse uma pessoa adormecendo, a noite termina.

Alex e eu nos despedimos, descontraídos o suficiente, depois de uma noite de bebida e dança, para abraçar dezenas de pessoas que eram perfeitos estranhos há algumas horas. Dirigimos para o hotel em silêncio e, quando chegamos lá, Alex não toma banho, nem sequer se troca. Apenas nos deitamos na cama e ficamos abraçados até dormir.

A MANHÃ É melhor.

Para começar, esquecemos de programar o despertador e fomos nos deitar tão tarde que nem o despertador interno de Alex nos acorda a tempo de andarmos um pouco pelo hotel. Estamos atrasados desde o momento em que abrimos os olhos, e não há nada a fazer a não ser jogar roupas em malas e olhar embaixo da cama para ver se não ficou alguma meia ou sutiã perdido.

— Ainda temos que devolver o Aspire! — Alex se lembra enquanto fecha sua mala.

— Vou dar um jeito! — digo. — Se eu conseguir falar com a dona, talvez ela aceite que a gente deixe o carro no aeroporto e pague uns cinquenta dólares a mais, algo assim.

Mas não conseguimos falar com ela, então, em vez disso, estamos voando pela estrada, cruzando os dedos para conseguir chegar ao aeroporto a tempo.

— Estou me arrependendo de não ter tomado uma ducha — Alex diz, enquanto abre a janela do seu lado e passa a mão pelo cabelo sujo.

— Uma ducha? — digo. — Quando eu estava quase dormindo, me veio o pensamento: *Tenho que fazer xixi, mas vou guardar para de manhã.*

Alex dá uma olhada para trás.

— Tenho certeza que você deixou um copo vazio por aqui em algum momento desta semana, caso a situação fique desesperadora demais.

— Para! — digo, mas ele está certo. Há um embaixo do meu pé e outro no porta-copo do banco traseiro. — Vamos torcer para não chegar a isso. Eu não sou muito *famosa* pela mira.

Ele ri, mas é um riso tenso.

— Não foi assim que eu imaginei este dia.

— Nem eu — concordo. — Mas também toda esta viagem foi meio surpreendente.

Com isso, ele sorri, segura minha mão sobre a alavanca de câmbio e a levanta até os lábios um segundo depois, mantendo-a ali, mas sem beijá-la.

— O que foi? Estou grudenta? — pergunto.

Ele balança a cabeça.

— Eu só quero me lembrar da sensação da sua pele.

— Isso é muito fofo, Alex — digo —, e nem parece algo que um serial killer diria.

Estou fazendo piada porque não sei como lidar a situação. Uma correria louca, juntos, até o aeroporto. Uma despedida apressada em nossos respectivos portões — ou apenas nos separarmos e corrermos em direções opostas. É o completo oposto de todas as comédias românticas que eu já amei, e, se eu me permitir pensar nisso, acho que posso ter um ataque de pânico.

Por um milagre e muita velocidade (e, sim, um suborno ao motorista de Uber para passar alguns faróis amarelos depois de deixarmos o Aspire), chegamos ao aeroporto e fazemos o check-in de nossos voos. O meu sai quinze minutos depois do de Alex, então vamos para o portão dele primeiro, parando para comprar algumas barras de granola e a última edição da *R+R* em uma livraria no terminal.

Chegamos ao portão dele quando o embarque começa, mas temos alguns minutos até o grupo dele ser chamado, então ficamos ali de pé, ofegantes, suados, os ombros doendo das alças da bagagem, meu tornozelo arranhado de bater acidentalmente na mala de rodinhas a cada poucos passos.

— Por que aeroportos são tão quentes? — comenta Alex.

— Isso é o começo de uma piada? — pergunto.

— Não, eu realmente quero saber.

— Comparado com o apartamento do Nikolai, isto é o Ártico, Alex.

Seu sorriso é tenso. Nenhum de nós está lidando bem com a situação.

— Então — diz ele.

— Então.

— O que será que a Swapna vai achar desse artigo? Jardins botânicos que fecham no meio do dia e carrosséis tão quentes que não são seguros para andar?

DE FÉRIAS COM VOCÊ

— Ah. É. — Eu tusso. Estou menos constrangida por ter mentido para Alex do que por ter esquecido de falar sobre isso, e agora vou ser forçada a usar vários de nossos últimos preciosos minutos juntos para explicar. — Na verdade, tecnicamente, a R+R pode não ter aprovado esta viagem.

Ele arqueia a sobrancelha.

— Pode não ter?

— Ou pode ter rejeitado totalmente.

— O quê? Sério? Então por que eles pagaram... — Ele se interrompe ao ler a resposta em meu rosto. — Poppy. Você não deveria ter feito isso. Ou deveria ter me contado.

— Você teria feito esta viagem se soubesse que era eu que estava pagando?

— Claro que não.

— Pois é — eu falo. E eu precisava conversar com você. *Obviamente* nós precisávamos conversar.

— Você podia ter me ligado — ele argumenta. — Nós estávamos trocando mensagens outra vez. Estávamos... sei lá, *trabalhando* nisso.

— Eu sei. Mas não era assim tão simples. Eu estava passando por um momento difícil no trabalho, cansada daquilo tudo, perdida, *entediada* e sentindo que... que nem sei mais o que quero da vida, e então eu conversei com a Rachel e ela sugeriu que talvez eu... já *tivesse* tudo o que queria profissionalmente e talvez só precisasse encontrar algo *novo* para querer, e aí eu tentei me lembrar de quando tinha sido a última vez que fui feliz, e...

— Espera aí. Como é que é? — Alex balança a cabeça. — A Rachel disse para você... arrumar um jeito de eu viajar com você?

— Não! — exclamo, o pânico me retorcendo por dentro. Como isso está saindo dos trilhos assim tão rápido? — Não foi isso! A mãe dela é psicoterapeuta, e, de acordo com ela, é comum a gente ficar deprimida quando alcança todas as metas de longo prazo. Porque a gente precisa de um propósito. Então, a Rachel sugeriu que talvez eu só precisasse dar um tempo da minha vida para descobrir o que eu quero.

— Dar um tempo da sua vida — Alex repete baixinho, os lábios caídos, os olhos sombrios e carregados.

Fica imediatamente óbvio que eu falei a coisa errada. Tudo isso está saindo tão errado. Eu tenho que consertar.

— Só quis dizer que não fui feliz de verdade desde a nossa última viagem.

— Então você mentiu para mim para que eu fizesse uma viagem com você, transou comigo, disse que me amava e foi ao casamento do meu irmão porque precisava dar um tempo da sua vida real.

— Alex, *claro que não*. — Estendo a mão para ele.

Ele recua com os olhos baixos.

— Por favor, não me toque agora, Poppy. Eu estou tentando pensar, tudo bem?

— Pensar *em quê*? — pergunto, a emoção engrossando minha voz. Não entendo o que está acontecendo, como foi que o magoei ou como consertar isso. — Por que isso te incomodou tanto?

— Porque era sério pra mim! — ele diz, finalmente encontrando meus olhos.

Uma pontada de dor atravessa meu estômago.

— Pra mim também! — exclamo.

— Era sério pra mim, e eu sabia que era sério — ele repete. — Não foi um impulso. Eu sabia há anos que amava você e pensei sobre isso por todos os ângulos possíveis, e sabia o que eu queria muito antes de beijar você. Passamos dois anos sem nos falar e eu pensei em você todos os dias, te dei o espaço que achei que quisesse e todo esse tempo fiquei me perguntando o que eu estaria disposto a fazer, a renunciar, se você decidisse que também queria estar comigo. Passei todo esse tempo indeciso entre tentar seguir em frente e deixar você ir para você ser feliz, e procurando empregos e apartamentos perto de você, porque *vai que...*

— Alex. — Eu balanço a cabeça, forço as palavras a passarem pelo nó em minha garganta. — Eu não sabia.

— Eu sei. — Ele esfrega a mão na testa e fecha os olhos. — Eu sei. E talvez eu devesse ter te contado. Mas, porra, Poppy, eu não sou um condutor de táxi aquático que você conheceu nas férias.

— Por que você está dizendo *isso*? — pergunto. Quando ele abre os olhos, eles estão cheios de lágrimas, e eu tenho o impulso de segurá-lo de novo, até que me lembro de suas palavras: *Por favor, não me toque agora.*

— Eu não sou uns dias de férias da sua vida real — ele fala. — Eu não sou uma experiência nova. Sou alguém que está apaixonado por você há uma década, e você nunca deveria ter me beijado se não *sabia* que queria isso, pra valer. Não foi justo.

— Eu *quero* isso — digo, mas, mesmo enquanto falo, parte de mim não tem ideia do que significa.

Eu quero um casamento?

Quero ter filhos?

Quero morar em um sobrado dos anos 1970 em Linfield, Ohio?

Quero alguma dessas coisas que Alex deseja para sua vida?

Eu não refleti sobre tudo isso, e Alex percebe.

— Você não sabe se quer — ele diz. — Você acabou de dizer que não sabe, Poppy. Não posso largar meu emprego, minha casa e minha família só para ver se isso cura o seu tédio.

— Eu não pedi para você fazer isso, Alex — lanço, desesperada, como se estivesse tentando me agarrar em um apoio e percebesse que tudo embaixo de mim é feito de areia. Ele está escapando entre meus dedos pela última vez, e não vou ter como juntar tudo de novo.

— Eu sei — ele fala, esfregando os dedos na testa, estremecendo. — Caramba, eu sei. É minha culpa. Eu devia saber que era uma má ideia.

— Pare — digo, querendo tanto tocá-lo, me roendo por dentro por poder apenas segurar seus punhos. — Não diga isso. Eu estou pensando em tudo, está bem? Eu só... preciso resolver algumas coisas na minha cabeça.

O grupo seis é chamado para embarcar e os últimos passageiros vão para a fila.

— Tenho que ir — ele avisa, sem olhar para mim.

Meus olhos estão nublados de lágrimas, minha pele, quente e coçando como se meu corpo estivesse encolhendo ao redor dos ossos, tornando-se apertado demais para suportar.

— Eu amo você, Alex — falo. — Isso não importa?

Ele se vira para mim com os olhos escuros, insondáveis, cheios de dor e desejo.

— Eu também amo você, Poppy — ele fala. — Esse nunca foi o nosso problema. — Ele dá uma olhada sobre o ombro para a fila quase toda embarcada.

— A gente conversa quando chegar em casa — digo. — Vamos dar um jeito.

Quando Alex olha de novo para mim, seu rosto está amargurado, os olhos, vermelhos.

— Escute — ele aponta gentilmente. — Acho que a gente devia não se falar por algum tempo.

Balanço a cabeça.

— Essa é a última coisa que devemos fazer, Alex. Nós temos que resolver isso.

— Poppy. — Ele pega minha mão e a segura levemente na sua. — Eu sei o que eu quero. É *você* que precisa resolver. Eu faria qualquer coisa por você, mas... por favor, não me peça nada se não tiver certeza. Eu... — Ele engole em seco. A fila acabou. É hora de ele ir. Ele força o resto em um murmúrio rouco. — Eu não posso ser um descanso da sua vida real. E não vou ficar no caminho para impedir que você tenha o que quer.

O nome dele fica preso na minha garganta. Ele se inclina um pouco, apoia a testa na minha e eu fecho os olhos. Quando os abro, ele está indo embora sem olhar para trás.

Respiro fundo, junto minhas coisas e vou para o meu portão.

Quando me sento para esperar e puxo os joelhos para o peito, escondendo meu rosto neles, finalmente me permito chorar à vontade.

Pela primeira vez em minha vida, o aeroporto me parece o lugar mais solitário do mundo.

Todas essas pessoas, separando-se umas das outras, cada uma seguindo em sua direção, cruzando caminhos com centenas de pessoas, mas nunca se conectando.

33

Dois verões atrás

U M SENHOR MAIS velho viaja com a gente para a Croácia como o fotógrafo oficial da *R+R*.

Bernard. Ele fala alto, está sempre com um colete de lã, e se coloca com frequência entre mim e Alex sem perceber as caras divertidas que trocamos sobre sua cabeça calva. (Ele é mais baixo que eu, embora, ao longo da viagem, diga muitas vezes que tinha quase um metro e setenta nos seus bons tempos.)

Juntos, nós três visitamos a Cidade Antiga de Dubrovnik, com suas altas muralhas de pedra e suas ruas sinuosas, e depois as praias rochosas e águas turquesa transparentes do Adriático.

Os outros fotógrafos com quem viajei sempre foram bastante independentes, mas Bernard é um recém-viúvo, desacostumado a viver sozinho. Ele é uma pessoa legal, mas infinitamente sociável e falante, e, durante nosso tempo na cidade, eu o vejo cansar Alex até que todas as perguntas de Bernard passam a ser respondidas monossilabicamente. Bernard não percebe; suas perguntas costumam ser meros trampolins para histórias que ele quer contar.

As histórias envolvem um monte de nomes e datas, e ele faz muita questão de que todos estejam certos, às vezes indo e voltando quatro ou cinco vezes até ter *certeza* de que o caso aconteceu em uma quarta-feira, e não, como ele tinha achado a princípio, em uma quinta-feira.

Da cidade, pegamos um ferry lotado para a ilha de Korčula. A *R+R* reservou para nós dois quartos de hotel em estilo apartamento de frente para o mar. Por algum motivo, Bernard enfia na cabeça que ele e Alex vão dividir um deles, o que não faz nenhum sentido, já que *ele* é um funcionário da *R+R* e, portanto, deve ter a própria acomodação, enquanto Alex é meu convidado.

Nós tentamos dizer isso a ele.

— Ah, eu não me importo — diz ele. — E eu fiquei em um apartamento com dois quartos por acidente.

É causa perdida tentar convencê-lo de que *esse* apartamento deveria ser *meu e de Alex*, por isso os dois quartos, e, sinceramente, acho que nós dois sentimos uma peninha de Bernard para ficar insistindo. Os apartamentos são elegantes e modernos, em branco e aço inox, com varandas com vista para o mar cintilante, mas as paredes são finíssimas e eu acordo todas as manhãs com os sons de três crianças pequenas correndo e gritando no apartamento acima do meu. Além disso, alguma coisa morreu na parede atrás da secadora no vão da lavanderia, e, sempre que eu ligo para a recepção para falar sobre isso, eles mandam um rapaz adolescente para dar um jeito no cheiro enquanto estou fora. Tenho certeza de que ele apenas abre todas as janelas e passa Lysol por toda parte, porque o aroma adocicado de limão que sinto na hora que entro no apartamento se dissipa durante a noite e o cheiro de bicho morto volta a substituí-lo.

Eu esperava que esta fosse ser a melhor viagem de férias que já fizemos. Mas, além do cheiro de carniça e dos bebês gritando ao amanhecer, tem o Bernard. Depois da Toscana, sem falar sobre isso, Alex e eu demos um passo atrás em nossa amizade. Em vez de trocar mensagens de texto diariamente, começamos a nos comunicar quinzenalmente. Teria sido muito fácil voltar a como era antes, mas eu não podia fazer isso nem com ele nem com Trey.

Para compensar, eu me joguei no trabalho, fazendo todas as viagens que apareciam, às vezes uma atrás da outra. No começo, Trey e eu estávamos mais felizes do que nunca. Era assim que nos sentíamos melhor: montados em um cavalo ou em um camelo, escalando vulcões e mergulhando de penhascos em cachoeiras. Mas, em determinado momento, nossas férias sem fim começaram a parecer uma fuga, como se fôssemos dois ladrões de banco tentando fazer o melhor possível de uma situação ruim enquanto esperávamos o FBI nos encontrar.

Começamos a discutir. Ele queria acordar cedo e eu dormia demais. Eu estava andando muito devagar e ele estava rindo muito alto. Eu me irritava com o modo como ele flertava com a garçonete, e ele não suportava que eu tivesse que percorrer cada corredor de cada loja idêntica por que passávamos.

Ainda tínhamos uma semana de viagem na Nova Zelândia quando constatamos que havíamos chegado ao fim.

— A gente não está se divertindo mais — disse Trey.

Comecei a rir de alívio. Nós nos separamos como amigos. Eu não chorei. Os últimos seis meses haviam sido um lento desenlace de nossas vidas. O rompimento foi apenas o corte do último fio.

Quando escrevi a Alex para contar, ele disse: O que aconteceu? Você está bem?

Vai ser mais fácil explicar pessoalmente, respondi, com o coração alvoroçado.

Tudo bem, disse ele.

DE FÉRIAS COM VOCÊ

Algumas semanas depois, também por mensagem de texto, ele me contou que ele e Sarah haviam terminado outra vez.

Eu não esperava por isso. Eles haviam se mudado juntos para Linfield quando ele terminou o doutorado, estavam até trabalhando na mesma escola — um milagre tão grande que parecia uma manifestação da aprovação do universo para o relacionamento deles —, e, pelo que Alex me contava, estavam melhor do que nunca. Mais felizes. Era tudo tão natural para eles. A menos que ele estivesse mantendo as dificuldades entre eles, o que faria perfeito sentido.

Você quer conversar?, perguntei, sentindo-me ao mesmo tempo aterrorizada e cheia de adrenalina.

Como você disse, ele respondeu, talvez seja mais fácil explicar pessoalmente.

Eu havia esperado dois meses e meio para ter essa conversa. Senti tanta falta de Alex, e por fim não havia nada nos impedindo de falar claramente, nenhuma razão para nos contermos ou ser cautelosos um com o outro, ou para tentarmos não nos tocar.

Exceto Bernard.

Ele anda de caiaque com a gente ao pôr do sol. Vai junto em nosso circuito pelas vinícolas familiares agrupadas no interior do país. Nos acompanha em jantares de frutos do mar todas as noites. Sugere um bar para irmos depois. Ele nunca se cansa. *Bernard*, Alex sussurra uma noite, *pode ser Deus*, e eu bufo em meu vinho branco.

— Alergia? — diz Bernard. — Pode usar meu lenço.

E ele realmente me passa um lencinho bordado.

Eu queria que Bernard fizesse alguma coisa horrível, como passar fio dental à mesa, ou qualquer coisa que me dê a coragem de lhe pedir uma hora de espaço e privacidade.

Esta é a viagem mais bonita e a pior que Alex e eu já fizemos.

Em nossa última noite, nós três ficamos muito bêbados em um restaurante de frente para o mar, assistindo aos rosas e dourados do sol se desfazendo sobre toda a paisagem até a água ser um lençol de luz, gradualmente substituído por um cobertor de um roxo profundo. De volta ao resort, o céu já escuro, nós nos separamos, exaustos em mais de um sentido e pesados de vinho.

Quinze minutos depois, ouço uma batida de leve na porta. Atendo de pijama e encontro Alex ali de pé, sorrindo e corado.

— Ora, *isto* é uma surpresa! — declaro, enrolando um pouco a língua.

— Jura? — diz Alex. — Do jeito que você estava enfiando bebida no Bernard, eu achei que fosse parte de algum plano maligno.

— Ele apagou? — pergunto.

— Está roncando alto pra cacete — diz Alex, e, quando começamos a rir, ele pressiona o dedo indicador em meus lábios. — *Shhh* — ele adverte. — Eu tentei me esgueirar para cá nas duas últimas noites e ele acordou e *saiu do quarto dele* antes de eu conseguir chegar na porta. Eu pensei até em começar a fumar para ter uma desculpa incontestável.

Mais risadas saem de dentro de mim, me aquecendo por dentro, borbulhando em meu interior.

— Acha mesmo que ele teria seguido você? — sussurro, seu dedo ainda pressionado meus lábios.

— Eu não estava disposto a arriscar. — Do outro lado da parede, ouvimos um ronco embriagado e eu começo a rir tanto que minhas pernas ficam moles e eu desabo para o chão. Alex faz o mesmo.

Caímos amontoados, um emaranhado de braços, pernas e risadas silenciosas que fazem nosso corpo sacudir. Bato inutilmente no braço dele quando outro ronco horrível retumba como um trovão através da parede.

— Senti sua falta — diz Alex, com um sorriso, quando as risadas cedem.

— Eu também — respondo, as bochechas doendo. Ele afasta o cabelo de meu rosto e a estática faz alguns fios dançarem ao redor de sua mão.

— Mas pelo menos agora eu tenho três de você. — Seguro o pulso dele para me equilibrar e fecho um olho para vê-lo melhor.

DE FÉRIAS COM VOCÊ

— Vinho excessivo? — ele provoca, pondo a mão atrás de meu pescoço.

— Não — respondo —, só o suficiente para nocautear o Bernard. A quantidade perfeita. — Minha cabeça está agradavelmente flutuando e minha pele está quente embaixo da mão de Alex, ondas satisfatórias de calor reverberando dela até os dedos dos pés. — Deve ser esta a sensação de ser um gato.

Ele ri.

— Como assim?

— Ah... — Balanço a cabeça de um lado para o outro, aninhando o pescoço em sua mão. — É só... — Desisto de explicar, satisfeita demais para prosseguir. Seus dedos vão e voltam pela minha pele, puxando de leve meu cabelo, e eu suspiro de prazer enquanto me encosto nele, minha mão em seu peito, minha testa na dele.

Ele põe a mão sobre a minha e eu entrelaço os dedos nos dele enquanto levanto o rosto, nossos narizes roçando. Ele ergue o queixo, seus dedos contornam minha boca. Quando percebo, ele está me beijando.

Eu estou *beijando Alex Nilsen*.

Um beijo quente, lento, saboreado. Nós dois quase rimos no começo, como se isso tudo fosse uma piada muito engraçada. Então, sua língua passa pelo meu lábio inferior, uma pincelada de fogo. Seus dentes o mordiscam brevemente e as risadas acabam.

Minhas mãos deslizam por seu cabelo e ele me puxa para o seu colo, suas mãos subindo pelas minhas costas e descendo outra vez para apertar meus quadris. Minhas respirações são ofegantes e rápidas quando sua boca faz a minha se abrir de novo, sua língua indo mais fundo, seu gosto doce, limpo e embriagante.

Somos mãos frenéticas, dentes afiados, roupas arrancadas da pele e unhas se enfiando em músculos. Provavelmente Bernard ainda está roncando, mas não o ouço mais com a respiração deliciosamente superficial de Alex, sua voz em minha orelha dizendo meu nome como se fosse uma palavra obscena ou as batidas de meu coração aceleradas nos tímpanos enquanto esfrego meus quadris nos dele.

Todas as coisas que não tivemos oportunidade de dizer não importam mais, porque isto é tudo de que precisávamos. Eu preciso mais dele. Seguro seu cinto — porque ele está usando um cinto, claro que está usando um cinto —, mas ele segura meu pulso e se afasta, os lábios inchados, o cabelo revolto, ele todo amarrotado de uma maneira completamente incomum e extremamente sedutora.

— Nós não podemos — diz ele, sua voz espessa.

— Não podemos? — Parar é como colidir com uma parede. Como se houvesse pequenos passarinhos de desenho animado girando atordoadamente ao redor de minha cabeça enquanto tento entender o que ele está dizendo.

— Não devemos — Alex corrige. — Nós estamos bêbados.

— Não estamos bêbados demais para nos beijar, mas estamos bêbados demais para transar? — digo, quase rindo do absurdo, ou da frustração.

Alex torce os lábios.

— Não. Isso nem devia ter acontecido. Nós dois bebemos muito e não estamos pensando com clareza...

— Aham. — Eu me afasto dele e ajeito de novo a blusa do pijama. Meu constrangimento está no corpo inteiro, um soco no estômago que faz meus olhos lacrimejarem. Eu me levanto do chão e Alex se levanta em seguida. — Tem razão. Foi uma péssima ideia.

Alex parece arrasado.

— Eu só quis dizer...

— Eu entendi — digo depressa, tentando consertar o furo antes que o barco faça mais água. Foi um erro chegar a esse ponto, correr esse risco. Mas preciso convencê-lo de que está tudo bem, de que não jogamos gasolina em nossa amizade e acendemos um fósforo. — Não vamos ficar pensando nisso. Não foi nada de mais — continuo, minha convicção crescendo. — É como você falou: nós bebemos umas três garrafas de

DE FÉRIAS COM VOCÊ

vinho cada um. Não estávamos pensando com clareza. Vamos fingir que isso nunca aconteceu, certo?

Ele me encara com uma expressão dura e tensa que não consigo interpretar.

— Você acha que consegue?

— Alex, é claro — respondo. — Nós temos muito mais história do que uma noite de bebedeira.

— Está bem. — Ele concorda com a cabeça. — Está bem. — Depois de um momento de silêncio, ele diz: — Vou dormir. — Ele me examina mais um instante e murmura: — Boa noite. — E passa pela porta.

Depois de alguns minutos andando de um lado para outro agoniada, eu me arrasto para a cama, onde, cada vez que começo a adormecer, toda a situação se reproduz em minha mente: a insuportável emoção de beijá-lo e o ainda mais insuportável constrangimento de nossa conversa.

De manhã, quando acordo, há um momento abençoado em que imagino que sonhei tudo aquilo. Então, cambaleio até o banheiro e vejo o bom e velho chupão em meu pescoço e o ciclo de lembranças recomeça.

Decido não trazer o assunto à tona quando o vejo. A melhor coisa que posso fazer é fingir que realmente esqueci o que aconteceu. Para provar que estou bem e que nada precisa mudar entre nós.

Quando chegamos ao aeroporto, Bernard, Alex e eu, e Bernard vai ao banheiro, nós temos nosso primeiro minuto sozinhos no dia.

Alex tosse.

— Desculpe por ontem à noite. Sei que fui eu que comecei tudo, e... não devia ter acontecido daquele jeito.

— Sério — falo —, não foi nada de mais.

— Eu sei que você ainda não superou o Trey — ele murmura, desviando o olhar. — Eu não deveria ter...

Seria melhor ou pior admitir como foram poucas as vezes em que Trey cruzou minha mente semanas antes desta viagem? Que ontem à noite eu não estava pensando em ninguém a não ser em Alex?

— Não é culpa sua — garanto. — Nós dois deixamos acontecer, e isso não tem que significar nada, Alex. Somos apenas dois amigos que se beijaram uma vez quando estavam bêbados.

Ele me examina por alguns segundos.

— Tudo bem. — Mas ele não parece estar bem. Parece que preferiria estar em uma convenção de saxofonistas com vários serial killers neste momento.

Meu coração se aperta dolorosamente.

— Então está tudo bem entre nós? — pergunto, desejando que esteja.

Bernard volta nessa hora com uma história sobre um banheiro de aeroporto cheio de papel higiênico para todo lado em que ele esteve certa vez, no domingo de Dia das Mães, para quem quer uma data *exata*, e Alex e eu mal olhamos um para o outro.

Quando chego em casa, algo me impede de escrever para ele.

Ele vai me mandar mensagem, penso. *Então eu vou saber que está tudo bem.*

Depois de uma semana de silêncio, eu lhe envio uma mensagem casual sobre uma camiseta engraçada que vi no metrô e ele responde com: ha e nada mais. Duas semanas depois, quando eu pergunto Você está bem?, ele só escreve: Desculpe. Ando ocupado. Você está bem?

Com certeza, digo.

Alex continua ocupado. Eu também fico ocupada, e é isso.

Eu sempre soube que havia uma razão para mantermos um limite. Foi só deixarmos a libido tomar conta que agora ele não consegue nem olhar para mim, nem me escrever uma mensagem.

Dez anos de amizade se esvaíram pelo ralo só para eu poder saber como é o gosto de Alex Nilsen.

34

Neste verão

NÃO CONSIGO PARAR de pensar naquele primeiro beijo. Não em nosso primeiro beijo na varanda de Nikolai, mas naquele dois anos atrás, na Croácia. Durante todo esse tempo essa lembrança foi de um jeito em minha memória, mas agora está totalmente diferente.

Eu pensei que ele tivesse se arrependido do que aconteceu. Agora entendo que ele lamentou *o modo* como aconteceu. Em um impulso embriagado, quando ele não poderia ter certeza de minhas intenções. Quando *eu* não tinha certeza de minhas intenções. Ele teve medo de que não tivesse significado nada, e eu fingi que não significou.

Todo esse tempo eu achei que ele tivesse me rejeitado. E ele achou que eu tivesse sido indiferente com ele e com seu coração. Dói pensar em como eu o machuquei e, o pior de tudo, que talvez ele estivesse certo.

Porque, embora não fosse verdade que o beijo não tivesse significado nada para mim, eu não havia refletido sobre ele. Nem da primeira vez e nem desta. Não como Alex.

— Poppy? — Swapna me chama, aparecendo na entrada de meu cubículo. — Você tem um minuto?

Estou em minha mesa olhando para esse site sobre turismo na Sibéria há mais de quarenta e cinco minutos. A Sibéria, na realidade, é bem bonita. Perfeita para um exílio autoimposto caso alguém sinta necessidade disso. Eu minimizo a página.

— Hum, claro.

Swapna dá uma olhada para trás checando quem mais está no escritório hoje, sentado às mesas.

— Pensando melhor, você quer dar uma volta?

Faz duas semanas que voltei de Palm Springs e, pelo calendário, ainda é muito cedo para o clima de outono, mas temos uma amostra aleatória dele hoje em Nova York. Swapna pega seu trench coat da Burberry e eu pego meu casaco vintage espinha de peixe e nós vamos em direção à cafeteria da esquina.

— Não pude deixar de notar que você tem estado para baixo — ela comenta.

— Ah. — Achei que estivesse conseguindo esconder como eu me sentia. Para começar, eu tenho me exercitado umas quatro horas todas as noites, o que significa que durmo como um bebê, acordo ainda exausta e me arrasto durante os dias sem muita energia mental para ficar pensando em quando Alex vai atender a um de meus telefonemas ou me ligar de volta.

Ou no motivo de este trabalho estar tão cansativo quanto ser bartender em Ohio. Não consigo mais fazer nada funcionar direito. O dia inteiro, eu me escuto dizendo a mesma frase, como se estivesse desesperada para tirá-la de meu corpo, mas me sentindo incapaz: *Está difícil.*

DE FÉRIAS COM VOCÊ

Por mais branda que seja essa afirmação — tão branda quanto: *Não pude deixar de notar que você tem estado para baixo* —, ela me rasga por dentro cada vez que a ouço.

Está difícil, penso desesperadamente mil vezes por dia, e, quando tento buscar mais informações — *Difícil em quê?* —, a voz responde: *Tudo*.

Eu me sinto insuficiente como adulta. Olho em volta no escritório e vejo todos digitando, recebendo telefonemas, fazendo reservas, editando documentos, e sei que todos estão lidando com pelo menos tantos problemas quanto eu, e isso faz com que eu me sinta pior por tudo parecer difícil para mim.

Viver, ser responsável por mim mesma, parece um desafio intransponível ultimamente.

Às vezes eu me arranco do sofá, enfio uma refeição congelada no micro-ondas e, enquanto espero esquentar, penso: *Vou ter que fazer isso de novo amanhã, e depois de amanhã, e depois de depois de amanhã.* Todo os dias, pelo resto da vida, vou ter que decidir o que comer e fazer minha comida, por pior ou mais cansada que eu me sinta, ou por mais que minha cabeça esteja doendo. Mesmo que eu esteja com uma febre de quarenta graus, vou ter que me forçar a levantar e fazer uma refeição qualquer para continuar vivendo.

Não digo nada disso para Swapna, porque (*a*) ela é minha chefe, (*b*) eu não sei se conseguiria traduzir algum desses pensamentos em palavras faladas, e (*c*) mesmo que eu conseguisse, seria humilhante admitir que me sinto exatamente como aquele estereótipo melancólico, perdido e incapaz de um millennial que o mundo gosta tanto de criticar.

— Eu acho que tenho andado meio para baixo — é o que digo. — Não percebi que isso estava afetando meu trabalho. Vou me esforçar mais.

Swapna para de andar, vira-se em seus altíssimos Louboutins e franze a testa.

— Não tem a ver só com trabalho, Poppy. Eu me dediquei pessoalmente a ser sua mentora.

— Eu sei — digo. — Você é uma chefe incrível e eu me sinto muito grata por isso.

— Não tem a ver com isso também — Swapna rebate, com um discretíssimo traço de impaciência. — O que estou dizendo é que claro que você não é obrigada a conversar comigo sobre o que está acontecendo, mas eu realmente acho que ajudaria se você conversasse com *alguém*. Trabalhar para alcançar suas metas pode ser muito solitário, e o burnout profissional é sempre um desafio. Eu já passei por isso, acredite.

Eu me agito ansiosamente. Embora Swapna de fato *seja* uma mentora para mim, nunca tocamos em assuntos pessoais, e não sei bem quanto devo dizer.

— Eu não sei o que está acontecendo comigo — admito.

Sei que meu coração está partido pela ideia de não ter Alex em minha vida.

Sei que eu queria poder vê-lo todos os dias, e que não há nenhuma parte de mim imaginando o que mais poderia haver por aí, quem eu poderia estar deixando de conhecer e amar caso realmente ficássemos juntos.

Sei que a ideia de viver em Linfield me deixa aterrorizada.

Sei que batalhei muito para ser *esta* pessoa — independente, viajada, bem-sucedida — e não sei quem eu sou sem isso.

Sei que ainda não há nenhum outro emprego me atraindo, a resposta óbvia para minha infelicidade, e que este, que me fez tão feliz pela maior parte dos últimos quatro anos e meio, nos últimos tempos só tem me deixado cansada.

E o resultado disso tudo é que eu não tenho nenhuma pista de para onde ir agora, e, portanto, nenhum direito real de telefonar para Alex, e é por isso que finalmente parei de tentar por enquanto.

— Burnout profissional — digo em voz alta. — Isso é uma coisa que passa, não é?

Swapna sorri.

DE FÉRIAS COM VOCÊ

— Para mim, até hoje, sempre passou. — Ela enfia a mão no bolso e puxa um pequeno cartão de visita branco. — Mas, como eu disse, falar com alguém ajuda. — Aceito o cartão e ela indica a cafeteria com o queixo. — Por que você não fica alguns minutos sozinha? Às vezes uma mudança de cenário é tudo de que a gente precisa para ver as coisas por outra perspectiva.

Uma mudança de cenário, penso quando ela começa a voltar pelo caminho de onde viemos. *Isso costumava funcionar.*

Olho para o cartão em minha mão e dou uma risada.

Dra. Sandra Krohn, psicóloga.

Pego meu telefone e escrevo para Rachel. A dra. Mãe está aceitando novos pacientes?

O papa atual é surpreendentemente transgressor?, ela escreve de volta.

A MÃE DE Rachel tem um consultório em sua casa de pedras marrons no Brooklyn. Enquanto a estética de Rachel é arejada e clara, a decoração de sua mãe é acolhedora e aconchegante, toda de madeira escura e vitrais, plantas de folhas pendentes e livros empilhados em todas as superfícies, sinos de vento dançando em quase todas as janelas.

De certa forma, isso me lembra de casa, embora a versão elegante e artística de maximalismo da dra. Krohn seja muito distante do Museu de Nossa Infância de meus pais.

Durante nossa primeira sessão, eu lhe digo que preciso de ajuda para descobrir o que quero fazer de minha vida daqui para a frente, mas ela recomenda que comecemos pelo passado.

— Não há muito para contar — retruco, e depois falo por cinquenta e seis minutos ininterruptos. Sobre meus pais, sobre a escola, sobre a primeira viagem para casa com Guillermo.

Ela é a primeira pessoa com quem compartilho isso além de Alex, e, embora seja bom pôr tudo para fora, não sei bem como isso está ajudando em minha crise de vida. Rachel me fez prometer não abandonar a terapia por pelo menos dois meses.

— Não fuja — ela diz. — Não vai ser nenhum favor a si mesma.

Eu sei que ela está certa. Tenho que *atravessar*, não fugir. Minha única esperança para encontrar meu caminho é ficar, enfrentar o desconforto.

Em minhas sessões de terapia semanais. Em meu trabalho na *R+R*. Em meu apartamento quase vazio.

Meu blog está parado, mas eu começo um diário. Minhas viagens de trabalho são limitadas a fins de semana na região, e, durante meu tempo livre, vasculho a internet em busca de livros e artigos de autoajuda, à procura de algo que converse comigo como aquela estátua de urso de vinte e um mil dólares definitivamente não conversou.

Às vezes procuro empregos em Nova York; outras vezes, dou uma olhada nas ofertas perto de Linfield.

Compro uma planta, um livro sobre plantas e um pequeno tear. Tento aprender a tecer com vídeos do YouTube e, após três horas, percebo que estou tão entediada quanto sou ruim nisso.

Mesmo assim, deixo meu trabalho de tear inacabado sobre a mesa durante dias, e ele é como uma prova de que eu moro aqui. Tenho uma vida aqui, um lugar que é meu.

No último dia de setembro, estou indo me encontrar com Rachel no bar de vinhos e minha bolsa fica presa na porta de um vagão lotado do metrô.

— Merda, merda, merda! — resmungo baixinho, enquanto, do outro lado, algumas pessoas tentam abrir a porta. Um homem ficando calvo, mas jovem, de terno azul consegue abri-la, e, quando levanto os olhos para agradecer, um brilho claro e nítido de reconhecimento passa por seus olhos azuis.

— Poppy? — diz ele, afastando as portas um pouco mais. — Poppy Wright?

DE FÉRIAS COM VOCÊ

Estou perplexa demais para responder. Ele sai do vagão, apesar de não ter feito nenhum movimento para sair quando as portas se abriram na estação. Esta não é sua parada, mas ele está saindo e eu tenho que recuar para lhe dar espaço enquanto as portas se fecham outra vez.

E, então, estamos parados na plataforma e eu deveria dizer algo, eu sei que devo — ele saiu do maldito trem. Tudo que consigo é:

— Nossa. Jason.

Ele confirma com a cabeça, sorrindo e tocando o peito onde uma gravata rosa clara desce do colarinho impecável de sua camisa branca.

— Jason Stanley. East Linfield High.

Meu cérebro ainda está tentando processar. Não consigo vê-lo neste contexto. Em *minha* cidade, na vida que eu construí para nunca tocar na antiga.

— Certo — gaguejo.

Jason Stanley perdeu a maior parte do cabelo. Ele engordou um pouco em volta da cintura, mas ainda guarda algo do garoto bonito de quem eu era a fim e que depois arruinou minha vida.

Ele ri, me toca com o cotovelo.

— Você foi minha primeira namorada.

— Bem... — digo, porque não parece ser bem assim. Eu nunca pensei em Jason Stanley como meu primeiro namorado. Primeiro-crush-que- -virou-valentão, talvez.

— Você está ocupada? — Ele dá uma olhada para o relógio. — Tenho alguns minutos, se quiser pôr a conversa em dia.

Eu não quero pôr a conversa em dia.

— Na verdade, estou indo para a terapia — digo, sei lá por quê. Foi a primeira desculpa que me veio à mente. Preferiria ter dito que estava levando um detector de metais à praia mais próxima para procurar moedas. Ando rápido até a escada e Jason vem atrás.

— Terapia? — ele fala, ainda sorrindo. — Espero que não seja por causa daquela idiotice que eu fiz quando era um moleque ciumento.

— Ele faz uma careta rápida. — Quer dizer, a gente quer deixar uma marca, mas não desse tipo.

— Eu não sei do que você está falando — minto, enquanto subo a escada.

— Mesmo? — diz Jason. — Puxa, que alívio. Eu penso nisso o tempo todo. Até já tentei encontrar você no Facebook para pedir desculpa. Você não tem Facebook, tem?

— Não, não tenho.

Eu tenho Facebook. Mas não uso meu sobrenome no Facebook justamente porque não queria ser encontrada por pessoas como Jason Stanley. Ou alguém de Linfield. Eu queria apagar essa parte de mim e reaparecer totalmente formada em uma nova cidade, e foi isso que fiz.

Saímos do metrô para a rua arborizada. Aquele arzinho frio está de volta. O outono finalmente engoliu os últimos resquícios do verão.

— Enfim — diz Jason, com os primeiros sinais de constrangimento. Ele para, passando a mão na nuca. — Vou deixar você em paz. Eu te vi e fiquei surpreso. Só queria mesmo dizer oi. E pedir desculpa.

Mas eu também paro, porque não venho dizendo há um mês que não vou mais fugir dos problemas, caramba? Eu saí de Linfield e, de alguma maneira, isso não foi suficiente. Ele está aqui. Como se o universo estivesse me dando um enorme empurrão na direção certa.

Respiro fundo e me viro para ele, cruzando os braços.

— Desculpa pelo *quê*, Jason?

Ele deve ter visto em meu rosto que eu estava mentindo sobre não me lembrar, porque parece muito constrangido agora.

Ele dá uma respirada tensa e hesitante e examina seus sapatos sociais marrons com ar culpado.

— Você se lembra de como o tempo de colégio era horrível, não é? — diz ele. — A gente se sente tão deslocado, como se tivesse algo errado e a qualquer instante alguém fosse perceber. Nós vemos isso acontecer com outras pessoas. Crianças com quem a gente brincava de queimada de repente recebem apelidos cruéis, não são mais convidadas para festas de aniversário. E você sabe que pode ser o próximo, então *você* se transforma em um pequeno imbecil. Se você apontar para outras pessoas, ninguém vai prestar atenção demais em você, certo? Eu fui o seu imbecil... quer dizer, eu fui o imbecil na sua vida, por um tempo.

A calçada oscila na minha frente, uma onda de vertigem me atinge. O que quer que eu estivesse esperando, não era isso.

— Sinceramente, nem acredito que estou dizendo isso — ele fala. — Eu vi você naquela plataforma e... tinha que dizer alguma coisa.

Jason respira fundo, sua expressão formando rugas cansadas nos cantos da boca e dos olhos.

Estamos tão velhos, penso. *Quando ficamos tão velhos?*

De repente não somos mais crianças, e é como se tivesse acontecido da noite para o dia, tão rápido que nem tive tempo de perceber, de me soltar de tudo o que antes importava tanto, de ver que as antigas feridas que pareciam lacerações nas entranhas agora se tornaram pequenas cicatrizes brancas, misturadas com estrias e manchas de sol e pequenas imperfeições onde o tempo arranhou meu corpo.

Coloquei tanto tempo e distância entre mim e aquela menina solitária, e o que importa? Aqui está um pedaço de meu passado, bem na minha frente, a quilômetros de casa. Não podemos fugir de nós mesmos. De nossa história, de nossos medos, das partes de nós que tememos que sejam erradas.

Jason dá outra olhada para os pés.

— No reencontro da classe — ele fala —, alguém me contou que você estava indo muito bem. Trabalhando para a *R+R*. Isso é fantástico. Na verdade, eu, ahn, comprei uma edição um tempo atrás e li seus artigos. É legal, parece que você viu o mundo inteiro.

Por fim eu consigo falar.

— Sim. É... é muito legal.

Seu sorriso se alarga.

— E você mora aqui?

— Aham. — Tusso para limpar a garganta. — E você?

— Não — ele responde. — Estou aqui a trabalho. Vendas. Eu ainda moro em Linfield.

Era isso, percebo, que eu estive esperando por anos. O momento em que eu finalmente sei que venci: eu saí de lá. Eu me tornei alguém. Encontrei um lugar ao qual pertenço. Provei que não era errada, enquanto a pessoa que foi mais cruel comigo continuou empacada na pequena e insignificante Linfield.

Só que não é assim que me sinto. Porque Jason não parece empacado, e ele certamente não está sendo cruel. Ele está aqui, nesta cidade, em uma bela camisa branca, sendo genuinamente gentil.

Sinto uma ardência nos olhos, uma sensação quente no fundo da garganta.

— Se um dia você voltar para lá — Jason diz, hesitante — e quiser se encontrar comigo...

Tento fazer algum som de concordância, mas nada acontece. É como se a pessoinha que comanda o painel de controle em meu cérebro tivesse desmaiado.

— Então — Jason prossegue —, desculpe outra vez. Espero que você saiba que o problema era comigo. Não com você.

A calçada oscila outra vez, um pêndulo. Como se o mundo como eu sempre o vi tivesse sido sacudido com tanta força que está balançando e pode se desfazer por inteiro.

Obviamente as pessoas crescem, uma voz disse em minha cabeça. *Você acha que todas aquelas pessoas ficaram congeladas no tempo só porque continuaram em Linfield?*

Mas, como ele disse, o problema não é com elas. É comigo.

Isso era exatamente o que eu achava.

Que, se eu não saísse de lá, seria para sempre aquela menina solitária. Nunca pertenceria a lugar algum.

— Então, se você for para Linfield... — ele repete.

— Mas você não está me cantando, certo? — digo.

— Ah! Não! — Agora ele levanta a mão, exibindo um daqueles anéis pretos grossos no dedo anelar. — Casado. Feliz. Monogâmico.

— Legal — digo, porque é realmente a única palavra que consigo pronunciar no meu idioma de que me lembro no momento. O que é significativo, já que não sei nenhuma outra língua.

— Sim! — ele responde. — Bom... a gente se vê.

E então Jason Stanley vai embora, tão de repente quanto apareceu.

Quando chego ao bar de vinhos, já estou chorando. (Qual é a novidade?) Quando Rachel pula de nossa mesa habitual, ela parece apreensiva ao me ver.

— Você está bem, querida?

— Vou largar o emprego — digo, entre lágrimas.

— Ah... tá.

— Quer dizer — eu fungo forte e enxugo os olhos —, não imediatamente, como em um filme. Não vou entrar na sala da Swapna e dizer: Eu me demito! E depois sair direto do escritório em um vestido vermelho justo com meu cabelo balançando nas costas, ou algo assim.

— Ainda bem. Laranja fica melhor com o seu tom de pele.

— De qualquer modo, preciso encontrar outro emprego antes de sair desse — falo. — Mas acho que acabei de descobrir por que tenho estado tão infeliz.

35

Neste verão

— SE PRECISAR DE mim — diz Rachel —, eu vou com você. É sério, eu vou mesmo. Compro uma passagem no caminho para o aeroporto e vou com você.

Mesmo, enquanto ela diz isso, ela me olha como se eu estivesse segurando uma cobra gigante com sangue humano gotejando dos dentes.

— Eu sei. — Aperto sua mão. — Mas, aí, quem vai nos manter atualizadas sobre tudo que está acontecendo em Nova York?

— Ah, graças a Deus — ela diz em um suspiro. — Por um minuto eu fiquei com medo de que você realmente fosse me levar.

Ela me puxa para um abraço, beija minhas bochechas e me põe no táxi.

Meus pais vêm me buscar no aeroporto de Cincinnati. Eles estão usando camisetas iguais com *Eu* coração *Nova York*.

DE FÉRIAS COM VOCÊ

— Achamos que assim você ia se sentir em casa! — diz minha mãe, rindo tanto da própria piada que está praticamente chorando. Talvez seja a primeira vez que ela ou meu pai reconhecem Nova York como o meu lar, o que me deixa feliz por um lado e triste por outro.

— Eu já me sinto em casa aqui — digo a ela, e ela faz uma grande demonstração de segurar o coração e dá um gritinho emocionado.

— A propósito — ela conta, enquanto nos apressamos pelo estacionamento —, eu fiz cookies de castanha.

— Ótimo, esse é o jantar. E o café da manhã? — pergunto.

Ela ri. Ninguém no planeta me acha tão engraçada quanto minha mãe. É tão fácil quanto tirar doce de uma criança. Ou *dar* doce para uma criança.

— E aí, parceira — meu pai me chama quando entramos no carro. — A que devemos essa honra? Não é nem feriado!

— Eu senti saudade de vocês — respondo — e do Alex.

— Ah, droga — meu pai resmunga, acionando a seta do carro. — Desse jeito *eu* vou chorar.

Vamos para casa primeiro para eu trocar de roupa, fazer um discurso motivacional para mim mesma e ganhar tempo. A aula só termina às duas e meia.

Até lá, nós três nos sentamos na varanda, bebendo limonada caseira. Meus pais se revezam falando sobre os planos para o jardim no próximo ano. O que eles vão remover. As novas flores e árvores que vão plantar. O fato de que minha mãe está tentando aplicar o método Marie Kondo à casa, mas só conseguiu se livrar de três caixas de sapato cheias de coisas até agora.

— Já é um progresso — elogia meu pai, afagando o ombro dela afetuosamente. — Nós já contamos a você sobre a cerca? O novo vizinho do lado é fofoqueiro, então decidimos que precisamos de uma cerca.

— Ele vem aqui me contar o que todo mundo na rua está fazendo e nunca tem nada de bom para dizer! — exclama minha mãe. — Com certeza ele anda falando o mesmo tipo de coisas sobre nós.

— Ah, eu duvido — digo. — As mentiras sobre vocês vão ser *muito* mais picantes.

Minha mãe adora, obviamente: doce, esta é a criança.

— Depois que erguermos a cerca — prossegue meu pai —, ele vai dizer para todo mundo que temos um laboratório de metanfetamina.

— Ah, para com isso. — Minha mãe dá um tapa no braço dele, mas os dois estão rindo. — Vamos fazer uma videochamada com os meninos mais tarde. O Parker quer fazer a leitura de um novo roteiro em que ele está trabalhando.

Por pouco eu evito cuspir a limonada.

O último roteiro sobre o qual meu irmão vem soltando ideias em nosso grupo de mensagens é uma ousada história distópica sobre a origem dos Smurfs com pelo menos uma cena de sexo. Seu raciocínio é o de que um dia ele gostaria de escrever um filme de verdade, mas, escrevendo um roteiro que não tem chance de ser filmado, ele sente menos pressão durante o processo de aprendizagem. Além disso, acho que ele gosta de escandalizar a família.

Às duas e quinze eu peço o carro emprestado e vou para minha antiga escola. Só então percebo que o tanque está vazio. Depois de um desvio rápido para pôr gasolina, entro no estacionamento da escola às duas e cinquenta. Duas ansiedades separadas batalham para me dominar: uma é composta de terror diante da ideia de ver Alex, dizer o que preciso dizer e torcer para que ele escute, e outra tem a ver com estar aqui de novo, um lugar no qual eu jurei solenemente que nunca mais perderia um segundo.

Subo os degraus de concreto até as portas de vidro na frente, dou uma última respirada e...

A porta não se mexe. Está trancada.

Certo.

Eu me esqueci de que não é mais permitido para um adulto aleatório entrar em uma escola. É definitivamente uma boa medida, em todas as situações, exceto nesta. Bato na porta até um segurança narigudo com um halo de cabelo grisalho se aproximar e abrir uma fresta.

DE FÉRIAS COM VOCÊ

— Pois não?

— Eu queria falar com um professor — digo. — Alex Nilsen?

— Nome? — ele pergunta.

— Alex Nilsen...

— O seu nome — o segurança me corrige.

— Ah. Poppy Wright.

Ele fecha a porta e desaparece por um instante na sala da frente. Um momento depois, ele retorna.

— Sinto muito, mas não temos a senhora em nosso sistema. Não podemos deixar visitantes não registrados entrarem.

— Você não poderia chamá-lo, então? — tento.

— Senhora, eu não posso sair procurando...

— Poppy? — alguém diz atrás dele.

Puxa!, penso a princípio. *Alguém que me reconhece! Que sorte!*

E então a morena magra e bonita vem até a porta. Sinto um frio no estômago.

— Sarah. Nossa. Oi. — Eu tinha esquecido de que poderia me encontrar com Sarah Torval aqui. Distração quase monumental.

Ela dá uma olhada para o segurança.

— Pode deixar, Mark — ela diz, e sai para conversar comigo, cruzando os braços. Está usando um bonito vestido roxo e jaqueta jeans escura, grandes brincos de prata dançando de suas orelhas; ela tem um discreto salpicado de sardas no nariz.

Como sempre, ela é totalmente adorável daquele jeito de professora de jardim de infância. (Apesar de ser uma professora do nono ano, claro.)

— O que você está fazendo aqui? — ela pergunta, não com *indelicadeza*, mas definitivamente não amistosa.

— Ah, eu... vim visitar meus pais.

Ela arqueia uma sobrancelha e dá uma olhada para o prédio de tijolos vermelhos atrás de si.

— Aqui na escola?

— Não. — Afasto o cabelo dos olhos. — Isso é o que eu vim fazer *aqui*. Mas o que estou fazendo *aqui* é... Eu queria... queria falar com o Alex.

Sua revirada de olhos é mínima, mas direcionada.

Eu engulo um nó do tamanho de uma maçã.

— Eu mereço isso — digo. Respiro fundo. Não vai ser divertido, mas é necessário. — Eu fui inconsequente em tudo, Sarah. Minha amizade com o Alex, tudo o que eu esperava dele enquanto vocês dois estavam juntos. Não foi justo com você. Eu sei disso, agora.

— É — ela concorda. — Você *foi* inconsequente.

Nós ficamos em silêncio por um instante.

Por fim, ela suspira.

— Nós todos tomamos decisões ruins. Eu achava que, se você fosse embora, todos os meus problemas seriam resolvidos. — Ela descruza os braços e torna a cruzá-los para o outro lado. — E então você fez aquilo. Você praticamente desapareceu depois da viagem para a Toscana, e, por algum motivo, isso foi ainda pior para o meu relacionamento.

Eu oscilo de um pé para o outro.

— Desculpe. Eu gostaria de ter entendido o que estava sentindo antes que isso machucasse alguém.

Ela balança a cabeça para si mesma, examina as unhas dos pés perfeitamente pintadas despontando das sandálias de couro castanho.

— Eu também gostaria — diz ela. — Ou que ele tivesse. Ou que *eu* tivesse. Na verdade, se *qualquer* um de nós tivesse realmente entendido o que vocês dois sentiam um pelo outro, isso teria me poupado muito tempo e sofrimento.

— É — concordo. — Então, você e ele não estão...

Ela me deixa esperar por alguns segundos, e eu sei que não é acidental. Um sorriso semimaldoso curva seus lábios rosados.

— Não estamos — ela cede. — Aleluia. Mas ele não está aqui. Já foi embora. Parece que ele falou alguma coisa sobre viajar no fim de semana.

DE FÉRIAS COM VOCÊ

— Ah. — Meu coração desaba. Olho para a minivan de meus pais no estacionamento quase vazio. — Bom, obrigada mesmo assim.

Ela acena com a cabeça e eu começo a descer os degraus.

— Poppy?

Eu me viro, e a luz está brilhando tão forte nela que preciso proteger os olhos. Faz com que ela pareça uma santa, ganhando seu halo pela bondade injustificada comigo. *Eu aceito*, penso.

— Às sextas-feiras — ela diz devagar — os professores costumam ir ao Birdies. É uma tradição. — Ela se move e a luz se desloca o suficiente para que eu a olhe nos olhos. — Se ele já não tiver ido viajar, pode ser que esteja lá.

— Obrigada, Sarah.

— Imagine. Você está fazendo um favor ao mundo tirando Alex Nilsen do mercado.

Eu rio, mas aquilo cai como chumbo em meu estômago.

— Não tenho certeza se é isso que ele quer.

Ela dá de ombros.

— Talvez não — diz ela. — Mas a maioria de nós tem medo demais até mesmo para perguntar o que queremos, porque pode ser algo que não podemos ter. Eu li isso em um artigo sobre algo chamado "tédio de millennial".

Abafo uma risada de surpresa e pigarreio.

— É um nome sugestivo.

— Não é? — ela responde. — Boa sorte.

O BIRDIES FICA na outra ponta da rua da escola, e a dois minutos de carro, e eu precisaria de mais umas quatro horas para formular um novo plano.

Durante todo o voo para cá, eu ensaiei meu discurso emocionado com a ideia de que seria dito em particular, na sala de aula dele.

369

Agora vai ser em um bar cheio de professores, incluindo alguns cujas aulas eu assisti (e cabulei). Se existe um lugar que eu julguei de forma ainda mais dura do que os corredores com luzes fluorescentes da East Linfield High é o bar escuro e apertado com o luminoso BUDWEISER em neon em que estou entrando agora.

De uma vez, a luz do dia é eliminada e pontos coloridos dançam na frente de meus olhos enquanto se ajustam a este lugar escuro. Há uma música dos Rolling Stones tocando no rádio e, considerando que são apenas três da tarde, o bar já está em plena atividade, com pessoas em trajes de trabalho informais, um mar de cáquis, camisas e vestidos de algodão monocromáticos, não muito diferentes do vestuário de Sarah. Há peças de golfe penduradas nas paredes: tacos, tapetes de grama sintética e fotografias de golfistas e campos de golfe emolduradas.

Eu sei que existe uma cidade em Illinois chamada Normal, mas acho que ela não se compara a este recanto suburbano do universo.

Há TVs em suportes com o som alto demais, um rádio com estática tocando ao mesmo tempo, explosões de risos e vozes elevadas vindo dos grupos reunidos em banquetas ou alinhados nas laterais de estreitas mesas retangulares.

E aí, eu o vejo.

Mais alto do que a maioria, o mais quieto de todos, as mangas da camisa arregaçadas até os cotovelos e botas apoiadas na trave de metal de sua cadeira, os ombros curvados para a frente e o celular na mão, seu polegar rolando a tela lentamente. Meu coração sobe para a garganta até eu de fato sentir o *gosto*, metálico, quente e pulsando forte demais.

Há uma parte de mim — certo, a maior parte — que deseja fugir mesmo depois de ter voado até aqui, mas então a porta range e Alex levanta os olhos e dá de cara comigo.

Estamos olhando um para o outro e imagino que minha expressão é tão chocada quanto a dele, como se eu não tivesse vindo seguindo uma dica precisa de que ele estaria aqui. Eu me forço a dar alguns passos na

DE FÉRIAS COM VOCÊ

direção dele, então paro na extremidade da mesa, onde, gradualmente, os outros professores levantam os olhos de suas cervejas e vinhos brancos e vodcas com tônica para processar minha presença.

— Oi — diz Alex, pouco mais que um sussurro.

— Oi — respondo.

Espero o resto sair de mim. Nada sai.

— Quem é sua amiga? — uma senhora idosa em uma blusa bordô de gola alta pergunta. Eu a registro como Delallo, mesmo antes de ver o crachá da ELHS que ela ainda está usando ao redor do pescoço.

— Ela é... — A voz de Alex falha. Ele se levanta. — Oi — ele repete.

Os demais na mesa estão trocando olhares sem graça, meio que puxando as cadeiras para mais perto da mesa, virando as costas em uma tentativa de nos dar algum grau de privacidade, o que é impossível neste ponto. Delallo, eu percebo, mantém um ouvido voltado quase *precisamente* para nós.

— Eu fui até a escola — consigo dizer.

— Ah — diz Alex. — Certo.

— Eu tinha um plano. — Esfrego as palmas suadas em minha calça boca de sino laranja de poliéster, desejando não ter vindo vestida como um cone de orientação de trânsito. — Eu ia aparecer na escola porque queria que você soubesse que, se tem uma coisa neste mundo que poderia me fazer entrar lá, é você.

Seu olhar passa brevemente pela mesa de professores outra vez. Até agora, meu discurso não parece ser reconfortante para ele. Seus olhos cruzam os meus, depois baixam para um ponto vago à minha esquerda.

— É, eu sei o quanto você odeia aquele lugar — ele murmura.

— Odeio — concordo. — Tenho muitas lembranças ruins de lá, por isso eu queria aparecer lá e só, tipo, *dizer* que... que eu iria a qualquer lugar por você, Alex.

— Poppy — diz ele, a palavra metade suspiro, metade súplica.

EMILY HENRY

— Não, espera — falo. — Eu sei que tenho uma chance de cinquenta por cento aqui, e há uma parte tão grande de mim que não quer nem dizer o resto, Alex, mas eu *preciso*, então, por favor, não me diga ainda se tiver que me magoar. Tudo bem? Me deixe falar antes que eu perca a coragem.

Seus lábios se abrem por um instante, os olhos verde-dourados como rios inundados por uma tempestade, brutais e precipitados. Ele fecha a boca de novo e faz que sim com a cabeça.

Com a sensação de que estou pulando de um penhasco, incapaz de ver o que existe sob a neblina abaixo de mim, eu prossigo.

— Eu adorava fazer meu blog — conto a ele. — Gostava tanto, e achava que era porque eu adorava viajar. E eu adoro. Mas, nos últimos anos, tudo mudou. Eu não estava feliz. Viajar não era mais a mesma coisa. E talvez você tivesse alguma razão quando disse que eu te procurei como se você fosse um curativo que pudesse consertar tudo. Ou, sei lá, um destino divertido para me dar uma injeção de dopamina e uma nova perspectiva.

Alex baixa os olhos. Ele não quer olhar para mim, e eu sinto que, embora tenha sido ele quem disse isso primeiro, minha confirmação o está roendo por dentro.

— Eu comecei a fazer terapia — continuo, tentando não parar. — E estava tentando descobrir por que tudo parecia tão diferente, e fazendo uma lista das diferenças entre a minha vida antes e agora, e não era só você. Quer dizer, você é a maior diferença. Você estava nas viagens, depois passou a não estar mais, mas essa não foi a única mudança. Todas aquelas viagens que fizemos, a melhor coisa nelas, além do fato de fazer tudo com você, eram as pessoas.

Ele levanta os olhos e os aperta, curioso.

— Eu adorava conhecer novas pessoas — explico. — Adorava... me sentir conectada. Me sentir *interessante*. Enquanto eu crescia, a vida aqui era tão terrivelmente solitária, e eu sempre senti que havia algo errado

DE FÉRIAS COM VOCÊ

comigo. Mas eu me convenci de que, se eu fosse para outro lugar, seria diferente. Haveria outras pessoas como eu.

— Eu sei disso — diz ele. — Eu sei que você odeia isto aqui, Poppy.

— Eu odiava — falo. — Por isso eu fugi. E, quando Chicago não ajeitou as coisas para mim, eu fui embora de lá também. Mas, quando comecei a viajar, as coisas finalmente ficaram melhores. Eu conhecia pessoas e, sei lá, sem a bagagem da história ou o medo do que iria acontecer, era tão mais fácil me abrir com elas. Fazer amigos. Eu sei que parece bobo, mas todos aqueles pequenos encontros ao acaso... eles faziam eu me sentir menos solitária. Faziam eu me sentir alguém de quem as pessoas podiam gostar. E então eu arrumei o emprego na *R+R* e as viagens mudaram; as pessoas mudaram. Eu só conhecia chefs e gerentes de hotel, pessoas querendo aparecer em meus artigos para ter publicidade. Eu fazia viagens maravilhosas, mas voltava para casa me sentindo vazia. E agora percebo que é porque eu não estava mais me conectando com ninguém.

— Que bom que você descobriu isso — diz Alex. — Eu quero que você seja feliz.

— Mas aí é que está — falo. — Mesmo se eu sair do meu emprego e começar a levar o blog a sério outra vez, e voltar a conhecer todos os Bucks e Litas e Mathildes do mundo... isso não vai me fazer feliz. Eu precisava dessas pessoas porque me sentia sozinha. Eu achava que tinha que fugir para centenas de quilômetros daqui para encontrar um lugar ao qual pertencesse. Passei a vida inteira achando que qualquer pessoa de fora da minha família que chegasse perto demais, que enxergasse demais, não iria mais me querer. O mais seguro a fazer era ter aqueles momentos rápidos e casuais com estranhos. Isso era tudo que eu achava que poderia ter.

— E aí veio você. — Minha voz oscila perigosamente. Eu me controlo, endireito as costas. — Eu te amo tanto que passei doze anos pondo o máximo de distância possível entre nós. Eu me mudei. Eu viajei. Eu namorei outras pessoas. Eu falava sobre a Sarah o tempo todo porque

373

sabia que você gostava dela, e era mais seguro assim. Porque a última pessoa por quem eu suportaria ser rejeitada era você.

— E agora eu sei disso. Sei que não é viajar que vai me tirar deste buraco, não é um novo emprego e com toda a certeza não são encontros casuais com condutores de táxi aquático. Tudo isso, cada minuto disso, foi fugir de você, e eu não quero mais fugir. Eu amo você, Alex Nilsen. Mesmo que você não me dê uma chance real, eu sempre vou amar você. E tenho medo de me mudar de volta para Linfield porque não sei se eu gostaria de viver aqui, ou se eu ficaria entediada, ou se eu faria amigos, e porque tenho *pavor* de me encontrar com as pessoas que me fizeram sentir que eu não tinha importância e elas decidirem que estavam certas a meu respeito. Eu quero ficar em Nova York — falo. — Eu gosto de morar lá e acho que você também gostaria, mas você me perguntou a que eu estaria disposta a renunciar por você, e agora eu sei a resposta: a tudo. Não há nada neste mundo inteiro que eu construí em minha cabeça que eu não esteja preparada a deixar para trás para construir um mundo novo com você. Eu posso entrar na East Linfield High. Não estou falando só de hoje. Se você quiser continuar aqui, eu vou à porra dos jogos de basquete da escola com você. Eu uso camisetas com os nomes dos jogadores pintados à mão. Eu até aprendo os nomes dos jogadores, não vou só inventar os nomes! Eu vou à casa de seu pai beber refrigerante diet e me esforçar ao máximo para não falar palavrões ou comentar sobre nossa vida sexual, e vou cuidar dos seus sobrinhos com você na casa da Betty. Vou ajudar você a tirar o papel de parede! E eu *odeio* tirar papel de parede! Você não é as minhas férias e não é a resposta para a minha crise profissional, mas quando estou em crise, ou doente, ou triste, é só você que eu quero. E, quando estou feliz, você me faz tão mais feliz. Ainda tenho muito para entender, mas o que eu sei é que, onde quer que você esteja, esse é o meu lugar. Eu nunca vou me sentir eu mesma em nenhum lugar do jeito que me sinto eu mesma com você. O que quer que eu esteja sentindo, quero você ao meu lado. Você é a minha casa, Alex. E eu acho que sou isso para você também.

DE FÉRIAS COM VOCÊ

Quando termino, estou ofegante. O rosto de Alex está contraído de preocupação, mas, tirando isso, não consigo ler nele muitas emoções específicas. Ele não diz nada de imediato, e o silêncio — ou falta dele (Pink Floyd começou a tocar nos alto-falantes e um locutor esportivo está tagarelando em uma das TVs) — se desenrola como um tapete, estendendo-se cada vez mais entre nós, até eu me sentir como se estivesse do lado oposto em uma mansão muito escura e pegajosa de cerveja.

— E mais uma coisa. — Procuro meu celular na bolsa, abro na foto certa e a estendo para ele. Ele não pega o telefone, só olha para a imagem na tela sem tocá-la.

— O que é isso? — ele pergunta, suavemente.

— Isso — digo — é uma planta que eu mantive viva na minha casa desde que voltei de Palm Springs.

Ele dá uma risada contida.

— É uma espada-de-são-jorge — falo. — E parece que elas são extremamente difíceis de matar. Tipo, talvez eu pudesse passar uma serra elétrica e ela sobreviveria. Mas esse é o maior tempo que eu já consegui manter qualquer coisa viva e queria que você visse. Para você saber. Que estou falando sério.

Ele acena com a cabeça sem dizer nada e eu ponho o celular de volta na bolsa.

— É isso — concluo, um pouco confusa. — Esse é o discurso inteiro. Pode falar agora.

O canto de sua boca se levanta, mas o sorriso não permanece e, mesmo enquanto esteve ali, não continha nada de alegria em sua curvatura tensa.

— Poppy. — Meu nome nunca soou tão longo ou tão triste.

— Alex — digo.

Ele apoia as mãos nos quadris. Olha para o lado, embora não haja nada para ver ali exceto uma parede com grama artificial e uma foto desbotada de alguém com um boné de golfe com um pompom no alto. Quando ele olha de volta para mim, há lágrimas em seus olhos, mas eu

EMILY HENRY

sei na hora que ele não vai deixá-las cair. Esse é o tipo de autocontrole que Alex Nilsen tem.

Ele poderia estar morrendo em um deserto e, se a pessoa errada lhe estendesse um copo de água, ele balançaria a cabeça educadamente e diria *não, obrigado*.

Engulo o nó em minha garganta.

— Pode dizer qualquer coisa. O que precisar dizer.

Ele solta o ar, olha para o chão e encontra meus olhos quase por um instante.

— Você sabe o que eu sinto por você — ele diz em voz baixa, como se isso fosse uma espécie de segredo, mesmo enquanto ele o admite.

— Sim. — Meu coração começou a acelerar. Eu acho que sei. Pelo menos eu sabia. Mas sei como o magoei por não pensar direito sobre as coisas. Talvez eu ainda não entenda totalmente isso, mas mal comecei a entender *a mim mesma*, então isso não é uma surpresa.

Agora ele engole, os músculos sob a linha do maxilar dançando com sombras.

— Eu sinceramente não sei o que dizer — ele responde. — Você me aterrorizou. Não faz nenhum sentido o jeito como a minha mente trabalha rápido com você. Em um segundo estamos nos beijando e, no seguinte, estou pensando em como podem ser os nomes dos nossos netos. Não faz sentido. Olhe só para nós. *Nós* não fazemos sentido. Sempre soubemos disso, Poppy.

Meu coração está gelando, veias de frio confluindo para o seu centro.

Partindo-o ao meio, e me partindo junto.

Agora é minha vez de dizer o nome dele como uma súplica, como uma oração.

— Alex. — Minha voz sai rouca. — Eu não sei do que você está falando.

Ele baixa os olhos, os dentes passando pelo lábio inferior.

— Eu não *quero* que você desista de nada — diz ele. — Eu só quero que nós façamos sentido, e nós não fazemos, Poppy. Eu não vou aguentar ver tudo desmoronar outra vez.

Estou assentindo agora. Longamente. É como se eu não conseguisse parar de aceitar isso, repetidas vezes. Porque é essa a sensação: como se eu tivesse que passar o resto da vida aceitando que Alex não pode me amar do jeito que eu o amo.

— Tudo bem — sussurro.

Ele não diz nada.

— Tudo bem — digo de novo. Tiro os olhos dele quando sinto as lágrimas se juntando. Não quero obrigá-lo a me confortar, não por causa disso. Eu me viro e sigo a passos apressados em direção à porta, forçando meus pés para a frente, mantendo o queixo alto e a coluna ereta.

Quando chego à porta, não consigo evitar. Eu olho para trás.

Alex ainda está congelado onde o deixei, e, mesmo que isso me mate por dentro, preciso ser honesta agora. Tenho que dizer algo que não vou poder desdizer depois, tenho que parar de fugir e de me esconder dele.

— Eu não me arrependo de ter te falado isso — explico. — Eu disse que abdicaria de qualquer coisa, arriscaria qualquer coisa por você, e é verdade. — *Até mesmo meu próprio coração.* — Eu amo você pra sempre, Alex. Eu não poderia viver comigo mesma se não tivesse pelo menos te falado isso.

E eu me viro e saio para o brilho radiante do sol no estacionamento.

Só então começo realmente a chorar.

36

Neste verão

ESTOU TREMENDO. ARQUEJANDO. Me despedaçando enquanto atravesso o estacionamento.

Ponho uma das mãos sobre a boca enquanto os soluços estouram dentro de mim, cortam e perfuram cada cantinho de meus pulmões.

É difícil continuar me movendo e impossível parar. Estou quase correndo para o carro de meus pais, depois me encostando nele, a cabeça baixa, sons horríveis saindo de mim, nariz escorrendo, o azul do céu e suas nuvens cúmulos de algodão e as árvores farfalhando ao longo do estacionamento, tudo isso se transformando em um borrão estival, o mundo todo se derretendo em um turbilhão de cor.

E então há uma voz, dispersada pela brisa e pela distância. Está vindo de trás de mim, obviamente é a dele, e eu não quero olhar.

DE FÉRIAS COM VOCÊ

Acho que mais uma olhada para ele poderia ser o ponto de não retorno, o que vai partir meu coração para sempre, mas ele está dizendo meu nome.

— Poppy! — Uma vez. E de novo. — Poppy, espere.

Empurro todas as emoções para dentro. Não para ignorá-las. Não para negá-las, porque é quase bom sentir uma coisa de um jeito tão puro, saber sem nenhuma dúvida o que meu corpo está experimentando. Mas porque esses são *meus* sentimentos, não dele. Não algo para ele tomar para si e carregar, como ele faz quase compulsivamente.

Enxugo o rosto com as mãos e me forço a respirar em ritmo normal enquanto ouço seus passos vindo rápido pelo asfalto. Eu me viro quando ele reduz a velocidade, dando os últimos passos em um ritmo determinado, mas casual, até parar, me cercando entre ele e o carro.

Há um intervalo antes de ele falar, uma pausa que é apenas para nossa respiração.

Depois de mais um segundo de silêncio, ele diz:

— Eu também comecei a ir a uma terapeuta.

Sem que eu possa me conter, dou uma risada rouca pela ideia de ele ter corrido até aqui só para me dizer isso.

— Que bom. — Enxugo de novo o rosto com o pulso.

— Ela diz... — Ele passa a mão pelo cabelo. — Ela acha que eu tenho medo de ser feliz.

Por que ele está me contando isso?, uma voz fala em minha cabeça.

Espero que ele nunca pare de falar, diz outra. Talvez possamos continuar falando para sempre. Talvez esta conversa possa durar nossa vida inteira, como parecia ser com nossas mensagens de texto e telefonemas esses anos todos.

Eu pigarreio.

— Você tem?

Ele me olha por um longo momento, depois balança a cabeça muito ligeiramente.

— Não — ele responde. — Eu sei que, se entrasse em um avião com você para Nova York, eu seria feliz pra cacete. Pelo tempo que você quisesse ficar comigo, eu seria feliz.

Uma vez mais, o turbilhão caleidoscópico de cores embaça minha visão. Eu pisco para conter as lágrimas.

— E eu quero tanto isso. Eu me *arrependo* de todas as oportunidades que perdi de te dizer o que eu sentia, todas as vezes em que convenci a mim mesmo de que a perderia se você soubesse, ou de que éramos diferentes demais. Eu só quero ser feliz com você. Mas tenho medo do que vem depois.

— A voz dele falha.

— Eu tenho medo de você perceber que eu te entedio. Ou conhecer outra pessoa. Ou estar infeliz e continuar comigo. E... — A voz dele trava. — Tenho medo de amar você nossa vida inteira e ter que dizer adeus. Tenho medo de que você morra e o mundo fique inútil. Tenho medo de não conseguir continuar saindo da cama se você se for e, se tivéssemos filhos, eles teriam essa vida horrível em que a mãe maravilhosa não está mais aqui e o pai nem consegue olhar para eles.

Ele passa a mão pelos olhos, enxugando-os um pouco.

— Alex — sussurro. Eu não sei como confortá-lo. Não posso remover a dor de seu passado nem prometer que não vai acontecer de novo. Tudo que posso fazer é dizer a verdade, do jeito que a vejo. Do jeito que *conheço*. — Você já passou por isso. Perdeu alguém que amava e continuou saindo da cama. Esteve sempre presente para as pessoas em sua vida e você os *ama*, e elas te amam também. Você ainda tem tudo isso na sua vida. Nada disso foi embora. Não acabou só porque você perdeu uma pessoa.

— Eu sei — diz ele. — Eu só estou... — A voz dele fica tensa e ele encolhe os ombros enormes. — Com medo.

Seguro suas mãos instintivamente e ele me deixa puxá-lo para perto, dobrando os dedos entre minhas palmas.

DE FÉRIAS COM VOCÊ

— Então, encontramos mais uma coisa em que concordamos além de odiar que as pessoas chamem barcos de "ela" — falo baixinho. — É apavorante estar apaixonado.

Ele funga no meio de uma risada, envolve meu queixo com as mãos e pressiona a testa contra a minha, fechando os olhos enquanto sua respiração sincroniza com a minha, nosso peito subindo e descendo como se fôssemos duas ondas no mesmo mar.

— Eu jamais quero viver sem isso — ele murmura, e eu fecho os punhos na camisa dele, como para impedi-lo de escorregar entre meus dedos.

Os cantos de sua boca se erguem quando ele sussurra:

— *Pequenina e valente.*

Ele abre uma fresta dos olhos e o alvoroço em meu peito é tão forte que quase dói. Eu o amo tanto. Eu o amo mais do que amava ontem, e já sei que amanhã vou amá-lo ainda mais, porque cada pedaço seu que ele me dá é mais um para eu me apaixonar.

Ele me abraça com força, seus olhos úmidos tão claros e abertos que parece que posso mergulhar nele, nadar por seus pensamentos, flutuar na mente que eu amo mais do que qualquer outra no planeta.

Suas mãos se movem em meu cabelo, alisando-o na minha nuca, seus olhos percorrendo meu rosto com toda aquela lindamente calma determinação alexiana.

— Você é isso mesmo, sabia?

— Valente? — pergunto.

— Minha casa — ele diz e me beija.

Nós somos, penso. *Estamos em casa.*

Epílogo

FAZEMOS UMA EXCURSÃO de ônibus pela cidade. Vestimos camisetas iguais com *Eu* coração *Nova York* e bonés com o desenho da maçã, a Big Apple. Trazemos binóculos e os usamos para focalizar qualquer pessoa que tenha uma remota semelhança com uma celebridade.

Até agora, identificamos a Dama Judi Dench, Denzel Washington e um jovem Jimmy Stewart. Nosso tour inclui a passagem de ferry para a Estátua da Liberdade, e, quando chegamos lá, pedimos a uma senhora de meia-idade para tirar uma foto nossa na frente da base da estátua, com o sol em nossos olhos e o vento em nosso rosto.

— De onde vocês são? — ela indaga docemente.

— Daqui — Alex diz, ao mesmo tempo em que eu digo "Ohio".

Na metade do tour, nós desistimos e vamos ao Café Lalo, determinados a nos sentar no mesmo lugar em que sentaram Meg Ryan e Tom Hanks em *Mens@gem para você*. Está frio do lado de fora e a cidade se mostra em seu melhor para nós, flores primaveris rosas e brancas enfeitando as ruas enquanto bebemos nossos cappuccinos. Ele está morando em Nova York em tempo integral há cinco meses, desde que o semestre do outono terminou e ele encontrou uma vaga como substituto aqui para o semestre da primavera.

Eu não sabia que a vida cotidiana poderia ser assim, como férias em que você não precisa sair de casa.

Claro que nem sempre é desse jeito. Na maioria dos fins de semana, Alex está preso em casa trabalhando em seus próprios textos ou corrigindo trabalhos escolares e planejando aulas, e nos dias de semana eu só o vejo o suficiente para um sonolento beijo de bom-dia (às vezes volto a dormir tão rápido, que nem me lembro de ter acontecido), e tem a roupa para lavar e a louça suja (que Alex insiste que lavemos imediatamente após o jantar), e impostos, consultas no dentista e bilhetes de metrô perdidos.

Mas também há descobertas, novas partes do homem que eu amo apresentadas a mim diariamente.

Por exemplo, Alex não consegue dormir se estivermos de conchinha. Ele tem que estar totalmente no seu lado da cama e eu no meu. Até o meio da noite, quando acordo acalorada com seus braços e pernas jogados sobre mim e tenho que empurrá-lo para poder me refrescar.

É inacreditavelmente irritante, mas, no segundo em que me sinto confortável outra vez, eu me vejo sorrindo no escuro, tão incrivelmente feliz por dormir todas as noites ao lado da minha pessoa favorita no mundo.

Mesmo o calor incômodo é melhor com ele.

Às vezes colocamos música na cozinha enquanto nós (ele) estamos cozinhando, e dançamos. Não de forma doce e lenta, como se estivéssemos em um filme romântico, mas nos contorcendo e girando ridiculamente até ficarmos tontos, rindo até bufar ou até chorar. Às vezes nós nos filmamos e enviamos o vídeo para David e Tham, ou para Parker e Prince.

Meus irmãos respondem com os próprios vídeos dançando na cozinha.

David responde com alguma variação de: Amo vocês, seus doidos ou Há sempre um par para cada pessoa.

Estamos felizes, e, mesmo quando não estamos, é tão melhor do que era sem ele.

A última parada de nossa noite como turistas é a Times Square. Deixamos o pior para o final, mas é um rito de passagem e Alex insiste que quer ir.

— Se você ainda puder me amar lá — diz ele —, eu vou saber que é de verdade.

— Alex — falo —, se eu não puder amar você na Times Square, então não mereço você em um sebo empoeirado.

Ele entrelaça os dedos nos meus conforme saímos da estação de metrô. Acho que tem menos a ver com afeto (ou exibições públicas disso, de que ele ainda não é muito fã) e mais com um medo genuíno de acabarmos nos separando no meio da multidão em que estamos entrando.

Permanecemos na praça, cercados por luzes piscantes e artistas de rua pintados de prateado esbarrando em turistas por um total de três minutos. O suficiente para tirar algumas selfies desfavoráveis com cara de atordoados. Então, damos meia-volta e retornamos direto para a plataforma do trem.

No apartamento — nosso apartamento —, Alex tira os sapatos e os arruma perfeitamente sobre o capacho na entrada (nós temos um capacho; somos adultos) ao lado dos meus.

Tenho que terminar de escrever um artigo de manhã, o primeiro do novo emprego. Eu estava com muito medo de dizer a Swapna que ia embora, mas ela não ficou brava. Na verdade ela me abraçou (foi como ser abraçada por Beyoncé) e, mais tarde naquela noite, uma enorme garrafa de champanhe foi entregue na porta de nosso apartamento.

Parabéns pela coluna, Poppy, dizia o cartão. *Eu sempre soube que você iria a muitos lugares. Beijos, Swapna.*

DE FÉRIAS COM VOCÊ

A ironia disso tudo é que eu *não* vou mais a lugares, pelo menos não a trabalho. Em muitos outros aspectos, porém, meu trabalho não será tão diferente. Ainda vou conhecer restaurantes e bares e vou escrever sobre as novas galerias e sorveterias que aparecem por toda Nova York.

Mas Pessoas que Você Conhece em Nova York também vai ser diferente, está mais para interesse humano do que resenha. Vou explorar minha própria cidade, mas pelos olhos das pessoas que a amam, passando um dia com alguém em seu local favorito, aprendendo o que o torna tão especial.

Meu primeiro artigo é sobre um novo boliche no Brooklyn com uma ambientação tradicional. Alex foi comigo para conhecer o local e eu soube, assim que avistei Dolores na pista ao lado, com uma bola dourada personalizada, luvas combinando, e um halo de cabelo crespo grisalho, que ela era alguém que poderia me ensinar coisas. Um balde com cervejas, uma longa conversa e uma aula de boliche depois, eu tinha tudo de que precisava para o artigo, mas Alex, Dolores e eu caminhamos até uma lanchonete de cachorros-quentes na mesma rua e ficamos conversando até quase meia-noite.

O artigo está quase pronto, só precisa de alguns retoques finais, mas eles podem esperar até de manhã. Estou exausta de nosso longo dia e tudo que quero fazer é afundar no sofá ao lado de Alex.

— É bom estar em casa — diz ele, passando o braço por minhas costas e me puxando para perto.

Eu subo as mãos em suas costas por baixo da camisa e o beijo como venho esperando para fazer o dia todo.

— Em casa — digo —, meu lugar favorito.

— Meu também — ele murmura, me baixando sobre as almofadas.

No próximo verão, vamos sair da cidade. Vamos passar quatro dias viajando pela Noruega e outros quatro na Suécia. Não vai haver Icehotel. (Ele é professor, eu sou redatora e somos ambos millennials. Sem grana para isso.)

Vou deixar uma chave para Rachel regar nossas plantas, e depois da Suécia, vamos voar direto para Linfield para o resto das férias de verão de Alex.

Vamos ficar na casa da Betty enquanto ele a conserta e eu fico sentada no chão, comendo balas de goma e encontrando novas maneiras de fazê-lo ficar vermelho. Vamos arrancar o papel de parede e escolher novas cores de tinta. Vamos beber refrigerante diet no jantar com seu pai, irmãos, sobrinhas e sobrinho. Vamos nos sentar na varanda com meus pais olhando para a terra de ninguém dos Carros Passados da Família Wright. Vamos experimentar nossa cidade natal do mesmo jeito que experimentamos Nova York: juntos. Vamos ver como nos sentimos lá e onde queremos estar.

Mas já sei como vou me sentir.

Onde quer que ele esteja, esse é meu lugar favorito.

— O que foi? — ele pergunta, o começo de um sorriso curvando seus lábios. — Por que está me encarando?

— Você é... — Balanço a cabeça procurando qualquer palavra que possa abranger o que estou sentindo. — *Tão* alto.

Seu sorriso se abre, irrestrito, Alex Nu só para mim.

— Eu também amo você, Poppy Wright.

Amanhã, nós vamos nos amar um pouco mais, e no dia seguinte, e no outro.

E, mesmo naqueles dias em que um de nós, ou ambos, não estivermos bem, nós vamos estar aqui, onde somos completamente conhecidos, completamente aceitos pela pessoa cujos lados amamos todos, com todo o coração. Estou aqui com as diferentes versões dele que conheci ao longo de doze anos de viagens de férias e, ainda que o sentido da vida não seja apenas ser feliz, neste momento eu sou. Até os ossos.

Agradecimentos

Há tantas pessoas sem as quais este livro não existiria. Em primeiro lugar, tenho que agradecer principalmente a Parker Peevyhouse. Eu estava ao telefone com você quando me veio a ideia do que eu tinha que escrever. Acho que nada além daquele telefonema poderia ter criado este livro. Obrigada, amiga.

Agradeço também às minhas incríveis editoras, Amanda Bergeron e Sareer Khader. Não existem palavras para descrever adequadamente o que significou trabalhar com vocês duas. O tempo e cuidado que vocês dedicaram para me ajudar a encontrar não só *um livro*, mas *o livro certo*, é uma coisa com que a maioria dos escritores só pode sonhar. Compartilhar a propriedade e o controle de seu trabalho pode ser assustador, mas eu soube, a cada passo do caminho, que estava nas melhores mãos. Obrigada por levar a mim e à minha escrita para além dos limites e por serem uma equipe incrível.

Um enorme agradecimento também a Jessica Mangicaro, Dache Rogers e Danielle Keir. Sem vocês, não sei se alguém sequer iria ler este livro, portanto obrigada por usarem seu talento e paixão para promover meus livros. Vocês tornam tudo melhor.

Obrigada também a todos os outros da Berkley por criarem um lar tão receptivo e acolhedor para mim e meus livros, incluindo, entre outros, Claire Zion, Cindy Hwang, Lindsey Tulloch, Sheila Moody, Andrea Monagle, Jessica McDonnell, Anthony Ramondo, Sandra Chiu, Jeanne-Marie Hudson, Craig Burke, Christine Ball e Ivan Held. Eu me sinto *tão* sortuda todos os dias por trabalhar com vocês.

À minha maravilhosa agente, Taylor Haggerty, bem como a todos na fenomenal equipe da Root Literary — Holly Root, Melanie Figueroa, Molly O'Neill —, obrigada por serem tão comprometidas, dedicadas e gentis. E, talvez o mais importante, obrigada pelo rosé espumante.

Obrigada também a Lana Popović Harper, Liz Tingue e Marissa Grossman por serem um enorme apoio para mim desde o começo.

Os queridos amigos Brittany Cavallaro, Jeff Zentner, Riley Redgate, Bethany Morrow, Kerry Kletter, David Arnold, Justin Reynolds, Adriana Mather, Candice Montgomery, Eric Smith, Tehlor Kay Mejia, Anna Breslaw, Dahlia Adler, Jennifer Niven, Kimberly Jones e Isabel Ibañez têm feito minha vida (e escrita) melhor há anos, e não há agradecimentos suficientes para eles.

Ter o apoio dos membros da comunidade literária e de autores que eu admiro tanto foi não só imensamente significativo para mim pessoalmente como é em grande medida *a* razão de eu poder continuar fazendo este trabalho que amo tanto. Agradecimentos especiais a Siobhán Jones e a toda a equipe Book of the Month, bem como a Ashley Spivey, Zibby Owens, Robin Kall, Vilma Iris, Sarah True, Christina Lauren, Jasmine Guillory, Sally Thorne, Julia Whelan, Amy Reichert, Heather Cocks, Jessica Morgan e Sarah MacLean. Sua bondade e incentivo têm sido muito importantes em minha jornada.

E, como sempre, obrigada à minha família, por me criar para ser tanto meio esquisita como esquisitamente autoconfiante, e a meu marido, por sempre parar para beijar minha cabeça quando está a caminho da cozinha. Vocês são os melhores e ninguém poderia merecê-los.

Por trás do livro

Toda vez que começo a ver *Harry e Sally: feitos um para o outro*, parece a primeira vez. Não porque eu não me lembre de cada cena icônica da comédia romântica obra-prima de Nora Ephron. Eu me lembro.

Mas porque eu odeio Harry. Toda vez. Eu me pego pensando, ainda que brevemente: *Eu não lembrava de ele ser tão horrível!* Ou *A Sally realmente carrega este filme nas costas.* Durante as primeiras cenas deles juntos, eu acho o Harry cínico e garanhão quase insuportável. Mas, então, Ephron faz sua mágica e tudo muda. Um Harry mais doce aparece, o verdadeiro Harry, um Harry capaz de dar muito amor e ternura, um Harry que só precisava de algum tempo para *crescer* e *despertar* o afeto de Sally e do espectador.

E, juntos, ao longo de minutos e anos, Sally e eu nos apaixonamos pela última pessoa que poderíamos esperar.

Quando comecei a escrever *De férias com você*, não pensei em escrever uma homenagem a uma de minhas comédias românticas favoritas. Mas talvez

389

Ephron tenha deixado essa marca indelével em mim, plantado uma semente de apreciação ardente por personagens que irritam, incomodam e enfurecem até que, de repente, isso não acontece mais. Não só porque eles mudaram, mas porque *você* começou a ver o quadro completo de quem eles são.

E *isso* foi o que me propus a escrever neste livro. Dois personagens sem nenhuma razão evidente para gostar um do outro, quanto menos amar um ao outro. Duas pessoas com tão pouco em comum que um romance nunca pareceu ser uma opção, e, assim, a amizade poderia florescer. Aquele tipo de amizade incondicional, profunda, sincera, que só acontece uma vez na vida e se torna tão parte de seu DNA que você nunca mais poderia se sentir você sem ela. Alex e Poppy, Poppy e Alex.

Na superfície, claro, este é um livro sobre férias, escrito em um momento antes da covid-19, quando fins de semana fora da cidade e voos transcontinentais estavam muito mais ao alcance do que nestes dias. Mas, como no caso de Harry — e de Alex —, a imagem superficial de uma coisa raramente é verdade, ou, pelo menos, não toda a verdade.

Este é, em última análise, um livro sobre o lar. Sobre encontrar seu lugar, sobre ficar nele, sobre apertar os braços em torno dele e respirá-lo até preencher seus pulmões. É sobre um mundo construído para dois, o mágico diagrama de Venn formado por uma amizade especial: Você, Eu e a sobreposição sagrada chamada Nós.

Então, embora talvez não possamos entrar em um avião ou nos enfiar em um ônibus de viagem, vasculhar o Groupon em busca de descontos em hotéis temáticos de música country e serviços de táxi aquático de segurança questionável, espero que este livro transporte você a algum lugar mágico. Espero que ele permita que você sinta a brisa do oceano no cabelo e o cheiro de cerveja derramada no chão de um bar de karaokê. E, depois, espero que ele o traga de volta. Que traga você para *casa* e o encha de uma gratidão intensa pelas pessoas que você ama.

Porque, na verdade, ele é menos sobre lugares para onde vamos do que sobre as pessoas que encontramos pelo caminho. Mas, acima de tudo, é sobre aqueles que ficam, que *se tornam* nossa casa.

O QUE HÁ NA MALA DE MÃO
DE EMILY HENRY?

Não é errado ser feliz, de Linda Holmes
The Invisible Husband of Frick Island, de Colleen Oakley
The Boyfriend Project, de Farrah Rochon
The Marriage Game, de Sara Desai
Eliza Starts a Rumor, de Jane L. Rosen
Royal Holiday, de Jasmine Guillory
De olho nela, de Kate Stayman-London
East Coast Girls, de Kerry Kletter
Luxúria, de Raven Leilani
Last Tang Standing, de Lauren Ho
Something to Talk About, de Meryl Wilsner
Queenie, de Candice Carty-Williams

Impresso no Brasil pelo Sistema Cameron da Divisão Gráfica da
DISTRIBUIDORA RECORD DE SERVIÇOS DE IMPRENSA S.A.